# 中国公安文学精品文库（1949-2019）

## 短篇小说 卷一

全国公安文联 编

群众出版社
·北京·

**图书在版编目（CIP）数据**

中国公安文学精品文库：1949—2019. 短篇小说. 卷一 / 全国公安文联编. —北京：群众出版社，2019. 10

ISBN 978 - 7 - 5014 - 6024 - 3

Ⅰ. ①中… Ⅱ. ①全… Ⅲ. ①中国文学—当代文学—作品综合集②短篇小说—小说集—中国—当代 Ⅳ. ①I217. 1

中国版本图书馆 CIP 数据核字（2019）第 203161 号

**中国公安文学精品文库（1949—2019）**

**短篇小说　卷一**

全国公安文联　编

出版发行：群众出版社

地　　址：北京市丰台区方庄芳星园三区 15 号楼

邮政编码：100078

经　　销：新华书店

印　　刷：北京市科星印刷有限责任公司

版　　次：2019 年 11 月第 1 版

印　　次：2019 年 11 月第 1 次

印　　张：10. 75

开　　本：880 毫米 × 1230 毫米　1/32

字　　数：300 千字

书　　号：ISBN 978 - 7 - 5014 - 6024 - 3

定　　价：60. 00 元

网　　址：www. qzcbs. com

电子邮箱：qzcbs@ sohu. com

营销中心电话：010 - 83903254

读者服务部电话（门市）：010 - 83903257

警官读者俱乐部电话（网购、邮购）：010 - 83903253

文艺分社电话：010 - 83901330　　010 - 83903973

庆祝新中国成立70周年献礼丛书

# 《中国公安文学精品文库（1949—2019）》编审委员会

# 短篇小说卷

**主　编：**

张　策　全国公安文联副主席

**副主编：**

初曰春　全国公安文联创作室副主任

魏安莉　中国人民公安出版社文艺分社副编审

# 前　言

为贯彻落实党的十九大精神和习近平总书记在文艺工作座谈会、全国宣传思想工作会议上的讲话等系列重要讲话精神，隆重庆祝新中国成立70周年；落实公安部领导关于发展繁荣公安文学的指示精神，集中展现中国公安文学的发展轨迹，荟萃70年以来我国公安文学的优秀创作成果，讲好警察故事，发好公安声音，树好警察形象，切实履行中国公安文学肩负的新时代使命，全国公安文联、中国人民公安出版社经认真研究，决定编纂、出版新中国成立70周年献礼丛书——《中国公安文学精品文库（1949—2019）》。本套丛书编纂的指导思想和主要目的为：以习近平新时代中国特色社会主义思想为指导，积极推出讴歌党、讴歌祖国、讴歌人民、讴歌英雄的公安文学精品力作。

2019年5月9日，全国公安文联向各省、自治区、直辖市公安文联，新疆生产建设兵团公安文联，铁路公安文联发出《关于开展〈中国公安文学精品文库（1949—2019）〉征集编纂工作的通知》（公文联［2019］35号）。通知要求，征稿内容为：1949年10月1日新中国成立后至2019年全国各地公开出版、发表的公安题材长篇小说、中篇小说、短篇小说、纪实文学和散文、诗歌作品。通知确定所征集作品分长篇小说卷、中篇小说卷、短篇小说卷、纪实文学卷、散文卷、诗歌卷六大部分，由群众出版社分卷出版。为确保此项重点图书编纂工作顺利进行，经全国公安文联王俭主席批准，成立了《中国公安文学精品文库（1949—2019）》编审委员会。

根据全国公安文联［2019］35号《通知》精神，在作品征集过程中，编委会共收到全国各地公安文联推荐和作者自荐、专家推荐作品2668部（篇、首）。中国人民公安出版社组织编辑力量对所有征集作品，按照长篇小说、中篇小说、短篇小说、纪实文学、散文、诗歌六类进行了初选归类。

7月2日，全国公安文联召开了《中国公安文学精品文库（1949—2019）》第一次编纂工作会议。会议确定了文库的选编原则、目标和要求。选编原则为：坚持文学性、时代性、权威性、历史性、文献性的有机统一。选编目标为：凡入选作品的思想性和艺术性，一是要经得起历史检验，值得传世；二是要公认有影响力，确能服众。选编要求为：一是真正的好作品不能遗漏；二是代表性的作家不能缺席；三是公安战线重大事件的文学反映不能忽略。

7月11日，为贯彻好文库的选编原则、目标和要求，全国公安文联批准组成《中国公安文学精品文库》各分卷工作班子，明确各分卷工作班子由文库编审委员会成员牵头负责，由全国公安文联选派同志与出版社责任编辑组成，分工负责文库的各卷选编工作。

7月12日，编审委员会顾问张策、副主任李国强、编委易孟林与负责《中国公安文学精品文库（1949—2019）》的长篇小说卷、中篇小说卷、短篇小说卷、纪实文学卷、散文卷、诗歌卷的责任编辑，就编纂工作的重点和难点分别进行了指导和交流。

7月23日，编审委员会主任、全国公安文联主席王俭亲自听取张策、易孟林关于《中国公安文学精品文库》编纂工作进展情况的汇报。王俭主席要求，一定要把这套向新中国成立70周年的献礼图书编纂好。他特别强调，这套献礼图书成功的关键在于选出来的作品的确是公认的质量高的好作品。各卷主编、副主编务必负起责任来，真正把高质量的作品选出来。

7月29日，第二次编纂工作会议召开，通过了《〈中国公安文学精品文库（1949—2019）〉编纂体例说明》。

8月27日，第三次编纂工作会议召开，初步通过了《中国公安文学精品文库（1949—2019）》的基本入选篇目。

在作品征集、选编过程中，各卷负责人根据编审委员会历次会议要求，从认真阅读每一部作品入手，结合各个时期作品的获奖、评论、报刊转载、改编影视等情况，对前期初选归类的各卷篇目进行了多次调整，加班加点，任劳任怨，以对公安文学高度负责的历史责任感，反复研究、论证，最终形成了长篇小说卷4卷，共收录4位作者的4部作品；中篇小说卷4卷，共收录29位作者的28篇作品；短篇小说卷3卷，共收录60位作者的59篇作品；纪实文学卷3卷，共收录52位作者的50篇作品；散文卷1卷，共收录70位作者的70篇作品；诗歌卷1卷，共收录79位作者的100首作品。全套丛书共计16卷，收录294位作者的311部（篇、首）作品，总计528万字。各卷收录作品均按发表、出版时间排序，且在文末附有作者简介。在长篇小说卷四和纪实文学卷三附录有“长篇小说存目”和“长篇纪实文学存目”，对本套丛书编选过程中征集到的比较优秀的公安题材长篇小说、长篇纪实文学予以存目，列有作品名称、作者、出版社和出版时间，以备公安文学爱好者、研究者查览。

需要特别说明的是，本套丛书的编纂，得到了公安部新闻宣传局和全国各地公安文联的大力支持，也得到了全国各地作家，尤其是公安作家的积极响应，推荐、自荐了多部（篇、首）优秀公安文学作品。在本套丛书的编纂过程中，编委会全体成员，包括各卷主编、副主编本着对公安文学高度负责的精神，秉承公正、严谨的态度和编纂原则，认真对待征集到的所有作品，最终经编委会和各卷主编、副主编集体研究确定了各卷入选篇目。但由于本套丛书只有16卷（原计划出版30卷），卷帙有限，现有收录作品一定会有遗珠之憾，希望能够得到各位相关作家的理解和包容！同时也衷心希望有更多的作家切实增强并践行“四力”，积极深入警营，扎根生活，倾心于公安文学创作，不断推出更多更优秀的坚持“四个讴歌”，无愧于我们这个伟大时代的公安文学精品力作，讲好警察故事，树好警察形象，共同推动、促进公安文学的大发展和大繁荣！

我们衷心期待，通过编纂出版这套大型文库，能够将中国公安文学的发展脉络清晰地呈现出来，以公安文学的力量，服务于公安现实斗争，服务于公安队伍建设，为平安中国、法治中国建设作出新贡献。

《中国公安文学精品文库（1949—2019）》编审委员会

2019年10月9日

# 目　录

# 第四次斗争

俞　林

金家岭的群众运动曾经过三起三落，每次都是工作干部一离开，恶霸地主金有德就勾结张老二、李老七的股匪来活动，把群众镇压下去。秋天剿匪的军队打死张老二，瓦解了匪众，群众运动结合着秋征才第四次发动起来。

在第四次斗争中，有下面的一段故事：

## 一、一条漏网的大鱼

这个故事要从孙茂田讲起，他住在金家岭街外一个小湾里，孤零零的在田中间，只他一家。说起这个人来，半年前还在张老二的股匪里。金家岭的农会主任王明山，和他小时在一块儿干过小生意，孙茂田原住在张家冲，搬到金家岭来时，也多亏王明山的帮助。春天王明山给他们捎信，他便从股匪里跑回来。经过半年考察，知道他并未做过什么坏事，秋征要人算账，因他打一手好算盘，王明山征得区里老何的同意，就请他到祠堂里帮忙算账。

孙茂田在祠堂里算账，几天里长了不少见识：头一桩就见老何起早睡晚，见了人就用北方话叫着“大伯，大娘”。从前一个保长还不是摆着官架子？再看金有德也和从前大不相同了：一进祠堂就缩起脖子，躬着身，低声下气地见什么人说什么话。孙茂田乍见了地主还自觉矮半截，王明山可不是了，毫不留情地指着金有德的鼻子，提名带姓地吆喝着。还有农会委员朱玉恒把金有德交的稻谷抓过一把，送到金有德鼻子尖上说：“这是你交的好粮食！留着喂仓里的老鼠吧！”……这些事孙茂田都看到眼里，但他打定主意两头不得罪，除了拨拉拨拉算盘子，记记账，旁的什么也不管。

这天忙活完，天已经不早了，他急忙离开金家岭街，回家吃饭。一进家正碰上金有德在门口，不由一愣，但已经碰了面，只得上前两步，打个招呼。金有德板着脸，全不像在祠堂里的神气，往屋里一指，说：“有客人等着你！”

呵！怪事！孙茂田估不透他搞的什么鬼板眼，半信半疑地走进屋去，只见妈和媳妇都顺着墙根站着，大气也不敢出，两眼巴巴地向他求救。他再往灯影里一瞅，不由吃了一惊，原来是土匪头子李老七，坐在桌边抽着纸烟，见他进来，喷口烟，一龇金牙说：“老弟，没想到我来吧？”

孙茂田立刻觉出祸事临头，舌头不听调动，半天说不出一句话来。

金有德上前说：“茂田，你和老七在一块儿待过，是老搭档，你这个地方背静，他就住在你这里了。”李老七看出孙茂田吓傻了，嘿嘿地笑了两声，说：“老弟，怎么样？求到你门上来了，一切都靠你关照了。”

孙茂田这时才有气无力地问：“住几天呀？我这地方可不严实。”李老七喷口烟说：“怎么，老弟，怕我蹲久了吗？”孙茂田赶紧回答：

“哪里，哪里。只不过农会里的人常来，碰上了不方便。”李老七摸着腰里的硬家伙，说：“老弟，我李老七现时是个破罐子，顶大是个碰碎了，有人敢碰，就和他碰碰！”

这时金有德插嘴说：“算了，算了，碰吗事呀？茂田，你是个明白人，老七求到你门上来，还不是信得过你。不是老搭档，也不会到你这来呀！不要光看眼皮子底下的事，共产党占城占不了乡，你不要看我在祠堂里装龟孙子，叫他们神气两天吧，早晚有不得好死的那一天！”

孙茂田脑壳嗡嗡地直发胀，他知道金有德不好惹，央告他说：“东家，不是我不开眼，实在是这地方屋没个屋，院没个院的，出了事连累了我不要紧，连累了东家你可就不相当了。”孙茂田妈也凑上前说：“是呀，东家，我们一个种田户，可担不起呀！”

金有德一听刷地翻了脸，瞪着两个黄眼珠子说：“茂田，你怎么明白人说糊涂话！越把你往近处里拉，你越往远处里推，不愿意戴花愿抹屎吗？”嘴里喷着唾沫星子，转向孙茂田妈，说，“你儿子开小差回来，向共产党登记悔过，还没跟你算账哩！你们看着我不行啦？没那么容易的事！”

李老七推开金有德说：“都是自家人，莫伤了和气！老弟是个正直人，叫他出卖朋友，他也做不出来！金先生你有事就回去吧，我就住下了。”

金有德趁势说：“好，我就走，孙茂田，丑话说到前头，丑事做到后头，老七住你家里，有了‘好’是大伙儿的，有了‘歹’就冲你说！”说完一甩袖子就走了。

李老七就灯火点了支烟，没事似的往床上一倒，压得床吱吱呀呀地响了一阵，仰着脚躺好了，一口一口地抽起烟来。

孙茂田一家子大眼瞪小眼，都傻了。三个人到另一间屋里商量主意，孙茂田懊丧地抱着脑壳不说话，妈抹着泪说：“有钱的就这样毒！这可怎么着好？”媳妇也发愁地说：“指望你登了记回来就没事了，偏偏又出了这事！你那土匪皮多会才能脱下来？”

孙茂田没好气地说：“土匪皮？还不是上了姓金的当！不是他骗我到乡保队，我也混不到张老二他们里边去！”——原来乡保队是金有德的反动武装，被解放军打败后，便和张老二的股匪合并了。

媳妇蹙着眉，说：“张老二的土匪本是一网打尽了，单他一个大鱼漏了网，倒霉的事就叫我们赶上了。”孙茂田发烦地说：“不提这个了，打了盆说盆，打了罐说罐！事情已经揽到身上了，只盼望着不出事就好了，打量他也不敢住久了。”

于是叫李老七住了一间屋子，把妈的铺盖搬过来，三个人住到一块儿来。

苦恼事从此开了头。

## 二、这样的客人

苦恼事一开头就没完了，孙茂田第二天到祠堂里算账，心里有鬼，手不应心，算账的工夫不住地出错。朱玉恒本来就信不及他，嫌他是土匪根底，曾向老何反映过，见他今天这样心不在焉的，便三番五次地问他：“你有吗事？看你少魂失魄的那个样！”朱玉恒越这样说，他就越出错，好容易混了一天，急忙跑回家去。

一到家，像进了监房，连大气也不敢出，先到自家屋里，见妈在屋角里擦着泪，儿回来也不抬头。他急忙上前问长问短，妈只是哭着不说话，只好到房后头问媳妇。媳妇冤屈地说：“还用问吗？这窝心日子还能过？东西是小事，气难生！”

媳妇便告诉他李老七吃饭的时候如何挑肥拣瘦，嫌菜少，嫌没肉，又要纸烟，又要酒，妈稍微嘟哝了两声，他就乒乓五四地骂起来：“我不是讨吃的，在往常，请也请不上的客人，不要给脸不要脸！”

孙茂田听了心里的火就往上涌，这简直是骑着人脖子拉屎！扭身就想找李老七论理，媳妇一把拉住他，说：“你少惹祸，你能对他怎么样？”孙茂田站住一想：就是没办法。李老七早说了，他是个破罐子，豁出碰碎了，自个哪能跟他碰？弄得外人知道了，窝藏土匪的罪名如何担得起？李老七不比小土匪，这条漏网的大鱼，人人恨啊！

第二天孙茂田媳妇到李老七屋里拿东西，李老七便站在门口抽烟，等她往外走的时候，李老七一张胳膊拦住她，龇着大金牙嘿嘿地笑两声说："你等等，说两句话。"孙茂田媳妇脸刷地红了，心怦怦地跳起来，后退一步，冷冷地说："你放庄重点！"

李老七冲她呼地喷口烟，笑着说："嫂子，气怎么这么大？来，抽口烟解解闷！"

孙茂田媳妇气得脸像红布，泪花直往外滚，回身把东西一放，两手一遮脸，就夺路往外走。李老七嬉皮笑脸地去拉她手，她手一甩，正打着李老七的左脸，乘机三脚并两步地蹿出去了。

孙茂田在祠堂里算账，心里光惦记着家，心神不定，比昨天还不如了。王明山看出他有点儿不对头，忙完了活，便跟他走出祠堂，拉他一把说："茂田，不舒坦了？"孙茂田心里觉着虚，急忙晃着脑壳说："没什么，受了点儿凉。"王明山知道他是拿病推脱，还一直跟着他走，孙茂田不由着急地问："你这是往哪里去？"王明山笑笑说："到你家坐坐，光顾忙工作，也没得便和你聊聊。"

这一下可把孙茂田吓住了，他站住脚，说："蛮远的，你莫为我操心，没事！"

王明山坚决要去，孙茂田没法拒绝，只好硬着头皮，一步一揪心地领着客人往家走。等离家不远了，见媳妇在田边洗菜，便老远地喊道："饭做好了吗？明山兄弟来了。"媳妇抱起菜，机警地跑回家去。

孙茂田把王明山领到自己屋里，让他坐到里面，自己堵着门口坐下，妈赶紧过来结结巴巴地问："你，王、王主任，忙、忙吧？"媳妇红着脸也从外边进来，不自然地接口说："不知道你来，没多安排两样菜。"

王明山见他一家人都这样紧张，觉着不对味，早晨朱玉恒告诉他："有人见金有德到这里来过，想一定是地主吓唬了他们。见婆媳二人正七手八脚地给他摆饭，便起身说：“我还有事，跟茂田说两句话就走。”说着就拉孙茂田往李老七藏着的屋里走。孙茂田吓得直愣着不动身，张着嘴，说不出半句话。妈赶紧上前拦着说：“饭摆好了，你们吃着说吧！”这时王明山已经走到堂屋里来，孙茂田也只好跟出来，这时分明听到对面屋里吱呀一响，孙茂田头发一扎，几乎要上前去拉王明山，谁知他早一步跨了进去，孙茂田一缩身子，想着下边立刻就是一枪，偏偏却没动静，他硬着头皮也走进去，黑暗中并看不到李老七藏在哪里，才暗自出了一口长气。

王明山吱呀地在床上一坐，拉孙茂田坐到旁边说：“茂田，我问你句话，金有德是不是来过？”一句话问得孙茂田张口结舌。王明山又往下说：“一定是那个狗杂种吓唬过你。茂田，你心里可要有数呀，如今世道可真改变啦，这是第四回闹斗争，和前三回不同。从前姓金的靠国民党，这个靠山倒了；他又靠土匪，三回闹斗争，都是土匪给破坏的，你不是不知道。如今，土匪也完了；看他还靠吗事？我看是椅子丢了背，莫得倚靠了！就是他有天大的本领，也逃不过这第四回斗争！”

孙茂田心里扑通扑通地直跳，明知金有德藏着个土匪，就在他们说话的屋里，哪里敢随便说话。他突然灵机一动，猛想起金有德窝藏李老七可能别有用心，思摸着王明山刚说的“地主没靠山了”的话，就想这李老七不还是一个祸患？想暗示王明山别光往好处思想，但一来有李老七在屋里藏着；二来怕引起王明山的怀疑，刚说了句：“斗争过人家顶好，就怕万一……”便急忙改口说，“这回是不同上回了。”

王明山没有往这上面想，只当孙茂田怕事，又开导他说：“你在祠堂里也见了，金有德灰溜溜像个龟孙子，从前他哪是这个样？我们这群桌子底下的人这回翻到桌上来了，他再想破坏斗争难上加难！”

孙茂田见王明山这样有信心，觉得自己也许顾虑太多了，李老七顶多是藏着、躲着的分，金有德还能指望他顶事？也就不再往这上头想了。王明山又说：“茂田，我可没把你当外人呀，从前和你一块儿受过苦，你后来到乡保队，也是金有德逼的。天下农民是一家，你要好好干，我还打算介绍你入农会呢！”

孙茂田搭腔说：“我是江里的鱼，随大溜走，你们走出个明路来，我就跟着呗！”

刚说到这里，床底下有个什么罐子咕噜一响，王明山问道：“吗事？”孙茂田气短地说：“猫，猫。”背上、额角上不自禁地淌下汗来。王明山还是没事地讲：“茂田，农会里开了会，要算金有德的贪污账，挤他的黑田，明天你得帮我算一天账，少不了得熬夜，斗争大会放在后天！”

孙茂田唯唯诺诺地说：“熬夜就熬夜，你忙我陪着。”

正这工夫，妈进屋催促说：“说不完的话吗？快过来吃饭吧！”孙茂田乘机起来说：“对，对，来吃口饭，有话往后拉长了讲。”

王明山起身推脱说：“不，不，家里也等着我，往后日子长了，我走了。”

孙家的人又让了一阵，王明山还是走了。

等王明山走远，妈回头对儿子说：“老天爷，真吓死人呀，要是两个对头碰了面可怎么办？”刚说了这一句，没想到背后有人接了话茬：“谁说没碰上，时辰还不到，先放他过去。”孙家人吃惊地回过头，只见李老七叉着腰站在门口，又骂一句：“真他妈晦气，狗杂种叫我在床底下蹲了这半天！”

妈实在压不住心里的火，顶撞他说：“床底下也罢，床上头也罢，只要不出事就该念佛了。”

李老七呵了一声，说：“我还没害怕，你倒吓得活不成啦！”妈又顶他说：“不是我害怕，我们可不比你，你豁出去了，我们一个种田户，出了事哪担待得起？”李老七嚷起来：“种田户，你推得倒干净，你儿子和我们不是一路？”

孙茂田在一边实在忍不住了，插嘴说：“老七，少说句吧，犯不着那么大嗓。”

李老七立刻嘿嘿一笑，说：“老弟，你在这儿，我这炮筒脾气，你知道，不怪我发火，今个实在晦气。”说着就游游搭搭地往外走。

孙茂田着急地问他：“你这是上哪里去?”

李老七一回头，说：“到街上走走，怎么，去不得?”

妈立刻上前拉他说：“大爷呀，你藏在屋里还嫌不严实，怎么上街去呀？你在我这儿，没有左邻右舍的，你嚷凭你嚷，叫凭你叫，到街上去可哪行?”

李老七甩开妈的手，说：“天黑了我哪不敢去？我找金先生去，怕吗事?”说了就大踏步往金家岭街上去了。

孙茂田发急地说：“他这样东走西串，非出事不行。”妈又急又怕，蹬踏着两只脚，追了十来步，想喊又把话咽回去了，急得两手拍脑门。突然媳妇抽噎起来，两手掩着脸跑回屋去。孙茂田母子二人都惊疑不定，上前去问，她趴在床上只顾呜呜地哭，哭过一阵才诉说李老七如何调戏她：“……刚才王明山来了，我去给他报信，那个不知死活的还趁着黑影里掐我奶呢!”说了又呜呜地大哭起来。

妈听了脸气得铁青，嘴角咧了几咧，说不出话，大泪珠子簌簌地往下落。孙茂田两手一拍，跺脚说：“好，这种窝囊日子不能过了，天塌了还有地接着，我去报告去。”

妈一把扯住他，哭着说：“你疯了，刚登记没多久，又窝藏土匪，还轻饶得了你?”孙茂田本是一股气劲儿，妈一说也就软下来了。妈又安慰媳妇：“不要哭了，都是我想得不周到，以后我老婆子照顾他，我看风声紧了他也蹲不久。”

忍了吧，一家子只盼着不出事就好!

## 三、暗箭难防

第二天王明山抱了一堆账本和清单，和孙茂田一笔一笔地算，晚饭也没回家吃，点上灯，两个人又接着算下去。

明天就要开斗争会，熬夜也得把账目算出来。朱玉恒陪他们忙了一阵，因为既不认字，又不懂算盘，便到街上巡逻去了。老何今夜回区开会，明天一早才赶回来，祠堂里只剩下两个人。他们只顾算账忘了天什么时候，王明山不断地说：“你看看，以前我们哪里知道，这笔账他可发老财了！”“你瞧，早先我们都蒙在鼓里！”“金有德，这回算捉住你的小辫子了！”这样说着话，两个人就忘了疲劳。

偏赶的这天王明山的孩子病了，他婆娘到祠堂来了两趟，见丈夫不能脱身，只得回去自己照料。

直到半夜，账目才算出了个眉目，孙茂田说：“你孩子病了，回去看看她，我收拾收拾账本，锁在柜里，你放心吧。”王明山说：“不，你住得远，你先走吧。”两个人让了一阵，还是孙茂田先走的，他本来惦记着家里，一出祠堂就放开步走，刚出金家岭街，迎头来了一个黑影，一把抓住他，低声问：“祠堂里还有人？”说话的是李老七。

孙茂田心一慌，问他：“你出来干吗事？”李老七含糊地说：“到金先生家去，怕有人碰上。”孙茂田怪他说：“你怎么乱跑？王明山还在祠堂里。”李老七便说：“不怕，我当着点儿心。”就闯进街去。孙茂田惊疑不定地急忙回家睡了。

第二天清早老何从区里回来，一进街就听到出了事：王明山叫人谋害了，尸首倒在祠堂门外两丈多远的街当中，后脑上着了致命的一击，看来是他离开祠堂回家时，被人在背后暗算的。

朱玉恒红着眼对老何说：“好，老何，死了一个，还有十个，打死王明山，我姓朱的领头干，想破坏斗争？偏斗个大个的！”

老何劝他说：“别急躁，看看群众情绪有啥变化，死了人不是个小事。”

朱玉恒还是气愤地要开大会，老何好半天才劝住他，急忙给区里打个报告，然后拉朱玉恒去看王明山的尸体。等到了王家，竟没一个守灵的，老何擦着泪验了王明山的伤，便四下里找王明山的婆娘，屋里屋外哪里也没有。门外有个十几岁的小孩子说她去孙茂田家了。

朱玉恒说道：“对了，老何，孙茂田可有嫌疑，昨天是他两个一块儿算账，算到半夜，王明山的婆娘去了两遍都是他两个，再没外人，刚才我对王明山的婆娘说了句，孙茂田是个土匪底子，大概她找孙茂田闹去了。”老何一听，急忙说：“咱们快去看看吧，可别这样闹。还有错？人莫不是地主害的？”朱玉恒说：“孙茂田还不是个土匪出身？再说还有人见金有德到他家去了。”老何说：“这也只是可疑，依我看孙茂田就是杀人也不会在祠堂门口，这事不像，先别没凭没据地乱嚷，走，咱们到孙家去一趟。”

王明山婆娘果然到孙家去了。

原来清早一起身，孙茂田便发觉李老七昨夜没有回来，忽然听到王明山被害的事，都吓傻了，不问也明白是李老七干的事。孙茂田一个大男人，也急得掩着脸哭了，抱怨妈说：“头两天我该去报告，你说我疯了；这回出了人命，我们成了窝主，更没得法子洗白了，王明山待我这样好，凶手倒是我窝藏的！”

妈被埋怨得回不了嘴，一屁股坐在地上，指天画地地哭叫起来：“你金有德呀！你好狠心呀！你杀人呀！不见血呀！只当你藏人，不想你害命呀！到今天呀，你还没死心呀！……”

一家人正哭的哭、叫的叫，王明山婆娘哭啼着闯了进来，一进门就一头冲孙茂田碰去。孙茂田吃了一惊，赶紧往一边闪躲。妈忙起来，沉着地问：“你有吗事？慢慢说呀。”王明山婆娘红着眼珠子嚷：“吗事？跟你儿子要人！”妈反问道：“看你明白人怎么说糊涂话，你怎么冲我要人？”王明山婆娘上前两步说：“你儿子跟他在祠堂到半夜，不跟你家要人跟谁要？”说了就向妈怀里撞去。

孙茂田脸刷地变了个雪白，他万没想到自己会担杀人的嫌疑，这比窝藏凶手更难表白，见人把妈撞倒，连上前拉一把都忘了，站在旁边成了傻瓜！

这工夫老何和朱玉恒赶了来，才把王明山的婆娘拉开，叫人把她劝走了。

朱玉恒也疑心孙茂田，便前前后后地盘问他，孙茂田见朱玉恒这样追问，心里又难受，又生气，竟说不出一句话，这更引起朱玉恒的惑疑，半吓唬半试探地说：“孙茂田，你可是登记没多久，你要不老实说，叫区里扣押起来，可也得说呀！”

老何见朱玉恒这样，紧把他拦住，拉到一边说：“玉恒，孙茂田顶多是可疑，没有真实证据，不能扣人呀！人总是地主害的，我常和王明山说：不要麻痹，虽说地主不能公开反抗我们了，暗中他还要破坏，明枪易躲，暗箭难防，王明山总觉着土匪一消灭，地主再没倚靠了，警惕性就不够了——金有德可能找过孙茂田，我打算和他耐心地谈谈，也许能从他这里找到点儿线索。”

朱玉恒心里还有些不服，但嘴里也说不出什么来。老何叫他去了解群众情绪，自己留下想和孙茂田好好地谈谈。

斗争会就这样受到了挫折。

## 四、越陷越深

朱玉恒出头领导群众，出了很大力气，经过了多次酝酿，群众情绪又起来了。最近四围乡里斗争胜利，大大影响了金家岭，这里的斗争大会到底开了起来。

金有德在会上一句也不狡辩，不住地冲四周点着他那油光光的秃脑壳，满口：“是兄弟的错误。”“是兄弟的缺点。”贪污账，只要有真实凭据，立刻就承认，黑田，只要被人查出来的，马上认账……

孙茂田在人后边看着金有德的举动，胸膛里憋着一大块，堵得出不了气，心里叨念着：“一千条你也能承认；只想瞒过杀人这一条。”只有他知道这个秘密，但怕连累自己，没有给他揭穿，这股劲儿真憋死人啊！

只听金有德向大家卖弄：“乡亲们提的这些条我都接受，兄弟剥削了大伙儿不假，不过，说来说去，是旧社会的过，旧社会地主都是这样，没受过新社会的教育嘛！”说到这儿，讨好地向大伙儿苦笑两声，又说，“其实，兄弟我心眼里可不坏，就拿孙茂田说吧，他原住在张家冲，张家冲财主强收了他地，我见他没生活，就把他收留下来，我这话不假吧！”

智者千虑必有一失，金有德卖弄聪明，一下惹了娄子，他话刚一说完，朱玉恒就抓住话茬儿，指着他说：“你提到孙茂田，正好，正想问你这一层，王明山的案子，孙茂田担着个嫌疑，有人见你头几天到孙家去了，这件事你也脱不干净。”

金有德脸色一变，急忙叫起屈来：“朱主任，朱会长，你可不能这样说，捉贼要赃，捉奸要双，捉凶手要有证据，杀人可是要偿命，凭空不能诬好人啊！孙茂田他担嫌疑，那是他一个人的事，碍不着我姓金的呀！”

孙茂田觉着心里一股火往上一攻，脸一下憋红了，嘴角咧了一阵才说出话来：“我担嫌疑不假，是我们俩在祠堂算账了，就是我得问一句：我平白无故，为吗事害他？不是他捎信，我还不知道回来，等着叫人家剿呢！不是他拿我当人，三番五次地开导我，拉着我办工作，我到如今还开不了窍！我感恩还感不尽呢，我又不怕他斗！”

妈只当他要把什么都说出来，急忙拉着他胳膊，叫他住声。这时金有德脸一红，指着孙茂田说：“孙茂田，你莫忘本！你是个什么干净人，才悔过几天！”

孙茂田使劲儿推开妈的手，扬着胳膊喊道：“是，我是干过土匪，我问你，我是怎么当的土匪？还不是你逼我干的乡保队。我没找你算账，你还有脸说！我早先是怕你，今个你实在气死人，我不怕你了，你当我不知道你的老底？”妈这时搂住他脖子，摇摆着说：“少说句吧，少说句吧！”把他嘴堵住了。

金有德心里有病，嘴就软下来了，改口气说：“今天不是我们两个斗嘴，过去有对不住乡亲的，我都赔罪，我姓金的有罪恶，求民主政府处罚。”

孙茂田在气头上，真想豁上坐十年牢，把真情讲出来，叫金有德也难逃法网，但是妈死拉着他，心里这一股火气慢慢就过去了；恐惧的心情又升上来，再看看乌压压的人群，又没勇气讲了。

斗争会后，孙茂田觉着心上压着一块大石头，原先他害怕的是担上嫌疑的罪名，如今他痛苦的倒不是担这个罪名，而是这样白白放过金有德，对不起王明山，对不起全村要翻身的老百姓！最近老何跟他谈过几回话，他虽然没对老何谈什么；但是心里已经明白要把金有德斗倒的道理，不是前些日子只算收粮算账，不关心斗争的情形了，越是有了新认识，心里越痛苦，越认识到该打倒金有德，越觉着心里的石头压得沉。

他像落在一个泥坑里，越挣扎越往下陷，群众斗争的情绪越往上升，他陷得就越深！

## 五、结局

李老七在一天傍黑又回来了。孙茂田一家人正吃晚饭，他进来一屁股坐在桌前，端起饭碗就吃。孙家三口人吓得说不出话来，愣愣地看着他一个人饿狼似的吃饭。

惊定之后，孙茂田妈怯怯地问：“你又从哪里回来？”李老七瞪眼说：“问这个干吗事？”孙茂田上前说：“老七，不能这么说，到底是你住在我家，不是我住在你家！”

李老七看他一眼，说：“怎么,老弟，几天没见，不认识我啦？”

孙茂田鼻子里哼一声说：“怎么啦？叫你住还要怎么样？”李老七放下饭碗，就灯火点支烟，龇着金牙说：“老弟，我这人的脾气你摸得清楚，有吗说吗！别处能存身也不到你这儿来，这几天我摸了不下十个地方，老弟，我这也是为你，我两个还不是一根绳拴两个蚂蚱，我出了事，能脱过你去！”说了嘿嘿地笑两声，抽口烟，往床上一倒又睡去了。

孙茂田尝够了他这流氓手段，知道他凭空欺自己不敢不掩护他，心里一横，拿脚就要往外走。妈一把拉住他，说：“你干吗事？妈知道你的心思，你可不敢，有了好歹，你不想想你妈，这么大年纪了！还有你媳妇……”

孙茂田流了泪，只叫了声：“妈！”没说下文。妈说：“你莫冒冒失失，妈有主意。”声音放低了：“等过了半夜，我去推醒他，就说来人查户口，把他吓走就算了。”孙茂田为了安妈的心，说：“妈试试吧！”

一家人又挤到一间屋里去睡，各人有各人的心事，谁也睡不着：妈想着如何吓走李老七，只盼望不出事；媳妇想着李老七又该麻烦她了，想回娘家躲两天。孙茂田呢？两种思想在心里斗争着：为了照顾妈和媳妇，把李老七吓走好呢？还是豁出自己坐牢，报告老何抓住他好呢？这样金有德、李老七这两个凶手就不能再祸害人了，王明山的仇也报了，老百姓翻身就翻牢实了！

他心里这样翻来覆去地斗争着，身上躁得受不住，忽然媳妇靠近他耳根说："我得躲躲，我真怕这个瘟神。"这一句话像扎了他一针，就像看见李老七又在那里骂自己的妈，调戏自己的媳妇，最后还杀自己的熟人，心里有股火往上一攻，一推被子坐了起来。媳妇轻声问他干什么，他不吱声，闷坐了会子，悄悄地下床穿了鞋，这时妈在对面床上也听到了，问他："你去吓走他！还早呀，你睡你的，一会儿我去。"孙茂田哄妈说："不，妈，我怕出事，到外边转转去。"

他走到堂屋，悄悄地听听对面屋里，没有什么响动，便蹑手蹑脚地走出去，飞快地奔金家岭街走去，不一会儿便到了老何和朱玉恒那里，把金有德、李老七的事情，一口气报告给他们。

他报告完了，觉着心上的一块石头落了地，静等着被扣押审讯，这时老何立刻叫朱玉恒集合自卫队，朱玉恒飞快地蹿出去了。老何见孙茂田垂着手傻立着便问他："你怎么不坐下？一会儿你还要跟着抓李老七，我亲自抓金有德去。"

孙茂田看看老何，怯怯地不敢坐，直巴巴地问："何同志，你不把我扣下？"

老何严肃地说："我不扣押你。你不早报告，是你的错处！这一层咱们以后再细谈；这回你报告了，可见你有了认识。有罪的主要是金有德，是惯匪李老七，政府要治他们的罪。斗争没有一帆风顺的，哪会有一个恶霸地主老老实实地自己下台，不过话又说回来了，孙猴总跳不出如来佛的手心！"

朱玉恒带自卫队来了，老何立刻把人分作两组，简单地告诉他们任务之后，便飞快地出发了。

故事到这里就算完了。不久政府审明金有德指使李老七谋杀王明山的罪行，并在金家岭一带接受群众对金有德、李老七的诉状，以便最后判决，第四次斗争经过这样一个曲折，终于胜利了。

（原载川北人民出版社 1951 年版《第四次斗争》）

俞林（1918—1986），原名赵凤章，河北河间人。曾任中共江西省委宣传部副部长兼江西省文联主席、中国文联委员、中国作家协会理事。短篇小说代表作有《我和我的妻子》、《劈山记》、《父与子》、《婚礼上听来的故事》等，长篇小说代表作有《人民在战斗》、《在青山那边》。

# 于改秀

马 琰

## 一

于改秀和刘国粹结婚不到二年，刘国粹就跟上顽固军[①]走了。一去五六年，没书没信。刘家庄解放后，于改秀和她娘到处打听，也没问到刘国粹的下落。1949 年春天，太原快要解放的时候，他突然回来了。

刘国粹的突然回来，对改秀她娘来说，真是喜出望外的事情。七八年没音信，如今不管怎

① 即阎锡山部队。

样，总算活着回来了。又是儿子，又是女婿（刘国粹是刘家的前房儿子，改秀是她从于家带来的亲生女儿）。老婆婆简直不知道该怎么表示亲热好了。不住嘴地在改秀跟前说：“国粹虽说多少年没给咱打信，可没把咱娘儿俩忘到一边。看！这料子光亮溜滑，颜色也正合适你穿，这花儿被面子，多耐看，娘就喜欢这么个东西……”拿着国粹带回来的那些东西，在女儿面前夸了又夸，赞了又赞。目的是想使女儿心里高兴，巩固他们的夫妻关系。

可是，改秀呢，她心里并不这样想。当她和刘国粹结婚的时候，才 14 岁，什么都不懂得，当时，她在国粹跟前又羞又怕。刘家庄解放后，她参加了村里的活动，思想进步很快，她觉得自己的丈夫是一个顽固军，那是很不光荣的事，那时就要和刘国粹脱离夫妻关系。可是，她娘不同意，而且说：“好几年没信息，说不定已经投到咱们解放军这边来了。”改秀觉得她娘说得也有道理，于是就这样等着，等着……现在刘国粹回来了，而且也真有点儿不一样了。从前在家里，劳动不好，这会儿还跟着改秀上地干活；从前和改秀说话，直脖子瞪眼的，现在呢，一口一声改秀，叫得实在亲热；而且国粹口口声声说，团首长为照顾他，叫他回家生产，因此，改秀心里这样想：人总是能改造的么，过去不好，今后能进步就行。

不过改秀心里虽然这样打定了主意，但是有些疑问还是没有解决：这几年他在顽固军到底干了些什么事？为什么他早不回来、迟不回来，偏这时正打太原城的要紧时候，打发他回家生产呢？是不是开了小差……

有一天，改秀晚上从民校回来，两人就说起这六年的事情变化，改秀装着无意地问国粹：“你这几年跟着顽固军，到底干了些什么事？”

“干什么？刚去了当个小兵，后来就给人家写字。”

“写些什么呀？”

“哎！”国粹好像有点儿不耐烦了，“叫写甚写上个甚吧，女人家问这些干啥！”

改秀笑了。

“哼！我不信，人家说你当了官啦!”改秀说着用眼角瞅了国粹一眼，只见他突地坐起来，赶紧分辩着。

“谁说的？没有，没有。”马上又镇静地接着说，“咱没那本事。”

“谁能做坏事，苦害老百姓，冲解放军多打几枪，谁就能升官发财。这就是顽固军的本事。”

国粹不安地移动了一下身子，没有说话，改秀又接着说：“只要以后再不做坏事，向政府坦白了从前的错误，还是个好人。”

“改秀，我哄谁还能哄你。说心里话，我早就想回来啦！就是跑不脱。哎！前年在太行山上打仗，还是我缴枪过来的。”

“那你早过咱们这边了。”

“两年啦。”

“咱们不是正围攻太原城么，那你为啥偏这会儿回来?”

“你这婆娘嘴真啰唆，不是告诉你几回了，上级照顾我这腿有残疾。”说着又露出他大腿上那一片疤痕，改秀一看见这疤痕，不自觉地流露出一种怜惜的情绪。这时，刘国粹乘机抓住她的手说：“改秀，睡吧！你怎么总是这样盯着看我，我从前当顽固军也是逼得没办法了呀！这几年，你不知道我多么想回来。”说着，吹灭灯，就睡了。

慢慢的改秀就再不追问过去的事了。刘国粹在村里也渐渐活跃起来：帮着互助组记工账，帮着村里写点儿公事，有时也到民校给大家读读报纸。村里人也都说：“国粹可是改造好了，又勤快，又肯干。”改秀听见这些话，也觉得高兴。的确，他们夫妇两个的关系，虽然不像自由恋爱的对象那样情投意合，却也和和气气，不吵，不闹，改秀自己觉得比起从前他们的那种夫妻关系，亲热得多了。因此，改秀拿定主意，帮助他进步。

## 二

日子就这样平平和和过了一年多。

最初几个月，刘国粹表现得的确很好，什么毛病也找不到，但后来慢慢毛病就多了。有时候唉声叹气，有时候借口腿痛躺在炕上发懒病，有时候也短不了说两句落后话。可是有时候积极起来比改秀还积极，改秀慢慢觉得这人真怪。你说他懒吧，他有时候比谁也勤快，用不着他干的事，他抢着干；你说他进步吧，有时候他说的那些落后话，又不能不使人怀疑他的用意。

秋收最忙的时候，一天晚上，改秀开完了团小组会回来晚了。刘国粹就恨声恨气地说："哼！我当你不回来了。"

改秀心里对刘国粹也早有了意见，这时就很生气地说："咋？你想拉我的后腿？我可不能好了疮疤忘了痛。哪怕敌人把刀放在我脖子上，我也要为社会主义干到底。"

"呀！好凶啊！教训起我来啦！老子在前方火拼的时候，你还啥也不懂哩！"

"你和谁火拼来，你这几年枪眼对的是谁？"

"对的是敌人。"

"哼！……"

两个人都冒火了。刘国粹咬牙切齿地嗯了一声，从牙缝里吐出两句话："要不是……我早就毙了你啦。"

"你毙，给你毙！"改秀把头伸给刘国粹。

刘国粹说完就觉得失口了，马上又嬉皮笑脸地改换了口气，笑着说："我不过吓唬吓唬你，哪肯毙了你。"

这是刘国粹回来后，他们夫妇间第一次闹气。改秀在她娘的劝解下，自己悄悄上炕睡去了。可是从这件事情以后，她心里总觉得刘国粹不对劲儿。她开始深深地感觉到他们夫妇中间，好像隔着一道横沟，总是互相不能通气。改秀为这事很烦恼，她也把这些心事和对刘国粹的猜疑，向团支部书记罗爱香和党支部书记刘忠寿说过，他们都说：“人的毛病哪能一下就改掉。”“那不过是封建思想作怪。”经大家这么一解释，一分析，改秀的猜疑也就冰消云散了。

秋收完了。有一天上午，她家来了一个客人，穿着一身蓝色干部服，帽檐快遮到眉棱骨上了，背着个帆布袋。那时改秀和她娘正碾新谷，碾完谷，她们回到屋里，听见刘国粹和那个客人又说又笑，可是等她们出来，只听得叽叽喳喳。天麻黑时，客人走了，刘国粹一直送到村口，临走出大门的时候，客人哈哈笑着说：“日子可有盼头了，老弟咱们可得好好干才行啊！”

送走客人，刘国粹高兴地回来和改秀说：“看人家，从前和咱一块儿写过字，不过比咱早过来两年，如今在贸易公司当科长呢！”

多日不见刘国粹这么高兴了，因此，改秀也就接上话：“哪个贸易公司？”

“哪里？……才说过，就忘了，大概是专区的。要不是你，咱也到外面干工作去。”

“你这阵就去，当了解放军，我啥也听你的！”

“真的？”刘国粹反问了一句，接着就很当真地说，“快啦，第三次世界大战打起来，你留也留不住。”

“你还希望大战，安的啥心思。”

“不是我希望，是美国把朝鲜都占了，志愿军……”

“你听谁说的？”

“刚才那个同志说的，公家消息还有错！”

“我不信。”改秀甩下手里的针线活就往外走。她要到小学校问张教员。国粹从炕上跳下来，急忙一把抓住改秀的胳膊说：“你这人真是，……人家这是秘密消息，不是老朋友也不敢告诉我，说出事来你负得起责任！”

几句话说得改秀坐下来了。

“改秀，你说国家到了用人时候，我还能在家坐得住，别的不行，打仗总还算有点儿小经验。”说着，又去关门，又去扫炕，而且特别殷勤地说，“改秀，睡吧，明天你不是要到区上开会……”

## 三

改秀在区上待了一会儿，就到县上去了。县劳模会开了三天，最后一天下午，她到文化馆参观了县公安局举办的反革命分子罪行的展览会。当她看到第五张照片的时候，不禁战栗了一下，那上面有三个人，其中一个叫李树方，她越看越觉得眼熟，像哪里见过面，想了好大一阵，才记起来了，这个人曾在今年春天来过她家。想到这里的时候，她怎么也看不下去了。各种各样的念头像乱箭一样冲着她的心射上来。因此，第二天她一早就赶回家来。每次开会回来，她在门外老远就喊上娘了，今天她只顾想心事，不知不觉已经走到自家房门前，一掀门帘，看见刘国粹趴在桌子旁边，不知干什么。刘国粹听得门响，猛回头看见是改秀，慌慌张张往火炉里丢了个东西，只见火里冒出一股黑烟，接着火苗呼呼直响。改秀走过去一看，好像是一块长方木头，桌上面放着两把刻字刀，旁边有一些零乱的碎木屑。改秀没有说什么，眼盯着刘国粹。刘国粹竭力掩饰着自己的慌乱，装着不在意的神气说："不是开五天会吗？我还说明天进城捎带着接你呢。"

改秀竭力压制心里的烦乱情绪，淡淡地一笑，说："你不下地干活，在家胡闹些什么？"

"有个朋友叫我给他刻个手戳，都刻得快完了，最后一个字刻坏了，气得我就把它扔进火里烧啦！"

改秀一听他在刻图章，心里更觉奇怪，城里有那么些刻图章的，为什么偏找他呢？想着，她伸手就去抓木块儿，一面说："让我看看你的手艺好不好。"刘国粹连忙挡住她说："告诉你刻坏了，刻坏了。看什么？就让你看，你也不懂！"改秀一听这话，心里也火了，真想追着他，问个水落石出。冷静地一想，没拿住把柄，他也不能说实话。于是，也故作不在意的样子，笑着说："你还会这本事，明天给你到城里揽点儿刻字活倒不错。"刘国粹接上说："大公章，我可刻不了，小手戳还凑合。"改秀再没说什么，就找党支书和村长汇报开会情况去了。晚上回来，她一夜没有合眼，前前后后两年来的事情，都翻起来了。刘国粹的言语行动，思想情绪，越想越觉得有问题，可是他能是反革命吗？政府的号召，他每次不是都积极拥护的吗？就拿最近互助组酝酿转社，他第一个自动报名入社，而且还说："我给咱们记账。"支书不是在大会上还表扬了他嘛。……可是一会儿李树方的影子又出现了，她记起今年春天李树方来时，他们说话一会儿大说大笑，一会儿叽叽咕咕，当时她并没有注意他们说了些什么，只记得李树方走了后，刘国粹说那是他的老朋友，难道刘国粹真不知道李是干什么事的吗？不能，……也许他真是个暗藏的反革命，……想到这里，她真不敢再想下去了，我——一个青年团员，丈夫是反革命，……这时，刘国粹正在那里翻身打鼾，她攥起拳头，恨不得捣醒他来，问问他，你到底是好人，还是坏人。转念一想，这不是傻瓜吗？他要真是反革命，他会轻易地承认吗？……

第二天，一早没吃饭，她就到区上去了。

区委王书记刚洗完脸，看见于改秀来了，奇怪地说："昨天后晌才回去，怎么又来了？这是练你那两条腿哩，还是又出了什么事？"说着哈哈地大笑起来。武委会主任、公安员、青年团区委书记都在区上，听着声音都跑出来，改秀看见他们，一夜的烦恼立刻烟消云散了。她把自己的怀疑和想法，都汇报给区委书记，最后她恳求地说："老王，你看他到底是个什么人？"

老王摸着光脑袋，思谋了一阵说："你说的这些情况，联系起来看，确实可疑。改秀。这几年他在顽固军到底做了些什么事？"

"谁知道，他说写字，我问了几次，他总是躲躲闪闪，避开这个问题不谈。要不然就熊我两句。"

"那倒不怕！再大的反革命也逃不出咱们人民的手心，草和庄稼总不一样，还怕闹不清楚他们的底子？"

老王在地上走来走去。改秀低着头，指头扣着桌面，心里想着事情。过了一会儿，老王又问："你说的那个人最近来过没有？"

"最近没见来。"改秀抬起头来，眼皮忽眨忽眨地看着老王。

“嗯！”老王又走了几步，转过来靠着桌子说：“这件事你做得很对，应当提高警惕性。美帝国主义和蒋介石卖国贼时时刻刻想法要破坏我们的社会主义建设事业。敌人也许会装得很积极进步，一旦到了时机，他就给你一下，或者，钻空子，挑毛病，手段毒得很。你今天汇报的这些情况，对我们正在侦查的一个反革命案件，确是一个很重要的线索。不过光靠现在这些线索还不能定罪逮捕。改秀，如果事实已证明刘国粹是反革命分子了，你将采取什么态度呢？”

改秀毫不犹豫，坚强果断地回答：“我和他脱离夫妻关系。”说着眼里扑簌簌地掉下几颗眼泪，但很快就镇静下来。她咬着嘴唇，两眼望着区委书记。区委书记严肃认真地说：

“对，应该勇敢坚决，站稳立场。但首先应该立刻报告政府机关。”然后又具体安排给她一些应该注意的事情。改秀就回来了。

## 四

一天，刘国粹又进城去了。

改秀和她娘去磨麦子，改秀一边筛面，一边和她娘说着闲话。

老婆儿紧跟在驴屁股后面扫着磨盘。

一会儿，改秀忽然正经地说：“娘，你说如今这人民政府好，还是二战区阎老鬼那时候好？”

“看你说的，娘再老糊涂，连这也不知道啦？往后才活得更有个盼头啦。”说着她娘又给她端过一簸箕麦粉。

“有人可想推倒咱人民政府哩。”

“谁？全中国男女老少，哪个不拥护毛主席！”她娘不信。

“反革命吧，那些死心塌地的特务坏蛋。”

她娘才想过来了：“呵！你说那些死东西呀！早该枪毙几个。”

隔了一会儿，改秀又说：“娘！我看他呀，怕是……一天鬼鬼祟祟的。”

她娘忙抢着说：“自己家里人，可别胡说，哪能。”

改秀知道她娘那马虎劲儿，一天钻在屋里，谁动不到她炕头上，她就不操那心。这一会儿她才觉得没有好好教育她娘，也是个大缺点哩！

磨完了面，娘儿俩收拾着回了家。改秀让她娘上炕歇着，自己收拾起来。她把好面装在瓦缸里，剩下一点儿黑面，她打算装在小黑坛子里。可是两个屋子、院里，找遍了，没找到小坛子。

“娘，咱那小坛子呢？”

“在哩，你找找看。”

“找遍了，没有。”

“怪死啦！这么大个东西，又不是袖筒里能装下的，怎么会找不见呢？”她娘自己去找了一遍，还是没有。改秀只得把那点儿黑面装在斗里。

天擦黑，刘国粹回来了，提的酒，割的肉。改秀心里正不耐烦，劈头就问：“你见咱那小黑坛子来没有？”

刘国粹猛地往后退了一步，手一松，肉就掉到地上，赶紧弯腰拾肉，一面打岔说：“炒肉，炒肉。”自己挽起袖子，拿起刀就干开了。

改秀翻了他一眼。

“生产不带劲儿，光会大吃喝。咱那小黑坛子哩？”

“不知道。”

“我看你就不是家里人，连你也快叫人抬走了。”

改秀狠狠地盯了他几眼，不想看他那没皮没脸的下流样子。她心里一阵厌恶、烦躁，开了门，想到团支书罗爱香家里去串串。走出门来，她心里想：小黑坛子丢得真怪！

## 五

日子过得真是快，转眼不觉又一个月过去了。

过了腊月初八、初九那天，大风刮了一天，天气阴沉沉的。改秀心里闷得慌，吃了晚饭，打算到民校去看看，还没出门，国粹的那个“朋友”来了。改秀心里说：“今天可要看看你们又弄些什么鬼事情了。”她招呼着吃了饭，笑嘻嘻地对客人说：“你们坐着，我到民校去。”走到院里，雪已经下来了，鹅毛一般的雪片随风乱舞，这是今年第一次大雪。

改秀高兴地叫喊：“大雪下来了！”

她跑到小西屋，悄悄吩咐了她娘一顿。在院里故意大声说：“娘，我到民校去啦！”说着却朝她屋右边绕了过去，踮起脚尖，爬在后窗户台上，只听得屋里两人叽叽咕咕，听不清说啥。她又轻轻搬了三块砖头垫上，耳朵贴在窗眼上，才听清楚了：“支部书记都表扬了我呢。反正要办社，他们离了我不行。”

接着两个人唧唧哝哝，一阵怪笑。一会儿那人说：“要把她弄过来，咱们就好活动啦！”

又是那人的声音：“不过你也得小心，别……”以下听不清楚了。

隔了一会儿又是那人说：“咱那武器哩？不敢叫受了潮，到用时……”

“圪洞里垫着草，小黑坛子里塞的草，保险不要紧。”

改秀心里暗吃了一惊，小黑坛子到底是他弄去了，怪不得那天一问，他惊慌得把肉也掉了。她抬起手来，轻轻吁了两口热气，又把耳朵贴上去。

“那回我……”

“哼！反正扰乱得他们不能安生。”

又等了一会儿，那人问：“你和城里联系得怎样？趁年关给他们个措手不及……”

听不见了。隔了一阵，刘国粹问：“你听上面说，阎司令长官什么时候回来？我可实在等得急了。这日子……”

“快！美国打下朝鲜就来帮助咱们。”

这些已经够了，改秀不能再听下去，这时她的心里像镜子那么明亮，原来刘国粹为什么希望第三次世界大战，为什么常常唉声叹气，为什么那次和她吵架要用枪毙她……真情假象，过去的一切都清清楚楚地映现在她的眼前。愤恨在她心里像开水一样滚上来。她尽力压着心里的怒火，跳下来，雪在她的头发上结了冰柱，她也没有感觉到。她正要往小西屋去，听得北屋门栓咔地响了一声，刘国粹的声音："老哥！好大的雪，住下吧！"

接着门砰的一声关上了。

改秀进了西屋，从炕上拉了一件破棉袄就走。她娘正在打盹，吓了一跳，见她慌慌张张，就坐起来问："半夜三更大雪天，往哪儿去呀？"

"我到区上去！"

"啥当紧事？"

改秀赶忙摆手，不让她娘高声说话。她娘拉住不让她走。她说："娘，你一天说拥护毛主席，拥护人民政府，咱家窝着个反革命，你还蒙在鼓里呢！"

改秀把刚才听来的那些话，对着她娘耳朵说了一遍。

她娘听着听着，身子像一团棉花似的软瘫着靠墙坐下去，呆呆地看着改秀，半晌没吭声。停了一会儿，她娘拉着改秀的手说：

"改秀！你……你记得你十四岁时候，娘领着你，从老家逃到这儿，不是国粹他爹收留咱娘儿俩，早骨头化成灰了。看……看他爹的脸面，咱叫他再不干这事就对啦！"

改秀心里急得没法。她娘的眼泪掉在她手上。

"娘！你真老糊涂啦！那天磨面你还说这些死东西，早该枪毙几个，今儿又……"

"唉！他是刘家一苗根，他是你男人呀！咱不能让人说咱没良心。"

"娘，不管他是我的什么，他反对革命，反对毛主席，他就是人民的敌人！谁不检举反革命，谁就和反革命一个心。娘，你是和毛主席一条心呀，还是和反革命一条心呀？"改秀手搬着她娘的肩膀直摇，好像她娘睡熟了，睡得那么沉，她要把她摇醒来。

她娘放开手，低下头，好一阵工夫没言语。过了一会儿，抬起头来，含着两泡眼泪，看着墙上贴的毛主席像说：“娘真糊涂，改秀，你去！你快去！”

门外，大风大雪乱飞，改秀把破棉袄紧紧裹在头上，嘴对着她娘耳朵说：“我回来在咱后墙上捣三下，你就来开门，千万不要惊动了北屋那两个鬼。”

看着改秀拐过弯，她娘轻轻插上门栓，回到自己屋里。这一刻，她心里乱纷纷的，坐卧不安地等着改秀归来。

## 六

野外黑黝黝的一片。改秀想找个伴，家家都睡下了，一叫就会惊动起四邻来，于是她自己向大路走去了。

枯树、村舍、麦田、大道，处处盖了一层厚厚的白雪，白茫茫的一片田野上，只有西北风的声音，在改秀耳朵边呜呜地乱叫。风头像针尖一样刺进了她的骨髓，大雪还在不停地飞舞，她把头用围巾包得紧紧的，只露出两只眼睛，钻下头，急急忙忙地赶路。

起初，她还有点儿胆怯。风顶得她连气也出不上来，她长了这么大，独自在这样大风雪的深夜里走远路，还是头一回。到处狗在乱叫，她心里不觉害怕起来。但当她想起了女英雄刘胡兰，她身上立刻冒上来一股力量。人家才十七岁，就为祖国做了那么光荣伟大的事情，躺在敌人铡刀上，还没有表现出一点儿害怕；我在祖国自己的土地上走路，就是深夜又有什么可怕的呢？从前我是踩在人脚底下的女人，这阵翻了身，学会看报，懂得国家大事，这是怎来的呀？呸！我还算个青年团员！光滑难行的道路，不能阻止她的前进。风吼，狗叫，她都听不见了，只能听见雪在她的脚下沙沙地响着。她抬起头，迎着风，在没有一个足印的雪地里，像跑步一样地走着。雪片好像玻璃碎碴，在她眼前闪光。

她走到区政府，用力敲着门环。

区上干部还在开会。区委书记刚宣布了散会，人们还在争吵着问题，突然跑进一个瘦小的青年妇女来，热烈的争论，立刻肃静下来，大家的眼睛都集中到进来的人身上。

屋里弥漫着旱烟的烟雾，煤油灯忽悠忽悠地闪着光亮，改秀打量着屋里的人，把破棉袄扔在墙角里，抓着区委书记的胳膊说："老王！快，快，快抓！"

从颤动的声音里，老王听出来是于改秀，忙说："是你，改秀！出了什么事？"

"老王，快快……"改秀急得话都说不上来。缓了一阵，才大概地报告了一下情况。

满屋人都同声欢呼地叫出来："哎呀！这下可逮住了。"

区委书记听完，就对武委会主任说："老尚，赶紧集合几个民兵，马上带着武器就走。改秀，你领着路。"

他们赶到刘家庄时，村里的公鸡已在乱叫，东方已经露出光亮，天快明了。

改秀她娘开了门。

北屋那两个人正睡得像死猪一样，做着他们永远也不能再实现的美梦，民兵们上去捆绑了他们。在那个人的身上搜出一支小手枪，几张盖了公章的空白条子、一封信件，原来这人正是一个反革命暴动案件中的漏网凶犯。

刘国粹睁开眼睛，还企图要赖，问民兵为什么捆他。改秀气愤地指着刘国粹的脸说："还装什么好人？等你的美国干爹救你来吧。你把那个小黑坛子埋在哪里了？说！你说！"

刘国粹狡黠狼狈地耷拉下脑袋。

改秀她娘从外面走进来，这一阵她在院里找埋小黑坛子的地方，好容易找见了。因为走得太慌张，脚又小，几乎摔在门槛上，一个民兵才把她扶住了。她急急巴巴地说："找，找见了……在北屋……后……后面……那……那拐拐上！"

刘国粹听见他娘说话，乞怜似的叫了一声："娘！"

老婆子这会儿心里闹清楚啦，她懂得了要亲什么，要爱什么。她干脆利落地说："你反对人民政府，你不是我儿。"

留下两个民兵看守着他们。大家都到院里去了。在老婆子找到的地方，刨出了一个小黑坛子。打开一看，里面装着五个手榴弹、一支手枪，都是美国造的武器。还有一个小纸包。区委书记打开纸包一看，里面有两张委任状、一个胸章。原来刘国粹是晋绥军第十九军的一个上校团长，在太原快解放时，敌人有计划地隐藏下来的两个反革命组织里的大队长。不管他们自己怎样狡辩不认罪，证件明明摆在那里了。

民兵们把凶犯、证物，都带去了。

改秀留老王在家里吃了饭，抚慰了她娘一顿，和老王到了县里。

## 七

自检举了刘国粹以后，刘家庄过去工作中存在着的一些干部和群众关系的问题，干部互相间的团结问题都闹清楚了，党支部书记检查了自己的麻痹思想。改秀也工作得更积极了。团支部大会上选她做了宣传委员。她娘也变成村里老年人当中的活跃人物，她到处去宣传。

春节的时候，区上召开了镇压反革命分子大会。改秀和她娘都上台讲了话。改秀她娘说："咱们大家要擦亮眼睛，那些死顽固东西，眼红咱们的好日子，思思谋谋想推倒咱人民政府，你们大家让不让呀?"

"不让!"全场高呼着口号，像天空中的雷声，像山岭中的洪水一样震动着田野，冲荡着人心！改秀她娘心跳得站不稳了，又说了两句："我以前是个老麻痹！老糊涂！咱们大家学我闺女于改秀!"全场热烈的鼓掌。

散会以后，一群一伙的青年、妇女、儿童，把改秀包围起来了。争着和她拉手，抢着和她说话，报社记者又给她照相，叫她谈话。她心里激动得不知道该怎样报答大家对她的热爱，她瘦弱的脸庞上显出红润的光彩，这两年来她从没有像今天这么兴奋，她想了半天才说：“我做的事很少，以后还应该为祖国做更多的事情。”

（原载《文学月刊》1955 年第 3 期）

马琰（1917—1996），女，笔名璐之、松碧，山西太原人。曾任《长春》杂志主编、中国作家协会吉林分会副主席。1936 年开始发表作品，代表作有小说《于改秀》、《第一次分红》等。

# 荣军锄奸记

沈默君

## 一

落花井村里最近出了件新闻：胡家媳妇的肚子忽然间大了。照说，女人怀孕是正常现象，算不得稀奇。但稀奇的是：胡小瘢痢是个反革命分子，大军过江的那一年跟国民党败兵一起逃跑，有人说半路上被国民党败兵的汽车轧死了，又有人说是掉在河里淹死的，总之，胡小瘢痢这个人是不在人间了；他的未亡人立志替他守节守到如今，何以忽然间肚子大了呢？

村里有三个老太婆，合起来毛二百岁。她们都有个不太好的习惯，就是爱谈张家长李家短。

譬如，王家的媳妇同婆婆吵了嘴，徐家的姑娘扯了一丈二尺布，这些事她们都是第一个知道。这天晚饭后，三个老太婆闲暇无事，又自然而然地凑到一起。

“扯一句谎是小狗！胡家小寡妇的肚子准有六个月出头，不信你看她穿的褂子，下摆的纽子都扣不上啰！……”翘嘴巴奶奶每次都是第一个发言。

“啧啧啧！……”

“我估猜，小寡妇肚子里的不是外种！”

“你说是她公公？……”

“想想不该讲！小寡妇一朵花正开的人，会看上那个老癞痢头？”

“莫非是来保？……”

也不晓得是哪个好小广播的人，把她们的话广播了出去。

## 二

来保是个民兵，首先民兵们就不饶他。他老婆又是顶爱吃醋的女人，也没打听清楚就和他吵了一架，一口咬定要和他分开过。来保跟她讲理讲不清，一赌气就同意分了家。锅碗瓢勺分了，坛坛罐罐分了，刚画好房子的分界线，他老婆反而熄火了，躺在床上不起身。原来，她没打算真的分什么家，只不过借此机会整一整来保，没想到弄假成真，下不了台。来保见她两顿饭滴水不进，慌了手脚，连忙跑出来讨救兵，找调解员周金榜。

周金榜是个复员回来不久的荣誉军人，一人担任着好几个职务：乡调解员、公安员、民兵队军事教员；最近民兵队长到县里受训，他又临时代管民兵队的工作。事多人忙，天天要出席会议。今天，他刚从乡里开会回来，扛了把锹准备下地放水。半路上被来保截住，他锹没落地就上了来保家。足足劝说了三个钟头，才算把来保老婆劝起床。

他走出来保家又碰见翘嘴巴奶奶拦路告状，说她家的鸭子在河边上不见了一只。当然，这是公安员分内之事，不能推。他只好从头到尾听老奶奶把失鸭经过讲了一遍，又把那只鸭子的特征、鸭毛的颜色问清楚，答应下明天替她找鸭，才把她打发走。

赶回到自己家，天就黑透了。他一只脚刚跨进门槛就看见金榜嫂板着脸坐在灶门口，儿子站在锅台边哭鼻子。他心中有数，知道她是在生他的气。正想解释却被金榜嫂占了主动。

“你还记得家呀？天还早得很呢！大人小孩儿饿着肚子等你回来开饭！”金榜嫂说着站起来，拍拍围腰上的灰尘，转到锅前，没掀锅盖却指着墙上贴着的一张纸条，“这不是你自己立下的规矩：12 点开中饭，6 点钟开晚饭。哪一回你守过这规矩的？不是早就是迟！”

周金榜无可奈何地哑笑了一下，掏出手巾替孩子揩鼻涕：“本来早就回来了，因为翘嘴巴奶奶的鸭子不见了一只……”

金榜嫂一面从锅里往桌上端菜，一面仍在埋怨着：“真是朝廷的官管的宽！革命革了五年，回来就管鸡管鸭？”

周金榜本想说：“你怎么这样认识，这也是工作呀！”后来一想还是不讲为妙，在这种情况下，最好的“战术”是只守不攻。她这人他了解，向来说话刻薄，其实对革命倒是蛮有认识的。往年，他在山上打游击，她就是游击队的秘密情报员。被敌人抓过，吊过，上过老虎凳，为革命吃过不少苦头。

果然，金榜嫂见他不作声，不好意思再说下去，悄悄地把一碗炖鸡蛋推到他面前。

刚放下饭碗，门“吱吱”推开半扇，灯笼光一亮，一个人轻手轻脚走进来。

听声音金榜嫂就知道来的是谁，她眉头一皱，脸上现出厌烦的神色来。也难怪她厌烦，来的这人是个被管制的地主。

“你来做什么？”

“嫂子，没事哪个敢来打扰你哟，今天是月半，摊……摊我汇报思想……”

那人说话的声音颤颤抖抖的，像是刚从饿牢里放出来的一样。

他进来以后，吹熄了灯笼，轻轻地把门关严，缩头缩脑往门角落一站。

这人六十上下年纪，秃头，猴脑，尖下巴上的胡子跟狗尾巴草似的乱七八糟纠缠在一起。穿一身灰不灰、白不白的汗衫裤，上漏肩膀，下露膝头。一年四季身上臭烘烘的，人见到他不由得不联想到茅缸板。别看此人眼前这副可怜相，从前可是抖过威风走过红的人。三十里上下，哪个不晓得分水岭落花井的胡大先生。儿子当乡长，一条冲的好田好山都归他所有。槽坊是他家开的，纸坊是他家开的，油坊还是他家开的！他官名胡子美，可是一点儿也不美，胡氏门中两代都是癞痢头，百医无效，因此，人们背后都叫老癞痢、小癞痢。

老癞痢见人是不敢抬头的，连见到拖鼻涕小孩儿都请安问好。照他自己的解释，是“向人民低头”。

今天他一进门就苦焦着脸，唉声叹气：“……这半个月来，我的思想……”他咽下一口唾沫，接着像和尚念经似的一口气念道，“自从人民政府对我宽大政策，我好比苦海无边回头是岸，人民政府好比我重生父母，再生爹娘……”

周金榜有点儿不耐烦，把小本子一合：“早跟你讲过，汇报思想不要唱高调，怎么老不改？简单扼要点儿，拣主要的讲！”

“是，是！”老癞痢一连哈了两个腰，又咽下一口唾沫，然后细声细气地说，“常言说，‘寡妇门前是非多’，这句话可叫我应上了。自从我那害人民的儿子下世以后，我天天劝我儿媳改嫁，她寻死上吊不答应，做梦也没想到她……”以下的话他似乎觉着说不出口，把话头拐了个弯，“本来年轻人逢场作戏也是常有的事，其实蛮可以明来明去，不必七窝八窝的。如今政府新章程，婚姻自由……”

金榜嫂向来当丈夫办公时不多嘴，可是今天她却忍不住插了一句：“你说话不要拖泥带水！婚姻法上说的是婚姻自主，多咱有过婚姻自由这条章程的？瞎说八道！”

老癞痢脸上的肉忽地一收缩，眼睛眉毛都皱到一起去了，两腿直哆嗦："我说错了！我说错了！该死，该死！"说着一连打了自己两个嘴巴。

周金榜敲敲桌子："好啦好啦，快往下说！"

老癞痢支支吾吾说下去。周金榜才听出点儿头绪，一句话归总，他说他儿媳似乎跟来保有点儿不清不白的关系。

"你有什么证据？"

老癞痢头一伸，向前走拢一步，说得很神秘："是她自己对我坦白的……"

这话，周金榜白天就听到传言，但他不相信。老癞痢走后他坐在灯下想着："来保这个人平常表现得还不错呀，怎么会和反革命家属乱搞男女关系呢？"

金榜嫂在灯下纳鞋底，她叹息道："来保这个人，样样都好，就一门不好，喜欢跟姑娘家七搭八搭的！"

"嗯，他的生活作风上是有点儿不大正派，我不知批评过他多少回，他老不改，真气人！"周金榜真的生了气，他站起身来，打算立刻就去找来保，狠狠地熊他一顿，明天再召集民兵开个会，整他一次风，但仔细一想又觉得不妥当，已经迈出去的步子又收回来。他心里说："你看你办事多冒失，没调查研究就下结论，弄得不好又要吃批评。"

提起吃批评，周金榜这把年纪是有不少经验的。他才复员回来那半年，因为在部队里生活惯了，乍回农村总觉得一切都不合脚步，群众散漫，民兵集合上课一个钟头都集合不齐，干部办事不干脆，这些现象他都看不惯，因此，在工作上表现得急躁，容易发态度。他一着急就说："这样搞法，哪天才能到社会主义？"他虽然生活在农村，但生活方式还是按照部队里的那一套做，穿的是军衣，坐、立、行讲究军人姿态，见人行的军人礼节。就为这个还闹了回笑话：有一回他在路上遇到乡长，他很习惯地往路旁一让，立正敬礼。乡长呢，从来没当过兵，慌得手忙脚乱，又举手又鞠躬，末了说了一句："老哥，你我天天见面的人，就免了这个吧！"

也许拿枪杆拿惯了，也许留恋部队生活，他对民兵训练抓得特别紧，上起课来很严格，一点儿不含糊，不管谁做错了动作，一定要正过来。民兵们给他摆弄得直叫苦，最初都有点儿怕他。但这项工作进行得也不十分顺利，也曾经闯下不少祸。今年2月间，有一天晚上，他教民兵夜间战斗动作，课目是“排攻击”。因为这个课目比较活泼，又是在野外进行的，所以民兵们很感兴趣，下了课以后大家都不想散，要求演习一遍。民兵队长指挥上不大内行，一定央他代替指挥。他把队伍布置开以后就下了口令：“目标正前方四百公尺独立家屋，第一班向东，第二班向西，第三班跟我……”

也不晓得是他事前没有交代清楚，还是小伙子们情绪高，他“来”字刚喊出口，呼的一下，二十几个民兵从田坎底下跳起来就跑，清嘶鬼叫：“冲呀！杀呀！”第一班一色是二十岁上下的小“烧包”，喊得最响，跑得跟闪电一样，一眨眼工夫上了翘嘴巴奶奶的草屋。好，这一下可闯下祸了，猪圈墙给他们蹬倒了半边，屋顶上给他们踩通了四五个大窟窿。翘嘴巴奶奶一家子正在梦中，就听一阵冲杀声上了屋顶，也不晓得出了什么事，吓得直哆嗦。后来知道是民兵，你说她能罢休？老奶奶又是顶吃不得亏的人，平常人家鸡飞到她菜园里啄破了两片菜叶子，她都要骂半天，一下踩通她家房子，那还了得，你看骂吧，拉开大门指着屋顶骂：“杀得来呐？造反呐？连枪都不会放就要上屋，你们真的当了兵还要上天咧！……”屋顶上的民兵屁都不敢放一个，都溜了。第二天一早他和民兵队长两个人，硬着头皮替翘嘴巴奶奶砌猪圈墙、补房顶漏洞，整整忙了一个白天，这还不算，区长知道了，狠狠批评他几句，群众又提了不少意见，回家来又挨老婆褒贬，拿他自己的话说是“三面受气”。

想起这些事，周金榜心里就有点儿不畅快，他叹了一口气，暗自说了一句：“农村工作真难办！哪有在部队干痛快！”提起部队却勾起他的心事来：“我那班里人目前不晓得怎样了？上个月班副来信说，张大明和老赵抗美援朝志愿上了朝鲜，小杨保卫海防到了福建。瞧人家，那才像个革命的样子，我呢？成天猴在这山沟沟里，尽管些啰里巴嗦的事：人家鸭子不见了，找我；夫妻吵嘴打架，找我；寡妇肚子大了，也找我！咄！”

## 三

第二天，周金榜刚起床就接到乡里紧急通知，说刘塘圩江堤吃紧，要动员民工前去抢救。俗话“救水如救火”，不用动员，村里的干部、民兵，凡是得力的人都自愿报了名。吃过早饭，周金榜就带着队伍出发了，他原来打算处理来保的问题只好暂时搁下来。

就在他们出发的那天晚上，村里又发生了意外的事。

傍晚，翘嘴巴奶奶开后门倒灰，她无意中瞧见跳板旁边的水“咕嘟咕嘟”直泛泡泡，她只当鱼打花，没在意，不料，那水泡泡越泛越大，一个大水泡泛过之后，水里冒上来一个东西，头比脸盆大，满头满脸红彤彤的毛，头顶心长着一只角，眼珠子碧绿，一闪一闪发光。非猪非牛，这是啥东西，老奶奶打出娘胎就没见过，她眼睛一黑，腿肚子发了软，身子晃了两晃，赶紧扶着墙……

老奶奶被孙媳妇架到床上，到底上了年纪，受不起惊骇，头渐渐地有了热度，直到二更天才见退。老奶奶自从四十岁那年春天死了丈夫，秋天又死了儿子之后，就下决心吃观音斋，顶相信鬼呀神的，连鸡鸭得了病都求签问菩萨。新中国成立后也没大转变，今天忽然间碰见了“妖怪”，她哪里还有心思睡觉？她有意无意地把她近几十年来所说过的错话、做过的错事都反省了一遍，可是都是些微不足道的小事，不至于因果报应。只有一件事大，她想起来了：上上前年，王老头儿家的牛病了三天不吃食，是我多了一句嘴：“王老头儿，你还发什么愣？还不趁它有一口气赶紧卖给宰牛的马老四杀……”那牛一连看了我好几眼……她睁着眼睛躺在床上胡思乱想，正应上“越怕鬼越有鬼”的那句话。约摸三更天过后，她突然听见从河边传来“哦——哦——”两声号叫，那叫声尖得刺耳，尾音拖得很长，比狗哭还凄惨，比狼嗥还怕人。老奶奶不由打了个寒噤，接着身上的汗毛都竖将起来。她迷糊糊地仿佛听见那号声越叫越近，不大会儿工夫已经叫到门口稻场上了，“哗哗”一阵铁链子声，接着就是羊叫……也不知道过了多久，她才隐隐地听到窗外一声接一声的鸡啼，天亮了。

老奶奶一夜没合眼，爬起来，拉开大门就上了牛屋，牛拴得好好的，正在嚼草，可是扣在桩上的她那只心爱的羊却不翼而飞。

她的老干姊妹们得到消息，都端着早饭碗赶来。

“好不容易呀，可怜我牙齿缝里省下来的粮食喂的鸡，鸡下的蛋，一百二十个大鸡蛋才换来那只羊，多好的一只羊啊！”老奶奶越说越心疼。

“有什么法子呢？你看破些吧，强如害场病吃药吃掉的！田里多收几斤稻子就在里头了。”

得到老姊妹的同情和安慰，老奶奶心里才稍微好过些，但她心里还有一个结解不开。

她的老姊妹们昨晚上都睡得很甜，没听到过什么动静，也说不出个所以然来，只好凭各人的经验瞎估猜：“是狼？是野猪？还是……”

老癞痢不知什么时候也站在稻场边上，他咂咂嘴又摇摇头，看样子似乎很同情老奶奶的遭遇。平时在这种场合他连边都不敢沾的，可是今天他见是几个七老八十的老太婆在说话，所以胆子略微大了些。他半自语地插道：“我也说不准，瞎猜猜：照《西游记》书上说，头上长角的是山妖，水里出来的是水怪。今年雨水多，怕是要遭水灾……”

老奶奶虽说头脑有点儿旧，但阶级界限是分得清楚的，她像看见狗屎一样一连吐了好几口唾沫，骂道：“呸呸！大门口讲话要你路边上人插什么嘴？你是什么东西，也配跟我们讲话？什么妖怪不妖怪，新社会里没得妖怪。你再造谣言，把你捆起来送到大牢里去。滚！滚！”

老癞痢没想到，连他昔日视如草芥一般的老太婆，也敢像骂狗似的骂他，世道变得不可想象了。他头一低，计上心头，“啪啪”打自己两个嘴巴：“打嘴，打嘴！”

村里有个王老头儿，为人顶好奇，食野味，爱喝一杯。往年农闲的时候上山打过猎，这几年眼力不行了才歇手。他听老伴说翘嘴巴奶奶撞见了妖怪，心里直发笑："什么妖呀怪的，一定是老太婆看走了眼。我看，还不是山上下来的野货，老子拼一晚上不困觉，打它狗日的喝烧酒！"他把那管多年不用的土枪翻了出来，擦了擦。到晚上人家都睡了他不睡，四两烧酒喝得醉醺醺的，把土枪往窗户台上一支，人往窗户里头一站，就等捡便宜。

好容易等到三更天，咹，有动静了，河边上水响，咹，叫了——哎呀！这是什么野货叫？不像獾子，不像麂子，是狮子？是老虎？……王老头儿心里正疑惑，一阵蹄子响，一个四不像的东西闯进街，比牛矮半截，比猪高一头，头上有角，两眼发绿……他心头"扑通扑通"跳个不停，来不及瞄准就开了枪"哒"——光听扳机响，枪口不冒火，——他一时慌张竟忘了上底火。一枪没打响，他再也沉不住气了，枪一丢，赶紧关上窗门，一头钻进灶门口草堆里。

## 四

来保这两天情绪不高，很少见他说话，连抬土都不打号子。周金榜本想找个机会跟他谈谈，但是在大庭广众之下那些话似乎不大方便谈。吃中饭歇工的时候，来保却主动来找他。

"金榜哥，我到底犯了什么法？村里人见着我就像见了地主似的……有意见公开提嘛！"来保的脸黑里透红，样子很激动。

周金榜正蹲在江边上洗手，他装作若无其事的样子，微微一笑："不要疑神疑鬼，为人不做亏心事，半夜敲门心不惊。"

来保越急越讲不出话，睁圆了眼睛："我……我做过什么亏心事啦？你是看我长大的，也说这种话？"

周金榜的脸渐渐地严肃起来："一个人不怕有错，就怕有错不改。你我都是民兵，民兵就不同一般群众，处处都应该起模范作用，哪怕是生活细节，都不能随随便便不照顾影响。"

来保脸一红，咬了一下嘴唇皮："是的，我生活作风是不好，喜欢跟姑娘家打打闹闹的，可是我从来没干过那号混账事呀。再说，我结过婚后就很难得跟姑娘家说句把笑话，凭空给我扣上一个黑帽子，这个冤你要替我伸！”

周金榜反问一句：“难道群众会凭空栽害你？”

“那要看什么样的群众，翘嘴巴奶奶向来看见骆驼说象的人，她的话能作数？”

周金榜有点儿生气，他站起来：“说这话的人不止她一个，照你这种说话，你自己一点儿缺点都没有了啰？”

来保低着头不作声。

“这些话回村再说吧，你好好想想。”

来保也站起来，随手捡起一块小瓦片扔到江里：“你别发急，我还有件事向你汇报。上半个月，胡家小寡妇有事没事老朝我家跑，借根针啦，讨绺子线啦，抽空子就朝我打飞眼，说句把下流话。我根本没睬她，弄不弄还霉她几句，她也不在乎，脸都不红一下子，照样扭着屁股一天跑两趟。有一天我老婆回娘家，我这人粗枝大叶惯了，晚上睡觉忘了闩大门，半夜里她溜进来，说要借包洋火，直朝床上摸，我一惊，醒过来，一巴掌把她打下床，她爬起来还不走，气得我摸起枪，一拉大栓，上了顶膛火，才把她吓跑。”

“原来还有这么个情况，你怎么不早说？”

“我嫌丢人，又怕说出来人家又说：‘村里这么多人她都没找，单单找你呀？必定你也不是好东西。’所以没说。想不到事情倒弄到我头上来了，真倒霉！”

周金榜正在分析来保刚才讲的话，王老头儿气喘喘地走来，他脸色很紧张，一看就知道他心里有事。

“村里出了什么事啦？看你跑得气吼吼的。”

王老头儿支吾了半天才把事情说清楚。周金榜听着先是一怔，随后又是一笑：“不可能吧？你没看错？”

王老头儿几乎要赌咒：“不信你回到村里就知道了。”

## 五

周金榜回到村里，第一桩事就找翘嘴巴奶奶。老奶奶谈的情况如王老头儿一样。照他们所说的那怪物的形状似乎有点儿像牛。他心想：难道山上出了野牛？不对，皖南山上从来不出这种野兽。听人说，野牛是吃素的，既然吃素就不会拖羊……说不定是豹子作的怪。豹子是会游水的。

豹子既然敢到村里拖羊，那民兵就有责任为民除害。

当夜无话，第二天一早，周金榜领着来保，扛着枪上了山。附近山上几片树林子都搜索了一遍，没发现什么痕迹。搜过树林接着又搜山洞，大洞小洞搜了七八个，连个兔子都没抓着，最后搜到观音洞。观音洞在南山腰，是个很深的大石洞，洞口只有井圈大，直统统的一丈多深才见底。

周金榜劈倒一棵毛竹子，扎成四个火把。来保砍断一根野藤，一头拴在洞口山楂树上，一头坠到洞底下。他两人手抓着藤条系下去，脚一落地就点亮了火把，左右一照看，突然，来保发现了什么，惊喜道："脚印子！脚印子！"

周金榜定神一看，眼面前的地下有两行牛脚印子，第一行脚趾朝洞里，第二行脚趾朝洞口。

来保像挖到宝贝似的抑制不住心里的高兴："跑不了它！这儿是它的窠，抄它的窠！"

周金榜蹲下来，两只眼睛盯住地下的牛脚印子瞧，用手比量着。

"我说是野牛嘛，你还不相信，这回没得说了吧？"来保算是抓住了周金榜的小辫子了，他肯定地说。

周金榜凝神思索，没作声。一会儿，他站起来，仰起头望望洞口，然后摇摇头，肯定地说："你看，这么高的洞，这么小的洞口，野牛怎么能下得来？下来之后又怎么能上得去？"

来保恍然大悟："是呀，我的头脑怎么这样简单！我还没想到这一点。”

周金榜吩咐道：“上顶膛火！”

两人跟着地上的牛脚印子往洞里边搜去。越往里走洞越显得深阔，并排能走下四个人，洞顶潮渍渍的，直往下滴水。黄不黄、灰不灰的大蝙蝠一排接着一排，脚朝上头朝下倒挂在洞壁上，一见火光“扑扑”飞起一大群，直朝他两人头上撞。

走不多远，周金榜嗅到一股腥臭气，再朝前走几步，他看见前面地下有个白色的东西。愈接近那东西，腥臭气愈重。他两人用手捂着鼻子，走近一看，原来是一具羊尸。

来保一眼就认出来：“哎呀！这不是翘嘴巴奶奶的那只羊吗？”

周金榜用枪把那死羊挑转过身来，羊身上有好几个血窟窿，看样子像是刀戳的。

周金榜像被谁打了一棒似的猛然地向后退半步，狠狠跺了一脚，用手拍打着后脑勺：“嗨！你看我这人，和平麻痹思想到了什么程度了？这明明是人干的，是特务搞的鬼，我还当是野兽，我的警惕性到哪里去了？”

来保吃了一惊：“特务？你说有特务？”

“是啊！我们前一个礼拜刚学过，一定要解决台湾问题，这场学习算是白学了！我总以为这是前方的事，我们在后方的人只要增产节约支援前线就行了，没想到后方还有暗藏的反革命分子，还有特务！”他越想越懊恼，竟骂起自己来，“我这个荣誉军人怎么当的？”

## 六

“这个特务是谁呢？”周金榜估计：出不了分水岭前后山，不在本村就在邻村。本村受管制的只有三家，是张家？张德昌早判了十五年徒刑，目前正在劳动改造。他儿子才十三四岁，不至于。是钱家？钱老四“镇反”那一年已经枪毙了，他兄弟是个痨病鬼，风一吹就要倒的人，没有那个力气。是胡家，小癞痢五年前就死了，老癞痢是个见了鸡都要让路的人，不见得敢……那是谁呢？

他两人在洞里仔细搜了一遍，除了那具羊尸外任何东西没发现。出了观音洞，天已快黑了，来保走在周金榜身后，他灵机一动，想出一个主意来："金榜哥，不用发愁，依我看，先把那几户坏分子抓起来，审他一审如何？"

周金榜默默地摇摇头，然后郑重地说："不能打草惊蛇。看情况敌人是有计划的，我们要沉得住气。"

"那你说该怎么办呢？"

周金榜眼睛闪了两闪："回村以后千万不要声张，只当没有这回事。要是有人问，你就说山上的确出了豹子，歇两天我们民兵就造笼子逮豹子。"

回到家，周金榜连夜把民兵召集起来开了一个会，山上山下、村里村外都布置下秘密哨。可是，接连忙了三天三夜，没有侦查出一点儿线索。周金榜嘴里说沉住气，心里可真有点儿着了急，吃不下饭，睡不着觉。晚上，他睁着眼睛躺在床上反复地想：莫非这个特务不在本村？在别村？或者是外县窜来的，扰乱一下就走了？不对，外县外乡的人怎能会对本村的情况这样熟悉呢？我们修堤的人一离村他就出现了，我们一回村他又不见了。这个人说不定就在本村。本村接连出了两件事，忽然间出了"妖怪"，忽然间胡家小寡妇的肚子大了。这里面一定有问题。这念头在脑中一闪，他精神陡长一眨眼瞌睡都没有了。他猛地翻身坐起来，一拳头捶在枕头上，大声喝道："不怕你特务刁上天去，我也要逮住你！"

正在甜梦中的金榜嫂惊醒过来，她埋怨道："你这人着了什么魔哪？一连三晚上没合眼也不瞌睡，当心你那伤口！"

"不要紧，等抓住特务再睡不迟。"

## 七

第二天一早，周金榜假意说又接到乡里紧急通知，要动员民工到下坝去抢救江堤。

吃罢早饭，周金榜把“修堤”的人带出村，大路不走走小路，翻过分水岭又上徐家峁，两个弯一拐，进入普化堂庙后面的松树林子。进了树林他才把计划宣布，并且作了一番动员。民兵们听说抓特务那比小孩儿过年放爆竹还高兴，各人找一块地方倒下来睡大觉。整整睡了一个白天，睡饿了吃干粮，吃饱了再睡。可是，老天不作美，太阳落山的时候下起雨来。民兵们身上的衣服淋得透湿，但为了捉特务，情绪仍然很高涨。

天擦黑的时候，他们神不知鬼不觉地偷偷溜回村。周金榜把民兵布置开，大路小路都设下埋伏。他带了一个组上了王老头儿家的牛屋，身上披着草伪装着。雨越下越大，又打雷又闪电，黄豆大的雨点子，淋得人睁不开眼睛。

从二更等到三更，从三更等到快交四更，除了雨声雷声还是雨声雷声。

来保伏在周金榜旁边，他大概被雨淋伤了风，一连打了好几个喷嚏，嘴里叽咕道：“我看又要白忙一夜，天都快亮了，趁早收兵吧！”

周金榜很坚决地说：“不抓到特务决不收兵！”

就在这时候，突然，河边上“哗哗”一阵水响，接着“哦——”的一声号叫。天上电光一闪，周金榜看见河边上跳上来一个怪物，似牛非牛，头上长角，走起来一蹦三跳，走两步号一声。

来保究竟没有上过阵，见那怪物直朝牛屋走来，心一发慌就开了一枪。

周金榜可火了：“没有命令谁叫你开枪的？一点儿战场纪律都没有！”

那怪物一听枪响，扭头就朝河边跑，周金榜一迈腿，跨过屋脊，从牛屋顶上滑下来，盯着那怪物屁股后就追。距离太远了，追不上，他端起枪朝那怪物后蹄子打了一枪，只听那怪物“哎唷！”一声喊，跌倒地上，他正要赶上逮活的，不料那怪物在地上打了两个滚，忽地人立起来“叭叭”朝周金榜打了两枪。周金榜身子往旁边一闪，连忙卧倒，他回头招呼后面的人：“散开，各个跃进！”

那怪物不敢恋战，边打边退，跑到河边“扑通”一声跳进水里。来保开了一枪没打中那怪物，又挨了周金榜的熊，心里正窝着一团火，他一个箭步抢到河边，把枪往地上一丢，一头也蹿进水里。

“来保，来保!”周金榜一把没抓住他。

来保一个猛子扎到水底下，伸手就触到那怪物的一只蹄子。那怪物猛一翻身，挣跑了。来保像鱼似的向前一蹿，追上去。那怪物水里的功夫不及来保，又负了伤，游不到两丈远就浮出水面换气，来保趁势扑上去，拦腰把它抱住。那怪物拼命挣扎，和来保扭打起来，在水里翻上滚下，打得水花溅很高。那怪物急于逃生，照来保眼睛一蹄子踢去，来保两手不得空儿，没防它这一着，眼睛里直冒金星，手一松，那怪物头往下一埋，沉到水底下。

来保双手捂着眼睛浮出水面，朝岸上叫了一声，正好周金榜他们赶到，周金榜跳下水把他救起来。只顾救来保，那怪物却跑远了。

这时，天边已经露出鱼白色，雨住风息。这条河下游不远就是一道石坝，坝上周金榜早就设下埋伏，那怪物长着翅膀也飞不出这道石坝。天亮，周金榜领着人顺着河边向前搜索，走不多远就发现河滩上有两行新踩的牛脚印子，那脚印子从河边一直连到岸上一家菜园子。这菜园子是谁家的？是胡家的。

周金榜立刻命令民兵把胡癞痢家团团包围住。这时，村里的人都起来了，男男女女扛着铁锹、稻叉一齐哄来，把胡癞痢家小小的几间草房围得里三层外三层尽是人，像围山打狼一样，声势浩大。

来保擂鼓似的擂着胡癞痢家大门，好半天才听见屋里有人懒洋洋地打哈欠。

“谁呀?”

“快开门!”

“来啰，来啰！我穿衣服呢。什么事这样急呀?”

又歇了一会儿，门才慢慢地开了半扇。老癞痢睡眼惺忪地伸出脑袋来：“这么多的人！大清早有什么公事?”

人像潮水似的涌进门，进了院子就搜，从草堆、猪圈、鸡窝、茅缸、灶门口，搜到老癞痢睡的床背后，每一方地都刨过，没有地洞；每一方墙都敲过，比量过，没有夹墙。

最后搜到小寡妇的房间。老癞痢忽然张开两手拦住门不让搜，他一本正经说："她快要生了，你们不能瞎闯，出了人命不是玩的！你们没见门上挂有记号？"说着用手指门框上新挂的一块红布条。

房里小寡妇躺在床上像是立刻就要生似的，直哼哼。

来保一巴掌把老癞痢拨很远："见鬼！"

老癞痢从地上爬起来，拼命抱住来保的腿："来保兄弟，我坦白，我坦白……我该雷打！我该下油锅！我儿媳妇的肚子是我搞大的，不是你，不是你……"

谁有闲工夫听他那一套鬼话，几个民兵死拖活拽把老癞痢撵出大门。

周金榜他们跨进房就搜，门背后没有，床子背后没有，踏板底下也没有。正要抬床，小寡妇躺在床上大喊大叫耍赖。亏得金榜嫂来增援，她领着几个壮年妇女冲进来，七手八脚把她抬出去。

拉掉帐子搬开床，床底下有了！靠墙很近，离踏板不远，地下有一方块新土。周金榜随手抓起一把锄头就刨，刨不到一尺深，露板了，他用刺刀撬开板，板底下露出一个黑洞洞。

来保冒冒失失要往下跳，周金榜伸手把他拉卧倒。他拿起一张小板凳朝洞里丢下去，小板凳没落底就听"叭叭"两声枪响。

"识相点儿，快上来！"来保在洞口吼道。

任凭你怎么喊，洞底下鸦雀无声。

等急了，周金榜故意放大声音朝来保说："来保，递给我两个手榴弹，再不上来炸死他个狗日的！"

"不要丢！我上来……"洞底下忽然发出微弱的声音。

"先把枪丢上来！"

"是是，缴枪，缴枪……"

洞底下的人口里答应着，呼噜一下伸出头，"叭叭叭叭"一梭子子弹扫过来。幸亏周金榜他们都卧在地上；那人的眼睛又见不得阳光，所以没伤着人。周金榜跳起来，飞起一脚朝那人的手腕踢去，“咔嚓”一声，手枪掉在地上。

那人被五花大绑推出门来，众人一见，都大吃一惊，原来，这人就是那个死了五年的胡小癞痢。

胡家三口被送到县公安局。村里开了群众大会，王区长亲自到会讲了话。众人这才明白，原来，胡小癞痢并没有给汽车轧死，也没有掉下河淹死，大军过江的那一年，他跟国民党败兵一起逃跑，半路上遭到了解放军的包围，他一头钻到河里才保全一条狗命。他半夜三更溜回家，家里不敢蹲，上山做野人。不久就跟老土匪头子汪老九接上关系，汪老九自称“××边区反共突击队”的总队长，委任他当第一大队大队长。后来，解放军剿匪搜山，山上藏不住，汪老九命令他“入地”。他从山上溜回家，在老婆房里挖了一个地洞，钻进去。谁知道不小心，小寡妇的肚子大了，第一胎打掉，第二胎又有了，再打吧，小寡妇吃不消，老癞痢怕绝了后代没人“报仇”。三个人想出一条妙计——找替身，目标就选中了来保。小癞痢“地下斗争”五年整，没有什么成绩，他的上司对他很不满意，要他找机会“立功”，刚好这一阵子雨水多，江水河水上涨，他就钻了这个空子，搞来一张新鲜小牛皮，连夜缝了一件“妖怪”壳子，牛头上装上一只独角，牛眼睛上两个绿颜色的小电灯泡，通上干电，一揿电门妖怪睛眼就闪一闪发绿光。

王区长讲到胡小癞痢的上司汪老九，也在第五区被活逮住这句话时，台下像打雷似的鼓起掌来。这时却有三个人低着头，红着脸。

翘嘴巴奶奶一辈子没大红过脸，可是这一回脸却红到齐耳根子。她算是经一事长一智了，世界上根本没有妖怪，妖怪是特务分子捣的鬼，她上了特务的当。新中国成立后，人人都在进步，偏偏自己还……

来保红脸的原因，是因为他现在才真正认识到反革命分子是无孔不入的，作为一个干部，处处都应该提高警惕，不让敌人钻空子。

第三个红脸的人是周金榜，因为王区长曾好几次提到他的名字，很表扬他一番，说他革命的警惕性高，不愧是个荣誉军人。不知为什么，他听到这话心就发跳。他想起临离开部队的那一天，连长对他说的那两句话："一个共产党员到任何地方都应该有永远是战斗队的思想，任何工作岗位上都有战斗……"

（原载《解放军文艺》1955 年第 5 期）

沈默君（1924—2009），笔名迟雨，安徽寿县人。中国电影剧作家，国家一级编剧。中国剧协第一届理事，中国影协第三届理事。代表作有电影文学剧本《渡江侦察记》、《台岛遗恨》、《自有后来人》、《孙中山与宋庆龄》等。

# 秃鹰崖擒匪记

李月润

一个狂风暴雨的黑夜。雷，似乎要把高入云层的山峰劈倒；风，发出漫天的啸叫，似乎要把大片的森林扫平。在连续不断的闪电下，浩浩荡荡的大龙江正翻滚着一个个的浪头。大雨，瓢泼般地倾泻在江面上。大龙江上一架钢铁的大桥，像屹立在暴风雨里的巨人，用有力的臂膀抓住东西两岸。公路，绕过大江西岸的高山——秃鹰崖的山脚，穿过龙江大桥，通向东南方不远的国境。

一个闪电，照得大桥南北铮明瓦亮。这时，在大桥北面不远的江面上，出现了一条白色的舢板。船上两个战士，吃力地划着双桨，舢板被风浪打得一上一下，雨点和水星一阵阵地扑到他们的身上，又从防水大衣的边沿上钻进他们的脖子里。

这两个战士，一个是副班长宋光，一个是老战士朱人杰，都是公安军驻大龙江桥派出分队的。今天夜里，他俩值 12 点到 2 点的岗，在江岸上巡逻。第一个钟头平安无事，但是刚交第二个钟头，上流的巡逻哨便打来了信号，发现在江心里漂浮着一件东西。自山洪暴发以来，这个派出分队一直在和冲散的竹排搏斗，为了不让它们堆积在桥墩上挡住江水。但是，他们都明白，派出分队的任务绝不限于替江水开路，因为他们已亲自粉碎了美蒋特务无数次破坏大桥的阴谋。因此，宋光和朱人杰一接到信号，立刻驾起舢板到江心察看。

风很大，雨点和水星打得人睁不开眼，他俩拼着全身的力气划桨，借着一次次的闪电，察看江面。

“看到没有？那里漂来的是什么？”在一个立闪以后，朱人杰首先发现了目标。

“看到了，好像是死尸！”宋光抓了一把脸上的雨水说，“快划……”雷声把他的下半句话淹没了。

舢板在电光闪闪中，接近了那个目标。宋光放下桨板，举起了竹篙，向目标一搭，铁钩便搭到了目标上面。朱人杰用力地划着，不使舢板拖着这件不知名的东西接近大桥。宋光一手握着竹篙，一手掏出电筒，一照，原来是一条死狗。狗毛浸透了水，反射出白光，肚子胀得圆溜溜的。

“怪事！狗还能被淹死吗？”宋光说着将竹篙一拉，轻轻将死狗拖过来。

朱人杰放下一叶桨板，伸手就要去拖。但是宋光用手电筒将他的胳膊一架说：“别动！你看狗尾巴上还装着机器哩！”朱人杰定神一看，果然狗尾巴上拖着绳子，而且绳子后面还拴着一块木板像一支奇异的船舵。这下，朱人杰明白副班长的用意了，于是掉转船头，向岸边划去。舢板靠岸后，宋光跳入水中，在齐胸的水里将死狗轻轻托起，放在岸上。他命令朱人杰继续巡逻，自己到队部报告。

这支派出分队的队长叫张波，二十五六的年纪，白净面皮，有一对微微带孩子气的眼睛。但是，张波在特务们的眼里却是只“老虎”，敌人不止一次地专门派来特务，想把他打死，但是他仍然活着，特务们却一个个地被他捉进了监狱。有一次，当他看到写着“注意消灭张波”的特务内部通报时，只是微微地笑了一下。

这天夜里，他听了宋光的报告以后，就亲自督促着对那只死狗进行了解剖。2点1刻，他在电话里向司令员作了如下的报告：“1点20分，在大龙江桥西北二百米左右的江面上，捞上一只死狗，狗嘴里含着一支触发信管，肚子里装着两公斤烈性炸药。狗是黑色的，脑门上有一块白花。死狗没有腐烂，耳朵、眼睛和鼻子里的毛细血管破裂，还残留着一点儿血迹。事件说明，这是敌人又一次向我们的大桥进攻。当然，这次进攻是试探性的，如果不立即行动，这种爆炸物就会连续地下来，给大桥造成严重威胁。根据狗七窍流血来判断，是中毒死的；根据狗皮浸水的深度推测，特务们就在五公里以内。这给了我们一条有利的线索。我建议：由我们分队按第七号作战方案进入战斗。希望立即给我们指示。”

宋光和朱人杰下岗以后，回到了营房。他们一边换干衣服，一边低声嘀咕那只死狗。他们一致认为有一场小仗好打。朱人杰从野战军调到公安军还不到一年，巴不得每一次抓特务他都参加。他说：“不错，我不够细心，可是这几个月我也转变了不少哇！谁也没念过反特大学，或是生下来就会隐蔽斗争，上级还能不让我参加去锻炼锻炼哪！”宋光想战斗任务早就想得心里痒痒了，可是他认为：“搞咱们这行啊，可比不得过去明枪明刀地硬干，任务一来大家写个请求书，要求打主攻，参加突击队，上级不批准还得找到连部里。现在是打听不见动静的战斗，人家给特务戴上‘手镯子’了，说不定咱还不知道呢。我说啊，咱们干脆睡觉，别当这个‘乱参谋’。”

宋光嘴上这么说，心里却在暗暗盘算：“说不定也能有咱的一份儿。”两个人正要上床睡觉，队部的通信员从门缝里探进头来说：“三班副、朱人杰，队长请你们。”这下两人可乐了，雨衣、雨鞋也没穿，就叭嗒、叭嗒踩着泥水往队部里跑。

队部办公室里亮着电灯，队长坐在写字台后面，正在看一份电报。宋光和朱人杰报告以后，站在一边。

队长站起来，看了看表说：“2 点半啦！你们知道那只狗身上带着什么吗？”

“我想一定是带着破坏大桥的东西，要不好好的狗还会淹死？再说，狗尾巴上还拴着板子，这倒像咱们常讲的那种‘定向飞弹’，让狗头一个劲儿地朝前。”宋光说出了自己的看法。

“不错！这是一颗狗炸弹。”队长拿起电报来摇着说，“司令员的命令，限我们两天以内破案。”他说着走到了墙跟前，伸手拉开了第七个壁橱，用手电筒照着一张标好了红绿箭头的地图说：“情况是这样：据边防部队向司令部报告，前天夜里，趁着大雷雨，自第三号目标以西的江汊子里，潜入了两个特务，现在特务已进入了我们的防区以内，目前我们的侦查分队已对这一带地区实行严密封锁。跑，当然是跑不掉了，可是我们不能延迟时间，拿着人民的生命财产去冒险，等着紧缩到最后，来个旱地里拾鱼。司令部的电报，供给了我们可靠的情报，使我们确定了主要的打击方向，剩下来的问题是：立即摸清特务的落脚点，把他们一举歼灭！”队长沉思了一会儿，看了一眼宋光和朱人杰的衣服说：“你俩和我一起出发，天亮以前赶到鹰山集。现在马上去换便衣！”

拂晓以前，风和雨都渐渐小了，但是路很难走。张波、宋光和朱人杰带着他们的军犬“虎子”，顺着一条田埂小路，一脚深一脚浅地向北摸索了六里地，到了鹰山集。

这个镇店，有二百来户人家，东靠大龙江，西傍秃鹰崖。往北是一望无边的平川地。镇子西南角有一个不大的瓦门楼，坐北朝南，两扇大门紧闭着；新起的南房，靠街是粉白的墙壁。张波把右手背靠在墙上，左拳照着右手心里敲了几下。宋光和朱人杰虽然没到过这个镇店，然而根据作战方案知道，这里是本乡党支部书记王立成的家。

过了一会儿，门里边低声问道：“谁?”张波低声回答：“我是张波。”门轻轻开了。

他们几个人和“虎子”都悄悄地进了南房。王立成掌起了罩子灯。这间房一明两暗，中间的八仙桌上摆着蚊香。墙上贴着毛主席像，像旁边挂着一支步枪。王立成三十上下的年纪。大鼻头，厚嘴唇，一张朴朴实实的脸。他从里间里拿出几件干衣服，让他们披上以后说：“坐下谈吧！你们是为那件事来的吧!”

“什么事?”张波问。

“潜入国境的特务啊，昨天公安局来的通知，我们已在积极分子中布置下去了。”

“正是。特务们下手下得很快，这是我们没有预料到的。今天下半夜，我们在大桥附近捞上一只带着炸药的死狗。我们司令部估计，特务就在你们村里，现在我们就是来弄清他们的落脚点究竟在哪里。”

“狗是什么样的?”王立成急忙说道，“我们这块的狗，去年闹过一次疯病，剩下来的狗已没有几个了。”

“一身黑毛，头顶上一块白花。”

“黑毛……白花……”王立成掐着指头嘟念，“孙四家是只蒿青狗，张大婶家是只矮腿黄……咦！对了！村东头种菜园的张起山老汉，养的那只狗叫‘玉顶’!”

“张起山？那不是张子庆他爹吗?”张波问。

“是啊。我们这个村里，就是他家有条黑狗。可是，张老汉是翻身的贫农，子庆参军以后，样样工作带头，人人说他年轻了十岁；他万万不能窝藏特务！万万不能!”王立成说着连连地摇头。

“只有傻瓜才怀疑张老汉。可是，他的狗怎么会被别人造成了炸弹呢?”

张波和王立成在细谈，他们从狗谈到人，谈到可疑的地主、富农分子。宋光和朱人杰在目不转睛地听，体会着张队长分析情况的方法。

天渐渐放亮，风停雨止，只有房檐上还滴滴答答地往下掉水。这时，突然有人轻轻地敲门环。

王立成出去不大会儿，领进来了一个花白胡子的老汉。

“真是说张天师，张天师就驾到。你们看，张起山大爷来了。”王立成介绍过以后，让张老汉坐在凳子上。

“今天要赶集吧。怎么张大爷起得这么早哇?”张波说。

“不，我有点儿事找支书商量商量。张队长，你在这里就更好了。”张老汉点上旱烟袋，凑近张波说，“我喂着一条看园狗，一年四季，寸步不离我的园门。可是昨天忽然不见了。开头我以为狗大了要‘走狗子’，可是又一想这不是‘走狗子’的时候哇！晚上听得支书说，咱们这块里闹特务，要处处留神，我就觉得不对劲儿，可是又一想，要是声张出来，狗又找到了，落得人们说大惊小怪，所以就没谈。回家以后，一夜也没睡好，顶着雨起来看狗窝，看一趟空着，再看一趟还空着，直到如今，狗也没回来，我就想，咱这里是中国的大门口哇，是不是特务们夜晚活动，害怕狗咬，给打死了呢?”

“张大爷，你的狗到底到哪里去了，现在还说不清，不过关于特务的事，我们一定要搞个水落石出。”张波向张老汉说完以后，又向宋光说道，“趁着天还不太亮，你带着‘虎子’去了解一下现场的情况。早饭前放‘虎子’回家，你从后门回来。”

宋光随张老汉出了后门，“虎子”远远地跟在后头，绕着村边小路，到了张老汉的菜园里。菜园在一片竹林旁边，周遭有毛竹篱笆，空空的狗窝就在篱笆里面。宋光仔细察看狗窝附近，没有任何可疑的迹象，只有篱笆墙贴地的一个孔，略微大了一点儿，宋光蹲下来细看，只见一根竹条上夹着几根狗毛。宋光跳到篱笆外面，外面是一片湿漉漉的杂草，连个脚印也没留下。他在杂草里走了两趟，忽然发现在一墩马兰草底下有一个小小的纸团，已经被急雨打得黏在一起了，宋光拾起来，轻轻撕开，对起来看，是一页带着红格的中式账单，毛笔字已大部化开，剩下边上的一行还能勉强看出是“药一付贰毛伍分”，纸中间里有一点儿油渍。

“你们村里有中药店吗？”宋光问张老汉。

“没有哇！”张老汉摇摇头说。

“有卖肉的吗？”

“平常没有，赶集的时候有肉案子。”

“什么时候逢集？”

“就是今天。”

“平常是不是有卖吃食的？”

“就是东头老王家里卖肉包子。”

“好吧，张大爷，你歇着，让我把情况弄清楚了咱再谈。”

宋光把纸片小心地叠起来，夹到小本里，低声唤了下“虎子”，那只大狼狗就欢跳着跑过来，闻着宋光的脚。他按着“虎子”的头，让它嗅了一下篱笆上那几根狗毛，吹了声口哨，“虎子”就把鼻子凑到草上，东闻闻，西闻闻，慢慢地向北走开了。先向北，再向东，出了竹林，顺着一条田埂直奔东北。走了约摸半里地，看看到了江边，“虎子”钻进了一座国民党时代遗留下来的破碉堡里。这个地方，原来是国民党军队的据点，现在农民们把工事平了种上庄稼，可是这座洋灰碉还少皮无毛地蹲在地角上。宋光跟进去一看，泥土已淤死了半截，淤泥上有一些乱七八糟的脚印，中间有一摊人粪，粪旁边有一块手纸。宋光拣起来，看到上面印着一些小字，念也能念成句，但是内容不懂。纸边上印着四个字：“马太福音”，下面页数是16。他知道，这块纸头是一条重要的线索，所以也顾不得脏了，把它叠起来，也夹在了小本子里。

这时“虎子”又钻出了地堡，在一块蚕豆地里转了几圈，又跑到一块稻田里，最后在田角上停下来。宋光过去，“虎子”低低吠了几声，就伏在田埂上，两眼看着田角上正往外宣泄的积水，摇起了尾巴。宋光又向“虎子”吹了声口哨，它仍然一动不动。于是他下了水，将手插进烂泥，泥土松得很，使劲儿一掏，嘿，一团乱七八糟的东西；用水一洗，泥巴冲掉了，原来是一副狗的五脏！狗肠子、狗肺……提里拖落全上来了。

宋光把狗五脏又埋好了。他拍拍“虎子”的脑袋，扬扬手，说：“回家！回家！”“虎子”翘起尾巴飞也似的去了。

宋光回到王立成家里时，鹰山集的治保委员刚向张队长反映了一个情况：前天下午，农民王老四从地里回来，碰上了两个贩瓦罐的，每人担着两筐窑货。开头他没注意，可是后来一看，他们朝着秃鹰崖那条道上去了。秃鹰崖方圆几十里，前无村，后无店，太阳都落山了，钻到大山里喂狗熊去？老四对这事起了疑心。可是昨天村上的干部们都开会去了，没捞着汇报，今天他又要赶集，所以一大早就找着治保委员谈了。治保委员马上来找支书汇报，恰巧碰到了张队长。

治保委员走后，宋光把两片纸头交给张波，报告了侦查结果。最后他说：“队长同志，我的判断是这样：张起山老汉的狗是被毒死的，毒药是夹在肉包子里，毒死以后，拖在碉堡跟前开了膛，装上炸药，然后背到大龙江上。”张波反复察看那块手纸，一丝微笑浮上了嘴唇。

“王立成同志，你看，有点儿眉目了。”张波把手纸递给王立成说，“刚才咱们研究王善利是个最可怀疑的对象，现在又多了两层根据。”

王立成皱着眉头，看了看那块纸片说：“这书，除了王善利家以外，别人家没有哇！他一家人信教，口袋里老装着一本耶稣书，装模作样地劝人行善，这会儿，他扯下来擦了屁股！”

“治安员谈的那个情况也很重要，王善利家不是开着窑场吗？”张波说。

“是。”王立成说，“这个农村资本家，我早就看着他不是安分守己的人。”

张波笑了笑，又慢言慢语地说：“现在还要弄清两个问题，就是看一看包子铺里是不是用中药店的底账包包子，王善利是不是在前天买过包子。”

“把这件事交给我好了。王善利反正在包子铺里立着账头。”王立成把这个任务包下来了。

吃过早饭，王立成出去了。张队长、宋光、朱人杰插了大门，在家里喝茶。喝着喝着，张波忽然说：“朱人杰，我考考你，你说下一步咱该怎么办哪?”

“逮捕呗，潜入国境的特务嘛，那还有什么说的。”

“特务是不是在王善利家里?”

“他们不会那么傻!”

“那么，到哪里捕呢?”

“先捕王善利，让他带路!”朱人杰回答得毫不含糊。

“那么，你的看法呢?”张波又考宋光。

“我不同意。当我们还没有把握‘一锅端’的时候，不能打草惊蛇。”宋光回答。

“我同意宋光的意见。”张波对朱人杰说，“过去咱们明枪明刀地冲杀，有勇无谋还要吃败仗，今天搞隐蔽斗争，就更不能有半点儿粗心大意。咱们不是有句格言吗?‘鲁莽是公安军战士的死敌’，要牢牢记住。”张波停了一刻，继续说，“好，我们来分析一下情况，你们说，那两个特务现在潜伏在哪里?”

“在秃鹰崖!”朱人杰说。

“我看也没有别的地方去。”宋光说。

“秃鹰崖，对！可是那不是个小地方啊！而且竹深林密，峭壁悬崖，为了捉王善利，吓走了那两个小子，那不仅是名副其实地捡了芝麻，漏了西瓜，而且那是对人民犯罪!”张波说完以后，站起来，倒背着手，在屋里踱来踱去。

张波他们三人，在王立成家里住了一天，衣服晒干了，手枪又上了油，绳索、电筒、手铐……准备了个一妥二当。宋光和朱人杰都满心高兴，眼巴巴地盼着黑天，只有张波在满腹心事地反复研究一张地形图。

晚饭前，王立成兴冲冲地回来了。

“怎么样？”张波迎着他低声问道。

“妥当了，就是王善利那小子！”王立成说，“我欠包子铺里几个包子钱，今天我说要和他清账，就到他里屋里看他的‘流水账’，翻来翻去，王善利今天三个，昨天两个，唯独前天，他就是买了一个包子。我再看他包包子的纸，一点儿不错，是一捆中药店的底账，都印着红格。”王立成说着从口袋里掏出一块纸片来说，“你们看这是什么？”张波将纸片接过来一看，又是一页“马太福音”，页数是17。

“和手纸是一个本上的。老王，怎么弄到手的？”张波好奇地看着王立成。

“真是巧得很！我坐在包子铺里付钱的时候，王善利家的放牛工小牛子来了。牛子是个团员，新中国成立后王善利一个劲儿地对他买好，堂屋里也能出来进去。我看，这是个门道。于是把他叫到没人的去处，要他完成一件任务，我说：‘牛子，你是个团员。因为工作需要，你得快到王善利家里，想办法看看他口袋里那本耶稣书，中间里是不是少了一页。’因为我们在团员中进行过国防教育，再加上他看到我说话的语气很重，所以他连问也没问就接受了。最后我对他提出一个要求：‘不管完成完不成，绝不许露相。’牛子很机灵，到王善利家以后装没有事的，坐在东墙根里就劈柴火。那时，王善利的小褂洗了，那本耶稣书晒在窗台上。牛子趁着没人看见，就拿过来一翻，可不是嘛，正撕掉了一页。牛子不识字，为了对证，他接着那一页又撕下了一张，这就是第17页。”王立成兴奋地讲完以后，笑着说：“我的任务完成了，下一步就看你们的了。”

“老王，我真怀疑你干过侦查员，要不你哪里来的这些点子。”张波一说，王立成也笑了。

“今晚上就下手吗？”张波问。

“证据确凿。窝藏特务、破坏大桥的就是王善利，还能再留着他！”王立成认真了起来。

“要下手，但不能那么简单。就是说，我们不能让王善利牵着鼻子走，相反地，我们要牵着他的鼻子，让他自愿地给我们带路，来个斩草除根，让他们全部落网。”张波坐下来，详细地谈出了自己的计划。

天渐渐黑下来。浮云退净了，露出满天星星。王立成到王善利家里去了。

王善利有三十来岁，留着小小的胡子。这会儿，刚吃过晚饭在家里喝茶。一看支书来了，慌里慌张地跑出来，点头哈腰地往屋里让。王立成像往常一样，站在堂屋门口，冷淡地说：“明天上午，你们给解放军烧一担开水行吗？柴火钱照给，另外给一千元的工夫钱。”

“行，行！”王善利端过一碗茶来，递给王立成说，“您喝一碗。解放军要到咱村上驻防吗？”

“我不喝。”王立成说，“不是来驻防，是来演习。明天有五千多人，到秃鹰崖打野外，听说是演习什么搜索。你知道，解放军办事认真，演习就像真干一样，搜索嘛，就要连老鼠洞里都搜到。秃鹰崖那么陡，同志们爬上爬下还能不渴！所以区政府通知咱村，烧几担开水预备着。明天一早，大军就上山，你可得烧开啊！”

王立成说完以后，回身就走，王善利呆呆地站在那里，端着一碗茶，半天说不出话来。

王立成回来以后，张队长让他去召集民兵基干队把守秃鹰崖旁的路口，自己带了宋光、朱人杰到了王善利的门口，隐蔽在两棵老槐树后面。

张波他们三人蹲到小半夜，王善利家的大门轻轻开了，一个女人出来，东张西望地站了一会儿，低声向门里边说了声：“没有人！”王善利接着就出来了。一身青布衣服，背着个鼓得挺高的钱褡子，鬼鬼祟祟，贴着墙根，向村西头溜去。张波摆一摆手，他们三个人便拉开了距离，隐蔽地跟在了背后。

到了村口，王善利回头看看，见四下无人，放开步子就小跑开了。不大一会儿，到了秃鹰崖山脚。这山平时看着矗天矗地，这会爬起来就更陡。一条羊肠子小道，被雨冲得溜滑。王善利四蹄着地，累得呼哧呼哧喘气，周围一点点动静，哪怕是他自己脚底下蹭动了一块石子，也吓得他四下里扭头，可是三个机警的公安军战士跟在他背后，他都没有发觉。王善利爬着爬着，转进了树林，路没有了。树又高又密，黑魆魆地盖在头上，地下的草有一尺多深。他们放轻了脚步，跟着王善利转过一个山嘴，到了一个悬崖跟前。这便是有名的秃鹰崖。

秃鹰崖陡上陡下，足足有七八丈深，就像一刀削的。张波、宋光和朱人杰隐蔽在两棵大树背后，看着王善利的行动。就在这时，王善利放下钱褡子，从里掏出一捆绳子，绳子的一头往崖边上的一棵松树上一挂，一头便垂下了悬崖。王善利抓着绳子，顺着石壁溜了下去。张波匍匐前进，爬到了悬崖跟前，宋光和朱人杰也跟了上去。一看，挂在树上的是一面绳梯。往崖下看，石崖白喳喳的，崖下又是一片树海，黑黑一片，不见动静。只有悬崖中间，从石缝里倒挂下了一棵松树，看样子有碗口那么粗，树头像一把大伞，罩在石壁上。这时，王善利已顺着绳梯，落到了松树上。只见影影绰绰一条黑影，向松树下面一晃，就不见了。

“山洞，准备好！”张队长低声说。

三个人都握紧手枪，贴在崖边上，向下察看。不大一会儿，崖底下便有人说话，开头几句听不清楚，但后边几句听个差不离。

“别碰运气啦，走吧！万一搜出来，我老婆孩子一大堆……”是王善利的声音。

“你们从这里下山，我收了绳子，从原路回去……”还是王善利的声音。接着，崖中间的松树上便传来拴绳子的动静。看来，两个特务要坠崖，如果再迟一会儿，便要造成极大的麻烦。

“一个个下！”张队长低声说了一句。他一手握枪，一手抓绳，轻轻上了绳梯。张波多年锻炼的功夫，现在显示了出来。行动真像猫一样，又快又轻，没有一点儿声音。宋光紧跟着他，朱人杰在最后。王善利和两个特务，认为这悬崖中间的巢穴万无一失，所以光顾底下，没顾头上，直到张波到了绳梯的最后一级，他们还在嘁嘁喳喳，没有发觉。张波一脚踏上松树，手电筒的一道光亮便落在了王善利和另一个特务的脸上。

“别动，举起手来！”张波一声喊叫，四外的山谷都响起回声。王善利吓昏了头，照花了眼，转身往洞里跑，正撞在另一个特务的身上。这时宋光也上了松树，他们两人，一人一支电筒，一人一支手枪，从松树上跳进洞里。

朱人杰踏上松树以后，低头一看，树枝正覆盖着洞口，山崖裂了一道大缝，给山洞造成了一个小小的平台。一根六股麻绳从松树上直垂到崖下，离地面足足还有五丈多深，一个特务，手扳着麻绳，脚蹬着崖壁，一步一步往下倒。朱人杰对着黑影举起手枪。

“朱人杰，下崖追！”山洞里传出了队长的命令。朱人杰一听这山洞深处传来的嗡嗡的声音，忽然想起了上级的指示，要尽量捉活的。于是急忙缩回手枪，往腰里一插，一哈腰抓住绳子，来了个“撒手脱落”，两手微微一松，耳边听得呼的一声风响，他贴住绳子从几丈高的悬崖上落了下来。正巧，不偏不斜正砸在那个特务身上，两个人从几丈高的空中，一块儿穿过乱树枝，摔在野草堆里。朱人杰觉得头上嗡地一下，睁眼一看四外都是金星。“好，我没死！”他定一定神，寻找那个特务。特务离他不远，正从地下挣扎着想爬起来。他想站起来，可是右脚脖子像挖心一样地疼。他掏手枪，枪已在落地以前被树枝挂掉了。“难道能瞪着眼让这个特务逃走？”他一咬牙，右脚使劲儿一蹬地，向前扑了过去。那特务还在蒙头转向的时候，被朱人杰拦腰抱住。特务被突然而来的一抱，清醒了过来，向着朱人杰右腿上来了一个“脚绊”。这一招儿朱人杰调到公安军以后是练过的，但是他左脚腕子“错环”了，刚一沾地就是一阵刺疼。于是，两个人滚在了地下。一上一下，朱人杰抱得死死的。

翻儿了几个滚，朱人杰觉得脊椎骨发疼，黄豆大的汗珠一个劲儿地往下滴，头也有点儿发昏。“妈的，甭想跑！”朱人杰喘着粗气，漫骂着。但是，朱人杰那只摔伤的左腿被乱草缠着，那个特务摔得轻，所以朱人杰渐渐有点儿支持不住了。

忽然，在静静的山谷中，传来了两声狗叫，这个熟悉的声音，把朱人杰从半昏迷状态中唤醒了过来。他用最后的一点力量喊了一声："虎子！"虽然他自己觉得用了最大的力量抱着特务，但是特务把他压在底下，并挣脱了一条胳膊。这条胳膊摸到背后，从腰带上拔出了一把刀子。黑影里，那家伙看准了朱人杰的咽喉，举起了刀来。就在尖刀未落的关口，一条大狼狗忽地蹿了上来，照着特务的手腕就是一口，刀子飞走了，特务也从朱人杰的手里挣了出去。他拔腿就跑，但是"虎子"紧跟着又是一扑，前爪搭在特务的肩上，一口咬住特务的脖颈儿，特务摔倒了。"虎子"又要扑上去的时候，特务照着"虎子"打了两枪，它狂叫着躺在地上了。特务扶着一棵小树站起来，枪口又指向朱人杰的时候，被突然从背后伸出的一只手，将他的左轮抓去了。

"别动！"宋光大喊一声，就用特务的左轮指住了特务。

跟着"虎子"来的一个班的战士也到了。他们给这个特务戴上手铐，又顺着特务拴好的绳子爬上悬崖，把王善利和另一个特务捆得四马攒蹄，从山崖上用绳子吊下来。

当张波和战士们押着俘虏，带着战利品，民兵们用担架抬着受了伤的朱人杰和"虎子"走下秃鹰崖的时候，东方才刚刚发白。他们按着司令部的要求，完成了任务。

（原载中国青年出版社1955年版《秃鹰崖擒匪记》）

李月润（1928—2012），山东广饶人。原兰州军区政治部副主任。主要著作有小说集《边防纪事》，散文集《边塞古今》、《陶斋文集》、《过客屐痕》，小说《一网打尽》、《在边远的山村里》、《秃鹰崖擒匪记》，诗集《竹下短笛》、《虎竹龙沙》等。

# 伸向设计图的魔手

洪 洋 刘 岱

## 一

春天的早晨。

在某黑色冶金工厂设计处的一个办公室里，阳光透过绿色的窗帘射进来，房间里幽暗而静穆，显现出一种在某些重要而细致的工作部门所常见的严肃气氛。校对员汪伦坐在窗台边的一张写字台上，一边仔细地检查着地形图图版的着墨效果，一边不时地抬头望着窗外。

窗外的那一片黄土平原，正在阳光下闪着金光。稀疏的稻田与沟渠、土岗点缀其间，衬着远处峻峭的山影，有一种迷人的江南风光。但以那种不可抗拒的力量，不断地吸引着汪伦的目光的，却不是这些，那是另外一种东西，它使得汪伦只要一看到图版，就情不自禁地举头望望窗外。窗外，就是未来的黑色冶金工厂的厂址。

汪伦正在校对的是一二二幅图版，它在这幅图版上已经发现有几处错误了。因此，那种刚刚上班时的兴奋情绪，已经逐渐消失掉了。他也不再抬头望窗外，而是埋头检查着那些像蚂蚁一样的数目字了。

“小汪，怎么样？能按期完成任务吧？”

站在汪伦面前的，是绘图科的穆科长。这是一个三十余岁、精力饱满的人。两只眼睛闪闪发光，显示着一种在科学业务上孜孜不倦的钻研精神。汪伦抬起头来，望着那双闪烁在图版上的眼睛，微笑着答道：“穆科长！不是按期完成，而是提前完成！”

穆科长笑着点了点头，眼睛仍不离开桌上的图版。一会儿，他用双手把图版捧起来，夸奖地说：“你看，这图版描得多漂亮。一色整齐的宋体字，又清楚，又干净，连一个手指印也找不出来。”

他把图版放回原处后，顿了一下，问道：“这是魏正光描的吧？”

汪伦看了一眼图版下端的署名，点了点头。

“所以我老是告诉你们，应该在黑板报上表扬他一下，一个旧职员，能有这样好的工作表现，是应该重视的。”

“我们原来已经决定表扬他，稿子都写好了，题目是《既能做好本职工作，又能热心帮助同志的榜样》，后来因为有人不同意，就压下来了。”

汪伦带着一种愧疚的感情说着。他是团支部的宣教委员，又是黑板报的负责人。他觉得穆科长就是在指责他自己。

穆科长走了以后，汪伦继续埋头校对。愈往后校对，他的眉头就锁得愈紧了。

在这张表面上看来又整齐又清洁的图版上，他记下的标高数字的差错，已经不是几处，而是四十余处了。这些差错都很奇怪，按校对注意的习惯，容易出错的小数点后的尾数，一个也没有错，而错的全是在一般校对时容易被忽略的大数字上。

他依然硬着头皮继续校对，当他发现左边边缘一带，标高数字成片地提高了十公尺时，他猛然把笔掷在桌子上，站了起来。

“这是一只可怕的手！”

他轻声地自语着。于是，魏正光的诚实而和善的面孔，就浮现在他眼前了。一条鞭子似的疤痕，嵌在眉毛中间，说起话来总是带笑的。他曾带头订立功计划，他耐心地帮助别人练习宋体字……

“不会的，不会的！”

这时，穆科长的那段赞美诗，又回到了他的耳朵里。他感到自己方才的怀疑是多余的了。

半个钟头以后，当他连续发现三个 45.62 公尺被更改为 55.62 公尺的数字时，关于那只可怕的手的思想，就又萦绕在他的心上了。他做了好几年的校对工作，成千成百的图版从他手里经过，可是，像这样错误性质严重的图版，他还是头一次看见。4 和 5 这两个在字形上绝对不同的数字，是怎样混淆起来的呢？最近报纸上登载的敌特破坏我国经济建设的消息，像闪电掠过他的心上。他放下了笔，决定去找穆科长谈谈。

他走进穆科长的办公室。科长正在打电话。他就在桌旁的一只圆凳上坐下了。几分钟以后，科长放下电话听筒，就埋头写起来，好像没看见汪伦一样。

“穆科长，我有件事找你谈谈。”

“不行！现在没时间，我要赶写一个业务总结。”

“我有一件很紧急的事情……”

“什么紧急事情？难道比我们黑色冶金工厂的设计工作更紧急吗？”穆科长头也不抬地说，“现在有成千上万的设计人员，在等着我们的设计资料呢。”

“我要谈的正是这个问题！”汪伦坚定地说。

穆科长抬起头来，望着汪伦坚定的目光，说：“好吧。那你就谈吧，不过要简单一点儿。”

汪伦把从魏正光着墨的图版上所发现的问题，从头到尾述说了一遍。最后，他把自己的怀疑也告诉了穆科长。因为他知道穆科长是党支部的一个支委。

穆科长一边听，一边用铅笔在桌缘上敲着。起初，他感到有些吃惊，最后，他却哈哈大笑起来了。

“小汪，不要神经过敏吧。描图的工作我干了十多年，差错是免不了的。我有次校对一幅图版，错误有一百五十多处，我怕你还没听说过吧？”

“可是，也要看错误的性质与情节呀。”汪伦说。

“你不要瞎想，我见得比你多。老魏这个人我很了解，不会有什么问题。你快回去继续校对吧。处长刚才又打电话来催这部分资料呢。”

汪伦想再说些什么，穆科长已经俯身在他的“业务经验总结”上了。他呆站了一会儿，才慢慢吞吞地退出来。

回到自己的写字台前，汪伦继续进行校对。这次校对的是第一二三图。

在这幅图的右下角，有二十多个表示一块洼地的标高数字，被偷偷地擦掉了。在凹陷的铅笔印里，还隐隐约约地看得见阿拉伯字的字形。在描图人员的操作规程中曾明确规定，在任何情况下，描图人员没有理由涂改草图上的任何一个字。可是，“这只可怕的手”竟然把它们擦掉了。当他的眼睛溜过图版下端绘图人的署名时，“魏正光”三个字像一道魔影闪过他的眼帘。他丝毫犹豫也没有了，匆匆地收拾好图版，向穆科长办公室走去。可是，当他看到穆科长正埋头于“业务经验总结”时，他就转了个一百八十度的大弯，向着另一个方向走去。

他走进了保卫科的办公室，把一二二与一二三两幅图版的问题与他的怀疑，一起告诉了保卫科的易科长。

## 二

在党委会的办公室里。

会议刚散，党委书记与总工程师都因为有事走了。房子里剩下易科长与穆科长。

“我总觉得你们有些神经过敏。这个人在我科里工作几年了，一直表现得很好。服从领导，工作积极，就是群众关系也不能算坏呀!”

穆科长一边说，一边用那双闪光的眼睛，盯着易科长，好像盯着一件不可理解的东西一样。

易科长整理了一下上衣的领子，缓缓地说：“在目前来说，两种可能性都是存在的。在问题没有弄清楚以前，我们不应该抱绝对的态度，那是会阻碍我们去看到客观的真实的。我觉得今天会议的决定很正确，我们应该很好地执行。”说着，拿起挂在墙上的帽子就往外走。刚走出门口，他又回转头来，对身后的穆科长说：“会议上的一切决定与内容，一定要保守秘密!”

“我知道!”穆科长含含糊糊地应了一声，向着另一个方向走去了。

易科长回到办公室后，就叫自己刚选定的助手把一二二幅与一二三幅图版取出来，放在桌子上，点燃了一支烟，仔细地校对着图面上的铅笔字与墨笔字，并把几个要点记在一张小纸片上。完了，他躺在一只皮沙发上，向那依然聚精会神地看着图版的助手问道：“敌人为什么要更改这些标高的数字呢?”

助手抬起头来，思考了一会儿，答道：“依我看来，这是一种非常恶毒而狡猾的阴谋。地形图上的标高数字，是工厂技术设计与施工设计的总依据。敌人的魔手从这里伸向了设计图，它的阴谋显然是在于破坏我们的设计计划，造成设计上的不合理，打乱我们全盘的施工计划，拖延建厂的时间，造成严重的浪费和窝工，最后达到破坏与阻挠社会主义建设的目的。”

助手说到这里，顿了一下，他看到易科长微笑地点着头，他知道他们的想法是一致的了。他接下去说：“不过，我认为敌人最狡猾的地方，还不在这里。而在于既达到了破坏社会主义建设的目的，又可以长期隐蔽不被发现!”

易科长听到这里，忽然站起来，接下去说：“这一点上，敌人有些主观，认为这些破坏不会被我们发现，钻了我们校对工作的空子，他在一般校对工作上比较注意的地方一处也没弄错，而在校对容易不注意的地方，像图与图的边沿处，巧妙地进行了改动。这种手段是很厉害的，因为当施工中发现问题的时候，他可以把责任推到校对人员的身上，我只是个描图员呀——”

说到这里，两人不约而同地笑了。

“你把前月收到的那封检举信，拿来我看看。”易科长坐回到沙发上，重新点燃了一支烟。

“是第七十二号材料吗?”助手一边开着文件柜，一边问。

“对的!”

当他接过材料后，就吩咐助手马上挂电话，向上级公安机关催问四川方面的调查材料。

房间里只剩下易科长一个人了。他反复地阅读着那份材料，陷入沉思之中。从他频频地点火抽烟的动作里，可以看出他遇着了一个相当棘手的难题。

他手里捧着的是一份普通的检举信，一个月前由本市公安机关转来的。它的内容如下：

昨天我在轮渡上，遇见了一件可怕的事。当我在船尾的一条板凳上坐好后，抬起头来，猛然看见对面坐着一个面熟的人，我当时全身都麻木了，我简直不敢相信，我的不共戴天的仇人，如今就在我的身边了。他是一个国民党的军官，在抗日战争中，杀害了我们家乡无数的农民与不少共产党员和革命干部，我的儿子就是他剖腹杀死的。我当时几乎要喊起来，而他却已经不在了。这个狡猾的杀手，看出了我的激动，就赶紧混到人群里溜走了。后来旁边的人告诉我，他胸前挂着一块“××黑色冶金工厂设计处”的证章。我请你们赶快追查，一定要把他捉住。他的名字叫郭兴元，年龄四十余岁，左眉上有一长条疤痕，我们老百姓给他取了一个混名，叫“一条杠”……

易科长的眼睛停在这“一条杠”上了。他从沙发上站起来，在房间里来回地踱步。走到桌边的时候，他按了下电铃，助手就出现在门口了。

“科长，四川方面的电报很快就到了。他们说因为一个重要的材料，需要最后查对一下。”

“我问你，我们厂里没有一个曾经叫过郭兴元的吗？”

易科长截断了他的话，好像完全没有听到他的助手说了些什么。

“查遍了所有的档案袋，在所有人的原名与曾用名栏里，都没有这个名字。”助手敏捷地回答。显然他已经不是第一次回答这个问题了。

“那么，你再给我讲讲魏正光那一块疤痕的故事吧。”

助手犹豫了一下，笑着说：“魏正光常说，这块疤是他在旧社会一个光荣的纪念。新中国成立前，他在四川那个小县城里当绘图员，有一次与国民党的科长顶嘴，触怒了那个科长，顺手抛过来一个茶杯，在他的眉际，就留下了这一条痕迹。”

“你试想想，如果我把这桌上的茶杯扔到你脸上，你脸上的伤口会是‘一条杠’吗？”

助手笑了笑，没有回答。

两个小时以后，通讯员送进来一封电报。电报上写着：

“你们查问的魏正光，此地现在无其人，但据我们了解，新中国成立前确实有这个人，在国民党伪县府建设科工作了十余年，可是，在新中国成立前两月，忽然病殁了。从我们最近获得的可靠材料上看，本地的军统特务、国民党上校军官郭兴元，在新中国成立前夕借表兄弟的关系，顶着他的名字，潜伏了下来。1950 年，此人忽然离去，下落不明。我们正在追查中，盼你们将有关情况电告。其特征是……”

易科长仔细地注视着写来的那些特征，讽刺地笑着说：“哼！十几年的穷绘图员、绘图科的积极分子！电报里写的才是他的庐山真面目！”

易科长亲自把电报锁在文件柜里，扭转身来，问道：“那个在江边码头上摆香烟摊子的老头儿，弄清楚没有？”

“快了，根据我们掌握的可靠材料，是个老牌军统，大约明天就可以提出正式报告！”

助手顿了一下，补充道：“看样子，还是个‘领导’呢。”

“这是关键所在。敌人在不断地进行活动，我们不能有丝毫的疏忽！”

他们又商量了一些问题，就分头出去工作了。

## 三

第二天上午，保卫科办公室接到了一个奇怪的电话。这个电话打乱了他们关于魏正光问题的所有计划，使得形势来了个急转直下。

事情是这样开始的。易科长正在阅读一份报告，电话铃声响了。

他拿起听筒，听见了一个十分熟悉的声音：“喂！你是保卫科吗？嗯，我是绘图科的老穆呀……我告诉你们，前几天你们拿去的一二二与一二三两幅图版，总工程师等着要用，请你们送来一下……”

易科长截断了他的话，生气地说：“你在胡说些什么，我们这里什么也没有……”

可是对方以更大的声音喊道：“你们照个相，给我们送回来吧！”

易科长放下听筒，立刻赶到绘图科去。根据了解，当穆科长在办公室里打电话的时候，约有七八个人在他的房子里，魏正光则在对面的一间房子里描图，两个相对的房间的门是敞开着的。

当天下午5点钟，在易科长的办公室里，助手带来了新的情况。

在下午4点钟的时候，魏正光到江边码头去买香烟，从那个老头儿手上，他除了接过来一包双喜牌纸烟以外，还接过来一个用手巾裹着的小包。老头儿命令他说："你现在在这儿不能久留，在走之前，必须完成这个任务。这个任务上头非常关心。"

魏正光犹疑了一下，老头儿又说："怎么，你还讨价还价，三千美金还嫌少！"

"放心吧！"

魏正光说着把小包藏在裤子口袋里带了回来，锁在他的那口铁皮的箱子里，就又回到办公室去了。

"显然，"助手在报告情况之后，点燃了一支烟，急促地说，"显然敌人已经嗅到了那种于他不利的空气，而采取了急转直下的措施。我们也不能不改变一下了。"

"是的！我们的好心的同志，把消息送给敌人了。"易科长沉重地说，蹙起了眉头。

"你的分析很正确。昨天晚上开了个技术鉴定会，已经肯定破坏的严重性质，敌人的手段够狡猾的，不过，更狡猾的还在下一步呢。"他说着，望了下墙上的日历说："明天是5月1号，你知道敌人的用心了吧？"

"知道，因此我们要马上动手。"

"你马上去准备吧。我现在就与上级公安部门联系，决定后立刻打电话通知你。"

助手点了点头，匆匆地出去了。

当太阳已经沉落到地平线下，黄昏将尽的时候，易科长回到了自己的办公室。他来不及脱下帽子，就拨动了电话号码。一会儿，听筒里就传来了助手清晰的声音。

易科长平静地说："动手吧。现在就动手，配合人民警察工作。逮捕后给我打个电话，我在办公室里等着。"

说完，他就躺在一只沙发上了，几天的疲劳都向他袭来，他微微地合拢了眼睛。

“叮叮叮叮，叮叮叮叮……”

一阵急促的电话铃声，把他惊醒过来。他拿起听筒，就听见了助手激动的声音。

“魏正光失踪了！”

“什么时候失踪的？”易科长问。

“大约二十分钟以前。青年团员汪伦看见他走进厕所，很久不出来，进去看时，他已经不在了。发现靠后园的窗子有人攀登的痕迹，现正在跟踪追寻。”

“对！我马上就来！”

他放下听筒，戴上帽子，就往出事地点去了。

## 四

当魏正光发觉经他描绘的一二二与一二三两幅图，已经引起了保卫科注意的时候，他就感到了那种不可抑止的恐怖。他放弃了长期隐蔽的打算，决定采取紧急措施。

他十分清楚地知道，像他这种情况，即使逃到了他主子的面前，也活不成了。而更重要的是，他如果取到那一笔美金，他就必须在逃跑以前，干下上头一再提到的那“一番事业”。

他把他全盘的希望，都寄托在铁皮箱子里那块东西上。可是，非常不妙，晚饭以后，他忽然敏锐地感觉到，他已经处在无数双眼睛的监视之下。他感到所有的人，都在注意着他。起初，他竭力想从自己的经验里找到解释，这会不会是在某种情况下，产生的错觉。后来，当他越来越显明地感到周围的气氛时，他就不得不连这最后的一个计划也取消了，而狡猾地采取了一个新的手段。

这就是在下令逮捕他的前二十分钟里，所发生的那件离奇的事情。

在那天晚饭后，青年团员汪伦，发觉魏正光接连上了三次厕所，他在第三次走进厕所以后，就再也没有出来。当汪伦走进厕所时，魏正光已经没有影子了。只见靠后园的那扇窄小的窗户，周围的常春藤都折断了，椭圆的叶子纷纷掉落在地上。积满灰尘的窗口上，有几个男人的手印。汪伦走出厕所，在厕所后边的草地上，发现有新踩过的脚印。这时天色已经暗下来了，只是隐隐地可以看到贴在土上的草丛。他艰难地辨别着时断时续的足迹，慢慢地走完了这片草地，越过一个花园。当他抬起头来时，猛然看到前边图库里有灯光。“这时候还有谁在图库里呢?”他心里一惊，三步并作两步，急跑到图库门前，易科长、穆科长和图库主任一行人，也向着这边走过来了。易科长抢前一步，在图库周围看了一遍，然后从图库主任手里接过钥匙，打开了反锁的门。

大家拥进门去，迎面看到图库保管员老刘，躺在地上，满身鲜血，嘴里塞着一条毛巾，两只手反剪在背后，穆科长赶紧俯下身去，把他抱起来，掏出嘴里的毛巾，把头上的伤口包起来，又给他把手上的绳子剪断。

易科长与图库主任则在检查着各种图版。从外表上看起来，图版都很整齐地放着，没有受到什么损害。易科长就抽查几种重要的设计图。当他拉开那只放着这个工厂最重要的××图的抽屉时，他发现图纸上有新鲜的指痕。他翻开一看，查出四号图与五号图的位置颠倒。当大家意识到敌人已经窃走了我们国家重要的机密时，脸色非常沉重。这时，图库保管员老刘经过急救已经醒过来了，他指着门外，结结巴巴地说：“魏……正光……快……快……”

穆科长惊慌失措地说：“老易，怎么办?这是我们国家的命根子，怎么能让敌人偷走呢……”

易科长平静地望着他，讥刺地笑了一下，这笑里包含着一种尖锐的批评。

“你早就该预料到这一点，不能总叫敌人两面手段蒙着眼睛。告诉你，真的魏正光死了已经几年了，出现在我们这里的，是个国民党军统老特务，他利用死者的历史来伪装自己。抗战前，他是干过几年绘图工作，后来混进了国民党军队里，当上了职业特务。他是有任务潜伏在这里的，工作上表现的是不坏，但这都不是偶然的!”他顿了一下，望望大家，小声地说，“大家放心，他跑不了!”

## 五

夜里。

正是粤汉路快车开车的前一小时，汉口轮渡码头上，麇集着南去的旅客。航船的灯影投射在波光里，长江显得华丽而幽静，吸引着南北旅客疲乏的目光。

这时，一个穿着长衫的陌生人，走近老头儿的香烟摊子，开口要买一包双喜牌香烟。老头儿抬起头来，苍老的眼睛里，闪出一股尖锐而狡黠的光，他很快就认出了自己即将离去的“朋友”。

老头儿不到玻璃橱窗里取烟，却从椅垫下边，摸出一包双喜牌香烟，大小装潢，均与一般香烟一样。他正要把它递过去，却又忽然缩回手来。

“那个东西到手了吧?”

“当然！当然！你车票准备好了吗?”

那人匆匆地说，伸过手去。

“今夜11时的快车，后天清晨到广州。”老头儿说完，一手递过香烟，一手去接那人的钞票，钞票是卷成一团的。

“就在这里边，冲洗的时候要特别注意第四、五两张，你今晚想法把它送走。根据我的了解，你也可能受到了注意，应立即转移。”

这时，另外一个人要买香烟。老头儿赶紧接过那一卷钞票——就在这一刹那，三个人民警察出现在他们面前，手枪对准了他们的胸脯。

“举起手来!”

“同志，我老头儿犯了什么罪……”老头儿狡猾地说，那一双枯瘦的手敏捷地动着，像是要隐藏什么东西。这时一个人民警察迅速地走拢去，抢过他手里那卷钞票，展开来，取出了那一小坨东西，把钞票仍放回香烟橱子里。

另一个人民警察从那个男人身上搜出了一支勃朗宁手枪。

“你们被逮捕了！”

一个人民警察一边说着一边从衣袋里取出逮捕证来，把逮捕证念给他们听。在他读逮捕证的时候，这两个特务已经戴上了手铐。

那一包双喜牌香烟被剥开了，一张粤汉铁路的快车票，落在地上。一个人民警察拾起了这张车票，鄙视地看他们一眼说：

“看样子，你们香港是去不成了，美金也领不到了，你们的破坏很巧妙、手段很高明，但是你们忘了主要的一点，人民的法网，是不会漏掉你们的！”

往徐家棚去的最后一班轮渡，已经起航了。长江在桨声灯影里，静谧地向前流去。

（原载《长江文艺》1955 年第 9 期）

洪洋，笔名白葳，1932 年生，湖北武汉人。《长江文艺》原主编，中国散文诗学会副主席，中国作协会员。著有长篇小说《长江的黎明》、《孤帆远影》，短篇小说集《在遥远的海上》、《火中凤凰》，诗集《海洋之歌》、《歌声满宇宙》等。

刘岱（1929—2012），笔名孟起，辽宁凌源人。原《长江》文学丛刊副主编，湖北省作家协会副主席。代表作《风雨长江》。

# 擒匪记

史　超

好，你一定要我讲，我就讲一个捉匪首的故事吧。

1950年春天，在贵州，土匪闹得够多凶啊！这个山头上放火，那个村子里抢人；田里干得裂了缝；道上找不见一个过路人；狗也像得了瘟病似的躲在草窝里不号一声，撞见了人，夹起尾巴就跑掉了。一个省就让土匪占了二十多个县城。蒋介石大概蛮高兴。这是他从大陆逃跑时亲自布置的，要把西南变成他的“游击根据地”。他的梦做得太好啦，才不过一年，土匪被咱解放军歼灭了几十万，最后的几千人也在1951年春夏之间被咱们搞光了。我所说的这个故事，就是靠近这末尾时期的事。

那里最大的两股土匪，一股是曾明辉，一股是余胖子。春天解放军来了个“铁壁合围”，一家伙把他们搞垮了。曾明辉和余胖子带着几个零零散散的人逃到了大山里。曾明辉我不用多说，人人晓得他是国民党的专员，有名的刽子手；可是余胖子，人们除了知道他是“反共游击军”的“团长”外，关于他的老底，了解的人就不多了。他从小混光棍，偷吃摸喝；三十来岁上纠集了几个人，东抢西劫，后来和国民党的县长勾结上了，又当上了国民党员，没两年，发了大财，盖房置地，成为当地最大的地主。新中国成立后，他首先带头攻县城，抢公粮，活埋咱们干部。他逃到大山里后，今天住洞，明天钻山，很难摸到他的行踪。这里的山，有的一上一下几十里，山上的老林能遮住天，土匪躲到里边，就好像米粒掉到河里一样，要想捉到他们，的确得费点儿力气。

当时我们剿匪部队有句话，也是我们的经验：“擒贼先擒王，斩草要除根。”所以上级指示：让我和蔡指导员带一连人，换上便衣到山里搜索，想尽一切办法，不惜任何代价，要捉到曾明辉和余胖子。我那时候当连长，大概是我们那个连在这一带剿匪打得有些名望吧，老乡们不叫我的姓，也不喊我的名，称呼我“一撮毛连长”。你看，就是因为我下巴上有这么一颗痣，还长了一撮毛。以后事情就出在这撮毛上。老蔡呢，他是个大高个子，侦察员出身，四川人，拉着长腔调，满口笑话。

部队插到山里后，日夜不停地搜山洞，封沟口，蹦树林子。光捉到了些散匪，可就没搞出曾明辉和余胖子的下落来。按规定的时间，我和老蔡得回去汇报啦。我把队伍交给了副连长，和老蔡带着一班人去找营部。

走到中午，在大山里面打圈圈，人也乏了，肚也饿了。我吩咐在前面小村里做饭吃。这个小村子，先前我到过一次，并在这里找过向导。

班里的人淘米切菜，生起了火。我和老蔡背着盒子枪到村子四处去查看。说来这已是我们的老习惯了：每到一村，我必须看看哪里有路，哪里靠山，哪里临水，哪里有坑有沟……我把这些都记在日记本上，说不定哪天用得上。

我们到村口停下了。村外是一迤慢坡，坡上是一畦一畦的梯田，田里长满干草。只远远的山脚下有一片绿莹莹的菜园子。我打起眼罩，看见畦坎上还有一个人在那里指手画脚。路边放着个大箩筐，菜已经冒尖了。园子里还有一个人弯着腰拔菜。我觉得有点儿不对劲儿，说："老蔡，山里年把没赶场了，他们拔那么多菜干啥？"

老蔡也瞧见了，笑了笑说："大概是娶媳妇，置办酒菜的吧。"

我们走到菜地跟前去，拔菜的老百姓直起腰来，啊！真巧，他就是上次给我们带过路的老乡。我刚想招呼他，他忙向我摇了摇头，我明白了，这当中一定有故事。我扭头一看，刚才指手画脚的那个人已经哈下腰拔起菜来。他穿着一身黑市布衣，裤腿卷到膝盖，光脚打着个半截裹腿，头上缠着白布，身后背着大草帽，瘦骨嶙嶙的小脸，大嘴巴，一嘴黄板牙，一看不像个好人。我问道："喂！拔那么多菜做什么？"

那人直起腰来，急忙回答说："我侄儿娶媳妇，买菜请客。"

出了鬼！老蔡怎么事先就知道人家要娶媳妇呢？老蔡对我使了个眼色，捂捂嘴。我明白他是不让我再说话，免得露了北方口音。他向那人肩上拍了拍，那人搓着泥手，畏畏缩缩地跟他到了一旁。我听老蔡问："你在哪里住？"

"离这二里路。"

"种菜的认得你？"

"当然认得！"

"不认识怎么办？"

"没那个道理！"那人理直气壮地甩了一下胳膊。

这边，种菜的老乡悄悄告诉我，附近一带根本没见过这样一个人。我向老蔡摆了摆手。老蔡一把抓住那人的胸口，浑身上下一摸，搜出一支枪来。那人吓得脸色苍白，两腿乱颤。

老蔡用枪指着那人的头，喝道："是不是八路军的便衣？你照实说！"

那人呆呆地想了一下，小眼睛眨巴眨巴动起来，端详着老蔡，有了点儿笑意，说："那么是一家人了。我是余团长的人，他老人家是我叔父，我是事务长，出来买菜的。"

老蔡马上变了个好脸色，把匪事务长的枪在手里掂了几掂，还给了他，连声说："对不住！对不住！差点儿误会！余团长在这里太好了。我们是曾司令的人，曾司令是我的侄儿，前些日子遇见八路，打散了。烦请老弟引见一下余团长，联络联络。"说着递给他一支烟。

"自己人好说，跟我来吧。"那家伙背起了菜，在前引路。他一面走，一面吧唧吧唧地抽烟，三口两口把那支烟吸光了，几乎把烟屁股也吞了进去。老蔡按了一盒烟在他手里："老弟，眼前混差事不易，拿去抽吧。"匪事务长推让了推让，把烟塞到贴身的衣服里，乐得嘴巴也歪到了一边，话也多了，说这道那。老蔡把话全记在心里。

顺着沟底弯弯曲曲走了好久，又沿着山梁约摸向上爬了半个钟头，又翻过一个山头，钻过一片树林子，匪事务长说："到了，前面就是。"

顺着他指的方向，是一个凶险的山峰。山峰陡峭，石头叠石头，凸一块凹一块，好像随时都会塌下来。靠山峰的阴坡有两间孤零零的破烂的小茅屋。房上的茅草早沤黑了，许多地方塌陷下去，墙上的泥巴也已脱落，露出了竹筋。茅屋四周被密密丛丛半人高的野草包围着。地势非常险要。房前是个两三丈高的石崖，只有一条小路能通上去；房后靠着山峰，山上森林黑压压的，钻进多少人也找不见个影；要不是有人领路，谁也难到这里来。

离那茅屋越来越近了，匪事务长忽然停下来，对我们说："对不起，有劳二位稍候一会儿，我先去通报一声。"

我担心这家伙溜了，正要发作，老蔡瞟了我一眼，忙说："理当，理当。"

匪事务长匆匆地沿着小路跑上去了。

我和老蔡迅速地研究了一下情况。我问："你说他还会出来吧？"

"看他运气怎样了。"

“要不出来，”我把枪一摸，说，“每人一把二十响——进去！”

不大一会儿，从茅屋里蹭蹭跳出二十来个人：一伙七八个伏在屋右首荒草里；窜到房后三四个，其中一个撅着屁股，顺墙向里掏枪眼；另外一些全蹲在草堆旁边，拉开枪栓，推上了顶门子。

“看见了吗？”我用胳膊触了老蔡一下。

“难道露馅儿啦？”

话还没说完，匪事务长出来了，笑嘻嘻地走过来，一见面就连声抱歉说：“实在对不住，余团长身体欠安，不能亲自来迎接二位，他老人家请二位屋里叙话。”

我有心盘问盘问他，又怕露了北方口音；假若不问清楚，看这阵势，冒冒失失进去，说不定上了敌人的当。想问又不能问，心中怪不舒坦。

老蔡在一旁说话啦。他问道：“老弟，我们虽然才识一面，可也算有了交情。请你照直说，你去了好久才回，大概是余团长不高兴接见我们。这没关系，我们会走！”扭头对我叫道，“走！我们也不求谁！”

匪事务长一把拉住老蔡，忙说：“你别错会了意。不瞒你说，他老人家是一朝被蛇咬，三年怕井绳。他疑心二位是……”

“是什么？”

“八路的便衣，冒充……”

老蔡一阵冷笑，扭头便走：“好大的疑心呀！那见面还有什么好谈的！嗯，是了！围在房子附近的人，想必也是为对付我弟兄设的了。哼！想曾司令得势的时候，余胖子见面也是低三下四，现在曾司令稍一失势，他就装得不认人了。说什么是八路的便衣，分明是拒绝见我们。好吧，日子往后还长着哩！”

匪事务长死劲儿地拉住老蔡不放，连声赔不是，说：“我在他老人家面前，用脑袋给二位打了保。那几个人出来，不过是他老人家的疑心病，二位多担待些，千万别生气，一会儿我让他们撤了就是。二位请——请！”他摆出毕恭毕敬的手势让路。

老蔡算是把匪事务长降住了，我们稍停了停，他急得抓耳挠腮，唯恐我们不去。老蔡瞅住我，征求我的意见。我摸了摸二十响盒子，点点头。于是老蔡对匪事务长说："这全看在老弟你面子上了。"

"好说！好说！以后请赵大队长帮忙的地方还多着哩。"

走到半坡，匪事务长停住了脚："赵大队长，曾司令还用人不用？"

"当然，夏天准备再扩大一万人马。"

"啊唷！赵大队长，你明白，当事务长这差事，固然不错，时间干长啦，多少总有点儿腻，有几个兵带带，那当然好，……嗯……我……"匪事务长吞吞吐吐说了半天，一脸甜笑。

"这是小事。只要你愿过去，自家人嘛，我给曾司令说一声，委你个副中队长、中队长的。"

"全靠你老人家提拔啦！二位请——"

你说可笑不可笑？老蔡才二十六七岁，匪事务长就称他为老人家——拍马屁也没拍到地方。这对我们倒很有利。

沿着小道上了崖。我冷眼一看，埋伏在茅屋外面的那帮家伙，一个个偷偷地伸着头，紧扣着扳机，屋后的那几个，躲在墙角，向我们探头探脑。上了台阶，迎门支着一挺机枪，一个头上生瘤子的土匪按着梭子，单膝跪在机枪旁，做预备放的姿势。靠里，灶前坐着两个烧火的年轻后生，火苗包住了锅台，锅头上蹲着个胡子拉碴的干瘪老头儿，怀里抱着枪，一手下米，一手伸到锅里，挑捞浮在水面上滴溜溜转的一块油烟子；他的小拇指甲黑黄尖长，过去准是地主恶霸一号子人。还有几个老老小小的土匪四下站着。我们一进来，他们忙握紧枪，出气都粗了。我四下辨认哪个是余胖子，忽然由里间闯出来个大汉，满脸胡髭，努着大厚嘴唇，一身短打扮，手提盒子枪，大张着机头。随后，一个四十来岁的大胖子，脸蜡黄，虚肿得像发面馒头，两只大肿眼泡耷拉着，上身穿着一件绸子夹袄，下身是黄呢子马裤，喘着气，慢腾腾地挪着脚步。

匪事务长马上介绍道："这是余团长。这是曾司令的人——赵大队长，王中队长。"

老蔡随着上前打招呼，好像老相识似的说："不是外人，见过！

在曾司令那里，我们见过！”

余胖子真刁，故意问道：“我脑子记性差啦，请你提醒我一声，我们在哪见过面啦？”

“在……在……那是什么地方啦？”老蔡叩着脑门子，回头看着我，“你还记得不？就是今年嘛……”

我也只好装做想。

匪事务长说：“今年？今年大概是在左滩那一次，不然是在黑水潭。”

“不错，就是在左滩吧。”我心里明白老蔡这一套是从匪徒情报上看来的。

局面打开了，这场戏还演得不错，老蔡就根据自己知道的一点儿匪情东拉西扯，以后他净接余胖子的话谈。

过了半个钟头，余胖子忽然说开土匪的黑话。黑话我是一点儿不懂，老蔡经常审问土匪，不知他怎样？

“赵大队长准备什么时候再抬溜子？”

“风头太紧，八路撒的网还未撤，现在我弟兄只能东风东走，西风西走，等风头吹过，再抬不迟。”

余胖子干笑了声说：“不管水清水混，我要摸到底，过去摆丢子①摆金②喷子里③青子上④我全扯过⑤。哼！八路！我给他个青天不见混天见⑥……”

老蔡明白了意思，奉承了余胖子两句，赶紧转变了话题。他主动找话说。他说外面太阳不错，出去晒晒太阳好啦；山脚下有个村

---

① 刮风叫摆丢子。

② 下雨叫摆金。

③ 枪叫喷子。

④ 刀叫青子。

⑤ 扯是走的意思。

⑥ 白天叫青天，黑夜叫混天。
以上都是江湖黑话。

子，可以弄点儿粮食啦；曾司令可能在云岭，一块儿去找找看啦；等等。他想把余胖子骗出去。可是余胖子一个劲儿推托身体不好，不愿出去。眼睛老是打量我们，他对我们的疑心大得很呢！

我感到今天想把余胖子捉住或者打死是很困难的，防范得太严了，但又不甘心放掉这个机会。既然进来了，任啥没捞到，甩胳膊一走，实在可惜。我装着听他们谈话，搬了个板凳，靠墙坐在个暗地方，尽量叫我自己随便一些。

正在想着，我忽然发觉下米的那个干瘪老头儿眯着眼看着我的下巴；接着长瘤子的机枪手也瞅我；以后猪嘴脸的马弁睁着两只大眼睛瞪我；随着全屋人的眼光都集中到我身上；最后余胖子也转过身来，鼓着带血丝的大眼珠子，上下翻我。

糟糕！一定是他们认出了我那撮毛！我的心忽地一沉，头嗡嗡胀起来。我尽量沉住气，装作没事人。

余胖子故作威严地咳嗽了一声，扯着像涮锅似的混浊干哑的嗓门，阴沉地问我："你认识八路军一撮毛连长吗？"

"当然晓得！"我硬起头皮撇着本地的腔调。下面我再不能说什么，再说话要马上彻头彻尾地露相了。余胖子又问我，我只得挑起大拇指在余胖子脸前晃动："一撮毛连长厉害！厉害！"

我觉得我身上汗津津的。这还不算，猪嘴脸马弁在一侧拿枪对准了我的头，危险到了顶点了。

我拿眼角瞟了马弁一下，他手指扣在扳机上，胳膊直挺挺的，架势活像庙里的四大金刚。我想：我冷不防地把胳膊向上一抬，或者能把他的枪托开，我抓住他的手，夺他的枪。只要打不中我的头，我死也不撒手，凿我几个窟窿我也认啦。能有三秒钟工夫，老蔡满可以掏出枪来，掏出来后，管叫你们美美吃一顿。

我向老蔡表示了一下，他没理睬我。他不但不紧张，反而拍掌打腿地笑起来，连声说："余团长，你问的是哪个一撮毛连长？是不是一撮毛高连长？那可是个百里难挑一的人物，地面没人不晓得他。我弟兄二人还多亏他帮忙，不然性命早已没有了……"

余胖子全身猛一抖索，摸到腰间的手枪。

在这紧张的时候，你认为老蔡是在开玩笑啊？其实不然，老蔡有他的用意。他连瞅都没瞅余胖子，仍然笑着说他的：“前天我弟兄二人饿极了，夜里摸到一家老百姓屋里。说要吃的，他们给吃的；要喝的，给喝的；摆的又是酒又是饭。谁知才吃了半饱，嗯嗯嗯进来十几个人，一句话没说，把我弟兄按倒。我知道受骗了。他们绑起要送给八路。唉！命里注定死在这个倒霉地方。我忽然发现我老王兄弟下巴上有撮毛——其实那撮毛，我哪天不看见几次呀，可从来也没留过意。那时突然计上心来，我哈哈一笑，说：‘你们知道一撮毛高连长吗？’

“‘吓！连三岁小孩儿都知道。’

“‘我说你们不认识！你看你们绑着的是谁？你们把高连长绑起来了！’

“众人看罢，仍不相信，问道：‘为什么你们穿便衣？’

“这一下把我问住了，我连忙说：‘我们化装便衣捉余胖子来啦！’老百姓一听我说的话有理，赶紧松了绑赔不是，重新烫酒做饭。我弟兄二人硬是饱饱地塞了一肚子。余团长，你们大概也是疑心我老王兄弟的那撮毛了吧？——哎呀！饭有煳味了！”老蔡鼻子吸弄了几下。“余团长，烫酒吃饭吧。”说罢他前仰后合，哈哈大笑。他人高嗓门大，震得屋子嗡嗡响。我当时也被他胡诌八扯引得笑出来。

余胖子两只肿眼泡吊了上去，勉强笑了笑，偷偷咧了马弁一眼。马弁连忙把枪掌开了，插到腰里。

屋里屋外一片笑声。下米的干瘪老头儿嘿嘿干笑，活像冬天野地里狂叫的老狗。匪事务长笑得大嘴巴咧到耳根子上去了。两个后生忘记了挑火，弄得满屋穿烟。长瘤子的机枪手笑得把烟袋锅磕打得叭叭响。

余胖子脑门上的皱纹一会儿深一会儿浅，看样子他脑子里自己正和自己打架哩。信老蔡说的吧，实在太巧；不信吧，老蔡说得活灵活现，态度自自然然，丝毫没有破绽。过了老大一会儿，余胖子说了：“赵大队长，酒是没有，要是有瘾，过上两口再吃饭。”

我知道余胖子嘴里说是请我们过瘾，骨子里是试验我俩。他知道土匪头子个个是大烟鬼，见烟如命；而解放军没人会吸食那个的。假若我俩一推辞，就被他识破了。我在旁看得最清楚，余胖子的眼珠一动不动地盯住老蔡，观察老蔡的神气。我真佩服老蔡，他非常会装。他听罢余胖子的话，马上喜喜欢欢地站起来，搓着手说："过瘾？哎呀，太好了！不过有扰余团长，实在过意不去。"转过身来对我叫："哎！老王兄弟，你看！好久没抽过烟啦！啧！啧！有烟抽啦！啊！实在难得啊！"他随着余胖子走进里间去了。

老蔡一走不要紧，把我给苦坏了：一方面我担心老蔡，他从小是个泥瓦匠，二十一岁上参加了革命，他见没见过吸大烟的还是个问题哩；另一方面，假若外面这一帮狗东西来和我说话怎么办？心里急是急，可主意也来得快：装作困极了，闭住眼靠在墙上，微微打鼾。我慢慢眯起了一点儿缝，看见匪事务长出去了，对茅屋外面的人说了些什么，大概是把埋伏的人解散了；接着有些人进来说闲话，还说到我的枪："你看人家曾司令的盒子——二十响！崭新！"最可恶的是那个马弁，他拦腰站在里间的门槛上，挡得严森森的，我想瞧瞧里间是啥样也不可能。我盘算："其他那些家伙，长枪在屋里要不开，可恨的是这个狗东西，……你总有不留意的时候，只要我抽出枪来，你想跑也跑不脱……嗯，我得想法掏出枪……"

谁知，猪嘴脸马弁盯住了我，是打探我在装睡呢，还是重新研究我这撮毛？反正他一脸凶气，挺不对头。这样僵下去，可不像话，不如打别的主意；或者现在出去，监视起来，晚上带人摸他一家伙。我正想去叫老蔡，还没站起来，听见老蔡喊我了："老王兄弟，你也进来过一口吧。"他哪里是让我进去吸烟，分明是让我进去动手。我装着被喊醒的样子，揉揉眼，像上了瘾似的打着哈欠走进去。

屋里又阴又没窗户，啥家具也没有，只有一张破床。床中间摆着一具烟灯，烟灯的小火头闪着黄光。老蔡和余胖子面对面躺着。他那样子装得实在像：一条腿伸着，一条腿蜷着，紧把住烟枪，眯合着眼，鼻子里冒着两股烟，活像个大烟鬼；就是嘴咧咧的，像吞了黄连一般。

余胖子拿着烟签子，替老蔡向枪里抹烟。紧贴着手背放着他那把勃朗宁手枪，一翻手就能摸起来。我一瞧这情况，知道我刚才没猜错：余胖子处处防范着哩。

屋里除了老蔡，只有余胖子，瞅准机会，下手非常方便；恨就恨猪嘴脸的马弁一个劲儿地站在门口不走，不眨眼地盯住我；余胖子也不时地把手放在枪上；如果我稍一不慎重，动手机会没瞅准，吃亏的反而是我俩。

我看老蔡也在拖时间，找机会。他尽量地慢吸，几次故意把烟枪弄得憋了气，用烟签子捅来捅去；有一次他还把烟泡捅掉了。

一颗烟泡终于烧完了，老蔡欠身让我。他慢慢坐起，又揩了揩鼻子。我考虑："路已经走到尽头上，拖也拖不下去了。好机会没有，坏机会也行，事情总是人做的！对！上了床，马上摸余胖子的手枪。管不了马弁那么许多，险反正是要冒！"

决心下定，我走到床前。可是老蔡迟迟不站起，他把手一摆，又躺下了，说："算啦，我给你滚吧，抽了我们快走。"

当然，这一来形势稍缓和了一点儿，但问题马上跟着要来——烟泡打好了怎么办？我不会抽烟呀！

忽然外间有人大吼一声，像是干瘪老头儿的声音："滚开！滚开！饿死鬼！"接着你吵我骂闹成一团，好像还有两个人揪住打架。随着挤挤攘攘的声音，一股雾腾腾的水蒸气钻到里间。门外，一个土匪双手抓着一团热饭，又吹又吮，不要命地塞到嘴里，咽下肚去，烫得两眼花花流泪。呵！原来是饭熟了，土匪抢饭吃哩！

这一下办法来了。我向老蔡递眼色又摸嘴指肚子。老蔡微微一笑，对着余胖子说："余团长，先叫人给我弟兄弄碗饭吃吃。"

"过足了瘾再吃吧。"

"不瞒余团长你说，我弟兄从昨晚到现在，水米还没打过牙呢。"

余胖子咳嗽了一阵，不见开口，想了又想，迟迟疑疑叫马弁弄饭去了。

这一下可逮到机会了。我忙向旁一闪，伸手掏枪，可能是余胖子听见动静了，想转过头来。老蔡急忙把烟枪塞到他手里说："余团长，你先抽这口，老王兄弟吃过饭再抽。"我趁着这一推让的工夫，掏出了手枪，背到身后。

这时，我有心马上亮出枪，我又怕离得远打不中余胖于反而伤了老蔡。我想沉住气，背手踱到床前，可是怎么也沉不住气了，我心里紧成团，一个劲儿地跳。马弁回来的脚步声越来越近。我三马两步跨到床前，余胖子发觉了，翻手摸起了枪，而马弁的前脚也跨进了门。

这时老蔡拿起烟盘冲余胖子扣过去，连油带火浇了他一头，顺势按住他的手。我的枪响了，打在余胖子的肚子上。这时，只听背后一阵风声，我刚转过身，一团白花花的东西从马弁手里向我飞来，正打在我的胸前，直冒热气。我迎头给了马弁一枪，还不知枪打在他什么地方。余胖子一努劲儿从老蔡手里挣开，跳起，冲我扑下来。我翻身一枪打中他的头，开了个大花，他扑通一声倒下去，像墙塌了一般。我刚想再对付马弁，谁知他牛似的一头闯过来，劈手夺枪。我向旁一闪，他撞到我的怀里，狠命抱住我的腰，几乎把我扳倒。我冲他脊梁背上连扣了两下扳机，这狗日的实在可恶，临死前还狠劲儿搂了我一下，以后我的腰一直疼了很多天。

屋里一打，外面简直乱了天啦：开水泼了，饭锅翻啦，热气满屋子打滚，菜啊饭啊东一堆西一摊，烟火乱飞，杂七杂八的家具碰得稀里哗啦，屋外哨音响成一片，一阵慌慌张张的脚步声向后山跑走了，不知哪个倒霉的居然敢向里间伸头，被老蔡在门后打个正着，没顾得吭声，就断了气。随着老蔡跨到外间，打倒了两个准备抵抗的土匪。

我从里间一出来，瞥见下米的干瘪老头儿躲在锅台底下，瞄准老蔡，手就要扣动扳机。我一步蹿上去，踢飞他手里的枪，顺劲儿给了他一家伙。匪事务长趁着这个乱劲儿，想从窗户钻出去，我转身拉住他的脚，拖了回来，卡住他的小细脖子。匪事务长连声说："大……大队长，余团长冒犯了您，他自己活该遭罪，与我们无关。

刚才我还想说，跟你们到曾司令那里去。”

我忍不住笑了。这个家伙，真是糊涂到家了。

老蔡掀开便衣，显出军衣和符号。匪事务长吓惨了，缩成一团，叩头求饶。

老蔡说：“你的任务才完成一半，领着我们找你们副团长去。”

我有两个钟头没能说话，可憋坏了。这时我痛痛快快把我们的政策给匪事务长讲解了一番。匪事务长连连点头。

屋后面骤然响了枪，子弹噗喇噗喇从墙壁和房顶上打进来，墙上泥块儿四下乱飞，溅得手脸生疼。老蔡夹起匪事务长往外走，我伸手拦住他，拖了个敌人尸首先扔出去，引来一梭子弹哗哗哗全打在尸首上，我贴着门框悄悄探头一看，果不出我所料，瘤子机枪射手埋伏在门旁，企图暗算我俩。我自然不客气，给了他三枪。他滚了几滚，睡在机枪上一动也不动了。我跳出去，老蔡也跟着跳出来。

敌人封锁了到崖下去的小路，屋外又全是野草，连个坡坡坎坎也没有，实在无法隐蔽。敌人火力很猛。我的袖口已被穿了两个洞，老蔡的耳朵也被子弹擦破流血了。匪事务长吓破了胆子，一头插在稀泥巴里，死活不动弹。

不一会儿，敌人仗着人多势众，也欺侮我和老蔡没有长枪，硬围上来。我爬到机枪前，拉过机枪，架在死尸上。

老蔡喊：“等近点儿!”

我说：“当然!”

还没等我动手，忽然有挺机枪在山头上哇哇叫开了。子弹全落在敌人堆里。敌人乱了，一窝蜂向我们这边溃逃过来。

老蔡问我：“老高，这是怎么回事？山头上谁的队伍?”

我扣动了扳机，只顾打枪，顾不上回答。

原来山头上是我们带的那班人，他们压了下来。几十个敌人死的死，伤的伤，被俘的被俘，很快就解决了。

战斗一完，老蔡问我：“我们那个班怎么埋伏到山头上去的，真是机动啊！得表扬表扬他们。”

我听了他的话，忍住劲儿要笑，老蔡看出来了，说：“一定是你捣的鬼！”

我笑了出来。告诉老蔡，我认识那个种菜的老乡，我叫他回去告诉部队，尾随在我们后面，找合适的地方埋伏下，听见枪响就动作。

老蔡呵了声，笑了：“到底还是我们的一撮毛连长啊！”

我打了他一拳，说：“算了吧！别开我的玩笑啦！”

老蔡说：“不能算！我们马上审问审问那几个俘虏，今晚捉他们的副团长去。”

（原载浙江人民出版社 1956 年版《擒匪记》）

史超（1921—2019），江苏徐州人。八一电影制片厂编剧，中国作协会员，中国剧协、影协理事。著有《擒匪记》等中短篇小说数十篇，《五更寒》、《秘密图纸》、《大决战》等各类文学剧本数十部。曾获全军电视剧金星奖、全国“五个一工程”奖及飞天奖、第十二届金鸡奖最佳故事片奖、百花奖等。

# 边界上

公 浦

一条伸向远方的路，从检查站门前起，沿着田地旁的短篱笆，沿着山脚边，穿过一行小紫梗树林，通过一座小竹桥，爬上矮矮的一列光秃的小山坡，就到了国外。这里是个进出口，跨境而居的兄弟民族常来常往，自从进行了边民管理工作以后，出入国境的人就要到检查站登记。

检查站像车站的票房一样。用竹子和茅草搭起来的，有个长长的台子，有像售票处那样的壁窗，这窗子开的较大些。办公室和宿舍在后面，门前挂了一块显亮的大牌子，白底黑字，写着“中华人民共和国边防检查站”。看到这块牌子，就会使你感到这是祖国的大门口，国与国的交通要路。它告诉外来的人，“这里是中华人民共和国”！

丁瑜就在这检查站工作，真是道道地地给祖国看守大门。她坐在竹竿隔开的窗子里边，跟车站的售票员一样，早晚都守在那里。她的办公时间不是开车前一小时，也不是一天几个钟点，她一天一班，天天都坐在这里。偏偏南方的白昼又是那样长，太阳在头顶上跨过，总是慢慢地从东方走向西方。

天气又这样闷热，连景洛江的水也要沸腾了。田野里刮来的风也有点儿熏人烫脸，正午这段时间就像在蒸笼里那样难熬。

老菩提树不知多少年代就生长在那里了，树根盘结，暴突在地面上。迷信的傣族人用石头砌了一圈短墙，用线在树干上绕了三匝。它那粗大的枝干把检查站的屋顶遮盖了。风吹动着菩提树的圆叶子，阳光闪闪地射进窗子里，花花的阴影在丁瑜的脸上跳动。

背后的小寨子，是距国界最近的村寨，起脊的竹楼被高高的椰子树掩映着，中间点缀了几棵果实累累的木瓜树。谁家的紫萝蔓爬上了竹楼的房顶，谁家又在阳台上放了几盆蔻丹草和木荆花，龙眉从篱笆后面伸出来，多么灵巧可爱的花朵啊！那些竹篁草舍里，丁瑜能默默地数得出，哪家是岩顶新盖的楼房，哪是依爱娇栽的芭蕉园……寨上很多人家，她都认得，岩温是个好小伙子，刚和依香熳结婚，他们很幸福，早起晚归，一起下田劳动，走过检查站门口时，总要向她打招呼。他们用简单的汉话说：“同志妹，好！”丁瑜也用不准确的傣话回答一声：“比哉比囊利啦！（大哥大嫂好！）”他们走过去，背影遮在小树林那边，丁瑜才把眼睛转回来，重新望着菩提树，望着那像小麻雀跳跃似的圆叶子。

南方的暑夏，给丁瑜带来了多少烦躁，她想展开摆在面前的一本书，没事的时候，读上几页。那是本《中国青年》，封面上印着某探矿队在风雪的天山上工作。她才翻开一页，汗马上从鬓角流下来，衣服贴在身上，读上半页书哪会热得跳起来哩！丁瑜把袖口向上推了推，提起贴在前胸的湿衣襟，抖动着，好让风从敞开的领口像风箱那样出进。她拼命摇着竹扇了，但怎么也消除不了她心中的烦闷。

“唉！”丁瑜吁了一口气，将那本杂志推到一旁，带几分苦恼和懊悔的语气说，“今天又过去了！”

是的，太阳已逐渐偏向了西方。

“这里已经三年了，”丁瑜烦恼地想着，“一点儿不错，整整三年，那时才十八岁，一转眼就二十一岁了……”

真的，还记得清清楚楚的，那年在学校毕了业，不愿继续求学，她报名参了军，立志要到边疆工作；在公安总队学习了一个短短的时期，就被分配到这个在祖国边沿的公安检查站来。这就是丁瑜的简单经历。但是，这简单的经历，在她这漫长的三年中，意志上起了多大的变化啊！

“我不愿意做检查员。”她向分配工作的那个胖胖的政委说。

“你不是要求了几次，都说要到边疆工作吗？”政委把介绍信先放在桌子上。

丁瑜的心有多么委屈啊！一点儿不错，她是要求到边疆上去的。那里比内地艰苦，青年人就应该到最艰苦的地方去工作；那里人民的生活还落后，受过教育的青年人就应该把科学、把智慧带到边疆，带给那些暂时还落后的兄弟民族；那里比内地斗争复杂，青年人就应该拿起枪去和那些钻进森林里的敌人，进行顽强的搏斗；那里是蕴藏富饶的处女地，青年人就应该在那悬崖绝壁的峰顶，奔腾的巨流的旁边，架起篷帐，开始劳动建设。……多么富有诗意的生活啊！多么富有传奇的、冒险的色彩啊！也是丁瑜多么梦寐以求的、伟大的理想事业啊！但是，却分配她做一个普通的、呆板的，甚至可以说让人看不起的检查员。唉！“我不愿意做这个工作。”

“你愿意做什么工作？”政委还像平常一样和蔼，“你不是要求组织分配吗？服从祖国需要吗？现在，那边需要你。”政委接着讲解了边防检查站的重要意义，说那里是祖国的门户，斗争的最前列——这是谁都知道的道理。将在那里接触到另外一个国家的人，一言一行都代表着伟大的祖国。这工作是祖国的眼睛、舌头和耳朵，要听得见望得见，还要说得出，要有高度的政策水平和警惕性。容易吗？不容易的。就像忠诚的战士一样，用另一种战斗姿态保卫着祖国。最后，政委又安慰了丁瑜几句："什么工作都有愉快和苦恼，决定于你对待工作的态度。我们不反对个人对工作选择，但是有一条原则——要结合现实，服从整体需要。比如说，边疆没有发电站，你就不可能是个电力调配员，一举手就给边疆送几千千瓦的电。当然，以后是完全可能的，……要从现实出发……现在那里需要你，你是个青年团员，对祖国服务就不应该讲价钱。"政委说完了。这还有什么说的呢？丁瑜轻轻地把桌上的介绍信拿过来，折了一折，装在口袋里。

的确，这工作使丁瑜长时间苦恼过。刚离开家庭和学校的一个年轻姑娘，到边疆这样陌生的远方，什么都是生疏难解的。本来就羞于和许多人谈话，现在，不谈话又怎么办呢？要一个个地问清姓名、住址，来做什么？哪天回去？……来往的人都要这样登记，跨境居住的家族亲友又是这样多，他们都说的民族话，自己说不来，听不懂，两人对面谈半天还不知道讲的什么，这不能不算是困难吧！丁瑜凭着自己的聪明和用心，终于会说一般的用语了。

最苦恼的还要算检查。检查要十分仔细，不是没有发生过事情的，丁瑜常从竹箩筐里搜出些违禁的物品。从雨伞的竹竿把里搜出一卷敌人散布谣言的传单；从掏空的马鞍子的木架下面，搜出一些走私的手表。当然，这要交给海关去办。狡猾的敌人是无所不至的。除了检查各种东西，她还担负一项重要的工作——检查人，检查那些企图混进国境的坏女人。虽说有一所专供检查用的房间，那才真难为情呢。因为检查，老婆婆背后咒骂他，毒恶的女人造她的谣言，敌人还煽动流氓无赖故意跑到她面前，用种种丑恶的把戏嘲笑她……她哭过，往往在夜间用被子蒙住头掉泪，多为难啊！

像干旱的花朵，丁瑜的脸显得憔悴了。她忍耐着没有向任何人说，可是有经验的检查站长看出来了。晚上大家汇报工作以后，都走了，站长——这位三十多岁有点儿秃顶的人，严肃地问她："你怎么啦？"丁瑜一下哭出声来。说吧，把肚子里的痛苦和委屈倾吐出来吧。她说了很多，像女儿看见了妈妈那样，眼泪是那样的多啊！那位沉着的站长像个没事的人，既不表示同情，又不显出愤怒。唉，难道作难的姑娘还不该他同情和照顾吗？

丁瑜不说话了，等着他回答。

站长的眼睛变得严峻可怕，他冷冷地说了一句话：“你还太脆弱！”她希望得到点儿同情，但得到的却是严厉的指责。丁瑜伤心透啦，再也听不下去他究竟说些什么了，回到自己的房子里，倒在床上。这次她不是哭，她生自己的气：“难道我就真的脆弱吗？”

日子一天一天地过去，丁瑜没有变动她坐的位置，登记更认真，检查更仔细，说话果断，做事更有主见了。

家中和学校不断有人给她来信，说她的同学有好多也参加了工作。像杨淑芬已经到拖拉机站去学习，她的身体好，相信她一定很快就能骑在铁马上奔跑；刘瑞，不用说了，已经见过她穿着飞行衣的照片，天空早变成她游泳的海洋啦；赵小英、吴青她们好几个升了大学；陈玉秀进了护士先进班；还有那最小的张谨——黄毛毛小妹，也做了乡村的女教师……一个个进步得真快呀！有好多人还和丁瑜通信，她一想到她们，就暗暗地说：“都成了建设人才啦，也好，我就在这保卫你们……”一幅幅建设的图案时常呈现在她的眼前。她订了好几份报刊，渴望多知道一些祖国内地的事。有时还把整幅的照片贴在自己的床边，装饰得很好看。她经常给内地同学们写信，写到自己的时候，总是说：“我在保卫祖国！”

时间过得真快呀！椰子树在丁瑜的眼睛里，结过三次果子了；紫杜鹃也开过了好几次花；波岩斗老爷爷的小青牛就要套上辔具学耕田；岩扎童主席已经是个很有能力的民族干部了。是啊，一切都变化得那样快！丁瑜来的时候，像依淑、依线、依真呀，常在一起跳舞唱歌的伙伴，现在也都出嫁了。依线今年还生了一个小娃娃。丁瑜满意这越来越美好的变化，悄悄地祝福着说：“愿人们幸福！”

站长整天板着面孔，跑这个寨子，跑那个寨子，忙个不休，甚至向来就不过问自己的私生活。当然啰，这附近的寨子有谁不尊敬他呢。今年春天，他爱人从北方找来了，头上缠条白毛巾，快三十岁的并不漂亮的中年妇女，还带来一个九岁大的儿子。这要算站上的一件大喜事，站长看见八年没见面的老婆孩子，可高兴啦！

站长的小儿子——阿宝，真调皮！那样爱和她逗着玩。丁瑜看书的时候，小家伙不知怎么就悄悄地溜到她背后，猛地抱住她的腿，学狗咬。是谁教给他这些坏点子，丁瑜生气了，指着阿宝的滑稽小脸蛋儿说："跟谁学的？一大点儿，就学得这样淘气。"小阿宝的嘴巴咧开了，露出洁白的小豁牙，先站好一个要跑的架子，然后望着丁瑜的脸说："谁都没跟谁学。阿姨，人家叫我问你，哪天吃你的糖呀？"说罢，小家伙哧溜就跑了，生怕丁瑜抓住他。她的脸气红了，"这些无聊的人，整天在孩子们面前乱讲些什么呀？"

站长带了几乎是全班人马下乡工作去了，配合政府的征粮、购粮、发动群众。家中的事，有关地方性的由区政府办理，有关武装、敌情方面的，由驻地部队首长直接指导。丁瑜是不能离开检查站的，汇报和请示工作常找李连长。他们接近得多了，于是，外边就传出一些闲话。小阿宝开这个玩笑不是没有原因的。

在丁瑜长久的思索中，李连长的确是个样样都好的人。首先说，人还年轻，工作又有魄力，是个五年的老党员了。人家的党龄比自己的军龄还长，当然啰，这不能算唯一的条件；可是，党员这个光荣称号，本身就说明很多问题啊！他一定经过考验，政治坚定，忠实于人民的革命事业，还许立过功受过奖哩。关于李连长的历史，丁瑜也从旁边有意地了解了一点儿。那次，部队的炊事员来买菜，坐在检查站门口，等岩温——他到园子去摘菜了。丁瑜就问起炊事员："你们连长怎么样啊？"

炊事员用一种审视的眼光望了姑娘一下，怀疑地说："你问我们连长干啥？"

丁瑜的脸颊绯红了，不好意思地连忙把话题转过来："听我们站长说，他是英雄，我们还想请他在八一回忆晚会上作个报告呢。"

一听到有人表扬连长，炊事员这位中年人马上话就多了："那真是英雄，叮当响的英雄。远的就别提，渡江我是亲眼看见的，那时候他是班长，有名的渡江第一船。我一点儿都不说瞎话，粤桂边追歼他带着三个人，缴了敌人一个连的枪。你别笑，这是实话。还有，到云南这二三年，我们连剿匪也是好样的，没吃过亏，只有我们打敌人，敌人就别想碰我们一下。你看——对，就是在这江边，活捉了大土匪头子唐老三，给这一方除了害，我们谁不说连长指挥得好哇，看他那样子倒像个知识分子，谁知道打起仗来，又是那么凶。你说吧，平时、战时、文的、武的、官兵关系、军民关系都好……”多不凑巧，岩温抱着菜蔬来了，炊事员接过菜就要走，忽然扭过头又补充了一句话：“连长，好是好，就怕——在连里住不长了。”

“为什么？”丁瑜关切地问。

“那样的人才，连里还能留得住，我看呀，不是提升，就是到后方学习、深造。”

“这是你说的吧！”

“嗯，我的老经验啦。”炊事员抱着菜走了，给丁瑜留下了既甜蜜又踌躇不安的心情。

晚上，本来没有什么汇报的事情，但是她又向部队的营房走去。李连长正和部队讲话，丁瑜就坐在那所办公室兼宿舍的单间房子里等他。桌上点着盏煤油灯，光亮的玻璃板底下，压着连长最近的照片，是多么英俊的样子啊！一副白皙的圆脸，闭着口，微微睁大的眼睛，显得很庄重；大檐帽乌黑的帽檐闪着光，领口结得很紧，胸前挂了长长一列纪念章和奖章……他和很多人相像，但是丁瑜从他那眼角、耳际及其他细微的地方，还可以看出另外一种东西，使自己很感亲切的东西，别人谁都看不到的东西。她真是这样想的：“应该是这样的，是的，现在还不及他，将来会跟得上的，绝不掠夺别人的光荣来炫耀自己……我的天，想到哪去啦！”

绿纱门开关了一下，李连长进来了。完全像照片上的那样英俊、严肃，丁瑜一看见他，心里一紧张，把刚才想的、看的全忘掉啦。她像平常那样给连长谈了今天的工作，连长嘱咐她要多加小心：“在征粮的时候，敌人一定要造谣破坏，听说敌人还准备了一下呢。”

“怎么，想进来抢劫？”

“他们还没有那样大的胆，恐怕还是偷偷摸摸的活动多些。”连长抽开抽屉，拿出几个芒果，放在丁瑜面前，“最近，别的地方发生过几件事，放火烧仓库，砍耕牛蹄子，敌人真是狗急跳墙了。”

“烧仓库，砍耕牛蹄子，多无耻！多卑鄙！”丁瑜小声咒骂着，拿起一个黄色的芒果，剥掉外表那层起皱的皮。

谈话继续着，谈了一个钟点或者两个钟点，别人不知道。只是听哨兵这样说：第一次走过连长窗外时，听见里边有人在谈论国防问题。

“听说，国民党残匪被迫撤走了一些？”丁瑜的声音。

“鬼把戏，不能因为这样，我们就放松了警惕！”

第二次哨兵又从连长窗外过时，这次听到屋子里正在谈幸福。

“我不同意你的说法。”

“为什么？”连长问丁瑜。

“难道幸福我们不需要吗？我们准备在边疆守卫一辈子，对于自己的事情，难道永远也不过问吗？”

“不是不过问，有些人考虑得太多了，从现在来说，我不能把边疆、同志和人民都抛在一边，自己去研究幸福。”

哨兵听得很清楚，谈到这个问题，引起了一阵热烈的争论。以后，不久，连长就送丁瑜走了。

临走的时候，连长还说：“你提的问题，虽然在认识上我们有分歧，不过，我会在以后答复你的。”

又过去几个白天和几个夜晚了，丁瑜一直没有和连长见面。这是种说不出的苦恼：心里想到那里去，偏偏又怕看见他。答应答复，为什么迟缓到现在还没有一点儿影子啊！也许他早就忘记啦。唉，又担负了这样一种时刻不能分身的工作！一时苦恼，一时甜蜜，难道爱情真是这样的滋味吗？这可要影响工作呢！她努力遏止自己心中的烦躁、焦急，摇着小竹扇子，再一次翻开那本《中国青年》，强使自己读下去。多凑巧，正好找到一篇马铁丁同志写的论青年恋爱问题的文章，丁瑜默默地读着……

山路上仿佛来了一个人，挑着些什么东西，从国外进来的。丁瑜仔细地望了望，是个妇女，走过那座摇曳的小竹桥，向小树林这边来了。因为距离还太远，那人走得又是慢腾腾的，丁瑜重新伏在书本上。这时，站长的小儿子来了，她装作没看见，故意不理他，怕他又来没头没脸地搅闹，那才真使你没办法。他在地下爬着干什么呀？别管他！

一时没小心，被阿宝这孩子吓了一跳，他把一条大毛虫，放在丁瑜的领口里，气得她叫起来："走！我在工作，你快离开这儿……"阿宝从没见她这样厉害过。

阿宝眨着小眼睛："阿姨，我走你可别叫我……"

"走吧，不叫你！"

调皮的阿宝走了十几步远，扭回头，口袋里掏出一件白东西，向她招着说："你看，这是连长给你的，你要不要？"

呀？那是一封信呀！丁瑜盼望它多久了，小阿宝还给她瞎捣蛋。"快给我吧！"

"你叫我走嘛！"

顾不得再和这个小调皮拌嘴，跑出门去，抓住他把信夺过来，回到自己的座位上，激动的心，颤抖的手，一下把信皮撕开，第一行熟悉的字体，跳进她的眼里：

"丁瑜同志……"

窗外伸进一个女人的头来，擦着额上的汗向丁瑜说："给我登记，我回来啦。"

丁瑜赶紧把信团在一起，装进口袋。心里责备自己为什么这样疏忽大意，几乎贻误了工作！她看了看来人的脸，原来是波岩胆的老婆，——一个小头人的女人。丁瑜问她有没有带什么非法的东西。因为去年这女人曾偷偷带进来些毒品之类的东西，政府劝告过她，今年她还很少出去。就在征粮工作刚开始，她说要到国外唊佛，登记了一次走了。看她原来登记的归来日期已超过好几天，不过她回来了，又没带什么东西，就可以让她走啦。

那女人狡黠地望了下丁瑜，担起她那两个大西瓜，向寨内走去。走了没几步，她不放心地扭回头望望，有点儿惊慌地提起了筒裙，像只母狼似的想逃脱猎人的眼睛。丁瑜警觉起来了，责任感重新使她采取了行动，她向那女人跑过去，把她叫回来，带她走进那所检查用的房子里去。

短短的几分钟，丁瑜紧张地走出来，找人，四外没有人，丁瑜就叫小阿宝。“阿宝，来，有紧急事……”小家伙懂事地走过来，他知道父亲着急的时候也是这样子。他用心听着她的吩咐。“快去叫部队上来个人，我看着她，你快去，翻译员来也行，不要给别人说。”小阿宝把蟋蟀抛在地上跑去了。

有什么问题丁瑜看不懂，那是用傣文写的信，想躲避检查站翻译员的眼睛，藏在最诡秘的地方。但是，被细心的姑娘搜出了。那女人惊慌失措地想要走，丁瑜让她坐在房子里不要乱动。她想起连长说的话，很可能这是破坏征粮工作的谣言；也许是指使内奸分子放火的信件；也许是什么更狠毒的阴谋，想颠覆寨子上那些良善人们的幸福生活。是有可能的，因为敌人还在面前啊！

翻译员来了，阿宝带着来的。丁瑜把这张写满傣文的纸和那女人交给翻译员了。她的心感到无比地轻快。

在这愉快的同时，丁瑜的心情忽然沉重起来：自己的警惕性还不够高，这次差一点儿让那个狡黠的家伙混过去了，多么危险！

天色已经昏黄了。菩提树上的乌鸦，呀呀地叫着归巢了，寨子里的广场，点起了第一把篝火，傣族姑娘们就要坐在篝火旁轻摇着纺车纺线了，不久就会听到小伙子们弹着葫芦琴，唱着求爱的歌欢笑了，山岭和森林就要浸沉到安详的夜幕中，丁瑜也回到了自己的宿舍。

忽然，她记起那封没有读完的信，连长那亲切的影子又呈现在她的想象中了。她读着那封信。

“丁瑜同志：我明白你的意思，假如你真的爱我，你就应该更爱你的工作。

……我要离开这里了，当然，也要离开你，不过这是暂时的，我去后方学习，进军事学校，提高技术，为祖国时刻准备着……爱情是珍贵的，和平更珍贵！

我热爱边疆，也热爱生活，假如你能等待着我，我会回来的。在我们的面前有更多的幸福！……

敬礼！

李振东×月×日”

丁瑜的心沉重了，酸楚了；停了一会儿，又感到非常甜蜜了。

她悄悄地对自己说：“我爱你！我等待你！用我的工作来等待你！我爱幸福的未来，我希望和平真正能够实现。我等待着你，用行动创造幸福！用工作保卫和平！”

现在，这个姑娘仍然工作在边疆……

（原载作家出版社1957年版《边界上》）

公浦，原名王公浦，1922年生，河北磁县人。中国作协会员，云南省作家协会专业作家，昆明市文联专业作家。电影《五朵金花》编剧（合作）。短篇小说《好丑你们说》获云南省小说创作一等奖，散文《游剑川石宝山记》获云南省优秀作品奖。

# 国境一条街

公　刘

那天，边防检查站政委张同在军区开罢了边防工作会议，回到了孟崩，正逢上赶街子。街子上熙熙攘攘的繁荣景象，使他很高兴。他觉得比起一个月前离开这里的时候，市面显得更加热闹了。首先，贸易公司门口的一包一包堆得高齐屋檐的棉花和草果①，就吸引了他的注意；一群出售土产的面色黝黑的哈尼人，把汗流浃背的验收员团团围住，看着他过磅，另一群哈尼人正蹲在地上，用唱歌似的调子数着自己手里的人民币，有些数完了的便互相拉扯着往国营百货商店跑

① 一种香料。

去，一路上又笑又闹。而国营百货商店呢，却早已忙得像个蜂窝似的，那些扎着花色头巾的傣族妇女，正内三层、外三层地挤在柜台跟前，选择自己心爱的衣料、梳子和阳伞。街上到处都摆有地摊，货物的种类也很多，从现成的紧身女衫、金黄色的和尚帽子、缎带、纸花、针线、献佛用的各式贡物、猪肉、小鸡、生烟，直到任何冷落的市集也绝不会缺少的米干、甜酒、糖蔗、香蕉和面芭蕉①。但在整个街子上最使张同兴奋的还是菜市场的出现。当他看到傣族农民开始出售自己种植的蔬菜、黄瓜和豆荚时，他就忍不住微笑着自言自语："嘿，这才是新事物咧！"他想：我们部队向老乡宣传种菜、施肥，并且自己开辟菜园，做样子给他们看，这些如今总算都有了结果了。因此，他的心境愈加愉快起来。他踏着遍地都是一摊一摊的猩红的槟榔渣②，在人群中侧着身子穿过，向每一个对他打招呼的老乡点头还礼。看他这副轻松的样子，就仿佛他不是从远道跋涉归来，倒是来赶街子似的。

"啊，认识，认识，都认识……"他望着每一张脸孔，心里默默地说着，"怎么能不认识呢？我在孟崩工作又不是十天半月！在这里待了二年多了，再不认识才该打屁股呢！"于是他一面仍然和熟人们微笑，一面就有意寻找着那些在他脑子里闪过的附近各寨的熟人的影子。如果正好那人也来了，那么，不管对方是否发觉了他，他都会笑起来，并且，他会自己对自己说："你看，那不就是他！"

他就这样走着，一直走到了街子的尽头，只要再往右手拐个弯，就可以看到那门口挂着"孟崩边防检查站"的长条木牌的房子了。可是，这当儿忽然有人在背后叫他，"喂，政委，到底把你盼回来啦！"他回头一看，只见远处土坎上有谁在向他拼命挥手，可是又被哈尼人放在路上卖的一大堆草排拦住过不来。张同走近了两

---

① 较普通芭蕉大，皮色淡黄，肉如面粉，可充饥，食之无味。

② 傣族人喜爱嚼嚼的一种"食物"，以槟榔、石灰、生烟等混合捣碎搅拌而成，结成胶状硬块儿，嚼之满嘴血红，牙齿变黑。

步，才看出那叫他的人是孟崩的一个中等头人鲊波宰，便客气地应道：“是啊，回来啦。你是来赶街子吗?”说着，他便向土坎走去。

鲊波宰匆匆忙忙搬开几张草排，伸过那一只黥满了图案花纹①的手来，和张同紧紧地握了握，并且操着熟练的汉话连声说：“辛苦了，辛苦了。”

“街子上的买卖还不错啊!”张同寒暄着。他知道，鲊波宰对他并非是真的有什么话要谈，他所以要显得这样热情，只不过是这么三个原因：第一，他的弟弟现在仍在境外附匪，为了表明他们兄弟间并没有什么联系，他必须多与大军以及政府人员接近；其次，也可以利用这种场合来向老百姓显示显示自己与共产党的交情；最后，还可以借着这种机会表现他的口才。谁都知道，在孟崩的许多大小头人中，要数鲊波宰的汉话说得最流畅，虽然他不识汉文。

“不错，不错。改成三天一个街子了，生意还是这样好!”鲊波宰眉飞色舞地应承着，仿佛他正是因为赶街子发了财似的。

“啊？现在不是五天一街啦?”张同心想，嘿，又是一个新事物！才离开一个月光景，变得好快呀!

“你咋个还不晓得？哦，对了，对了，你当然不晓得啰，这还是十天前才改过来的新规矩。为了这个，我们孟崩区政府还出了告示哩。”鲊波宰热烈地解释着。他不等张同答话，又说，“喏，这位王文书，念给我们听，还把新规矩、新道理讲给我们听哩!”

张同跟着他的眼光看了看，不知道他指的是谁，诧异地说：“哪位王文书?”“你还不认识他?”说着他飞快地转了个身，把离他有三四尺远的一个背朝着这边的男子拉了过来，“来来来，我给你们介绍一下，这位是政委，这位是区政府新来的文书……”

张同和这个新来的文书拉了拉手。不知道为什么，这个文书的手上出冷汗，手指又滑又腻又冰凉，以致使得张同感到仿佛自己刚才是不小心摸着了一条蛇，一阵说不出来的恶心的感觉立刻爬过他

① 部分傣族男子至今仍保持着古代的文身的习惯。

的全身，使得他都打了一个冷战。

“怎么，原先那个文书呢?”他问鲊波宰，希望迅速找到什么话题，来摆脱这种讨厌的感觉。

“病啦，送到景楠住医院去了。”

“现在的新国家就是好，病了也不用担心，生命有保障……”新来的文书在一旁突然插嘴说道。

张同同意地点了点头，朝说话的人打量了一眼。这个人有三十来岁，一张方方的肌肉松弛的脸，中等身材，穿着一套灰色干部服，显得不大合身，没有戴帽子，长长的头发不修边幅地蓬松着，有一绺垂在右边额角上，也就是在这额角上，贴着一块发黄的纱布。

“好像在哪儿见过？面熟得很哪！”张同猛然觉得自己似乎认识这个人，但又想不起确切的时间和地点，以及是由于什么机缘和他相遇的。他沉吟了一下，又打量了文书一眼。

文书转动着脖子，干咳着，似乎是制服领子过于逼仄了，使他很不好受。接着，他搔了搔头，立刻，那绺披下来的头发便完全把纱布遮住了。就在这一瞬间，张同忽然留神到，在这个似曾相识的陌生人眼中，出现了某种不安的神色，但这种不安也仅仅是那么一闪而已。那人重新变得沉静起来，甚至在嘴角上还掠过了一丝傲慢的笑意。

张同捕捉住了这一瞬即逝的闪光和笑意，并且把它们放在心里反复琢磨着。但他随即宽慰地想道：不论谁，乍见生人，特别是见到职位较高的生人，总不免有点儿腼腆不安的。——可不是！他敢肯定是见过这个人的！而且他模模糊糊地感觉到，这个人和某桩不愉快的事情有关系（事实上，这种耐人寻味的目光和笑意，也加强了他的联想），可是，究竟是桩什么事情呢？真该死！此刻他简直无论如何都想不起来了。

在这几秒钟内，张同脑子里每一个细胞都经受了紧张思索的最大痛苦，然而，他失望了，根本没有答案。他竭力控制住自己，不让自己叹息，相反的，却笑着问道：“尊姓?”

“我叫王健。”那人微微地把下颏贴近胸前，说话的调子十分平稳。显然，你从这样简洁得体的回答中，是找不到任何半点儿值得怀疑的东西的。

张同决定离开他们，便说：“你怕是有什么事在等着鲊波宰吧？好，好，我也该回去了，不打搅你们。”

一会儿，他走下了土坎，便听见上面有两个声音在用傣话交谈，他们在谈什么呢？他真想知道啊，可是，听不清，即使听清了，他也不懂。张同的傣话还很不高明，十句中只能懂一句半句罢了。

回到检查站后，他和几个跑来迎接他的助理员谈了谈一般的工作情况，接着，他审慎地询问起关于这个名叫王健的人来。他们告诉他，这个王健到孟崩还不上十天，傣话说得很好，见面就熟，因此，和老乡关系搞得不错。而且，不知怎么搞的，他几乎和每个头人都熟识，特别令人注意的是，一到街子天，他就整天“泡”在人堆里，东扯西拉的。助理员们所能向张同汇报的，也就只有这些。

张同有些纳闷，刚才一路上那么好的心情，早已飞到九霄云外去了。革命军人的警惕性，自己的特殊职责，令人苦恼的模糊的记忆，还有某种难以解释的预感，都在促使他对这个名叫王健的陌生人不能完全放心。他脱下外衣，随便擦了个脸，便走出了自己的楼房，倚着走廊上的一排栏杆，向远方凝神眺望起来。这时，深知首长脾气的助理员们一个个悄悄地退了出去，他们心里却全都在思量着：可能是问题出在这个姓王的家伙头上了。

从检查站的楼上望出去，不但可以看见孟崩坝子里远远近近的五六个寨子，还可以看见界河，这条界河和内地的任何一条小河一样，没有什么特殊出色之处；可是，因为对岸有着李弥残匪的碉堡和关卡，有着美帝国主义的铅弹和皮鞭，而这边却是我们的祖国、我们的身家性命和我们自幼珍爱的一切，这样，这条普通的小河就不能不被赋予神圣的意义。人们对于它，就不能不产生一种休戚相关的、愿意把命运托付给它的感情；可以抛弃自己的肉体，可以停止自己的心脏的跳动，但是不能丧失它。这些一再激动过千百个战士的思想，此刻又像波涛一般在张同的心头汹涌。他的忧虑的眼光，落在界河的粼粼水波上。他看见阳光像碎金子一样在河上闪耀，热风沿着水面轻轻吹拂，渡口上的菩提树枝叶婆娑，清闲的船夫坐在沙岸上吹笛子……

但就在这小河的下游，在小河的河曲地带，两岸密布着灌木林和刺蓬的所在，水不过齐腰深，只要不是雨季涨水的日子，随时都可以涉渡，那是一条走私、潜越国境的最合适的通路。

张同想起了骚乱的、充满着阴谋与罪恶、血与火的1951年。在那三百个紧张的白昼和失眠的黑夜，在这条又窄又浅的界河两岸，敌人曾经是多么猖狂啊！那时没有边防检查站，我们的部队为了追歼到处流窜的股匪，从来不能固定在一个寨子住上三天，因而赶孟崩街子的老乡，只是匆匆忙忙地在市上互通一下有无，便赶紧跑回家去躲起来。就是街子天，有时土匪简直就明目张胆地进来论货抽税，在街上鸣枪示威。和他们一道招摇过市的，还有没有护照的外国人，他们全都是职业的走私能手和情报贩子。这批万恶的吸血毒虫，曾经肆无忌惮地蛀蚀过我们祖国的边疆。

“不！你们再也别想过来了！”张同激动地捶着栏杆，在牙齿缝里狠狠地说着。他想吐一口气，然而，当他的目光一接触到那个弯弯的河曲地带，他又感到一阵心烦，——无论如何，这片浅滩和这些丛林对我们总是一种危险，应该把它划为禁区！他烦躁地想着，开始在走廊上踱起步来。

街子散了，喧嚣的人声渐渐平息下来。山居的哈尼人三三两两地背着空了的背篓和填得鼓鼓的筒帕①回家去了。几个傣族老大妈挑起了她们的盛米干的坛子和箩锅，也走出了寨外。从国外来赶街的农民和小贩，正牵着牲口向检查站走来，他们要在检查站吊销登记，才过河去。张同看见他们当中的几个已经走近门口，并且正向着检查站的楼上指指戳戳，似乎在说他什么，他决定回到房里去，

---

① 云南境内许多兄弟民族的妇女都能自织的一种背囊，类似挎包，色彩美丽，图案工整，上面串有珍饰、流苏。

避免和这些人打招呼。

不大一会儿，他听见了楼下值班室里的人声，助理员在用傣话和外国人交谈，他无意去听它。他用两只手支着办公桌，低下了头，眼光游移在压着许多照片的玻璃板上，但是，心又重新坠入沉思。

今早在街子上和那个神秘的陌生者邂逅的经过，清晰地重现在他眼前……

为什么他要用背朝着我？——人家不是在等候鲊波宰吗？为什么他要突然插嘴，说些一听就叫人感到不诚恳的话？——我恐怕是有了成见了吧？可能人家的确是感激人民政府呢？那么，当我瞟他一眼时，为什么他要惊慌不安？而且，他怎么又能一下子镇定下来，甚至于一变而对着我傲慢地微笑？——是呀，是呀，这个……这个人怕就是……我曾经见过的那个！

可是，在什么时间什么地点我见过他的呢？

一张方方的肌肉松弛的脸，……长长的头发不修边幅地蓬散着……右边额角上贴着一块纱布！……见他的鬼去吧！右边额角上贴着一块纱布，我何尝见过这么一个家伙呢？

不，还是见过，见过的！张同的头垂得更低了，他的双手不再支在桌上，而是反绞在后脑勺上，每个手指都不停地抽动着。忽然，在他的玻璃板下，出现了另外一组照片，不，是另外一组幻影，其中有一张，浮动着一个人头，他是方方的肌肉松弛的脸。可是，没有头发，头发被剃光了，同时，右边额角上也没有贴着什么纱布，而是一道长长的刀痕……应该有蓬散的长发呀，应该有纱布呀，然而，它很顽强，就是没有，没有……张同失望地叹了一口气。他抬起头来，幻影消失了，但他猛然间记起了一桩事情。

还是在边防工作会议正在进行的中途，他听到了一个消息，说是在南方边境某条公路上，参加筑路的一队劳动犯人组织了一次暴动，因为我们负责看押的人麻痹大意，致使受了些损失。后来，又听说，经过事后周密的调查侦讯，证明并不是全体劳改犯人有组织地起来反抗，而只是极少数特别顽恶的反革命分子，利用公路坍方时的紧急局面，乘机逃跑，除了其中三人正在追缉中外，其余的都已就地伏法。等到会议结束，他临走的前夜，主持会议的处长却特别来找了他一趟。处长携来三张照片，说："这就是逃跑了的三个犯人……根据各方面的条件来判断，这三个坏家伙一定会设法和匪特接上关系，然后再混出国去，你们孟崩和沽浪这两个口子要特别注意。除了孟崩和沽浪，别处就没有他们的路。"接着，处长又拣出其中的一张，轻轻掂了两下，扔回桌上，"这个家伙，名字叫作唐殿选，在国民党军队九十三师干过连长，九十三师驻扎在景楠一带时，他就学会了一口流利的傣话，他起初跟着李弥出国，后来又假装自新，回来登记，暗地里搞破坏活动，被我们发觉了才扣起来的。像这种东西，到了你们那里就会变成地头蛇，你要留神，不能叫他漏了网。"因此，张同自然而然地对这张照片看了两眼，有些特点就进入了他的脑海：一张方方的肌肉松弛的脸，光头，右边额角上隐隐地有一道刀痕。

"可不能光凭这张照片啊，那边公安局寄照片来的时候就说明了这是一年以前照的，"处长似乎看出了张同的心思，"不过轮廓总是在的……我马上叫人把他们翻印几套，寄给你们，可惜来不及让你明天亲自带走。"

当时他以为照片马上会寄来的，可是许多日子了，还没寄来哩。这使他心里很懊恼，他责怪着自己：为什么当时不更仔细地看看那照片呢？

张同的回忆像开了闸的洪水似的，一股脑儿涌了出来。他觉得刚才的许多疑团都烟消云散了，不值得再去考虑了。此刻，他已经能听见自己的心脏在快乐地搏动。为了最后证实这位"文书"的真正身份而必须采取的若干决定，也一个接一个地自动跳上心头来了。

他跑下楼去，努力抑制着自己的兴奋情绪，向他的助理员们简单介绍了一下有关唐殿选的情况，立刻就给他们布置了几项工作：上鲊波宰家里去了解他和王健的关系，以及其他头人和王健的关系；准备照相机，下一个街子天要设法摄取这位文书的正面半身像；如果军区有文件来，立刻送给他看，不得延误一分钟。同时，他向大家宣布，他马上就去找区长，希望能弄清楚这个王健究竟是通过谁的介绍当起文书来的。说完，他匆匆忙忙穿上衣服出去了。下了石阶，他忽然又若有所思地站了站，自言自语地惋惜着：“嗳，要是民族工作队的人没有下乡去多好！”

区长过去是个总叭①，五十多岁，一脸络腮胡。他看见边防检查站的政委来找他，立刻忙着张罗起来，拿茶杯，搬凳子，一举一动都显得十分艰难。张同忙说：“我自己来吧。”可是区长却坚持要招待他的客人，便叫道：“文书，你来帮我一下。”

张同听他叫文书，连忙摇手制止，低声向区长说：“不用叫文书了，你若是方便，我们出去谈谈如何？”

区长看了看张同，仿佛从他的神色和他低沉的声音中有所领悟似的，便随着他出去了。走了几步，张同故意把步子放慢，作出漫不经心的样子回头看了看，只见区政府门口伸出来一个脑袋，正是那张方方的肌肉松弛的脸，但他一接触到张同的眼光，立刻诡秘地缩了回去。张同心中暗暗叫道：“糟了！怕要惊动他了！”

“怎么，原先的那个文书病了吗？”张同把话说出去了，才后悔自己太冲动，弄得说话欠礼貌；又想到这当中还不仅是军队和政府的关系问题，而且还有个团结上层的问题，于是，心境又冷静下来。

“是了嘛。”区长的回答很简单。

“他是什么病，区长？”

“我……也不了解嘛。”区长摇摇头。

“这个新来的文书是他介绍的吧？”张同试探着。

“不是嘛。”区长的汉话说得很差，不论用得上或用不上，他一律在语尾上加个“嘛”字。

“那么是谁介绍的呢？”张同警惕起来。

---

① 总叭，是傣族土司制度中的一种官衔，即大头人。

“这个……他是……自我介绍嘛。”

“什么？”张同哭笑不得，“你说清楚点儿，区长，我的意思是问，他是咋个样子到区政府来的？”

区长吃了一惊，他那突出的喉核在他多皱的脖子上忽上忽下地颤动了好一阵，才说：“我们孟崩找不着这号人才嘛，又要懂汉话，又要懂傣语，还要懂汉文，上头的公事我又认不得，都是汉字……他是个难得的人才嘛，我就找他来相帮几天工作嘛。”

“哦，是你去找他来的？”

“不是，不是嘛，”区长仿佛觉察到了某种严重的东西，赶忙口吃着更正，“是他来找我的嘛……”

“他认得你？”张同追问了一声。

“不认得，不认得，他在上头”——区长用手往天上一指，张同懂得那意思是说在自治区政府所在地景楠——“了解到文书病了，他就来孟崩自我介绍了嘛。”

又是自我介绍！张同不耐烦地皱了皱眉头。“那说来说去，他和老文书还是认得的啰。”

“不了解嘛。”区长搔了搔头皮，又补充道，“文书没有给他写介绍信嘛，我是说病了的那个文书嘛……”

“他在干部表上是怎么填的？有没有他的照片？”

“没有，他说是暂时代代的嘛。”

张同完全失望了，他不知道怎样才能使这个区长也懂得一点儿对敌斗争，懂得一点儿警惕性。他想，事到如今，是既不便公开批评他随便录用生人，又不能明明白白把什么都告诉他。他长叹了一声，心想：好吧，这回就让我们用事实来帮助他，教育他吧！于是，便改口问道：“这个文书工作怎么样？”

“不错嘛。”区长也吐了一口气，他觉得空气比较和缓些了。

张同咬了咬嘴唇，决定再作最后一次的努力。“区长，依你看，这个人怎么样？”

区长沉吟了一下，可是，他知道的汉话实在有限，终于还是说了一句：“不错嘛。”

这一场不得要领的谈话，弄得张同难受极了。他回到检查站，脑子发胀，心里又急又烦。幸亏，助理员从蚱波宰家里带来的材料还多少安慰了他。

原来鲊波宰过去并不认识这个王健。不过，王健对他却大献殷勤。他看见鲊波宰四十开外了，还没有个儿子，便劝他夫妻吃一种药；据说这种药灵得很，一服即可得嗣，可惜的是这种仙丹中国不能出产。“那边，外国地面一定有卖的，你何不捎信叫你兄弟代你买一瓶呢？来来来，我给你写信，你只要告诉我地点就行了。”据助理员转述鲊波宰的话——王健当时就是这么说的。

“后来呢?”张同追问下去。

助理员不自觉地模仿起蚱波宰的语气，接着说：“不好啰，不好啰，我写信劝他回来自新，他信都不回，他咋个还会给我老婆买生儿子的药？不好，政府晓得了问我，我咋个说?”

“不要紧，这有什么关系。”助理员又把王健的话说了一遍，“公是公，私是私，政府还能叫你兄弟不和、六亲不认吗？你放心！我大小也是个政府的干部嘛，共产党的政策我比你清楚，快来快来，告诉我地点，我给你写。”

张同渐渐收敛起笑容，眉头习惯地皱成一堆。他一边听着助理员的汇报，一边思索着。他想，敌人的模样是越来越清楚了。

“……鲊波宰始终没有让他写，也没有告诉他地点。”助理员结束他的汇报时，顺便发表了一些个人的感想，“我看，鲊波宰这个人表现得还不错，不过，王健这家伙似乎很急，到处抓，总想通过上层找到国外的关系。”

张同点了点头，没有说什么，助理员便退出去了。

“不！他跑不了！我们要看住他，必要的时候就先下手！”许久，张同才断然作出决定，迈步走到桌前，拟了一份向上级请示的电报。

第二天上午，张同又接到了新的情报。说是昨天黄昏时候，有人看见区政府的文书到界河边上“散步”，并且找着渡口的船夫聊天。

“聊了些什么？”张同急忙问道。

来作报告的助理员迅速答道：“他先问：河里鱼多不多？又问：哪里好游水洗澡？雨季涨水的时候，水大不大？最后还问：除了这个渡口外，就没有旁的渡口了吗？就是这些，这都是船夫亲口告诉我的。”

“这个船夫可靠不可靠？”张同怀疑起来。

“政委同志，你忘啦？这个船夫一家都是积极分子，男的是民兵，女的是‘妇女会’。”

张同考虑了一会儿，便把几个助理员都召集拢来，开了一个会，一方面是让大家再凑一凑材料，另一方面是要每个人都动动脑筋，出个主意。你一言我一语的，这个会开了半个钟头；最后由张同归纳了一下，同时也说了说他自己对情况的估计。

“刚才大家都说过了，敌人这两天活动得特别厉害，现在，我们可以设想两种情况，加以判断，第一种情况是：王健和唐殿选本是一个人，那么，我敢说，唐殿选之所以在孟崩驻足，那是迫不得已。你们想想看，在内地，他怎么能站得住脚？事情很明显，他的目的是到国外去投奔李弥！……孟崩这个地方，不过是块跳板……刚从劳改队里跑出来，需要喘一口气，同时，顺便到各处钻一钻，看看是不是能在这边就找上“电线杆”[①] 接上关系。当然，如果竟然让他接上了关系，又不碰上咱们，也许，混得好，他就长期在这里混下去，作残匪的耳目。同时咱们更应该警觉到的是：唐殿选之所以混进区政府当文书，那是有企图的。他想乘机搞点儿什么花样，做出点儿成绩来，等找上电线杆，接上了关系，说不定还能捞一笔。这是一。此外，还有一种情况，那就是：即便王健和唐殿选是两个人，那么，这个王健也绝不是什么好东西，看样子，是打算跑，要有行动，迟早也不出这两三天。因此我说，我们大家都得动员起来，界河拐弯的地方每天要加派一个哨，渡口也一样……我担

---

① 美蒋特务打入我国境内，设站相连，企图深入后方，这种潜伏的破坏分子名之为“电线杆”。

心的是，就怕等不到下一个街子天，相照不成，唉，不知道为什么军区还不把他的照片寄来？”张同稍停了一会儿，忽然目光炯炯地问道：“谁和区政府的卫生员熟悉？既然照片暂时来不了，那我们就要了解一下，他右边额角上为什么要老贴着块纱布？到底是生了疖子还是碰破了皮？”说到这里，他嘲弄地笑了笑，“这样，我们就完成了最后一步工作，如果那是一种伪装，我们就不客气，逮捕他！”

“谁去执行？”他再问一遍。

“我去执行，政委同志。”一个助理员站起来，“卫生员是个青年团员，不会出问题的。我会告诉他这全盘的情况，叫他懂得责任重大……”

“不，”张同厉声打断了他，“为什么要告诉他全盘的情况？只要对他说：我们需要了解这一点，仅仅这一点，就够了。这样，就既不会骇着他，也不会骇着了敌人。”他做了个手势，叫对方坐下后，又继续说下去，“应该提醒这个卫生员，愈是用随便的方式愈好，最好是像开玩笑那样……”

然而，事情的发展并没有像张同预料的那样，王健仍旧留在孟崩。显然，他是在等待下一个街子天，他还准备做最后一次挣扎。至于逃犯唐殿选的照片，则在他们散会后就收到了。唐殿选的照片，再一次有力地证明了王健就是他的化名。只有委托卫生员办的那桩事，还不曾动手。据助理员说，原因是卫生员“一开始就从心里讨厌这个文书”，因此，得有一段时间让他去搞好交情，不然的话，“玩笑怎么开得起来呢？”但只要纱布一天不揭掉，张同就一天有顾虑。他想，既然王健已经混进了区政府，那么，要逮捕他，就必须十拿十稳，否则，万一出了个差错，在这个边疆兄弟民族地区，影响就太大了。同时，还必须尽可能逮活的，“要知道，和他一道逃跑的还有两个哩。”他又把自己的这些思想，告诉了随时都和他保持接触的助理员们。

终于度过了焦躁不安的最后一夜，又轮着孟崩的街子天了。张同为自己选择了一个隐蔽的地点，从那里可以看见整个的街子，但街子上的来往行人却不容易发觉他。为了消磨时间，他买了一串黄瓜，心不在焉地连皮带肉地啃着，但眼睛却在人群中紧张地搜寻。不一会儿，他看见卫生员陪着王健过来了，王健的眼神很不安定，左顾右盼地似乎也在寻找什么人。他竭力想摆脱卫生员，对卫生员的搭讪很少答理。张同等他走到了合适的位置后，咔嗒一声，便把罪犯的脸相收进了镜箱。

忽然，王健和鲊波宰碰在一起了。他和鲊波宰叽咕着什么，可是，鲊波宰却不理他，扭头和别人打起招呼来。立刻，鲊波宰就消失了踪影，王健愕然地站在原处，目光阴沉地向四面扫视。然后，他也甩开卫生员，独自向街子的另一端走去。张同把这些都看在眼里，他觉得很有趣，心想，只要我们工作得好，匪特在群众中一定是孤立的，没有一个正直的人愿意受他欺骗，要消灭这帮游魂是完全有把握的。他想把这些思想告诉谁，可是，他身边一个人也没有。

街子散了以后，张同就深切地感觉到：最后一幕快要开演了。王健在今天毫无收获，完全的绝望必然会增强他冒险越境的念头。无论如何，敌人是要试一试的。不过，他还没有想到，他回到检查站时，桌上就有一封回电在等着他："立即逮捕。"

于是他带着几个人，立刻赶到区政府。一看，王健的房门上了销，仔细一听，里面却有人在喘息、呻吟。他们把门砸开，看见卫生员倒在地下，满嘴鲜血，一张掀翻的桌子压在他身上，但在他手里却紧捏着一块肮脏的纱布。一切都明白了，敌人已经逃跑！追！张同立刻冲了出去，其他的人也紧紧跟在后头。

张同他们就像旋风一样跑着，寨子丢在他们后头，田野丢在他们后头，缅寺丢在他们后头，塔井①丢在他们后头……追呀，追呀，一直向界河追去！

王健，不，这时我们完全有理由直呼他本来的姓名了，唐殿选

---

① 傣族地区常见的一种井，井上筑有一小型浮屠，旁边凿一小门，由此可以取水，里边墙上嵌一小镜，供行人整容之用。

在前面奔跑着，颠簸着。就要落下去的太阳从背后照着他，使他永远摆不脱自己的长条的黑影。他跑一阵，又回头看一眼。忽然，他嗥叫起来，像一头负伤的落荒而逃的狼。河曲地带的哨兵逼过来了，唐殿选抱着头，踉跄了几步，转身又沿着河岸向渡口跑去。可是，船夫却早已把船荡到河心去了，而且，那棵菩提树下，似乎也闪着刺刀的寒光……唐殿选又猛然急转，再往丛林冲去。然而，他被自己的裤脚绊了一跤，等到爬起来时，张同等一伙人已经扑到了跟前。

唐殿选从腰间拔出匕首，一面注视着追来的人，一面一直倒退……

“站住！”张同厉声喝道。

唐殿选仍然在一步一步倒退，张同他们围成半圆形逼上去。

突然，唐殿选把匕首向着张同投过去，张同一闪，匕首落在草地上，一个助理员赶上来，一脚把它踢得老远老远。

唐殿选脸孔惨白，转身跳入水中。

“开枪！”张同一声令下，三四颗子弹便带着扑哧扑哧的急响钻进了波浪。

水上浮起了一摊摊的污血，界河的水流立刻把这些污血裹走。在下游不远的地方，在河曲附近的浅滩上，波浪喷着愤怒的白沫，掷它，打它，这些卑鄙的罪犯的污血立即化为乌有了。

土匪仍然带着疯狂的绝望，拼命地游着，而代表祖国和正义的枪弹，也毫不放松地追击着。

土匪挣扎着，在快要游到界河一半的地方，才慢慢地沉没下去。片刻之后，那家伙又痉挛着浮了上来，他伸出一条胳膊，攀住了对岸的外国土地，摸索着，终于抓着了几根外国的水草，希望这几根脆弱的水草能够挽救他卑劣的生命。他把头探出水面，然后，打了一个响嗑，便再度沉入水底，向着下游流去。

张同他们站在岸上盯着那具恶贯满盈的尸体，直到它在水中消失。

一个战士跺了跺脚，说道：“狗东西！便宜了他！没有逮住活的!”

张同看了那战士一眼，心中升腾起一个庄严的思想：“谁要背叛祖国，祖国的土地也决不收容他!”

（原载中国青年出版社1957年版《国境一条街》）

公刘（1927—2003），原名刘仁勇，又名刘耿直，江西南昌人。中国作协会员，中国作协第三、四届理事。主要作品有《上海夜歌(一)》、《神圣的岗位》、《黎明的城》、《在北方》、《白花·红花》、《离离原上草》、《仙人掌》等。

# 神圣的使命

王亚平

## 一

1975年8月，省委“五七”干校学员调离登记卡：

姓名：王公伯。年龄：五十九岁。政治面貌：中国共产党党员。何年参加革命：1938年秋。

现在，这个老警察双手习惯地插在裤兜里，迈着苍劲的步子在省公安局大厦的走廊里走着，走着。这里的每个房门，每个台阶对他来说都是那样的熟悉，又是那样的陌生。战争年代，这里是敌人的指挥部。他这个地下党的敌工人员曾体验过多少仇恨和喜悦、痛苦和幸福的感情。若是把他所经历的事如实记录下来，那实在是一部充满着大智大勇、惊心动魄的小说。为了镇压敌人，保护人民，他在这熟悉的台阶上来来往往。多少个春、夏、秋、冬，他通宵达旦地工作着……

八年了，脱离了战斗岗位，老人此刻心中无限感慨。

人们从他身边走过，一张张面孔，大都是陌生的。老人旁若无人，神情严峻，陷于沉思。

他来到了局长办公室。郑局长是个同他年龄相仿的老人，个子大，还健壮。两人并没寒暄，只是互相点了点头，就谈起了工作。

老郑谈到，他从干校回来这两个月，全国形势有很大变化。由于毛主席和周总理的关怀，指示要对被诬陷的同志平反、昭雪，因此许多案件需要重新审理。这次王公伯的任务就是复审案件。

王公伯听了郑局长的话很激动。记得不久前，在干校的瓜棚里，他和老郑枕着稻草，仰望满天星斗，长谈到深夜。老郑说起周总理在贺龙同志追悼会上沉痛的悼言时，不禁潸然泪下。

王公伯当时只是长长地叹了一口气，他是多么盼望能够早一天离开这块他摆弄得非常出色的瓜地，重新回到自己战斗多年的岗位，在晚年，能够再为党多做一些工作。

今天，在毛主席和周总理对老干部的关怀下，他这美好崇高的愿望，奇迹般地实现了。他表示：自己一定不能辜负毛主席和周总理的瞩望。

就在郑局长和王公伯谈话的时刻，省革委副主任徐润成来电话，问到王公伯何时来局报到。当他听到郑局长说，王公伯现正坐在他的对面时，徐润成便叫王公伯听电话。徐润成问过王公伯的身体情况后，意味深长地说："老王，这次重新工作，一定要尽快地适应当前的阶级关系变化的新形势，不要辜负组织上的信托。"

谈话完毕，郑局长一直把王公伯送到大院的门岗外，他紧握着王公伯的手说："先把家安顿一下，老李身体不好……"

王公伯笑笑，幽默地说："不工作，不战斗，那才招病哩！"说完，他转身迈开步子，身影渐渐消失在路边的树荫下面。

## 二

转眼已是深秋时节。这天深夜，一直下着倾盆大雨。凌晨1点钟了，王公伯仍未入睡。几天来他反复思考着一个案件。他拿起这案件的卷宗，上面标着1967年10月存档，里面的刑事犯罪登记卡上有一张照片。这是个知识分子模样的男子，长方形的脸，两道浓眉，单眼皮的大眼睛，胡茬儿较重。人显得精悍、倔强，透出一丝呆耿的气质。王公伯端详着照片，老实讲，印象并不坏。突然一股夜风从窗外袭来，他急促地咳嗽着，感到一阵心绞痛，稍稍缓和了些，才想起几天来都忘了吃药。

犯罪登记卡上，那一行褪了色的字迹又出现在他的眼前：流氓强奸犯白舜，男、三十二岁，三〇五所技术员，哈尔滨工业大学毕业……

王公伯眉头越皱越紧，心里的疑团也越结越大。

这个案子的情况是：一名叫杨琼的十六岁的女孩儿控告白舜企图强奸她。杨琼的父母、同事等十几个人为此作证。因此省人保组刑事科于1967年10月，也就是案发的第二个月，判处白犯十五年徒刑，劳动教养。

王公伯疑惑地摇摇头："'企图强奸'？这能作为十五年重刑的依据？简直是把法律当儿戏嘛！不，不，此中必定有鬼！"

在被告人白舜认罪的签名画押处，既无签名，也无指印。办案人同样没有签名。判决的权力象征是一颗血红的印章。

执法者不让自己在案卷中留下任何痕迹，这不能不成为老公安干部王公伯反复考虑的疑点。他听着时急时缓，又渐渐消失了的雨声，不住地回味着照片上那张年轻的脸，双手插兜，来回踱步，直到旭日照临窗户。

## 三

这是个星期天，王公伯蹬上一辆自行车出了城，沿着郊区公路直奔几十里外的劳改农场。

这里依山傍水，风景优美。地里一片成熟的庄稼随风荡漾。

场部值班的是一名三十多岁的警察，脸膛黑红，鼻子底下有点儿小胡子，现出一股现代青年人的帅劲儿。王公伯还没有说明来意，小伙子突然惊喜地叫起来：“哎呀！王老师！”王公伯认出来了，他叫陈清水，“文化大革命”前的警校毕业生。当时王公伯是警校特邀法律教学顾问。在他最喜欢的学生里就有眼前这个小伙子，不过当时他的胡子还是一层淡淡的绒毛，现在，怕连孩子都有了吧。王公伯一问，果然，小陈现在劳改队当队长。他爱人吕萍在省公安局机关工作，小孩儿都五岁了。师生阔别十多年，感慨自然很多。

王公伯很快就说明来意。很巧，他要见的白舜就在小陈的队里。

“这人像个哑巴，平常难得有开口的时候。但他劳动很出色。夏天他一直在地里看瓜，全心扑在瓜上了，现在在地里看秋庄稼。”

王公伯不由心里一动，他也种瓜！我们两人倒是同行呢。一瞬间，他心里泛起一种难言的滋味。他问小陈：“既然这样，没把他的刑期从减吗?”

小陈不满地说：“我到队里来曾打过两次报告，我的前任也打过报告，但都是石沉大海。可是有的协同杀人犯、抢劫犯、盗窃犯等一些家伙，劳动表现很坏，上面却来命令陆陆续续都减刑释放了。有的到社会上还提拔成了干部。相反，这个白舜，不但没有减刑，还受到百般折磨。他身体一直不好，有一次冒雨排水回来感冒了。我从局里开会回来，发现他竟已奄奄一息。别人告诉我刚才裴副局长已经和场医一起来过了。场医还当场给白舜打了针服了药。我再也找不到场医，眼看白舜已经生命垂危，我只好偷着去场外请了个医生，才算抢救过来。据那个医生说是用错了药。这不能不令人深思，所以后来我设法把他弄到瓜地去，加意地看守着他，以免再发生什么意外。”

王公伯感到欣慰和满意，自己的学生在党所派定的岗位上，机敏正直，忠于职守，没有辜负党对他的期望。这时，又听小陈恨恨地说：“就是这个白舜，看上面的意思，恐怕十五年也别想出去呢！”说着他喘了口气，忽然想起了什么，问，“您打听他有事？”

王公伯言简意明地说：“他的刑判得不合理，而且他没认罪。我了解一下。”

小陈脸上浮现出掩饰不住的喜色，他转而又为难地说：“白舜这个人很反感别人问他犯罪的情况，对我都是这个态度，你……”

王公伯说：“我去试试。”

小陈点点头，带着王公伯踏着田野的露草向地里走去。一湾清澈的河水在秋天的阳光下粼粼闪光，河边一片瓜地已经零零落落。地中间有个小草棚。两人来到草棚时，并不见白舜的人影。王公伯走进草棚看看，内心不由地一阵波动。简单的被褥散发着熏人的汗味，铺盖旁零乱地扔着几本书，是劳改队里发的《毛主席语录》、《老三篇》合订本、《四届人大文献汇编》等。还有个破旧的“二十年前早知道”转盘日历，王公伯顺手拿起来琢磨着。小陈注意到王公伯的神情，解释说：“白舜经常转动着这个‘二十年前早知道’发呆，也许他在盼着自由的那一天吧。”说到这里，他一下想起什么，使劲儿地拍了一下铺席，一起身，头碰到木架上，整个草棚摇动了一下。

小陈捂着脑袋兴奋地说：“我差点儿忘了，八年前的今天，他来到劳改队，同时他爱人生了个儿子。从那开始，每年的今天，他都要在一棵大枫树上刻上颗星星，遥望远天，默默出神。”

王公伯问：“他的爱人和孩子现在哪儿？”

小陈摇了摇头。

王公伯向小陈点了点头：“我们去见见他。”

在农场的路口，有一棵枫树，这棵树的主干直，树冠大，有不少的枫叶已经变红了。树旁有个人长久地伫立着。他的心大概已在天外翱翔，竟丝毫没有注意到有人向他走来。

王公伯站在他身后，端详着这个劳改犯。这人年方四十，已是满头花白，中等身材，体质单薄。王公伯心中浮过一丝隐痛，向小陈点点头。小陈叫了一声："白舜，有人找你谈话。"

白舜从沉思中惊醒，猛然回过头来，盯视着眼前这个穿警服的老人，眼神是那样的冷漠、呆滞、痛苦而无情。王公伯不由一怔。白舜！他和照片上的那个青年简直判若两人。岁月给他脸上留下的痕迹不像是八年，而是十年、二十年。他那英俊的容貌已不复存在，眼前的白舜，额头、眉骨、脸上、鼻子上到处都是未经缝合而自愈了的、令人触目寒心的伤疤。浓眉下一双充血的眼睛，迸烁着一种以死相争的倔强神情。他忍受着，而且在继续忍受着巨大的痛苦。在这痛苦后面，似乎有着一股不能克制的力量燃烧着他的生命。

小陈说："省公安局的同志来和你谈话。"

白舜紧咬着嘴唇，冷冷地点点头。

王公伯见白舜的下眼睑边缘，联着眼白结着两个小血瘤。他知道这种眼病在情绪激动的时候，会疼得眼珠像炸开似的。白舜刚才的心绪是可想而知的。

王公伯走到树下，注视着树干上的一颗颗小星星。最后一颗星的刻痕里还流着一滴泪珠般的树脂，显然是刚刻上不久的。他头也不回地问："你这眼病几年了？"

"八年。"

"怎么得的？"

"恨的！"

"为什么事？"

……

王公伯回头一看，只见白舜的脸色变得惨白，伤疤被颤抖的肌肉牵动着。他一手捂住眼睛，极度痛楚地出了一口长气，转身高一脚、低一脚地往前走去。

只听小陈向他大喊一声："站住！那边是场界！"

白舜蓦地浑身一震，像个石柱般地钉在草地上，身子前后晃动了几下，缓缓地转回身来，跟着王公伯，向他那小草棚走去。

在小草棚里，王公伯和白舜进行了一次很长的谈话。

日头渐渐西斜。王公伯推着车沿着来路往回走。小陈默默地送行。前面小河蜿蜒，晚霞在河面上铺了一层绯红的金纱，几只水鸟在水面自由地飞翔。八年干校生活，使王公伯对草地产生了一种特殊的感情。眼前河畔上一片丰美的草地，又唤起他多少往事的回忆！他把车子缓慢地推着，心里觉得对身边的这位得意学生有着说不完的话。但他脸上表情却很严峻，说话很少。

从谈话中，小陈知道了老师这次复职后的使命。这不是某个具体案件的复查问题，而是执行毛主席、党中央交给我们公安、司法人员的神圣使命。人世间这些年的巨变，更使他感到，学生时代王公伯对他的教诲，特别值得珍重。

他凝视着王公伯。晚霞勾画出他那张轮廓清晰、线条有力的脸，给人留下难忘的印象。他微眯着的眼睛，凝视着远方。眼角上几条深深的皱纹缓缓地跳动着。两鬓的银发被晚风轻拂得微微颤动。夕阳给他脸上抹了一层淡淡的红晕。忽然，一种已经淡漠了的记忆闯进了小陈的心里，并且如此强烈地震动着他的心。

啊！那是小陈从警校毕业的时候……

隆重庄严的毕业典礼会上，王公伯，这个受人尊敬的警察，登上了高高的讲台。他向热烈鼓掌的干警们脱帽还礼。小陈坐在毕业生的座位上，望着这个负有盛誉的人，心中涌起敬仰的激动。

王公伯把帽子端在胸前，抚摸着帽徽，用他那洪亮而庄严的声音讲话："在我们人民警察的头上，戴着中华人民共和国的国徽。它向全世界宣告，当资产阶级的法律以它的'严密和公正'，正为维护社会真正的罪人，而对一切被侮辱与被损害的人大施淫威的时候，在中国九百六十万平方公里的土地上，为着人民的权利和幸福，我们在执行着至高无上的、神圣的使命！这就是无产阶级专政！这就是——我们的生命！"

在全校干警一片热烈的掌声中，王公伯庄重地戴上帽子……

这就是小陈十多年前最后一次见到他的情景。

这些话当时曾使他感到做一名人民警察是无上的光荣。可现在，他的感受却不那么单纯了。因为他渐渐明显地感觉到：就在这劳改农场里所关押着的，并不都是坏人。诚然，真正的社会罪犯，在这里仍然占绝大多数。可是，怎能把好人混在坏人里来一同实行专政呢？

王公伯打断了他的思绪："他挨过打吧？"

小陈点点头："打得很惨呐。唉！还差点儿送了命。要不是他老婆的一封信，他恐怕难以坚持到今天。"

王公伯像当年听他回答问题似的，微闭上眼睛，轻轻嗯了一声。

小陈回忆着说："发案的时候，我正在人保组值班。他是一路上被人打着、踢着拖来的，扔在屋角，一直昏迷不醒。当时裴副局长是我们副科长，他赶来接待原告。原告是个女孩儿，哭得泪人似的，什么也不说。她父母向我们讲了事情的经过。情况在档案里你都看过了。几个在她家做客的同事，也都写了证明。审理过程十分简单，几纸证明汇齐，立即判决十五年徒刑。我吃了一惊，忙问原因。老裴批评我的思想跟不上形势，说省里新上任的徐副主任来检查工作时告诉我们，首长明确指示：旧公检法是资产阶级专政，必须彻底砸烂。现在是非常时期，不但要破旧，更要立新，要由一代新人来创新法，执新法。白舜这个案子很典型：臭知识分子、十七年修正主义教育路线的白专尖子。犯罪不认罪，是因为他对旧公检法还存有幻想，这正说明旧公检法是对罪犯的宽容，实际上起到了社会教唆犯的作用。为什么要判十五年，这里面的革命意义不是很清楚吗？可我听了老裴的话以后，思想全乱了……"

小陈说到这里心情激动起来，回顾这些年的耳闻目睹，什么东西令人特别痛苦和沮丧，他越加清楚了。

王公伯又轻轻地嗯了一声。

小陈忙把思绪转回来，继续说："判决时的情景真令人难忘。

老裴宣读判决书，十五年一出口，白舜简直不相信自己的耳朵，他拼命地申辩。老裴非常严厉地骂他，叫他签字，他死也不签。他大骂老裴，老裴火了，拿手铐当头给了他两下，就是现在他鼻子上的两道疤痕。当时他就昏过去了。”

王公伯长长地吁了一口气，又轻轻地嗯了一声。

小陈接着讲下去：“来这儿以后，他发高烧，医生对他毫无办法。他坚持水、药不进，更不用说吃饭了。大家都知道，他是但求速死。他受的打击太大了……”说到这里小陈紧皱着眉头，“后来，吕萍转给我一封信，是白舜爱人林芳写的。我将信的内容转述以后，白舜痛哭一场，从此他变了，病也逐渐好了。就这样，他默默地活到今天。”

王公伯注视着他问：“信上写的什么？”

小陈说：“这是一封血书。记得有这样几句话，林芳说作为妻子，永远相信丈夫是清白无辜的，她将永远爱他；作为同志和战友，他们都有着共同的信念：有毛主席，有共产党，作恶的人总有一天会得到惩罚，冤屈总有一天会昭雪。”

王公伯点了点头，眺望着黄昏时的大地和天空，感叹地说：“多美的黄昏！”

小陈知道老师要走了，心中充满了惜别的惆怅，他深情地问：“您身体还好吗？”

王公伯慈爱而感激地拍了拍他的肩：“比你是差得远了，不过我的生命跟我一辈子了，我们难舍难分。”

两人在幽默的笑声中握别了。

望着王公伯远去的背影，小陈久久地伫立着。

## 四

这是初冬的一个傍晚，王公伯走在一条泥雪斑驳的街道上。空气阴冷得令人周身寒彻。他已穿上了冬装，双手还是习惯地插在裤兜里，走着，沉思着。

一个多月来，出现的一系列严重问题使他渐渐感到裴副局长一步一步向他逼近了。裴发年很硬，王公伯不软，这就形成了剑拔弩张的紧张局面。看来，白舜案件绝不是一件普通的刑事案，它的背后牵动的人和事，实在太复杂而微妙。

刚才郑局长来过电话，先打给王公伯，又打给裴发年；徐副主任也来了电话，先打给裴发年，再打给王公伯。办公室的吕萍告诉他说，这个先后次序可有名堂呢。

作为一个老公安干部，王公伯越感到情况微妙、复杂、严重，便越激起旺盛的斗志。回顾多年来的战斗历程，他自豪地感觉到正是在这种复杂曲折的斗争中争取胜利，构成了他生命的意义。他抓紧一切时间，紧张地思索着、分析着，尽快地做着一切必须做的事。现在，他想到无论如何也得尽快找到林芳，并和她仔细谈谈。

几经打听，他终于找到了林芳的家，这个住处糟糕得出人意料：房子矮小、破旧，低低的房檐弯弯曲曲横在眼前，淅淅沥沥地滴淌着雪水。门沉入地下，玻璃窗外钉上了冲压过自行车链条的满是窟窿的铁片。窗里亮着灯，拉着窗帘。房前停着一辆崭新的自行车，看样子不会是她家的，因为天这么晚，早该搬进屋去了。

王公伯打量了一番后准备敲门，蓦地他听到屋里一个男孩儿的哭泣声和一个男人的说话声。他缩回了手。

屋里的声音不高，但他完全听得清楚。

男人的声音："……白雪在全年级考试第一名，我们年级组把他的考卷展览了，还以他做榜样叫大家向他学习。我在班里特别批评了几个闹将。没想到这几个孩子在流氓的挑唆下对他报复。他们骂他一些难听的话，拿他爸爸的处境来侮辱他。白雪气极了，顶了他们一句，就给打成这样，书包也给扔到河里去了。"

一个女人再也抑制不住地痛哭起来。

男人也有些凄然："要不是艾华老师赶到了，不知还会出什么事呢！"他叹息道，"现在一些孩子都变成什么样了！这是什么风气啊！"

王公伯离开了门口，他好像要甩掉那刺入肺腑的哭声，漫无目的地走着。不知怎的，他迈进一家小店，这里已经开始上门板了，店里顾客不多。他的目光在柜台上扫过时看见了一个新书包，他走到柜台边，一下子买了一堆东西：书包、文具盒，一大堆各种各样的练习本，还有全套的文具。他把这些东西装了满满的一书包，背起来出了店门，又来到林芳家。他敲了门。

片刻，门开了。一个女人站在他面前抬着头问："找谁？"

"我找林芳。"

女人一怔："啊，我就是，请进来吧。"

王公伯像跳下个大台阶一样迈进她的屋里。他观察了一下环境。这个背阴的小屋里显得有点儿凌乱。屋子的一角有个安着台灯的小桌子，桌旁的壁上贴着几张儿童画，画着卫星、飞机，还有一个正在学习的孩子，大概就是绘画者吧。他看到刚才说话的男人是个高个子的俊小伙儿，此刻正注视着自己。他身边依偎着一个八岁的男孩儿，衣服虽旧，却补得整整齐齐。孩子的营养不太好，长得竟如此像从前的白舜。王公伯为孩子感到宽慰：他有一个关心他学习的妈妈，而且还有这样一个关心他正常成长的好老师！

王公伯看过林芳的照片。照片上，她那焕发着青春热情的脸庞，曾给王公伯很深的印象。但眼前的林芳不得不使王公伯暗暗感叹。她刚擦干泪的脸是那样憔悴，但那双眼睛却使人感到她面对生活的勇气和在痛苦面前的刚强。王公伯事先已经知道，这样一双眼睛，八年前因为受刺激太深，得了严重的眼疾，现在视力仍极差。

在男人和孩子的脸上王公伯明显地感到对他存有的戒心。他低头看看身上的警服，心里有一丝隐隐的痛楚。

林芳冷淡地问："你找我有什么事？"

王公伯开门见山地说："关于白舜的案子，我想再调查一下，希望你能谈谈。"

林芳一怔。

王公伯走到白雪桌前，把书包打开，拿出一样一样东西摆在桌上。屋里静极了。老师和白雪都目不转睛地注视着他的举动。

王公伯走到白雪身边轻轻地抚摸着他的脸蛋，又向老师伸出手来："你的话我都听见了。谢谢你对孩子的培养。"

老师憨厚而又感激地说："我叫吴正光，我替白雪感谢你。"

王公伯使劲儿地握住他的手："我是省公安局的，叫王公伯。"说着，他把目光转向林芳说，"我想，白舜始终不肯在判决书上签字，你不但没和他离婚，而且更爱他！这里面总有个原因。组织上也很想了解这个真正的原因。"

林芳的双手颤抖起来，她在强抑着自己的感情。

吴老师眼睛也有些湿润，他对王公伯说："这本来就是个冤案，可她还能再说什么？老林每上诉一次就招来一次横祸。这是她第四次搬家了。"

王公伯点点头："这些情况我都知道。"他看到白雪额头上两处细细的伤痕，心里一阵酸楚，于是亲切地说，"别着急，要相信党，相信党的政策，凡是好人，一个也不能冤枉，这就需要你能配合我们的工作。"

林芳慢慢抬起头来，坚定地说："毛主席还健在，党的政策十分明确，我是不会绝望的。我相信总有一天，党会替我丈夫昭雪的！"

王公伯点点头："我知道，为了这一天，你给白舜写了那封血书。他能坚持到今天，与你这坚定不移的信念是分不开的！"

林芳默默地点了点头，她的眼前浮现出八年前的情景，久蓄心头的辛酸、痛苦和愤怒一下子涌到了嘴边，向眼前这位亲切而威严的老人涓涓倾吐……

1967 年 9 月，结合到省革委领导班子里的老干部陆青，成了一伙儿坏人的眼中钉、肉中刺。陆青是位长征干部，在三年自然灾害时期由部队调到省委来当书记。只有六七年时间，就使这个穷省变成了全国兴旺发达的省份之一。作为一个出色的领导人，他自然是深得众望。对那些想利用"文化大革命"的机会在政治上捞一把的人，他是个令人生畏的"绝门神"。因此，这些坏家伙们不把陆青搞倒，死不甘心。他们一直在寻找背后插刀的良机。

那时，刚过三十岁的林芳快要生白雪了，在家里休息。

一天，白舜下班回来，脸色很不好。他告诉林芳省革委出事了。他亲眼看到整个过程。省革委门前万头攒动，有个人在讲演，历数陆青的几大“罪状”。但是那些坚持毛主席革命路线和政策的同志开了一辆广播车，极力和他们辩论，坚持说陆青是革命领导干部，绝不是走资派。双方正争得激烈的时候，一帮人哭天抢地把一具死尸抬到省革委门口，人们围了上去。死者家属悲恸欲绝，控诉说她丈夫是陆青的秘书，万万没想到他竟在昨天晚上被人毒死了。今天早晨有两个人揭发，他们曾经看见陆青给加夜班的秘书送过一包点心。剩下的点心，经化验证明掺了砒霜！顿时省革委门前的气氛变了。保陆青的喇叭不响了。那个反陆青的人率众夺了广播车，把证人、受害者家属请到车上公布陆青的罪行，然后宣布将陆青游斗、示众。

人们的心情是复杂而激动的，有的为陆青抱不平，但敢怒而不敢言；有的为自己被蒙蔽而痛心；也有的拍手叫好，唯恐天下不乱。揪斗游行时，车经过白舜面前，陆青痛苦的目光从他脸上掠过，像支冰凉的箭，刺透他的心。白舜的头像要炸裂似的轰轰作响。以前，他搞的一项重大科研项目，在最困难的时候得到过陆书记的关怀和支持，才得以成功。通过那时的接触，他深深地敬爱着这位平易近人的老同志。陆青就是他能看到的模范的党的领导干部。可是眼前，看见陆青那样惨遭折磨，他的心都要碎了！

白舜沉默了许久，他深情地抚摸着林芳的肩，忧心忡忡地说：“我们应付不了这样的生活，咱们就要出世的孩子，他将来怎么办呢？”

林芳什么也没回答，什么也不想回答，她就这样默默地偎依在白舜的身边，直到夜深。突然，外面响起了敲门声。白舜去开门，刚走到门口就听到隔壁邻居已经把单元门打开。进来的人们很兴奋，其中有个听声音相当耳熟的人，似乎喝醉了，向开门的女邻居说：“老婶了，你老头儿可真够厉害的，他这一手叫陆……陆老头儿哑巴吃黄连，有苦……”他的嘴被人捂上了。男邻居厉声低吼：

“隔墙有耳！”人们进屋去了。门外又安静下来。

白舜住了这个单元的一间房子，隔壁的一间半住的是一个叫杨大榕的省革委机关办事员。他们家和白舜家平日虽没什么矛盾，倒也没有什么深交，只有他家的女孩儿杨琼，经常向林芳请教功课。

“文化大革命”一开始，杨大榕当了个什么小头头，一天到晚忙得不着家，偶然碰面总使白舜有种“小人得势”“野心勃勃”的感觉。今天，半夜而归，还带着几个人……刚才听到的话又很可疑，莫非他们一起干了罪恶勾当？陆老头儿会不会就是陆青？白舜不顾林芳的劝阻，悄悄打开门出去探听。

林芳的心紧缩起来，她连大气儿都不敢出。突然门外的一个小铁桶被白舜碰得当啷一响。林芳惊得差点儿叫出声来。白舜啪地打开了厕所的灯，打了个哈欠走进厕所，咣地关上了门。

当他回到屋里时，激怒得脸上的肌肉都在颤抖。他告诉林芳，这几个人正在屋里密谈，陆青的秘书竟是杨大榕下手害死的。假证人、组织揪斗陆青的那个人此刻正在隔壁策划下一步的阴谋呢。他们要把这个假案的油水榨透，从陆青开始把省革委的好干部统统置于死地。

林芳被这残酷无情的事实惊呆了。正直的白舜一定要向省人保组揭发这个罪行，就更使她惊慌。

“别的我不怕，就是孩子……”

“孩子？正是为了千千万万的孩子！——如果忍心让他们将来在这些家伙的魔掌下活下去，那还不如不生！”

“唉！那些人什么都干得出来，连身经百战的老干部都是这么惨的下场。我们的孩子……”林芳默默地流着泪。

白舜紧紧地搂住林芳的肩膀，好像要给她勇气和力量。他们望着窗外漆黑的夜空，沉默着。林芳感觉到他那颗心在火热的胸膛里有力地、剧烈地跳动着。林芳恐惧的感情渐渐被驱散，勇敢母性的伟大正义感在她心头升起。

就在这个深夜，白舜挥笔疾书。黎明时分，他们俩久久地站在窗前，凝视着远方的曙光。这时，他们更加真切具体地感到什么是夫妻感情的和谐、美满，什么是父母对于孩子们的爱护关怀，什么是革命者从事战斗的幸福欢乐。

那是信寄出后的第三天。林芳在精心缝制着孩子的衣服。白舜回来了，他说给将出世的孩子买了一把好看的红玻璃纽扣，正掏出来给林芳看时，杨琼母亲在厨房喊起来："老白，稀饭扑了。"

白舜忙走了出去。没多久，厨房里突然响起杨琼母亲的号叫声："臭流氓！臭流氓！"接着传出杨琼的哭声。

邻居的门呼地撞开，辱骂和殴打声中夹杂着白舜的惨叫。林芳像被人打了一闷棍，脑子炸裂般地轰一下。当她冲出房门时，正听见杨琼惊愕地哭喊："不！不是，别……"却被杨大榕一把拖进屋里，砰地关上了门。几个五大三粗的人正手抡家什毒打昏死在地的白舜。林芳发疯似的扑上去。杨琼的母亲像只母老虎般把她扭住，一边下毒手厮打她，一边号哭叫骂："兔子还不吃窝边草哪，他光天化日就糟蹋我女儿呀！打死他也不多，呜……"

林芳见白舜被人抬起扔到门外的楼梯上，在一群围观的大人孩子让开的夹道里给拖了下去。他的头在楼梯上磕得咚咚作响，经过的地方留下斑斑血迹。她眼前一黑就昏倒了。

转眼八年了，她再也没有见到丈夫的面。在生白雪的时候她大病一场，幸亏一些好心人暗中照顾，她母子二人才算捡了条命。眼病就是那时候得的。从此，她带着孩子，东搬西迁……

林芳凄苦地摇摇头："我们就这样生活下去。十五年，我们等他！因为他是清白的。就这样，我给他写了一封血书。"

吴正光用手绢擦着眼睛，愤怒地说："那些人做事总是要做绝的！"

王公伯站起来，消瘦的额角上几根青筋搏动着。他咬着牙一字一板地说："我们是无产阶级专政的国家，坏事做绝的人，到头来总归是搬起石头砸自己的脚！"

林芳叹了口气："他们把持大权，没人肯听我的上诉。"

王公伯说："这个事还要由你来做，我们公安干警还有什么脸戴着这颗国徽活着!”

夜很深了，王公伯踏着冻得邦硬的泥地往回走。吴正光推车伴随着他，两人就这样走着、谈着。此刻，他们的心情渐渐变得舒畅些，因为吴正光谈到了他的生活。在这冬意渐深的日子里，爱情的春天正在他心里萌动。

那姑娘在他班上教语文。她的容貌、风度十分动人，更可爱的是她有一颗善良的心。她的父亲好像是省革委的一个什么副处长，但她从不炫耀甚至不愿提及自己的家庭。吴正光是个聪颖的人，也就不多问及姑娘的家庭情况。

他们的爱情是从对学生的共同关心和爱护而逐渐萌芽的。尤其是对于小白雪，她的感情更不一般，有时就像母亲和姐姐的爱。可是，她又从不肯和吴正光一起去拜访白雪的家。每当吴正光激愤地向她谈起白雪一家的遭遇时，她的表情更令人不解——焦躁、委屈，有时竟一反常态，大声制止他：“别说了!”

吴正光虽然很爱她，但总感到姑娘的心好像被一种无形的雾笼罩着。

分手时，王公伯祝愿吴正光和他的女朋友永远幸福。就在这时，一个穿着短大衣、捂得过分严实的人径向他们走来。那人走到王公伯面前低声说：“老王……”

王公伯认出这是小陈。吴正光告别了。小陈这才警惕地说：“又要叫你回干校了。复审工作暂时停止，是郑局长下的指示。”

王公伯明白问题的严重性，不到万不得已，老郑是不会这样做的。他抬起头来，天空像墨一般漆黑，周围的一切都在冰冷的空气中冻结住了。只有他周身的热血在奔腾着、冲激着他那颗炽烈的心。

## 五

王公伯临回干校前，徐副主任和郑局长找他谈话。他习惯地双手插进裤兜里，微弓着背，缓慢而稳健地走进省公安局大楼。

在局长办公室里，郑局长和徐副主任正在等着他。老郑和他紧紧握手，目光在他脸上巡视良久。

徐副主任对他关切了一番。王公伯明显地感到：他那布满血丝的眼里，闪现出一股按捺不住的兴奋。

徐副主任急着要走，只简单地和王公伯谈了几句："老实讲，七八九三个月的所谓整顿，我是早有看法，心中不满的。但是，情势所迫呀，我只能持静观态度。教训说明，我们有些同志在政治上也实在太幼稚得可怕了。好些人大概都以为这股风要刮到底了。……当然，你这几个月的工作精神是十分可嘉的。不过我也希望你认真考虑一下，为什么这股风一来，你就那么为之疲于奔命？老王，这可是要挖一挖思想根子呀！"徐副主任笑了笑，接着道，"我想，在干校里，你的认识会对更多的同志有所启示。"

徐副主任走了，他执意把自己的汽车留下给王公伯，要他去军区总医院检查一下身体再走。而他自己，提着包，步行回省革委大楼去了。

老郑和王公伯对视而坐，久久无言。沉默中，王公伯看到老郑难过地低下头去。

王公伯拍拍老战友的膝："喂……"

老郑注视着王公伯，痛心地责备他："老王，你的病不告诉老李，也瞒着我？唉！刚才徐副主任的话你不要放在心上。你是马上住院，还是到北京仔细检查一下？"

王公伯笑了，他亲热地握住老郑的手说："周总理都是这个情况，我还能想什么。住院也是吃药，到干校我还能当医生，放心吧，我会保重自己的。"

老郑站起身来，心情激动地踱着步，在他早已熟悉的老战友面前，还能说什么呢？

两人在凛冽的寒风中久久徘徊，依依惜别。

王公伯说："我知道你的处境，只盼你切莫'卸甲还乡'。"

老郑说："青山不老，绿水长流，公伯．我们后会有期。"

## 六

隆冬天气，王公伯回到干校又有一个月了。白舜的冤案没有查清，使他常常夜不能眠，觉得自己没有尽到责任。加上白天的繁重劳动，他的身体明显地变得虚弱了。

这天，天气格外寒冷。王公伯刚刚喂完猪，一阵猛烈的寒风，使他剧烈地咳嗽起来，心脏一阵令人目眩地剧疼。他把身子靠在猪圈的围墙上，背弓得更厉害了。

他的爱人老李闻声赶来，赶紧给他服了药，扶他进屋坐在火炉前。过去他也常犯病，但从没像最近这样厉害。老李强克制住感情劝他说："老郑要你去治病，我看还是去治一治吧。"

王公伯平息一些，用手擦去额上的汗水，抬起头来苦笑着说："你不必总劝我，我这病难道靠药物可以治得好吗？"

老李无奈地摇摇头："老郑也是一番心意，再说校部也同意你外出治病。也许，趁外出的机会，能将白舜的案子搞搞清楚呢！"

"噢！"王公伯眼神发亮，转忧为喜，好像更了解了自己的妻子，"对，对！你帮我收拾下行装。"

突然，传来一阵哀乐，寒冷的空气仿佛凝住了。他们怀着万分紧张、恐惧的心情缓缓站起来，慢慢走到门口。

人们聚集在露天里，有的忘了放下肩上的担子，有的连烟头烧到了手指都没有感觉。

讣告！是他！是我们敬爱的周总理！这个人民无限爱戴、祖国无比需要的人与世长辞了！

王公伯，这个从不掉泪的老人，此时此刻呜咽得几乎气绝。他万分悲恸地向那永别人世的老人哭喊："总理！总理呀！我们多么需要你，毛主席多么需要你，你去得不是时候呀！……"

……

哀乐在耳边低回，王公伯的银发在寒风中飘抖，他在坎坷的土路上走着，老李提着个小包默默地跟在后面。王公伯停下来，接过妻子手里的小包，说了一声："我去了……"

老李凝视着他那清瘦、悲痛、威严的脸，紧紧地拉着他那双枯瘦的手，突然把脸贴在他手上，百感交集地痛哭起来。

王公伯把她被风吹乱了的头发理齐，在她颤抖的肩上轻轻地拍了拍，深情地看了她一眼，转身迈开大步走去……

## 七

王公伯又来到省城。郑局长来看望他，两人在小厢房里低声交谈。当郑局长告诉他，伟大领袖毛主席近来身体也不太好时，两人沉默了许久，沉重的心情无法用言辞形容。王公伯说："听最近的广播，他们加快了……步伐。我们的工作也要抓紧。我的时间表上，没有瞧病的时间了……"郑局长频频点头，表示对老战友的完全信任、理解。

王公伯很少到公安局大楼去，几乎没有去医院看病。他找到小陈，在小陈帮助下，打听到杨琼的下落。原来杨琼已改名艾华，在城郊的一所小学教书。

王公伯知道：和原告杨琼的见面将是一场关键性的会见，一定要抓紧时间。他不顾重病在身，冒着寒风，向杨琼所在学校赶去。

艾华今天只有两节课。下课时她感到头疼无力，可能因为昨天一宵未睡的缘故吧。自从吴正光正式向她表白了爱情，她的心情就十分烦乱。她爱吴正光，但一个两重人格的人，又有什么资格去爱呢？随着年龄的增长，她懂得了人生道路的曲折。她恨自己的父母，恨自己的家庭，是他们使自己蒙受了洗不清的耻辱和摆不脱的良心谴责。

艾华走进办公室，只见一个陌生的老警察向她走来，伸出手说："我叫王公伯，想找你谈谈。"

艾华的心不安地剧跳起来。两人坐下，艾华惶惑地低下了头，她总感到老人那微眯的眼里有一股灼人的光。

王公伯为了缓和一下紧张空气，轻轻地问："你原来叫杨琼吧？

听说你很喜欢白雪，是吗？”

艾华的脸上微微泛红，轻轻地说：“我……是的。您找我有什么事？”

王公伯说：“还记得八年前的白舜案件吗？这个案子需要复审，我想请你谈谈白舜犯罪的经过……”

艾华心里异常慌乱，她颤抖着嘴唇说：“叫我怎么说呢？”声音低得只有她自己能听见。

这是一段洗不掉的耻辱啊！每当她想大声疾呼：“白舜是冤枉的！”耳边就响起父亲的威胁和母亲的哭求。

白舜被诬陷后，父亲、母亲整整把她在屋里关了三天，轮番对她进行“教育”。

父亲告诉她：要革命就得有牺牲。搞掉白舜是革命的需要。假如不搞掉他，那徐副主任、裴副局长和他们一伙人的革命造反行动，岂不要翻过来看吗？那时走上被告席的就不是白舜，而是他们了……

母亲痛哭流涕地恳求她：“孩子，我们就你一个，还不都是为了你吗？你爸要有个三长两短……再说，白舜耍流氓的事已经嚷嚷出去了……”

杨琼哭着辩解：“白叔叔根本就没有这回事。”

父亲立时瞪起血红的眼睛呵斥道：“你是要白舜还是要你老子?!告诉你，我要是当了反革命，你这辈子也别想好！”

母亲也吓唬她说：“女孩子家，别不知好歹。这种事说出去了就没法再收回。”

当时只有十六岁的杨琼并不十分理解父母的话，她只感到万分的羞耻和恐怖。出庭时她就像个傻子，说不出一句话，都是爸妈代她讲的。此后，爸爸果然“革命”成功，当上了省革委一个部门的副处长。

八年来，为了减轻心灵上的折磨，杨琼像躲避瘟神一样，远离她的父母，隐姓埋名，在这远郊区的小学里拼命地工作，想以此来赎罪。可是老天偏偏折磨她，白舜的儿子白雪也到这个学校来上学。孩子天真纯洁的眼睛使艾华感到极大的痛苦。她愿意把所有的爱，都灌注到这个由于她的罪过而造成不幸的孩子身上。

的确，她想让岁月来磨灭她的耻辱，她希望永远忘记“杨琼”。可是，今天，王公伯却偏要揭开她心灵上的伤疤。艾华感到进退两难：说了，可以使无辜的白舜昭雪，可是自己的家庭、父母？还有吴正光，他能谅解我吗？想到这些，艾华浑身一阵燥热，猛地站了起来。虽是严冬，汗珠却从她的发际渗了出来。王公伯那灼人的眼光逼得她不敢抬头。她紧咬住嘴唇，失魂地摇了摇头。

王公伯静静地等着，目光一刻也没离开艾华那张越来越惨白的脸。怎样才能唤醒姑娘心灵深处的正义感呢？王公伯严肃地说：“艾华同志，你应该坚强起来，战胜自己的软弱。我们不应该冤枉一个好人。这个案子可能是个假案，牵涉的也不只是你父亲，可能还有更大的罪魁祸首。我们要把那真正的罪魁祸首找出来，才能伸张正义！这不也是我们每一个毛泽东思想教育下的青年人应尽的责任吗？”

艾华感觉头脑一阵昏眩，她在心里问：“毛泽东思想教育下的青年人，我……够格吗？”

屋里死一般地静。突然门被推开，一个魁梧的小伙子走进来。瞬间，他的目光和王公伯相遇，两人同时惊喜地喊起来：“老王同志！”

“吴正光同志！”

“您到这儿来干什么？”

“白舜的案子一定要弄清楚，机不可失，时不再来。为这事，我在找原告……”

吴正光迫不及待地问：“找到了吗？”王公伯斜睨了一眼面红耳赤的艾华，微笑着说：“难啊！以后再谈……”

吴正光看了一眼艾华，热情地介绍说：“老王，她就是艾华，我跟您说过……我们……”

王公伯笑着点了点头：“祝你们幸福！”说着，感慨地望着艾华：“艾华老师，你提供的线索对我很有帮助，也许我能很快找到杨琼……”

吴正光一听，深情地对她说：“原来你知道线索，唉！你怎么从来没告诉过我呢?”

王公伯笑道：“是她方才想起来的。”

听着他俩的对话，艾华明白了王公伯的心意，一阵感激之情，使她热泪夺眶而出。艾华知道，只要王公伯一句话，自己心爱的人可能就会遭到一个猝不及防的打击，而这个打击可能是他经受不了的。自己年幼无知和软弱铸成的罪恶，造成了白舜一家的悲剧，也日夜地折磨了她整整八年。可是吴正光完全是清白、纯洁、无辜的，他为什么要受我的牵连呢？艾华捂着脸强抑着啜泣。

吴正光见艾华抽泣，心里一阵感动，对王公伯说：“艾华的心太好了，每当提起白雪家的遭遇，她都忍不住要流泪。”

王公伯望着眼前的两个青年人，体会到他们不同的心情，心中油然感到自己作为长辈，该使这一代人懂得什么。他决定了要做的事。

“走吧，我们去看看白雪。”

吴正光点点头。艾华感到王公伯的目光在背后盯着她。当她第一次看到白雪时，恨不得立刻到他家去，为他们母子尽力做些事情。可她又缺乏这个勇气，今天却是身不由己了。

## 八

林芳热情地迎进他们。当她听到王公伯的声音，她的心情反而沉重了。她不愿再为白舜的事连累这个身处逆境的老人。在这一片“反击”的声浪中，她最大的愿望就是王公伯健康、安好。

王公伯理解她的心情，问起了白雪：“孩子呢?”

林芳说：“他今天学工去了。”

吴正光对林芳说：“老王这次来，就是为找原告杨琼。他是借着治病的机会出来的。”

林芳听到这里，目光呆滞地对着王公伯。她感激地说：“我……

怎么谢你呀!”

王公伯内疚地叹了一口气。

林芳伤感地摇了摇头:“我也想过,能说出真情的人只有杨琼,可她……就是找到了,也不会说的。因为这样一来,等于宣告她父亲是罪人。她的前途也不能不受到影响。现在她该是二十四岁了,也许都有了爱人和家庭。她能把自己、把家庭毁了吗?这是很难,很难的!”

王公伯注视着一直默默坐在门口的艾华,她苍白的脸上,一双异常痛苦的眼睛充满了泪水,不敢正视林芳。

吴正光说:“不过我还是相信新中国的青年一代。如果她是一个正直的青年,我相信她终究会觉悟的。”

艾华吃惊地凝视着吴正光,身上出着冷汗:“假如他明白我是个什么样的青年,我在他心目中将是一个多么卑污、多么下贱的人呀……”艾华心中一阵刺痛,不禁轻轻自语着,“我……怎么做人?怎么做人?”

林芳一惊,她慌忙转身问:“这是谁?”

吴正光说:“是艾华老师,我的好朋友。她也最喜欢白雪。”

林芳使劲儿揉揉眼睛,可一点儿也看不清楚,她摸索到艾华的手紧紧握住,热情地说:“唔,是艾老师!白雪常提起你来,你还常给他补衣服。谢谢你!你们都是好人!不见外地说,刚才听到你的声音,我一下子想起了杨琼。那孩子说话也是这样柔声细气的,是个好孩子。唉,说起来,她也是个不幸的姑娘。她那可恨的父母,竟把一颗珍珠踩进泥坑里去。”

艾华浑身战栗起来,为了掩饰,她走到窗前。

王公伯叹了口气说:“像杨大榕这种为了个人野心,不惜踩着女儿的身体往上爬的人,才是我们社会的罪人。不过。也不只是这样几个人。我们只有揭露他们,彻底地无情地揭露他们,才能让像杨琼这样的受害者得到解脱。正是为了这,我才……”一阵剧烈的咳嗽引起了心绞痛,使他靠在墙上蜷缩起身子。

吴正光和艾华惊呆了,紧紧扶住王公伯,帮助他吞服了几片药。

林芳一听他患有重病，只觉得昏暗的眼前骤然一黑。

吴正光用手绢揩去王公伯头上的汗水。王公伯以平缓的声音说："没关系，这也是老毛病了。那些人总是盼望我死。可是我们这些血和火里滚过来的老家伙，经得起折腾，因为敌人还没有消灭。我这病至少也犯了二十年，可是我总是看见敌人被消灭。经过我们的手，经过无产阶级专政的铁拳，任何狡猾的敌人，最终逃脱不了遭惩罚的命运。我今天是在履行自己神圣的职责，请相信我不会就这样倒下去的！"

林芳默默地流下了泪。

艾华深情地凝视着眼前这位饱经风霜的老人，一种她从来都觉得是朦胧的理解突然明朗起来：她懂得了什么是平凡而又伟大的人。就在这一瞬间，在这样一个人面前，她决定要向亲人们倾吐八年来没有勇气讲出的话。她扶在窗框上的手不能自制地颤抖着。她那由于极度激动而变得有些呆木了的脸上，虽仍交织着惭愧、悔恨和悲痛，却已分明透出一种坚决的神情。

艾华刚要启口，砰！砰！砰！随着一阵急促的敲门声，身着便服的小陈闯了进来。

王公伯一怔："小陈！"

小陈上前握住王公伯的两手，急切地说："老王！吕萍让我赶快告诉你，他们要下毒手了。徐副主任说你请假外出是搞非法串联；你复查案件别有企图，是大整领导干部的黑材料，矛头对准革命的新生力量。他要裴发年立即逮捕你。他们正在到处找你呢！郑局长正在省革委开会，你赶快到郑局长那里去，越快越好！吕萍已经给郑局长去了电话。"

王公伯缓缓地摘下帽子，深情地抚摸着国徽。

林芳一下子扑倒在他脚下，抚着他的腿泣不成声。

王公伯扶起她，沉静地说："我早有思想准备，这些人什么龌龊的勾当都干得出来。是的，他们甚至可以暗害，或者罗织罪名杀死我。真理和正义的声音是消灭不了的！"

“真卑鄙!”吴正光气愤地说。

小陈焦急地看看手表，催促说:“老王，快走吧!”

王公伯却感慨地说:“当然，我并不怕死。要处理我，他们会造出各种借口！但遗憾的是，眼见得历史严厉惩罚这班害人虫的日子近在咫尺，而我……也许看不到了!”

艾华再也抑制不住了，她伏窗痛哭。吴正光和小陈也忍不住默默地擦泪。

忽然，艾华觉得有一只温暖的手放在了她的肩上，她抬起头来，王公伯正默默地凝视着她。这是怎样的一双眼睛！这目光一下子启开了她紧闭的嘴。艾华在心中压抑了八年的千思万绪，夹卷着难以形容的痛苦，冲腾而出。她说了一句除王公伯外谁都震惊的话:“我就是杨琼!”

屋里的空气仿佛凝住了。只有艾华那痛苦、低沉的叙述震撼着每个人的心……

王公伯从来没有这样激动过，他握着艾华的手，鼓励说:“杨琼同志，谢谢你!”他又面对大家严肃地说，“这绝不仅仅是徐润成、裴发年、杨大榕几个人的事。他们打着最革命的旗号，干着地地道道的反革命勾当。

他激动地注视着眼前的每一个人，就连刚刚进门、带着惊诧的眼神的小小的白雪。此刻，他只有一个愿望，和杨琼到郑局长那里去，越快越好，这事要做得绝密!

谁知这已不能成为秘密。从王公伯这次一离开干校，立刻就有人把他的行踪向徐润成密告了。徐润成赶紧通过裴发年要杨大榕亲自出马，先设法把杨琼掌握住。当杨大榕发现女儿不在学校时，他有些发慌。一下子他想到了白雪家。他刚赶到白家陋室的窗外，恰好听到了杨琼的自白。他的双腿不禁感到瘫软。他像一个逃犯偷听到判决书一样，怀着难言的恐惧赶去打电话向徐润成要主意。这消息吓得徐润成几乎掉落了话筒。但徐润成不愧是风浪里冲杀出来的人物，他扔下话筒，一拳砸在桌上，恨恨地说:“摊牌!”

顷刻，一辆吉普车，带着徐润成和裴发年的密令，驶向了王公伯的必经之路。

郑局长一接到吕萍的电话，立时明白王公伯的处境十分危险。他赶紧走离会场，立刻布置一个精悍的助手，带人火速去接回王公伯。

王公伯有着老公安人员的警惕性，为了避开裴发年的眼睛，他带着艾华和小陈在夜幕笼罩的公路上徒步疾走。快到城郊公路的交叉口子。王公伯对身边的两个青年人说："敌人此刻比我们更紧张。但他们不会甘心失败，斗争是艰巨的。为真理而斗争，即使付出自己的生命也是值得的。你们说，对吗？"

小陈激动地点点头。

艾华坚定地说："王叔叔，我懂了！"

他们快走近了一辆停着的吉普车。老郑的助手跳下车迎了过来，要请他们上车。就在这时，又一辆吉普车迎面飞驰而来，大开着刺眼的车灯，直向走在稍前的艾华冲去。

王公伯骤然明白了：这是要杀人灭口！他飞步上去，猛地把惊慌失措的艾华一推。只听呼的一声，吉普车把他撞出十几米远，呼啸而过，消失在夜幕中。

小陈和助手惊叫一声，向王公伯扑去，两人泣不成声。艾华却一下子晕了过去。

月光下，王公伯那苍苍白发被血染得殷红……

## 九

肃静的急救室里。医护人员紧张地抢救着王公伯的生命。

医院领导陪着徐润成走进病房，徐润成表现得十分沉痛，他对身边的医生说："一定要把他救活！你们好好研究一下抢救方案。这里需要绝对的安静！"

医护人员们走到屏风后面，低声商议起来。

徐润成从王公伯极度苍白的脸望到了输血瓶。鲜血一滴一滴地注入王公伯的血管，可是这能挽救一个垂危的人的生命吗？徐润成狞笑一声。正在这时，病房的门缓缓推开，徐润成猛一抬头，他的脸僵住了。郑局长威严的目光盯得他再也笑不出来。徐润成心虚地寒暄着："老郑，你来啦……"郑局长的身边站着小陈和杨琼，两个人激怒地逼视着徐润成。彼此在这一触即发的气氛中屏住了呼吸。只有输血瓶滴血的声音轻轻地、沉重地敲击着人们的心弦。

王公伯安详地瞑目静卧在一片洁白之中。他一定知道身边的事，因为他的生命仍然存在。在他那恬静的脸上既没有痛苦也没有微笑，甚至连眼睛都没有睁一睁。他完成了神圣的使命……

在老人平静的脸上，艾华才真正懂得了人生的意义。

## 十

1976年，金色的秋风把枫树烧得通红，像一支燃烧的火炬。

白舜伫立在红枫树下，他用力地在树干上刻着第十颗星星。刻完，他把脸紧紧地贴在上面，麻木了的心中竟闪起丝丝火花。火花照亮了一个男孩子的脸——那是他九岁的儿子，可是他从没见过面！

"爸爸！"一个清脆的童音欢快地喊着，"我们来接你了！"白舜猛地抬起头来，"难道我又在做梦？"

几个身披朝霞的人向他走来。白舜痴呆地望着，望着……这不是陈队长吗？还有妻子，还有……儿子！？另外两个人他好像不认识。

人们走到他跟前，小陈一把抓起白舜的手，异常激动地说："是英明领袖华主席一举粉碎了祸国殃民的'四人帮'，你的冤案得到昭雪了！白舜同志！你有权做你儿子的父亲；你有权做你妻子的丈夫；你有权做我们社会的主人！你坚持了真理和正义，始终没有向邪恶势力屈服。现在，我们党胜利了，人民胜利了，这胜利中，有我们永远怀念的王公伯同志的一份功劳，也有你的一份力量，你应该感到骄傲！"

白舜长久地发呆，他难以置信地凝视着眼前的人们。

林芳呼叫着丈夫的名字，投入他的怀抱。爱人的泪水滋润着他干枯的心田。白舜仿佛一下子苏醒了，只觉得眼珠一阵剧痛，两行热泪夺眶而出，这不是热泪而是滴滴鲜血！顺着他那伤痕累累、苍白枯槁的脸颊流下，一滴、一滴落进了红枫的根土之中……

“白叔叔！”一个姑娘的声音在呼唤他。白舜感到这声音既熟悉又陌生，他抬起头来凝视着眼前的姑娘。姑娘满面泪水，眼里交织着羞愧、悔恨的神色。林芳过来热情地拉起姑娘的手，对丈夫说：“杨琼和我们一起来接你，她……是个好姑娘！”

站在杨琼身边的小伙子也赶忙说：“白叔叔，我叫吴正光，杨琼是我的好朋友。我们一起来向您报告好消息：华主席领导我们党粉碎了‘四人帮’！徐润成、裴发年、杨大榕这帮害人虫的罪行被揭发了！他们将受到应有的惩罚！”

……

霞光染红了秋野。白舜在亲人们的簇拥下，告别了小陈，向霞光中走去。杨琼和吴正光紧跟在白舜一家后面并肩走着。只见小白雪不时回过头来向小陈频频招手：“叔叔，再见！”一种庄严、神圣的感觉在小陈心里油然而生。在这神圣的大地上，人民的法律又恢复了她那至高无上的尊严。

小陈眺望着他们的背影，幸福地微笑着。一轮红日，把她那温暖的金辉洒满大地。他们的背影在地平线上渐渐消逝，好像走进了那轮鲜红的太阳……

（原载《人民文学》1978 年第 9 期）

王亚平，1956 年生，重庆人。中国作协会员。著有长篇小说《刑警队长》、《非生理性癌扩散》，电影文学剧本《从东方到西方》等。《神圣的使命》获首届全国优秀短篇小说奖。

# 幸存者

文　兰

1978 年秋，为侦查一起凶杀案的线索，我在 H 城连续奔波了四天。工作毫无成果，我却被折腾得筋疲力尽。局里来电，家里又出现了新的情况，令我火速赶回。拖着疲乏的步子，我赶到火车站，离车到还有半个小时，刚坐在候车室的长靠椅上一会儿，便神不由主，打起盹儿。

由于职业的习惯，我在公众场合，尤其在复杂的车站，也还是保持着警惕。我正在蒙眬中，忽然觉得有人轻轻地撕扯着我的衣角，一下，又一下。我奇怪了，这是谁呢？睁眼一瞧，我不由得倒吸一口冷气，原来在我身旁，竟蹲着一只高大凶猛的狼狗。正是它，用尖长锋利的牙齿撕扯着我的衣角。它瘦骨嶙峋，披着一身黄黑混杂、乱如烂麻的皮毛，毛里夹杂着草屑、鸡毛、尘土，显得肮脏不堪；一条磨秃了的扫帚一样的尾巴，拖在身后；两只尖刀一般向上直竖的耳朵；滴溜溜闪着寒光的眼睛，活像一只凶残的老狼。我立即警觉：这是一只令人厌怯的野狗。我真想抬起底子钉满铁钉的皮鞋，狠狠地给它一脚。它却依然低着头，用它黑得发亮的鼻头嗅着我，亲热地撕扯着我的衣角，仿佛在和衣角亲昵地接吻。于是，我正要举起的脚马上松了劲儿。我觉得，这牲灵虽然外貌可厌，但似乎还有一副善良的心肠，在某些地方，甚至有点儿像小孩儿一样调皮可爱。我轻轻挪动了一下身子，想摆脱它的纠缠，不料这聪明的家伙，仿佛已知道我注意了它，立即撑起前腿，仰起脑袋，用贪婪的目光凝视着我。不知怎么的，我觉得那目光陌生而又熟悉；热烈而又凄凉；激动而又委屈，就像一个贤良的人孤独地受过许多磨难之后，突然见到了久别的亲人一样。我不是个动物学家，不知道狗在激动或伤心时，是否也会像人一样流眼泪，但是此刻，我却确确实实地看见，它的眼里竟滚出了珍珠般湿漉漉的东西。我的心头，不由涌起了深深的怜悯。我想，它大约饿极了吧？我随手打开提包，取出在食堂里吃剩下的半块馒头，捧在它的嘴边。不料，它竟然嗅都不嗅，似乎我很不理解它一样，眯缝起眼睛，无力地垂下了头。我迷惘了。我放下馒头，伸手亲切地抚摸了一下它的后脖。谁知道，我这漫不经心的动作，竟然像使它享受到久久未遇的温暖似的感奋起来。它突然睁大眼睛，那金黄色的眼珠里闪射着异常明亮而快活的光芒。它的前爪一弹，把两条前腿搭在我的大腿上，接着，还把头埋在我的两腿之间，撒娇似的扭来扭去。一看见这种异常熟悉的动作，我心头立刻涌起了一阵难忍的战栗。不禁想起了十几年前我驯练的那只名叫豹儿的警犬。只有我那心爱的豹儿，在我跟前才有这样亲昵的动作。莫非它就是豹儿？这不可能！在我的印象里，豹儿已惨遭不幸，早就不在人世了。我亲眼看见金焕天拿着手枪，疯子一样追逐着射击它。一想起它滴洒在地上的那斑斑血迹，我就觉得心如刀绞。然而，我却总是希望它还活在世上，甚至竟希望眼前这狗就是我的豹儿。我不禁伸出双手，捧起它的面颊，仔细地瞧它，像丢失孩子很久的母亲辨认一个陌生的儿童一样。我想从它身上搜寻出和豹儿相似的特征来。可是，我失望了。它不是豹儿。我那豹儿，毛色润滑柔软得像一匹缎子，目光敏锐得像一只鹰隼，身材灵敏矫健得像一只金钱豹，一搭眼，就惹人喜爱。而眼前这只狗，却老态龙钟，邋邋遢遢，令人望而生厌。尽管如此，我还是久久地观察着它。从它宽阔高大的骨架上，可以想象，它也是有着一个非常风流的当年的，至少，它健壮的体形可以和我那豹儿相媲美，它勇猛的态势也和豹儿不相上下。一想到这些，我心里一动；假若它是一只生狗，为什么对我这个素不相识的陌生人如此亲热？我思来想去，正在难分难辨之时，我的目光突然落在眼前这只狗的右耳尖上。它的耳尖上，不是分明有一个半圆形的缺口？啊！我可怜的豹儿！我敢打赌，一点儿不错！它就是我分散十几年的豹儿！我浑身烘地一下热了起来，像有一股强大的暖流开始猛烈地冲击着我那已经如痴似醉的心灵，使我完全忘记此刻是在稠人广众之中，同时好像根本未意识到它是一条牲畜。我猛地俯下身去，张开双臂，一下子把它紧紧地搂在怀里。止不住的泪水，汩汩地滚落下来，一点一滴地掉在它的身上。豹儿呢，我觉得它的浑身也在激动地微微颤抖，嗓子里喑哑地响着，仿佛向我焦急而痛苦地诉说着什么。豹儿啊，我可怜的豹儿！你是怎样地逃脱了这场生死浩劫？这些年来，你在哪里？你是怎样地度过了那难挨的岁月，并活到今天，和你的主人在这异乡的土地上重逢？……

回忆是痛苦的。然而，这痛苦的回忆却怎么也不能从记忆里消失。此时，十多年前的一段往事，又鲜明地闪现在我的眼前——

我原在省公安厅担任警犬训练员。1961 年，领导上把刚离奶的一只小狼狗崽儿交由我养育培训。刚一看见这个毛茸茸的小家伙，我就不由得爱上了它。它胖得像只小熊猫，一身闪亮的赭黄色皮毛上缀着斑斑漆亮的小黑点儿，疏密有致，仿佛画家精心绘制的图案。伸手一摸，柔软得像一匹驼毛绒毡。开始，它蹒跚地爬着，显得憨厚好玩。不久，它就像孩子一般淘气顽皮起来。有时跳上凳子，从桌上叼起我的手套或小笔记本儿，跳来蹦去，津津有味地玩上半晌。后来，由于我和它朝夕相处，形影不离，便自然产生一种深厚感情。我越来越喜爱它，就像一个没有儿女的中年人对待养子一样爱戴它。除过训练，无论我在屋里休息、吃饭、看报、打牌，它喜欢爬到我身上什么地方就爬到什么地方，有时甚至悄悄地把前爪搭在我的肩膀，恶作剧似的用它的鼻头从我的后脑勺上掀掉我的帽子。当我故作生气地“嗯”它一声，用目光责备它时，它或把小尾巴摇得像夏天的扇子一样，伏在我的身边，用它黑油油的小鼻头轻轻地拱拱我，仿佛在说：原谅吧！或者用它闪动着孩子做了错事一样负疚的目光看我一下，随之把头钻进我的两腿之间，扭来蹭去，撒娇似的求我宽恕。啊，多么令人喜爱的小家伙！根据它的毛色花纹，聪敏的神态，勇猛的性格，我给它取了个我相当满意的名字——“豹儿”。并亲自动手，为它制作了一个美观而实用的皮项圈。豹儿还不满一周岁的时候，我便逐步开始对它进行业务训练。每当我带它外出，它或昂着头，竖起一双警惕的耳朵，眼里闪射着鹰一般锐利的光芒；或低着头，用探雷器一样锐敏的黑鼻头这儿嗅嗅，那儿闻闻。老实讲，一开始训练，豹儿就显露出它非凡的天资。一次，在练习追踪中，我将一条手绢让它嗅嗅，然后有意丢在街上，我自己隐藏在不远处一家商店门后，要豹儿衔着手绢来找我。可是，一分钟后，它口里什么也没有叼，着急地从我隐藏的门前跑过。我奔出门去紧紧尾随，它低头径直冲进一家食堂，在售票口愤怒地撕扯着一个顾客的后襟。那顾客回身正要报复，我赶紧上前解释说：“请别打它。大概你在街上拣到了一条手绢。”那顾客看了一眼我身上的民警服装，脸刷地一下红到耳根，接着，便羞答答地掏出了那条手绢。

由于天生的聪慧，加上它接受训练时的刻苦与认真，豹儿早熟了。不到三年，它已成长为一只体格健壮、外相凶猛、嗅觉灵敏、机警矫捷的合格警犬了。1964 年秋开始投入使用，在以后短短的两年时间里，它用自己的本领创建了惊人的成绩，协助我们先后破获了二十多起重大的刑事案件。

1964 年冬，B 城发生了一起重大的凶杀案：一位十二级的高干晚上10时许被人暗杀在家里。当公安人员勘查现场时，死者俯卧在血泊之中，头部被凶犯用钝器猛击，砸得脑浆四溅。除了一把被当作凶器的虎头钳子外，现场未留下任何痕迹。根据死者被劫的现金和一些贵重物品判断，这是一起抢劫杀人案。公安机关立即封锁了交通要道。发案约五小时后，我带着豹儿去B城协助破案。豹儿在现场走了一圈，在虎头钳子上嗅了一阵，就纵身冲向门外。豹儿一路追踪，嗅嗅跑跑，跑跑嗅嗅。我们紧紧尾随，想在凶犯登车逃窜之前将其一举抓获。但豹儿并没有追向大家估计的地方，却追向了山边一块幽僻的坟地。坟地里，树木密布，野草丛生，阴森恐怖。我们还未观察出任何迹象，豹儿却一纵身扑进草丛，钻进一孔令人难以发现的隐蔽墓穴。接着，墓穴里发出了惊恐的惨叫，一名凶犯被豹儿噙着小腿拖出墓穴。不等豹儿二次冲进墓穴，又一个凶犯自己颤抖着爬了出来。原来这两个家伙钻进墓穴，妄想利用这天然的隐蔽所躲过最紧张的追捕之后，再悄然远走高飞，却没料到我的豹儿把他们拖出了藏身的墓穴，送到了他们要去的真正的墓穴。

1965年8月，一个炎热的中午，D城郊外的树林里发现了一具女尸，年轻美貌的姑娘被人剥得赤身裸体，口腔用手绢塞着，左胸乳房上扎着一把锋利的匕首，一股殷红的血浆从胸口流出。这是一起强奸杀人案。十小时后，我带着豹儿去协助破案。到达D城后，公安机关已将凶犯缉拿归案。但是，凶犯拒不认罪，说匕首和手绢不是他的。为了验证，D城公安机关在一所灯光球场进行了一场嗅源气味鉴定表演。他们把凶犯混置在几百名观众之中，将匕首和手绢放在球场中心。豹儿冲入球场，嗅了嗅匕首和手绢，然后绕着场子，这儿嗅嗅，那儿走走，当它走到一群女青年旁时，猛地竖起双耳，昂起脑袋，直冲了过去。吓得姑娘们尖声乱叫。谁知豹儿对她们不理不睬，只是从她们闪开的空隙中冲上前去。那个坐在姑娘们后边的凶犯故意装得镇静自若，不动声色。但是，当豹儿把它漆亮的鼻头伸向那罪恶的黑手时，他却不由得面如土色，筛糠似的颤抖起来。豹儿嗅了几嗅，猛地一抬前爪，立将起来，一口咬住了他的衣领，吓得他惨叫一声，仰面朝天，摔倒在地，翻着白眼，恐怖地呼救。

两年过去了，我心爱的豹儿，用优异的成绩回报了我对它的精心培训，赢得了公安机关所有同志的赞赏。凡是接触过豹儿的人，谁不夸奖它的机智，谁不佩服它的本领！我为我的豹儿，也感到光荣和骄傲！

但是，谁能料到，正当我的豹儿年轻力壮，以自己的特殊专长为革命效力，为人民立功的时候，这个不懂得人世间的阶级斗争、不懂得什么是政治运动的牲灵，也居然被卷入了一场史无前例的风暴，经受了生死攸关的灾难。

省城里风起云涌地纠合成数以千计的战斗组织，其中有一个最最革命的，叫作“三猛战团”，是专门对付“反动的公检法”的。我们公安厅上至“走资派”厅长，下至“小爬虫”普通的公安战士，挨个儿穿箩过筛，经受着“不能触及皮肉，焉能触及灵魂”的“革命洗礼”。1968 年 5 月的一天，革命由厅长“走资派”深入到我这个警犬训练员“小爬虫”身上。我要被提去上批斗大会了。奉命前来执行任务的是一个五十多岁，被封为战团参谋长兼司令秘书的人，名叫金焕天。此人多年来是公安机关的常客。他的相貌，即使是一个记忆力很差的人看过一眼，也会留下深刻的印象。瘦矮个儿，头发稀秃，脸色灰黄，额头塌陷，鼻骨奇长，两颗子弹头大小的门牙外伸而且上翘，使他永远合不拢嘴。并且，每当他打呵欠或咧嘴大笑时，嘴角就一直扯到耳根下边，几乎寻不见他的下巴颏儿。如今，他“革命”了，为赶时髦，他把惯常穿的那件灰不拉儿的绸衫换成一件宽大的“红卫服”，腰里还紧箍箍地勒了条宽板皮带，活像一只乱飞的马蜂。更神气的是，他左肩右斜地吊起了一个长长的短枪套子，走起路来那吊在屁股下边的短枪套子就摇来摆去，仿佛一只饿狗摇着尾巴。金焕天从旧社会到新社会，偷鸡摸狗，嫖赌拐骗，和警察打过无数次交道。尽管内心里对公安机关恨之入骨，为了减轻罪责，每次都是打脸自骂，低头求饶。可万万没料到，他能巧遇这场千载难逢的革命风暴，有了出头露面之日。于是，他以极大的“阶级”义愤，怀着一颗强烈的复仇心理，立即在左臂上缠起一道红布箍子，不但在街上贴了许多“控诉”“反动公检法”的大字报，而且带头冲进公安机关，烧文件，抢档案，用棍棒教训公安人员，不多久，便成了“响当当”“硬邦邦”，同时，在“三猛战团”内，也荣升为参谋长兼司令秘书。

那天，豹儿正卧在我的脚前，用头顶着我的膝盖，低声呜呜唱着逗我开心。就在这时，金焕天领着几个彪形大汉，手持染过红漆的木棒，冲进了隔离我和豹儿的房间。一瞧见生人进来，豹儿立刻竖起耳朵，昂起脑袋，瞪大了眼睛，做起应战的精神准备。金焕天一见豹儿这副勇猛的神态，不由得倒退了两步。豹儿一瞧见这副鬼鬼祟祟的样子，前爪马上伏了下去，列开一个纵身而扑的架势。这一下，可把这家伙给吓坏了。他连忙向那几个大汉呼叫：“打，快打！”

我连忙向豹儿发出一个“不准动”的暗号，并对金焕天说：“算了吧，何苦与一只狗较量！”

“走！”金焕天气势汹汹地朝我吼着，“上批判会，小爬虫！”

我刚一站起来，金焕天就指挥那几个彪形大汉来扭我的胳膊。豹儿一看他们这样对待我，恼怒地竖起耳朵，瞧着我，像在要求我发出搏斗的信号。然而，它失望了。待到我被推出门外，它仿佛察觉出这里隐藏着什么不幸似的，急忙尾随着我要奔出来。不料一个大汉顺手猛击它一棍，它不愿和我分离，在屋内焦急地叫着。我的心里难受极了，站在门外不忍离去。它用爪使劲儿挖着门，门扇发出嗞嗞啦啦的响声，像挖着我的心。金焕天见我站着不动，就朝那几个大汉一挥手，立即，我被扭住了胳膊，推推搡搡地出发了。我一步一回头，就为这儿，我的后脖挨了狠狠的几拳。走出了好远，我听见豹儿还在凄惨地叫着，那叫声，就像一个孩子看见妈妈被人拉走时的哭声一样。

批斗大会设在红卫剧场。台下坐着数百名男女。台上坐着几个战团的主要头头。坐在正中央的，是董卫彪。此人二十六七岁，中等身材，白净面孔，黄眼珠，高鼻梁，两腮微微塌陷，那形象，有点儿像《忠义侠》里的奉城东。他就是战团的司令。我被扭着胳膊，押到台前。和我站成一列的，有搞摄影的，搞文字检验的，搞指纹的，搞痕迹的，以及法医、化验员等，总之，全是搞人家所谓的那个“神秘主义”的。很荣幸，我们这些从未上天的小人物，都乘坐上了现代化的“喷气式”飞机。

人到齐了。金焕天用请示的目光望着董卫彪，就像奴才瞧着主子。董卫彪微微点了点头，大会就开始了。金焕天挺胸凸肚，颇为庄严地走向台口，刚讲了一句“革命造反派的战友们”，突然，我的豹儿从后台奔了出来，“汪汪”地叫着，径直奔到了我的身边。它是那样的兴奋，那样的欢喜，不停地摇着尾巴，在我的腿上嗅嗅，脚上舔舔，就像几年和我没有见面似的。很明显，它是凭着特有的追踪本领，循着我走过的路线，追寻到这里来的。一看见它，我的心里很高兴，也很难过。唉，豹儿，你是怎样从屋里冲出来的？可你跑到这儿来干什么……

由于豹儿的突然出现，方才还很严肃的会场顿时活跃起来。不少“观众”的眼睛都落到了豹儿身上，指指点点，笑着嚷着。金焕天蹙起眉头，大声呼叫：“把狗赶出去！”手持红漆木棒的大汉立即应声奔了过来。不料司令董卫彪却猛地站了起来，挥手阻止了：“不要打，不要打，它来得正好嘛！就让它和它的主人一起站在台上，当个反面教员，现身说法，岂不更有意思！你瞧，反动的公检法，破案不相信人民群众的力量，却相信狼狗！哼哼！”

金焕天一听，连忙点头哈腰，连连称是。他咧嘴盯了豹儿一眼，又面向台下，指手画脚地接着发言了：“刚才，董司令的指示，非常重要。我们要砸烂反动的公检法，彻底闹革命。让这个神秘主义的化身——狼狗，在这儿接受批判，就更加证明我们这场革命的广泛和深入！……”

金焕天一本正经，并显得格外严肃认真，仇恨使他激动起来：“自从新中国成立以来，这反动的公检法没干过一件好事，可把我们给害苦了。那一年，他们拉了一只狼狗，就像这只狼狗一样，一直追到我的家里，硬说我偷了人家的东西。他们不相信人而相信狗，不相信人的智慧而相信狗的鼻子！这不是反动的神秘主义是什么！打倒反动的神秘主义！彻底砸烂反动的公检法！”他慷慨激昂地举起拳头，喊了几句口号，接着，又从眼里挤出了几滴眼泪，故作伤心地控诉起来：“我说我没偷，他们却胡说警犬的鼻子是科学的东西。”他又指着豹儿，“当时，正是这神秘主义的走狗，一下子扑了上来，咬烂了我的双手。我，我的手，我的手呀！……”

金焕天呜呜咽咽地哭诉着，把一双颤抖的手伸在空中，这么一来，却引起了豹儿对他手的注意。他本想让观众看看他那两只手上做贼的标记，豹儿却猛地站了起来，径直朝他奔了过去，把漆黑油亮的鼻头伸向了他的双手。金焕天吓得惊恐万状，急忙往后一跳，失声惊叫：“娘哎！”

这一下，台下哗的一声，变成了一座喧闹的蜂房，有的人笑得前仰后合，有的人笑得直淌眼泪。

金焕天被激怒了。方才，他控诉时像一只受委屈的兔子，现在，他暴躁得像一条龇牙咧嘴的恶狼。他猛地跳将起来，狠狠地向豹儿飞起一脚，豹儿一剪，闪到一边。金焕天一脚踢空，收不住，腾的一声，跌了个屁股蹲地脸朝天。

气氛森严的批判会变成了一出精彩的闹剧，是谁也不曾料到的。

会开烂了，台下的人也乱了。金焕天气急败坏地指着豹儿号叫：“娘的，老子今天非吃了你这份狗肉不可！”

不知他从哪儿找来一条绳索，招呼那些大汉扑过来绑狗。还没有等我发出信号，豹儿似乎已经看出了形势的危急。它竖起双耳，睁亮了眼睛，前爪稍稍向下一按，就跃将起来，反扑了上去。一个大汉被扑倒在地，吓得大叫起来。另一个大汉刚举起红漆木棒，正要朝豹儿头上猛击，机智的豹儿却像格斗场上的快眼利手，蓦地把后腿立直，木棒闪空，豹儿一口咬住了那个家伙的手，疼得那家伙鬼哭狼嚎似的大叫起来。金焕天一看，急得眼都红了，撇开绳子，掏出了手枪。

我一看大事不妙，急忙向豹儿发出了逃跑的暗号。豹儿大约也知道自己闯下了大祸，朝我飞快地瞅了一眼，就猛地冲过去，把金焕天又扑了个仰面朝天，然后，纵身下台，向剧场的偏门冲去。金焕天慌忙爬在台口，咬牙切齿地朝豹儿开了一枪。那一枪，正打在豹儿的右耳尖上，鲜血，滴了下来，斑斑点点，洒落在洋灰地面上。豹儿惨叫着，飞也似的忍痛奔走了……

我和豹儿，就这样分别了。

当时，那一群大汉追了出去，金焕天也挥着手枪追了出去。不到半分钟，我又听见了几声清脆的枪响。我的心，随着枪的响声在疼痛地颤抖；眼泪，从我的眼角滚落下来。我知道我的豹儿，我心爱的豹儿，从此永远离开了为之作过贡献的人间……

金焕天他们回来了。他们把这一场闹剧的罪责，完全推到了我的身上，他们说豹儿对他们采取的行动是我指挥的。于是，“专政”的棍棒擂鼓似的落在了我的全身。那时候，我哪里有分辩的权利？我只得默默地接受他们赐予我的“革命惩罚”。我被打得晕了过去……

晚上，和我日夜厮伴的豹儿不见了，窄小的房间，孤零零地只剩下我一个人，显得那样的空旷。我没了任何安慰，周围死一般地凄凉，我的心头充满了寂寞。我痛苦地想着，一只狗，它有什么罪过？为什么它也要惨遭这样的不幸？眼前出现的，是一场悲剧，还是一场喜剧？人世间的一切，真是这样的费解难猜吗？

蒙着被子，我偷偷地哭了好长时间，到底是哭豹儿呢，还是哭着别的什么，我说不清楚。我只是觉得难过，我忍不住……

然而，我却希望，我的豹儿还活在人间。它虽然是一条狗，是一个动物，但我却觉得它的灵魂比起某些人，要纯洁得多。比起不学无术的人，它毕竟还是有着一些有益于人类的特殊本领。它诚实，从不说谎骗人；它正义，只用它那科学的嗅觉鉴别真伪，揭露犯罪，从不趋炎附势，不管我处于顺境逆境，它都不曾改变自己的节操。我想念它，它的形象，始终活在我的眼前……

但是，我再未见到它。虽然二次走上工作岗位以后，我打听过它，寻找过去……

我断定，我的豹儿，确是死了。即使它那一天躲过了金焕天和大汉们的手枪，它毕竟躲不过那场横扫一切的“革命”风暴。后来得知，那当儿，在“神秘主义”的罪名之下，全国所有的警犬都惨遭了不幸：它们或被拉到旷野，处以极刑；或被长期关在一个阴僻角落，活活饿死。它们的肉，被当作美味，供“弟兄们”佐餐下酒；它们的皮毛，被“响当当”者们铺在身下，供其取暖。豹儿呢，它难道能够有幸摆脱这些可怜的命运吗？

可是，现在我的豹儿，却梦幻似的突然出现在我的身边、我的眼前。这难道是真的吗？这些年来，在颠沛流离之中，你是怎样想念着我呀，你倒是说呀……

显然，豹儿已悲恸得难以吱声。它颤抖着，浑身的筋骨都像在痛苦地抽搐。霎时间，我联想到我见到过的一些无家可归的流浪狗：它们白天流落街头，低头围着食堂桌子腿儿转着，寻找食客掉落下来的面渣、馍屑或啃过的骨头，或蹲起身子，眼巴巴仰望着那些不慌不忙地吃着饭的人们，祈望能给自己施舍一点儿残羹剩汤，至少扔一块小小的馍花。有时惹烦了食堂的守门人，便飞起一脚或砸来一砖，它们只得惨叫着逃出门去，然后奔向城外那些地沟暗壕，去扒拉那些发着臭味的死鸡烂猪。晚上，或在街道惨白的电灯下，孤单单地绕着电杆徘徊彷徨；或蜷缩在食堂门外的墙角，把嘴埋在两腿之间，哆嗦着，一直熬到天亮……

啊，不幸的豹儿，你是怎么熬过这些年月的？你倒是说呀！

不远处传来火车的吼叫声。一抬头，方才还围在我身边观看的人们都纷纷通过检票口走进车站，我这才知道，我抱着豹儿在伤心地流泪，群众却当作稀罕来看了。唉！他们怎么知道事情的原委呀！我揩了揩眼泪，站了起来。车已经进站，我得走了。可是，豹儿却像知道我又要和它分离似的，一口咬住了我的衣角。唉！我怎么办呢？我可怜的“老战友”，我多么想带你回到我们一起生活和战斗过的地方去！你不知道，我们的战斗多么需要你！倘使你一直在我们身边，我们七天前遇到的那起凶杀案，何必远道来此而空忙呢？可是如今，你已不是一只警犬，而是一只野狗了。十几年无情的岁月，不仅使你衰老，也摧残了你的才华，带回去，又怎么办呢？再说，客车上，让我带这样一只肮脏的老狗吗？

没奈何，我只好硬着心向检票口走去。豹儿恋恋不舍地跟在我的身后。我的双腿像坠着千斤重石，我的步子是那么沉重。我怎好忍心抛弃这曾为人民立过功勋的“战友”。然而，我却不得不和它忍痛分离。我进站了，它却被挡在站外。它发疯地用前爪使劲儿地刨着地面，它又眼泪汪汪地抬头看我，那一阵阵令人揪心的惨叫，仿佛悲伤地哀求着它过去的主人不要抛弃它。我走了几步，不禁又扭转身来，哽咽地喊了声“豹儿！”但立即像有什么东西堵住了我的嗓子，泪水一下子蒙住了我的眼睛……

（原载《小说季刊》1980 年第 4 期）

文兰，原名安文斌，1943 年生，陕西周至人。中国作协会员，中国小说学会会员，陕西省作协第四届常务理事，咸阳市作协名誉主席。代表作有《幸存者》、《三十二盒录音带》、《命运峡谷》等。

# 绿色钱包

刘厚明

## 一、“一站三”进工读

“一站三”又犯案了！公安分局拘留了他十天，然后征得家长同意，把他送进了工读学校。

他叫韩小元，浅眉细眼，白净的小圆脸，常带着一对生动的笑窝儿，是个模样挺招人喜欢的孩子。可是，在扒窃上他也很有一手儿，创造过坐一站公共汽车就掏了乘客三个钱包的纪录，从而在他那伙小哥们儿当中，荣获了“一站三”这个称号。公安干警们提起他就头疼，说他是“大法不犯，小法不断，气死公安，难死法院”的小泥鳅！再不送工读，谁也没治！

现在，小元正坐在工读学校的接待室里。妈妈办完入学手续，又啰里啰唆地嘱咐了他半天，就抹着眼泪走了。接待他们的那位吴老师非要送妈妈到车站——哪儿是“送”啊，他准是要向妈妈刨问自己的“材料”！哼，你刨问吧，好样儿的还不上你们这“偷流学校”来呢！

妈妈和吴老师刚出去，小元的烟瘾就上来了。可他今天没敢带烟，只好忍着。去看看这工读学校是啥样子吧，于是他走到窗前——瞎，也没啥新鲜的！教室、操场、大礼堂……跟一般中学差不离儿。学生们正上课，操场上空寂无人。当他的目光越过操场，落在南头儿排平房上，心里不禁“咯噔”一下：那些平房外边，晾着衣裳、被子，分明是学生宿舍！上这号学校得住宿，可自己爱尿床啊！怎么事先竟没考虑这码事？一个十三岁的男子汉，还净在被褥上“画地图”，那不就在同学们面前栽啦！照他看来，这简直比掏包叫人抓住手腕子还丢人，还严重！

可是，细高挑儿的吴老师回来了，把长胳臂一伸就夹起了他的铺盖卷儿：“韩小元同学，跟我上宿舍吧。”

## 二、冤家路窄

晚上，在礼堂开大会，校长讲话。

这位校长姓汪，清瘦的脸，满脑袋白头发，身量不高，是个地道的小老头儿。他讲起话来慢条斯理的，透着和善；净把学生们逗得哗哗笑一阵，可立时又静下来，瞪着眼珠子往下听。好像这小老头儿身上，有股子特殊的吸引力。小元坐在底下，心想，这礼堂里的二百多个学生，不都跟自己是一路货吗？怎么居然这么规矩、顺溜？在这儿受管制还挺开心似的？不用说，这校长有两下子！哪两下子？软的、硬的一齐来呗！光靠和和气气地耍嘴皮子、“说服教育”，绝不能服住这些哥们儿……

果然，老校长板起脸来了，弯弯的笑纹拉成竖道道：他开始批评谁谁犯了纪律，谁谁“又犯了老毛病”……可怎么批评的，小元一概没听见——就在老校长板起脸来的那一霎间，他发觉那张脸好像在哪儿见过！他回想，回想……突然，心里倏地打了个闪，差点儿喊起来：是他！没错儿，准是他！

小元借口上厕所，得到班主任吴老师的同意，忙走出礼堂。出了门儿，他朝厕所方向走了几步，便猫腰、拧身，一溜风似的跑回宿舍。宿舍里黑洞洞的，他不敢开灯，摸着黑从床底下拉出衣箱，打开锁，摸了一阵儿，摸出个滑溜溜的塑料钱包来，往兜里一塞；把衣箱胡乱推回去，又跑出宿舍，一溜风似的直奔厕所。

厕所里没旁人。小元掏出钱包，就着棚顶那盏电灯一看：一点儿不错！那绿色塑料钱包里，夹着一张 9 月份的汽车月票，右上角贴的一寸半身相片上，正是清瘦的、满脑袋白头发的老校长！

那天，他和野猫去“吃汽车”，在城里的 2 路公共汽车上，摸了两个包。他把第一个包传给了野猫后，在摸第二个时叫人家抓住了手腕子，扭送到分局，被拘留了十天。第十一天——就是今天，妈妈把他从局子里领出来，到家就哭哭啼啼地劝他上工读，派出所的民警也一个劲儿地动员他。他只好答应下来。在妈妈给他收拾箱子的时候，野猫在外边唱起“叫一声二奶奶”，把他叫出去了。野猫还真够朋友，他把那第一个钱包拍在小元手里，说：“这里头统共才有二十五块钱，哥哥我花了十块，剩下的全归你！”

妈妈出来喊小元，小元说了句“后会有期”和野猫握手告别。回到屋里瞅个空子，就把这钱包塞进了衣箱……

“咱们真是冤家路窄啊！”小元觉得月票上的老校长正盯着他：“你这小鬼偷到我这阎王爷头上了，有你哭的时候！”

“小老头儿！”小元扑哧一笑，“你逮不着我！我这就把你扔在茅坑里！”

偏巧，大会散了，一群同学喧笑着拥进厕所。小元装作解裤子，慌忙把那绿色钱包塞进里边裤衩的后兜——那后兜也是他平时在“节骨眼”上藏包的好地方……

## 三、喝凉水都塞牙

人要倒了霉，喝凉水都塞牙！

一个浓眉大眼的孩子也来解手，解完就搂着小元自我介绍说：“我叫严燕生，是咱初一二班的班长。”

这位班长可真黏糊，一直搂着他走回宿舍，对正在洗脸、洗脚的同学们介绍：“他就是韩小元。校长刚才在大会上，不是叫咱们多帮助他吗？咱对他可得热情点儿！”

接着，“老工读”们就对小元热情起来了，又给他打水，又跟他说笑，直到熄灯号滴滴答答吹起来，大伙儿才上床睡觉。

小元钻进被窝儿，裤衩后兜里的那个钱包直硌他屁股。妈的！要不是严燕生他们瞎热乎，屁股后头早轻松了！熄灯了，宿舍里一片黑。小元睁着眼想等大伙儿睡着，再起来出去扔掉那玩意儿（当然，里边的十五块钱要拿出来，钞票上可没写着老校长的名字）。好容易等到有人打鼾了，小元又听见轻轻的脚步声：一个细高的人影走进来，给这个掖掖被子，给那个拉拉毯子。他知道那是吴老师，心里骂道：这工读真他妈跟兵营似的，熄灯吹号，还兴查铺的……他听那脚步声向自己走来，忙闭上眼装睡。

下面的事可就全怪小元自己了！不知是因为这天他的大脑受到的刺激太多，还是因为一天没吸烟脑子乏了，他合上眼竟迷迷糊糊地真睡着了。更糟心的是第二天早晨，当他被起床号惊醒，发现身子底下冰凉冰凉的——奶奶的！又尿床了！

随着起床号，同学们都麻利起来，忙手忙脚地叠被子。严燕生跑过来说：“韩小元，快起，五分钟内要整好内务，到操场集合跑步！”

说着，就要动手掀被子。小元急了：“别掀，我误不了！”

他慌忙在被窝里脱下裤衩，蹬上长裤子，翻身下床。把那条尿湿的裤衩叠在了尿湿的被子里。严燕生帮他拍了几下，把被子拍得方方正正，见棱见角，就拉着他向操场跑去。

天刚蒙蒙亮，空气真新鲜。队伍跑出学校，小元便闻到一股香味儿，那是从公路两旁的果园里飘来的。苹果像红灯笼似的挂满树梢，小白梨在绿叶间闪闪发光。晨雾在田野上颤动着。除了偶尔有辆拖拉机隆隆开过，只有同学们齐刷刷的跑步声，和体育老师那清脆、短促的哨子声。小元心头漾出一种美滋滋的感觉：这田野、这果园、这嚓嚓的跑步声和嘟嘟的哨子声，不是都挺美吗？看来这工读的生活虽然紧张，可也不赖……他扭头瞅见吴老师也在队伍后边跑，又想：这儿的老师真有精神儿，晚上查铺，早起还跟着跑步；要说是“监督”学生吧，也实在够辛苦的……队伍折回了学校，小元冷不丁又想起了那个绿色钱包：它还在裤衩里，裤衩叠在被子里。回头得赶快扔掉这“定时炸弹”！

解散后，小元一马当先往宿舍跑。他冲进宿舍突然目瞪口呆：床上空了，被子不见了！值日生李四毛告诉他：刚才校长和校医孙大夫来检查卫生，闻见你床上有臊味儿，校长就打开你的被子看了看，抱到家属院给你晒去了。为啥不晒在外头呢？他怕同学们知道你是个“地图专家”，笑话你……

说这番话的时候，李四毛嬉皮笑脸，大有嘲讽之意。可小元早吓傻了——嘿！人要倒霉，真是喝凉水都塞牙！

## 四、他是个好老头儿

这天上午的头两节课，小元没心思听讲，随时准备着校长把他叫去“捋”一顿。妈的！早知道有今天，我偷谁也不偷你呀……可是，第二节课下课了，还不见动静。小元心里更发毛了，决定去试探试探，便走到校长办公室外面来回溜达。老校长正在屋里开会，从敞开的窗户里瞅见他，立刻探出头来问道：“你就是昨天入学的韩小元吧？”

小元点点头，没吭声儿——先摸摸他的底，再见机行事。

“你是来找我吗？”

小元把脑袋那么一晃荡，介乎点头和摇头之间，还是没吭声。

老校长笑默默地看了他几秒钟，说：“吃过午饭，你到家属院去取被子和裤衩吧，晌午就能晒干了。”

小元又点点头，等着下文。可老校长缩回去继续开会了……怪呀！他怎么没提钱包的事儿？也许，那钱包根本没落在他手里，是值日生李四毛趁宿舍没人，顺手牵羊摸去了？听说李四毛也是“摸偷灵”啊——但愿如此！

吃罢午饭，小元抱着一种侥幸心理走进家属院。这是教职工家属住的一个小院，坐落在操场尽南头，和学生宿舍隔着一道灰墙。他走进院子，一眼就看见北屋门前的晾衣绳上，晾着他那条有一圈淡黄色尿迹的被子。裤衩呢？却不在！小元马上明白了：老校长扣住了他的裤衩，好当作“物证”，跟他算那钱包的账！在这种情况下，按照经验，以“主动坦白”为好。他于是硬着头皮去敲北屋的门。

“是韩小元啊。”老校长从饭桌后边站起来，“进来，进来。”他一手端着饭碗，一手用筷子指着小元，对一个农村老大娘模样儿的妇女说，“这就是那尿床的孩子。”

“多机灵，多体面个孩子啊！”校长的老伴儿笑盈盈地走过来，“俺刚给你把裤衩熨干，你正好拿走。”说着，把手里那条洗得雪白耀眼、熨得平平整整的裤衩，递给了小元。又问：“孩子，你咋尿了床呢？”

“我……我打小就尿……”小元不敢抬头。

“往后睡觉惊醒着点儿，多上两趟厕所。”校长的老伴儿说完这句话，就不言声儿了。

屋子里静下来，只有座钟滴滴答答的摆声。小元翻了一下眼皮，见老校长只管往嘴里扒拉着饭，显然等着他“主动坦白”。他把心一横，叫了一声“校长……”午睡的铃声恰恰响了，他的话就拐了弯儿：“校长……还有事吗？没事我就午睡去了。”

“去吧，好好休息一下，下午还得劳动呢。”

小元鞠个九十度大躬，腾云驾雾般地从屋里走到院里，把晾衣绳上的被子取下来，出了家属院，这才长舒了一口气——一切情况表明，那绿色钱包确实让李四毛摸去了，老校长还蒙在鼓里呢！一场虚惊过去了，阿弥陀佛！

这天晚上，小元盖着那条又松又软、散发着阳光气息的被子，躺在床上想：看来这工读的校长是个好老头儿，我真不该偷他的！可是，公共汽车上那么多人，谁又能分清哪个人好，哪个人坏？哪个该偷，哪个不该偷呢？……

半夜里，他被叫醒了，见床旁站着吴老师。月光从窗外照进来，把他那瘦高的人影投在地上。

“小元，该上厕所了。”吴老师弓着腰说，嘴里的热气喷在小元脸上。

小元感觉小肚子正发胀，一骨碌下了床，蹬上裤子就跑，吴老师叫住他，给他披上衣裳：“入秋了，别凉着。”

“吴老师，这么晚了您怎么还没睡？”小元觉得应该说句客气话。

“闹钟把我叫醒了。汪校长说你爱尿床，让我每天 1 点半左右，叫你起起夜。”

小元心里一热，眼泪差点儿掉出来，忙转身跑出宿舍。

## 五、钱包跑哪儿去了

小元在工读平平安安地度过了一个多星期。受过批评，也受过表扬。班主任吴老师是个直肠子、热肠子人：中秋节开“月光晚会”，小元唱了个歌儿——当然不是“叫一声二奶奶”，而是《红星照我去战斗》——全校师生为他鼓掌，乐得吴老师在班会上说：“韩小元为咱们班集体争了光，应该给他记一功！”有一回，小元撕了一个同学的作业本擤鼻涕，吴老师又大发雷霆，说他这是“破坏同学为四化而学习”。小元认为：这种老师最好对付，可又不忍心气他：他每天晚上 1 点半钟准时叫自己起夜，这连妈妈也做不到啊……

一天早晨，轮到小元留在宿舍做值日了。等同学们都去跑步，他麻利把李四毛的箱子从床下拉出来，用个小铁片捅开锁，动手实行早就想好的计划——那个绿色钱包既然让这个“摸偷灵”摸去了，我就再把它摸回来。然后，想法儿悄悄地把里边那十五块钱，还给老校长；至于空钱包和那张月票，只好“销赃灭迹”（他很熟悉这个语汇），以免引起一场追查……小元在李四毛的箱子里翻啊、找啊、找啊、翻啊，却不见那钱包的影子，倒翻出一盒精装大前门来。时间有限，他把那盒大前门揣在兜里，把箱子弄好推回原处，忙着做起值日来。

老校长和孙大夫来检查卫生了，对小元的值日成绩表示满意。检查完老校长问道：“韩小元，这阵子你还在床上‘画地图’吗？”

“一张没画过。您不是让吴老师天天叫我起夜？”

“是啊，也该让吴老师歇歇了。今儿晚上试一试，看到时候你自个儿能不能起夜；我估摸你已经形成了条件反射。怎么样？”

“行！”小元虽然不懂什么叫“条件反射”，但立刻同意了——这阵子吴老师累得更瘦了。

“韩小元，在‘月光晚会’上我才知道你有条好嗓子，‘小小竹排’唱得比电影里唱的不在以下！”老校长笑逐颜开地说，“我送你个歌本儿，好好练练！将来当个歌唱家登台表演，让人民的生活变得更美好！”

他把一本《独唱歌曲二百首》放在小元手里，就和孙大夫走出了宿舍。

“我还能当歌唱家登台表演？嘻嘻，别逗了！”小元把那歌本压在褥子底下，觉得这事儿太可笑。可是，老校长对自己的关心，真是一百一！李四毛这小子把他那钱包藏到哪儿去了呢……

下午课外活动时间，小元被李四毛拉到一个背静角落。

“哥们儿，干得真利索呀！”李四毛把两根手指放在嘴唇上，做个吸烟的动作，“拿出来吧，我跟你二一添作五！”

小元心想：你想要回那盒大前门呀？我还正想问问你那钱包的下落呢。便笑道：“你想抽烟哪？十五块钱一包，先拿钱来。”

“开什么玩笑？”李四毛瞪起两只金鱼眼，“你早起做值日的时候，偷了我一包大前门！当我不知道呢？咱哥们儿都是干这个的！”

“你做值日的时候，就没偷过我的东西？”小元也虎起脸。

“我偷你啥啦？”李四毛一把揪住他的脖领子，“你小兔崽子别倒打一耙！”

“你也别诬赖人！”小元怕挨揍，也喊起来，“学校不准抽烟，你违反纪律买烟，还诬赖我偷了你的，咱找吴老师说理去！”

李四毛气得涨红了脸，呼哧呼哧喘粗气，用力把小元一推，骂了一句脏话，就扭头走了。小元虽然得胜，可心里头乱套了：看李四毛那急赤白脸的样子，也许他真的没偷那个钱包！

那绿色钱包跑哪儿去了呢……

## 六、白梨事件

小元心烦意乱地穿过喧闹的操场，走出校门，钻进公路对面的果树园，掏出那盒大前门和准备烧掉老校长那张月票用的一盒火柴，抽起烟来。憋了十几天了，他烟瘾大发，喷云吐雾，一根接一根地吸着。烦恼随着烟雾飘去，他又觉得自己神仙般地快活了。直吸到嗓子眼干辣辣难受起来，脑袋也晕乎乎了，才捻灭最后那个烟屁股。

树梢上挂着早已成熟的京白梨，正好解渴。小元看四下无人，一蹿就拉弯一根树枝子，摘下两个吃起来。呵，这梨甘甜爽口，梨汁顺着嗓子眼流下去，甭提多滋润了，到底是树鲜儿啊！吃了两个不解馋，于是他又蹿、又摘、又吃……

当他蹿到第八蹿的时候，刚要伸手摘梨，只觉两条有力的胳臂从背后把他拦腰抱住了。两个壮壮实实的青年社员，像拎小鸡子似的把他拎回学校。

正在操场上运动的同学，呼啦啦包围上来。那两个青年社员把小元和一堆梨核往地上一扔，双手叉腰骂道：“俺们丢果子可不是一回两回了！原来都是你们这儿的猴崽子偷的！”

“跟你们这‘偷流学校’当邻居，俺们算倒透了霉！”

他俩骂过便愤愤而去。小元见周围同学都对自己怒目而视，为了转移目标，等那两个青年社员走出校门，便跳了两跳，指着他俩的背影喊道："梨是我一个人儿偷的，我韩小元好汉做事好汉当！你们凭啥骂我们整个学校？骂大家伙儿？"

他还想再喊几句什么，可严燕生上来推了推他膀子："别瞎叫唤啦！你让大伙儿丢了脸，给整个学校抹了黑，还觍着脸说人家呢！"

接着，四面八方就爆发了一阵斥骂："人家骂咱们是'偷流学校'，都是你小子惹来的！""人家把丢果子的账，都算在我们大伙儿头上了！""揍这小丫头养的！"——这最后一句是李四毛的声音。接着，一个初三的黑大个儿，上来就当胸给了小元一拳。小元向后打个趔趄，脊梁上又挨了一拳。他身子又往前一晃，变成个S形，忙用胳臂护住脑袋。他正待大伙儿一路打下去，只听有人喊："别打啦！别打啦！"

吴老师甩着两条长腿跑来，小元慌忙闪在他身后。老校长也紧接着赶来了。大伙儿七嘴八舌地汇报了事件经过，一致要求严肃处理韩小元。

"校长，怎么处理他？"吴老师脸都气白了。

老校长半天没言声，然后瞥了一下小元："把梨核捡起来！"

小元乖乖把梨核捡在手里。

"数数，多少个！"

小元数了数："十四个"。

"真丢脸！"老校长话音不高，可话里有被压住的火气。"同学们，你们说怎么处理他？"

"咱工读管不了他了，干脆送少管所！"那个黑大个提议。他立时得到热烈的响应："对！送少管！""把他送少管！"

进了少管，就是少年犯啦！在工读好歹算个学生啊！小元可真害怕了，哇地哭出来，干打雷不下雨，希望取得同情。多亏严燕生这个好班长，他说："光给他送少管也没用，洗不掉整个集体的耻辱。我提议，咱们给人家集体道歉！"

“好!”老校长马上接口说，“我赞成严燕生的意见。集体道歉，明天早晨就举行!”又对小元说，“你跟我来!”

小元捧着那堆梨核，像一头逃出罗网的小兽，颠颠小跑着，跟着老校长冲出重围。他奇怪这小老头儿怎么会走得这么快，脚步声腾腾的。他准备迎接一场电闪雷鸣的“个别谈话”。到了校长室，老校长一言不发，猛地拉开办公桌的抽屉，伸进手去；那只手却又停在抽屉里，似乎想拿出什么又犹豫起来。老校长拧着眉毛思忖了足有半分钟，等抽出手来时，拿出来的不过是一张白纸：“把梨核包上！明天早晨集体道歉，你做好思想准备，走吧!”

小元包起梨核，走出校长室。老校长的动作表情使他纳闷儿：他原本想从抽屉里拿什么呢？“集体道歉”更使他纳闷儿——这是个啥厉害法儿呢？八成就是“批斗大会”吧……

## 七、比眼珠子还值钱

小元一夜没睡好。他想逃跑，又怕被抓回来“罪加一等”。后来好容易睡着，1 点半钟“条件反射”还真准时来了。上了趟厕所，他就再也没合眼。熬到天亮起床，严燕生宣布：一律穿上白衬衫、蓝裤子，准备紧急集合。宿舍里响起一片拉箱子开锁的声音，气氛相当紧张。小元不敢多问，也找出白衬衫、蓝裤子穿起来。

紧急集合号又脆又亮地吹响了。小元跟着同学在宿舍外边列队，跑步到操场。各班同学也陆续跑来。使他意外的是全校老师也列队跑来了，也是一色白衬衫、蓝裤子。眨眼间，体操台下形成一个整齐的方阵。各班班长喊了一声“报数!”周围立刻响起一片快捷的报数声：“一、二、三、四、五、六……”像掠过一阵风。小元心里扑腾扑腾跳起来，他从未见过这种严肃阵势，而这一切又都是为了自己……

老校长陪着三位客人走来了。客人是昨天逮住小元的那两个壮实的青年社员，和一个黑赤脸膛、留着络腮胡子的中年人，大概是生产队干部。等他们登上体操台，学生会主席——一个初三班的大同学，就发出一连串口令：

“立正——！”全体挺胸立正。小元的腿肚子直哆嗦。

“出旗！”鼓号队吹打起来，跟着高举校旗的旗手，从方阵后边高抬腿、迈正步，走到前边来。小元的心随着鼓点，差点儿跳出嗓子眼。

“稍息！”全体刷地伸出左脚。慌乱中小元伸出右脚，连忙改过来。可是……

“立正！”他又忙跟着收腿立正，觉得此刻比两年前头一次进派出所还慌乱狼狈。

学生会主席一端胳臂，跑步到体操台前立正。面向客人们说了下面这段话：

“亲爱的小清河生产队的同志们！昨天下午，我校一位同学潜入你队梨园，偷吃了十四个京白梨。这不只是他个人的耻辱，也是我们整个集体的耻辱！除按价赔偿损失外，我代表学生会和全校同学，向你们表示衷心的歉意，并保证今后绝不再发生此类事件！”

讲完后，他向客人敬过礼，跑回原地。小元惊讶地想：他怎么连我的名字都没点出来呢？

“请汪校长讲话！”老校长讲得也很简短，他首先说：我自己也有责任，没把学生管理好、教育好，给邻居添了不少麻烦；又对三位客人说：请你们放心，我们工读的孩子也是“祖国的花朵”，只不过受了“四人帮”的“病虫害”，他们想变好，也一定能变好！

最后，在一片掌声中，那位留着络腮胡子的生产队干部讲话。他就说了两句：俺们不要那个孩子赔梨钱，账应该记在“四人帮”头上！孩子们，学好吧，俺们巴望着你们长大了建设四化哩！

“退旗！”铜号小鼓又震天动地响起来。校旗退场。仪式结束。

直到大伙儿都解散了，小元还痴呆呆地站在那里。他疑心自己刚才是做了个梦，又说不出是好梦，还是噩梦……

“别发愣了，快吃早饭去吧。”有人捅了他一下，是严燕生。

小元像个游魂似的，忽忽悠悠地被严燕生拉进饭厅。饭厅里只有一片喝粥声和碗碟偶尔的磕碰声，静得异常，静得可怕。小元只管闷头喝粥，觉得周围的空气压得他难以抬头。心里也像被一根棍子猛搅了一下，搅出一种他从来没有体味过的滋味——不是刚才那种大难临头的感觉，是一种酸楚楚、凄惶惶说不出来的难受劲儿。

他喝完粥，没吃馒头就赶快走出饭厅，想找个清静地方去坐坐，想想。不料，李四毛迎面走来。一把拉住他，瞪着金鱼眼激动地说：“我的妈！我比你早入学半个月，也是头一遭瞅见这阵仗！好家伙，穿校服、出校旗，军乐队也上来了，连老师们都站得笔杆条直……我今儿算知道了。这工读把名誉看得比眼珠子还值钱！”他喘息一阵儿，又说，“小元，你知道吗？我也偷过人家的果子——是苹果，不是梨——刚才我站在队伍里，心直发颤，不知是害怕还是害羞。反正我可不想让大伙儿也为我来这么一次集体道歉！散了会，我就去找老校长，把我偷人家苹果的事儿都坦白了……”他松了松肩膀，叹口气，“唉！可也是啊，人要不知道爱惜名誉，还算个啥人呢！”

李四毛走了，小元的目光一直把他送进饭厅，心里说，他怎么跟自己一样，也“油儿”不起来了？……

## 八、人不能像耗子那样活着

学校提出展开劳动竞赛：每天下午，到学校后面的小清河河滩上筛沙子，每班定额七方。吴老师在班会上说：咱班要想超额，必须平均每人达到半方；还说，一盘筛子上两个人合伙干，同学们可以自愿结合。严燕生张嘴就提出跟小元搭伙。小元不同意，他站起来说：“我想跟李四毛搭伙！”

同学们哄地笑了：“一站三”和“摸偷灵”搭上伙，准有好戏看！这一笑倒把李四毛激起来了，他说：你们别把人看扁喽！我就跟小元搭伙，干出个样儿给你们瞧瞧！吴老师带头鼓起掌来……

严燕生要小元，是为了带动他这后进生。小元却想：跟你班长搭伙，干出成绩也显不出我来！便提出了李四毛。“集体道歉”以庄严的形式维护了集体的尊严，它像一声炸雷，震动了小元那根麻木已久的羞耻神经。他正想找机会在集体里“拔份”，洗刷掉那奇耻大辱呢！

竞赛头一天，队伍拉到工地刚解散，小元和四毛撒腿就跑，在工具堆里挑了两把好使的锹，支起筛子就干上了。他俩一锹紧连一锹地往筛子上扔沙石，头也不抬，汗也不揩，打歇的时候也不歇，一鼓作气筛出一方六，与严燕生他们那组并列第一！小元的脸上又有了笑窝儿。第二天，小元和四毛一咬牙，竟拿下一方七，盖了严燕生他们！他脸上的笑窝儿更深了。可是，两天下来，两只手上磨出了五个血泡，吃晚饭时筷子在手里打哆嗦，上床睡觉浑身像散了架，无处不疼……到了第三天，小元到了工地心里就发憷，四毛拿起锹也直皱眉；沙石的分量似乎也加重了，每一锹都得使出吃奶的劲儿才行。好容易挨到下工，吴老师拿皮尺一量：他俩的成绩是一方一，一个跟头栽到第五名，也就是倒数第三。小元又变得愁眉苦脸了。

“照这么下去，咱哥们儿可又要栽啦！”收工后小元对四毛说，“看起来，想在这劳动竞赛里‘拔份’，还真他妈不易！”

“我倒有个主意。”四毛咬着他耳朵说，“明儿咱俩请病假，不去上课，溜到工地先干它一上午。下午‘病’好了，再跟大伙儿一块儿干。这么着，咱不紧不慢地悠着劲儿干，累不垮又能稳拿第一！”

于是，第四天早晨，他俩就都“病”了，一个说头晕，一个喊胃疼。孙大夫没法儿查实，就给他们开了假条。吴老师亲自把两碗热汤面端到宿舍，叫他们吃了好好休息。等吴老师上课去了，热汤面也稀里呼噜地吃完了，他俩便一前一后溜到工地，见周围没人，工具都在，甩掉上衣就干起来。

他们悠着劲儿干了个把钟头，小元提议歇歇，便和四毛靠着沙堆坐下来。沙堆软软的，太阳暖暖的，把腿一伸好不舒坦！小元掏出那包上次在梨园没抽完的大前门，说：“四毛，为了你的好主意，我请你抽一根！”

“谁请谁呀？”四毛一笑，抽出一根烟来，“小元，你可真不愧是‘一站三’！你怎么知道我箱子里藏着盒大前门呢？”

小元想：这几天我跟四毛已经有了真交情，可以跟他挑明那绿色钱包的事了，这事儿连着老校长呢，不弄个水落石出总是块心病。便划着火柴，先给四毛点了烟，然后自己也点起一根，抽了几口，瞧着缕缕轻烟悠悠飘去，说道：“我事先也不知道你藏着烟呢，搜你箱子是想找回我丢的一件东西。”

“啥东西？”

小元歪过身子刚要说，却见四毛猛地站起来，两只金鱼眼瞪出了眼眶子。小元顺着他的目光扭头一看，也忙站起——老校长朝他们走来了。

“嗬，你们俩可不简单啊！带病劳动，还干劲儿冲天！”

小元这才发觉手里还捏着冒烟的烟卷，忙扔在地上一脚踩灭了。老校长走到跟前伸出手：“拿来吧！”

小元把那盒烟和火柴，放在了老校长手上。

“你们说，我今天应该表扬你们，还是应该批评你们呢？”老校长似笑非笑地问。

“该批评……”四毛低着头嘟囔说。

“是啊，装病不上课是该批评。可你们不是想干坏事儿，而是想在劳动竞赛里‘拔份’，是不是？”

“谁愿意老叫人家看不起？”小元冒了一句。

老校长忽然在他肩膀上拍了一下：“好，有志气！来，我也跟你们干几锹！”

他说罢操起锹真干上了！事出意外，小元和四毛互相疑惑地看了一眼，也只好跟着干起来。老校长边干边给他们讲使锹的要领，说蹬、铲、扔三个动作要顺劲儿，干活儿和唱歌一样也要干出节奏来，既省力又出活儿……小元和四毛一招一式地跟老校长学，三把铁锹轮流往筛子上扔沙石，渐渐形成节奏：唰啦啦、唰啦啦，真像唱歌儿一样……干了约摸二十分钟，老校长直起腰看看手表，说：“回去洗把脸，上第三节课去吧。”

“校长，”小元抹抹汗，说，“您可别把我们装病旷课的事儿，告诉吴老师。”

“你们自己去认错吧。”老校长笑吟吟地说，“一个人名誉重要，可诚实比名誉更重要啊！人总不能像耗子那么活着，是不?”

小元因为心里有鬼，就觉得老校长话里有话，忙拉着四毛跑了。

## 九、艰难的第一步

劳动竞赛结束后，进行了评比。学校从卖沙子的收入里提出一笔奖金，发给同学。小元和四毛被评为一等奖，每人得了五块钱。十三年来小元第一次得奖，当他在一片掌声中，从老校长手里接过一个红信封，脸上直发烧。

放假回家的日子到了。同学们坐上公共汽车，欢天喜地进城回家。小元一路上盘算怎么花那五块钱：天快冷了，得给妹妹买条花围巾；她喜欢画画儿，再给她买盒金鱼牌的彩色铅笔吧。给妈妈买点儿什么呢？自从爸爸在“文化大革命”里，两派工人的一场武斗中重伤致死以后，妈妈眼瞅着一年比一年瘦弱了，最好给妈妈买两斤蛋糕……说来也怪，过去从小元手里过的钱像流水一样，这次他怎么竟为这五块钱精打细算起来？你若问他，他也说不清。

下了郊区车，小元和严燕生一起到商店买了东西，又一起登上了2路汽车。他们找个座位刚坐下，严燕生就叹了口气，说：“瞎，老校长真倒霉！我听吴老师说，他上个月进城开会，就在这2路汽车上，叫人掏了包，把刚领的一百多块工资全丢了!”

“什么?”小元一惊，“一百多块?”

“可不！还有一张月票呢!”

小元只觉脑袋里嗡的一声——啊，原来那绿色钱包里装着一百多块呢，我可把老校长坑苦了！野猫骗了我，他说里边只有二十五块，看在哥们儿义气上给我留了十五块……去你妈的哥们儿义气吧！我非叫你给我，不，给老校长全吐出来不可！

小元下车后就急匆匆往家奔，在胡同口碰上了兔子廖小刚，他劈头问道："小刚，野猫在家吗？"

"你还想找他呀？"廖小刚缩脖探脑地说，"上少管所去找吧，他判了三年！"

小元的脑袋里又是嗡的一下，呆住了。

"玩两把去！"廖小刚掏出一副油渍麻花的扑克牌，洗着说，"你'一站三'腰里肥，我想赢你点儿，这两天没钱花了。"

"我也没钱。"小元说了一句，径自大步走了。只听廖小刚在后面喊："嗬，进了工读真学乖了……"

小元头一次回家，又用劳动奖金给妈妈和妹妹都买了礼物，全家自有一番高兴。邻居大嫂、二婶、三叔、四伯，听说小元长了出息、得了奖，也都来看他，喜眉笑眼地夸他，又是一番热闹。

第三天中午该返校了，妈妈问他有没有车费？小元受自尊心驱使，顺嘴说：有。其实，他兜里只剩下一个二分钱的钢镚儿了。他说完又不免有点儿后悔：回学校要走三十多里呢，不坐车可真够呛！所以，在他向邻居们去告别时，发现林二婶家里没人，桌子上又搁着一张两块钱的票子，就毫不犹豫地揣在兜里了。

小元走出胡同口，只见汽车站上等车的人很多，黑压压一片。一辆汽车开来了，人们都往上挤，小元也跑过去往上挤。售票员从窗口探出头来，喊道。"同志们，别挤了！留神小偷！"

小元吱溜从人群里钻出来，以为售票员说自己呢！等他定下神来，汽车已经开了。他觉得自己刚才的动作挺好笑，简直像个耗子……啊，老校长说过：人总不能像耗子那么活着！可自己又犯了老毛病，又变成"耗子"了……这个问题得好好想想，先走一站吧！

小元摸摸兜里那两块钱，向下一站走去。一路走一路想：野猫已经进了少管所，我要不上工读，说不定也跟着他进去了！不能再偷，不能再偷了！……可是，我就这么走到学校，还不得累趴下？算了，反正我就偷这一回，最后一回了！

他走到了第二个车站。眼看着车靠站了，他的脚却像被钉在地上，迈不动了。他清清楚楚地知道：只要一上车，就得花这偷来的两块钱，后悔也晚了！说什么“就偷这最后一回”，靠不住啊！这种决心过去他下过多少次了……

“再走一站，仔细想想吧！”小元于是又向第三站走去。走着走着，他发觉风变硬了，才知道已经走出了城区。

马路对面那个郊区车的车站上，人们正在挤着上车。小元忽听有人喊他：“小元，快呀！现在都4点多了，6点以前到校，你快上车吧，别迟到！”

他一看，原来是李四毛在招呼他。对！不坐车就非迟到不可，别再嘀咕了，按时返校这不是个正当理由吗？小元拔腿穿过马路，刚蹿上马路牙子，只听“嘶—啪”车门关上了，汽车开动起来。李四毛在车窗里不住挥拳头，对他表示惋惜。

下一班车要等二十分钟。小元走到站旁一个百货商店的橱窗前，随便溜看里边摆的商品。忽然，一个塑料钱包扑进了他的眼睛，绿色的，和老校长那个一模一样！于是，他脑海里就像过电影似的想起了一切：老校长替自己洗裤衩、晾被子；吴老师天天叫自己起夜；月光晚会、白梨事件、集体道歉、劳动竞赛、严燕生、李四毛……这一切在他的脑海里旋转，是那么亲热，那么亮堂，那么活跃！回想和野猫他们胡混的日子，那是在人们冷眼下的阴冷日子，那是像在耗子洞里的灰暗日子，想一想就叫人腻烦、恶心！……小元望着橱窗里那个绿色钱包，觉得衣兜里那张刚偷来的两元钞票，像刺猬一样扎得他难受。不能坐牢！不能花这两块钱！再走老路别说对不起工读，就连自己也对不起了……

下班车进站了。小元听见了隆隆的马达声，打个冷战，头也不回赶快跑了，就像那汽车要吃他。他沿着那条笔直的公路，跑一阵，走一阵。起风了，狂风把大把大把的尘沙和路边杨树的落叶，抛在他的身上、脸上，可他仿佛失去了知觉，只管跑，只管走；一心想早早赶回亲爱的工读……

小元回到学校，天已黑了，他径直走向亮着灯的校长室。

老校长听完他的诉说，默默地把那张两元钞票在办公桌上抚平。然后拉开抽屉，伸进手去——这个动作，在发生白梨事件那天，小元见过一次；那次，他取出了一张白纸，叫他把那十四个梨核包上。这次——啊！他取出了一个钱包！一个绿色钱包！小元惊讶得张大了嘴巴。

老校长从钱包里拿出一张相片，眼里带着温润的笑意，说："孩子啊，今天你在正道儿上，迈出了第一步！为了留个纪念，我把这张相片送给你吧。"

小元接过相片，只见上面那满脑袋白头发的老头儿，宁静地望着自己。在相片左上角，盖着汽车月票的蓝色戳印……

（原载上海人民美术出版社1981年版《绿色钱包》）

刘厚明（1933—1989），北京人。中国作协会员，中国儿童基金会理事，北京市作协理事。话剧剧本《箭杆河边》获1963年现代剧目评奖剧本奖，儿童剧剧本《小雁齐飞》获全国第二届少儿文艺创作一等奖，电影文学剧本《绿色钱包》获1981年文化部优秀儿童故事片奖，小说《黑箭》获1981年全国优秀短篇小说奖。

# 写给公安分局长的感谢信

张天民

尊敬的王局长，您好！

您大概想不起来我是谁，忘记了您为我和我的丈夫做的那件大好事，不知道我为什么要给您写这封信。是呀！您很忙，每天要翻阅一沓沓砖头那么厚的卷宗，要批示一件件请示报告，有多少件关系到我们政权的巩固、社会秩序的安定或者是关系到许多人命运的大事要您操心呀！您不记得我，我完全能够理解。

还是让我来提醒您吧。

三年前的一天，我在您的办公室里见到您，向您提出为我丈夫的冤案平反问题，他是受“四人帮”迫害的。您一会儿接电话，一会儿在收文簿上签字，一会儿又低声答复干部们的紧急请示，但是您还是耐心地听完了我的申诉，让我回去以后给您写一份书面材料，并亲自送我到办公室门外，握手道别。我握着您温暖的手，眼泪簌簌地流，感动极了！后来，过了将近一年，有关部门通知我，为我丈夫彻底平反，恢复名誉，立即从他被强制改造的农村调回来，分配工作。说到这儿，您也许还是想不起来我是谁，因为您亲自处理的平反案件何止我们这一件呀！但如果我说起我是怎样用蒙混的办法见到您的，相信您一定印象很深刻，会立即记起我这个“调皮鬼”来——其实，我早已不是什么“小鬼”，而是一个年轻的妇人了——我在我丈夫被强制改造的时候，跑到农村跟他结的婚。

那一天，我在分局门口徘徊，想方设法要闯进那戒备森严的大门。您也许不知道，那大门是十分难进的，特别是像我这样的“反属”。说也巧，当时正好来了个风尘仆仆的中年人，像个农村干部。我凑过去，听他和警卫谈话，知道他是从您家乡来的，是您的一位远房亲戚。他得到允许，我也就一步不离地跟他走进了收发室。在那里，他跟您直接通了电话，您在电话里交代可以放他进去，当时，我不知道哪儿来的那么大胆子，也许是急中生智吧，就大大方方地跟他往里走，我们连会客单都不用填，有他当向导也不用问路，就径直来到您的办公室，一块儿在沙发上落座。

你们两位都误会了，他以为我是您约见的人，您以为我是跟他一同出差来的同事，谁都没有盘问我。谈了一会儿，那人怕影响您的公务，起身告辞，而我还是端坐着，丝毫没有要走的意思。记得这时您才奇怪地看我一眼，我暗自好笑。您送客回来，大概也就想明白了，我跟那位亲戚不是一码事。这时，您的脸色可不大好，不那么高兴，我猜想您一定是生了秘书的气，安排我会见您却没有事先请示您！是这样吧？局长！

您有点儿倦怠地坐在转椅上，喝一口茶，这时又看了我一眼。我赶紧站起来，先向您道歉，说明我出此下策的原因：我为丈夫的问题几乎跑断了腿，最后认识到，这事非您亲自过问不成。您叹了口气，看看手表，无可奈何地说：“那好吧，你谈，我听。”我高兴极了，先自报姓名、工作单位，想用最简练的语言说完我要说的话。可是，我刚开了个头，您的秘书（我认为他是）进来了，站在我面前不客气地把我训斥了一顿。话语言谈之间我听明白了，是门卫发现进来两个人，只出去一个，查问了您的那位亲戚，并且通知了秘书。我当然只有赔笑脸，作检讨的份儿。秘书同志是个铁石心肠的人，我流泪求他，他也不肯通融，还说我这是演戏，非要赶我走不可。在这关键时刻，还是多亏您说了一句话，您说："算了，既然来了，让她说吧。"秘书这才狠狠地瞪了我一眼，说一句"下不为例"的话，退了出去。

这次谈话的意义您当然知道，这是在我写了几万字的申诉材料而没有下文之后，出现的一次巨大的转折。要不是您亲自调档，亲自阅卷，亲自批示，我估计我们也许还要等上一年两年。

说到这儿，您该记起我了吧？对啦，我就是那个死皮赖脸求见您的人。天啊，死皮赖脸！您知道这对一个年轻女人来说意味着什么吗？说真的，我天生不是这种人。小时候，妈妈老批评我"憷窝子"，怕见生人，"没多大出息"，曾几何时，我竟然变了一个人。几年来为我丈夫的事我到处奔走，什么脸没舍过！到如今，我甚至无所谓什么面子了——原谅我吧，局长！您是我的长辈，请您原谅我！

您大概不了解您的那个"群众来信来访接待室"吧？我跟您说，我可是没少看那里的工作人员的脸色，那是一副什么样的脸呀？铁青色的，拉得长长的，没有一丝笑纹的脸。我们每次去，都赶上他们一两位同时接待四五个来访者。他们站在屋子地中央，坐也不坐，更不要说记录了。先问某甲："你什么事？"不等某甲说上几句话，他们就转问某乙："你呢？"当某乙刚刚说起自己的遭遇时，他们又去面对某丙，不耐烦地说："你又来了！告诉你，你的问题我们解决不了！"这多么使人难堪，又多么令人失望！可是，在那里是绝对不许可我们提意见的，我们还得向他们微笑，那是一种强挤出来的苦笑呀！在这种情况下，您想想，我不冒险"闯宫"能怎么办？

现在一切都好了，党的政策终于落实到我们的头上。我们夫妻团聚，建立了自己的小家庭，都有了工作，一块儿上班下班。走在阳光明媚的街上，穿行在熙熙攘攘的人流中，我们强烈地意识到，我们和大家一样是个合法的公民，再不担心有人在背后指我们的脊梁骨。我丈夫领到了一个崭新的工作证。您能想象得出吗？一纸工作证竟然使他接连几宿睡不着觉，半夜醒来还要摩挲他那工作证，打开给我看，看那姓名，看那职务，看那照片，看那钢印。我不敢有丝毫的冷淡，冷淡了他就会当真地生气——像一个孩子！傻里傻气的！

我们感激党，感激您！我们商量多次，想要对您有所表示。怎么表示呢？这可把我们难为坏了。送点儿纪念品吧？怕您不会收。请您到家吃顿饭？您不会来——再说，我们这个草创时期的小家庭还是如此寒酸！想来想去，我们觉得还是我带着他去见您一面为好，我们要当面致谢，当面向您表示决心，好好工作，好好生活，为“四化”贡献我们的全部力量。我们想，对于您这样的负责干部来说，这就是最大的敬意，最大的安慰了！

于是，我和丈夫两个又来到分局的大门前求见您。谁知，我上次蒙混进去的事，在门卫那里留下了极其深刻的印象，我刚刚靠近一点儿，他们就呵斥我：“去！去！骗子！还想混进去？没门儿！走开！”我对他们解释，我这次来不是找麻烦，不是无理纠缠，绝不会暗害你们局长的。我仅仅是，仅仅是要当面向他说一声谢谢呀！

可他们说，局长有公事，没工夫听我说废话。如果再继续捣乱，就要给我们点儿“厉害”看。天呀！那“厉害”我是看见过的，我丈夫是惊弓之鸟，听到这两个字禁不住浑身颤抖，他连连拉我衣服，恨不得扭头便跑。没法子，我只得跟他离开。

我又作了多次努力，但是都没有取得成功，现在一年过去了，我还是没有机会向您致谢。实在没有办法可想，我才写了这一封感谢信，通过邮局寄给您。我丈夫对此表示怀疑，他认为寄去您也未必能看到，这信里对秘书说了些不恭敬的话，他会把信扣下，扔到字纸篓里去的。我不同意他这说法，批评他这是一种阴暗心理，秘书同志绝不会那样气量狭小的，更何况信封上我明明白白地写着“亲启”两个大字哩！

因此，我认为您一定能看到这封信，如果那样，就了却了我的一桩宿愿！

戚端梅敬上　　×月×日

（原载《春风小说月刊》1981 年第 11 期）

张天民（1933—2002），河北涿县人。中国作协会员，国家一级编剧。著有长篇小说《创业》，诗集《北京漫步集》、《七月抒情诗》，小说集《小五更的故事》、《末流演员》，中篇小说《海滨的朋友》、《追花人》，影视剧本《张天民电影剧本选》、《创业》、《武则天》、《潘汉年》、《中国命运的决战》等。《开国大典》获中国电影金鸡奖最佳影片奖、最佳编剧奖、最佳导演奖和大众电影百花奖最佳影片奖、中国政府优秀影片奖，另曾获全国优秀短篇小说奖、吉林省文学奖等。

# 穿警服的姑娘

梁晓声

## 一

她和他的重逢，有很大的偶然性和戏剧性。

那一天，她刚穿上蓝警服不久，在火车站值勤。正是年底，南来北往的旅客倍增！扩建中的火车站，售票室、候车室还没分开，混乱得跟自由市场差不多。

她，举着话筒，整个上午几乎就没放下过，才维持出个秩序，使两个售票窗口前排成了队形。这时，售票窗口却先后从里面关上了！另外两个窗口打开了。售票员们换班吃午饭了。这下，排好的队形又乱了套！人们拥挤、吵嚷，甚至咒骂。那两个该死的售票员小姐！交班也不预先跟她打个招呼！她们坐在一统天下的售票室里，面对被三合板隔离了的一片混乱，眼不见心不烦，似乎与她们毫不相干！而这种混乱，对于一位维持秩序的女警，仿佛是一种嘲弄和亵渎！她端着话筒用嘎哑的嗓音对拥挤的人们大声吆喝、训斥，拽着胳膊毫不客气地把那些拥挤得最起劲儿的人，从售票窗口前的人堆中拖出来。

可是这并不能制止住混乱。人们照样你拥我挤！她被激怒了，不知从哪来那么一股劲儿，倏地纵身跃上了窗台，大喝一声："挤什么！抢孝帽子呀！"

这一声大喝好奏效，嘈杂声顿时平息，售票窗口前的人纷纷扬起头，自下而上地仰望着她。所有的目光中都带有芒刺！她在众目睽睽之下，像具石雕一般僵住了！她意识到自己喝喊的那句话，对所有的人都是一种严重的侮辱！她——一个女警，触犯了众怒！这种群众的愤怒以沉默的形式在她面前表现出来，因其沉默，忍而不发，更加显得咄咄逼人！

气氛格外紧张！

她红着脸跳下来，尽量不露窘态，尽量保持住自己的尊严和从容，端着话筒喊："排好队！排好队！一个挨一个排好！你！出来！……"声音很高，心却很虚。脸，更红了。

一个人走出队列，拦住她说："刚才的混乱，实际上是你们造成的……"

她站住了，放下话筒，微微眯起眼睛，用冷漠的目光打量对方。对方头戴一顶老大的狗皮帽子，长毛的帽耳朵使他那张叫人看不出年纪的脸显得像汽车轮胎一样窄。唇髭和下巴上的胡茬儿像鞋刷子，又黑又密。鼻梁上还架了副宽边眼睛，显出点儿斯斯文文的模样来。

这家伙是什么人？意欲何为？想借题发挥，乘机煽动群众？……她暗想，每一根神经都下意识地绷紧起来。

"你刚才说什么？"她用凌厉的语气，一字一顿地反问，"再说一遍！"

“我说，”漆黑的唇髭一动，作出一种微笑，“刚才的混乱，实际上是你们自己造成的……”

虚伪的微笑！在她看来。

立刻有好几个人附和他的话：“你们要换窗口，也得预先稳住排头哇！”

“什么你们我们的！”她一句话就镇住了那几个附和者，盯着那张“轮胎脸”一句话一个问号，“这混乱怎么是我们造成的？嗯？我是值勤警察，是维持秩序的，难道还会制造混乱不成？嗯？你刚才说那句话是什么意思？你得当众解释清楚！是什么动机？”

她想，她必须捍卫一个警察、尤其自己——一个女警的尊严！她必须把这个“轮胎脸”反问得哑口无言，理屈词穷！她今天得镇住他！否则，她明天还怎么能出现在这里维持秩序！

“我……我不过是提个意见……”对方或许是因为被镇住了，口气分明温和了下来，“我……我跟你到值班室去解释吧！”他环视了一下周围的人，又补充了一句，“我们这样争吵，影响多不好……”

到底软了！这“轮胎脸”！

她的语气更强硬了：“走！跟我到值班室！”一把抓住对方的手腕，像当场擒住一个贼。

“唉！算啦算啦！一句话，就算他说得不对，认个错……”有人善意地打圆场。

“千万别跟她到值班室去！没你的便宜……”有人小声告诫他。

他不以为然地笑了笑，镇定地弯腰拎起了自己的提包。

一走进值班室，她砰地关上门，极其严厉地喝问：“你是干什么的？拿出工作证来！”

他将书包放在桌子上，瞧着她，令人莫测高深地笑了笑：“其实，不看工作证也罢。”

她一把扯过他的书包：“你不主动交出来，我就有权对你施行检查！”说着，兜底把书包里的东西全倒在桌面上：笔记本、书——《世界文学》、牙具、工作证——一个、两个、三个！这家伙！哪来的三个工作证?!

她将三个工作证全抓在了手里，低头看去：第一个工作证……记者证！这家伙会是记者？可疑！她不禁朝对方犀利地扫了一眼。对方已经摘下了大狗皮帽子。咦……这张脸怎么竟有点儿熟？而且并不像轮胎，分明是一张端正的长方脸。

她再看第二个工作证——是某报社的记者证。

第三个……不禁使她肃然起敬！是一个窄条形的、灰色的——中国作家协会会员证！她，一个自幼喜爱文学的姑娘，竟在这种特殊的情况下，生平第一次亲眼看到，亲手摸到中国作家协会会员证！而且有幸，不，侥幸，也不……实在说是叫人难堪地认识了一个作家！她的火气顿时全消，心里对他产生了敬意。一面暗自思忖如何找到一个这种难堪局面的转机，一面羡慕地打开了那个作协会员证：姓名——李梦学。

她猛地抬起头，目光注视在他的脸上……天哪！多熟悉的一张脸！不是他是谁?!

这时，对方主动开口问道："小裴，你一点儿都认不出我了吗?"

这声音也是多么熟悉啊！一种南方人说北方话的不纯正的口音。可是自己刚才为什么就没能听出来呢?!是啊！想不到，想不到哇！怎么能够想到呢？离别了五六年，在刚才那样的情况下又重逢！真可以成为作家写小说的素材了！自己竟把他错当成一个坏人！那么蛮横地对待了他！他会作何想法呢？

"小裴，你倒使我想起了奥楚蔑洛夫中士，真的……想不到你当上警察!"

她猛地一转身冲出了值班室……

## 二

一个姑娘到了二十九岁，便是到了一种非常严峻的年龄！二十九，还算是个"大姑娘"。可一到了三十岁，就该被人称作"老姑娘"了！姑娘前面加个"老"字，这难道还不够严峻吗？何况还有她们那些母亲呢！这些做母亲的呀！女儿一旦接近二十九岁这个严峻的年龄，居然还不曾经常地带回家一个小伙子，她们就会忧愁得吃不下、睡不着，惶惶不可终日。更何况，近来流传，A城的姑娘比小伙子多一半！这种耸人听闻的说法，对那些二十八九、三十来岁的老姑娘的母亲们，比流行性脑膜炎的威胁性还大！

“娜，赶快打报告，申请调换工作单位吧！”裴娜的母亲这几天一再向女儿提出正告。

女儿到现在还没有对象，甚至连个可以被称作“男朋友”的小伙子都没有，都是因为女儿穿上了那套蓝警服的不幸。

人们的社会意识变化得多快哟！前几年，A城一般姑娘们找对象的职业标准，还是“蓝警服，白大褂”。那几年，就一般市民的眼光看，穿蓝警服的人的社会地位是占据首席的。他们曾何等显要过！其次，才轮到穿白大褂的医生，如今，年轻未婚的男医生身价愈高，更加成为姑娘们主动追求的目标。而相比之下，蓝警服却声誉跌落，很不吃香了！

倘若说一个小伙子穿上全套蓝警服后，起码还会使他的仪表在姑娘们心中增加些许严肃性的话，一个姑娘穿上全套蓝警服后，在一般小伙子心目中却很可能被视为异化了的女性。严肃可绝不是今天一个姑娘能招小伙子喜爱之处！何况蓝警服衬托出的那种严肃，简直就带有严厉、严峻，甚至威严、凛然，“拒人千里之外”的意味。一个姑娘一旦穿上了它，就好像从此应该和许多属于年轻女性的生活内容绝缘似的！现时，人们不是经常可以在马路上看到这样一些女兵：烫成各种各样的好看而时髦的发型，从挂在后脑勺上的军帽下有意散露出来。有的分明还描过眉，涂过口红。至于穿高跟鞋的，那更是屡见不鲜了。据说那都是些个“文艺兵”，因此人们对她们也就不加指责。可一个女警，如果那种样子出现在马路上，不遭到侧目冷眼和讥讽嘲笑才怪呢！这是不是有点儿不公平呢？

当裴娜半年前第一次穿上全套蓝警服的时候，对着镜子照了老半天，自己对自己感到了一种新奇。仅仅是新奇而已，绝不是自我欣赏。在农村的广阔天地经受了整整十年的风吹日晒，霜袭雪打，她的脸黑得如同一个非洲女郎。眼边、鼻翼、嘴角、额头，布满了细密的皱纹。这样的一张脸有什么值得自我欣赏的呢！

当时，她心里只想到一点：终于有个职业了。对于一个返城知识青年，尤其是对于一个29岁的姑娘来说，这一点是相当重要的。这意味着，她可以像任何一个有正当职业的姑娘一样，毫无后顾之忧地找对象、谈恋爱、结婚、做妻子，当母亲，安排自己的生活和幸福……

她当时哪里能预料到，以后别人给她介绍了三次“朋友”，对方都因为她是个女警察，见过一两次面就吹了。

就在裴娜和李梦学偶然的戏剧性的重逢这天晚上，她一回到家里，母亲就又向她唠唠叨叨地提起调换工作的话题来。

“调换工作单位？”她习惯地微微眯起眼睛，朝母亲翘着下巴，“什么理由哇？”

“什么理由？你们领导负责给女警察找对象吗？”

“笑话！公安局又不是婚姻介绍所！”女儿一撇嘴，“这种理由，能说出口？”

“你要面子，就别想嫁人！”

“我就是不想嫁人嘛！当老姑娘挺好！老姑娘，老姑娘，三十不算老，四十变成宝，五十再把光棍找……”女儿悠悠然轻晃着头，口中念念有词。

她如此答对！还笑！不识好歹的冤家！当母亲的气得鼓鼓的，狠狠地骂道：“明天就不许你回家来！这家可不是尼姑庵！”顺手抓起桌上的一块抹布，朝女儿劈面甩过去。

女儿接住抹布，脸上顿现愧怍之色，咬住嘴唇，瞄了妈妈一眼，勾下头，默默地走进自己屋里去了。

母亲被女儿的话刺伤了心，自己的话也深深刺伤了女儿的心，呆愣许久，喟叹一声，一时替女儿犯愁得老泪垂襟，好难过哇！

要是母亲知道女儿每天晚上睡不着觉心里都想些什么的话，就会不忍对女儿大加责骂了！女儿并非那种看破红尘、缺乏情感的姑娘啊！在农村的整整十年里，女儿曾获得过许多荣誉：优秀良种培育员、模范老师、五好青年、劳动能手、财会标兵……甚至还获得过县长亲自颁发的“宣传晚婚和计划生育先进分子”的奖状。那几年，这些荣誉和“爱情”两个字是多么矛盾哟！简直不允许同日而语！批孔孟之道批得天翻地覆慨而慷，可孟夫子的那句“鱼与熊掌，二者不可得兼”的那句话却像“座右铭”，被女儿那样的许多青年情愿不情愿地恪守着。现在，十年的光阴使少女变成了老姑娘，她错过了谈情说爱的大好年华了！可这能全怪她自己吗？在她二十三四岁的时候，不是没有体验过被小伙子多情的目光经常地偷偷盯视而撩拨得“春心萌动”是什么滋味。她甚至收到过一封“货真价实”的情书。是一个共同培育小麦良种的知识青年连同一块花手绢暗地塞在她衣兜里的。那封情书可把她折磨得好苦哟！像偷了东西没有勇气坦白而又唯恐被揭发似的！第二天一早，她两眼网着血丝跑到公社党委，亲手把那封情书和那块手绢交给了公社党委书记。她是个不但本公社家喻户晓而且名声在外的“模范人物”，并且很快就要入党了。那位公社书记对她的政治、思想、生活的各个方面都关心到无微不至的程度，仿佛是她法律上的监护人。他曾经语重心长地对她说过：“小裴呀，你是我们全公社，不，全县青年的样板！竖起你这块样板，各级领导都花费了不少心血呀！因此，和你有关的一切事，包括你的个人问题在内，都要及时向各级领导汇报，征求领导的意见……”不是每一个知识青年都能获得一个公社书记如此关心的！这件猝不及防的求爱事件，她能不当面向这位公社书记“坦白交代”吗？

公社书记庄重地听完她的汇报，更加庄重地向她提了诸如此类的一些问题：你们认识多久了？经常接触吗？彼此交谈过些什么？你对他印象如何？你了解他吗？他的家庭出身、父母的政治面貌、社会关系，你都一清二楚吗？等等，等等……

她如实禀告：她与他认识三年多，以前没什么接触，最近一年在一块儿培育良种。彼此交谈的主要是小麦的倒伏问题，有时也谈点儿文学。她对他印象挺不错。他为人老成持重，品行端止，很有股钻研劲头。模样长得也眉清目秀的，在姑娘们面前常显得比姑娘还羞涩腼腆。也许正因为如此，姑娘们有事没事地偏偏都愿意找个话题和他谈天说地。最后这一点她没有对公社书记讲，一是难为情，羞口；二是觉得像自己这样一个模范人物，在爱情方面不应该向领导讲出这等话，那岂非有点儿“低级趣味”了。他们家庭出身好像是工人，至于其他，她却从未问及，一无所知。

公社书记对此很满意，沉吟了一会儿，说：“好，很好。你还非常尊重领导的！……”

三天后，公社党委的意见由电话里传达给大队书记，又由大队书记捧着记录亲口郑重地转告给她：那个小伙子的一个姑父有某种海外关系……

五天后，小伙子被调到离此地最远的一个生产大队去了。不消说，这是领导对她的保护性措施。她却为此，当天晚上用被子蒙住头，咬住被角，无声地淌了许多许多眼泪。接连几天，她像丢了魂似的，神不守舍，常常盯住个东西发呆。她永远也忘不了小伙子彬彬有礼地向她告别时那种哀怨的目光，以及最后留给她的那句话：“祝你幸福！”那四个字里可没有一丝一毫的恶意。恰恰相反，老成持重的小伙子说那句话时，依依不舍，一片痴情地瞅着她，真挚极了。她猜得出他完全明白为什么被突然调走。他却不恨她。只有真正的爱才不会反目成仇。她由此发现了他心灵中有种非常美好的东西。她被感动了，忽然怜悯起他来，也怜悯起自己来。她真想一下子扑在他怀里，对他大声说出封锁在喉的那句话：“我爱你！”或者跪在他面前，请求他的宽恕。然而她当时却什么也没说，一扭身飞快地跑了。她觉得自己没有权利在这种场合，在他面前流泪。

他，就是李梦学。

那件事之后，认识她的小伙子们像暗中订立了某种同盟——都对她敬而远之了。

从那时起，她和他再也没有见过面。然而他的名字，却刻在了她的心上。她没有再爱过别人，也没有再被别人爱过。生活和年龄的增长，使她常常回想起这件事。每当回想起来，她心中便涌起淡淡的感伤和深深的内疚。还有，悔恨。

可是今天，她和他竟又戏剧性地重逢了。

悲剧？喜剧？

不，都不是。

只能说是讽刺剧。

被无情讽刺的是她，而不是他。

他把自己称作什么来着？奥楚蔑洛夫中士！这个外国人的名字好像在哪本小说中读到过。托尔斯泰？屠格涅夫？陀思妥耶夫斯基？契诃夫？是契诃夫！契诃夫的短篇小说《变色龙》。奥楚蔑洛夫——一个愚蠢的、自高自大的、装模作样的警官！……

是啊，他一定结婚了，有一个美丽的妻子，也许，还有一个可爱的男孩儿或女孩儿。他自己，是作家，同时是两家报社的特约记者。生活上美满幸福，事业上春风得意。他怎么能不嘲讽她呢？他有理由嘲讽她。无论是因为从前那件事，还是因为今天发生的事。

她默默地流出了同情自己的眼泪。

如果我不是一个女警，怎么会在火车站碰到他？怎么会和他在大庭广众之前发生冲突？怎么会被他嘲作“奥楚蔑洛夫中士”？怎么会……

她从床头柜上抓起自己的蓝警帽，一边流着眼泪，一边泄怨地撕扯着，撕扯着。

国徽的别针将她的手指扎出了血。她注视着国徽，不忍再撕扯警帽了。

蓝警帽上毕竟带有国徽啊！

## 三

与此同时，李梦学正坐在老治安民警李宝全家里。李宝全是他的亲叔叔，他们刚吃罢晚饭，落座在沙发上。

老民警呷了一口茶，问：“吃饭前，你好像有什么事要对我讲？”

李梦学犹豫了一下，说：“我想回我当年插过队的农村去深入生活。”

“嗯?”老警察用审视的目光盯着侄子看了一阵，问：“深入生活？我们这条战线就是排除在生活之外的吗?”

侄子赶紧解释：“叔，我不是这个意思……”

“什么意思？你到我们公安系统，可是拿着你们作协的介绍信来的！介绍信上可也清清楚楚地写着‘深入生活’四个字呀！写一篇反映我们公安战线的小说，这是作协交给你的重点创作任务，你不是这么对我说的吗?”

“是……不过……我没想到我会碰上她呀?”

“谁?”

“裴娜。”

老警察不禁又“嗯”了一声，第二次用审视的目光盯着侄子看起来：“怎么，你和她原来认识?”

“在一块儿插过队。”

“那不更好了嘛！过去一块儿插过队的知青战友，如今当上了女警，这不就是现成的创作素材嘛。”

“唉！叔，你不知道，一言难尽呀！

于是，侄子把自己过去和她那感伤的初恋，把在火车站和她发生的那场“遭遇战”，来龙去脉地讲给老警察听。其实，他今天既不买票，也不退票，而是在火车站体验生活。

“第一次重逢就这么不愉快，以后，低头不见抬头见的，再加上过去那件事儿……多别扭!”侄子讲完以后，顾虑重重地说。

“原来是这样……”老警察沉吟良久，又呷了一口茶之后，问，“你到现在，还没找对象，是不是这几年一直没有忘掉她呀?”

侄子低下头去，没有回答这个问题。

“她，可也是到现在还没有……”

侄子倏地抬起头，看了叔叔一眼，不相信地问：“真的?”

老警察严肃地回答：“我还能骗你?”

侄子脸红了，又低下头去。

叔侄俩各有心事地沉默起来。

一会儿，侄子又讷讷地说；“五六年了，各走各的生活道路，谁也不了解谁了！”

“那，就需要重新了解嘛！”老警察在茶几上轻轻拍了一下，加重语气说，“这也算是深入生活的一方面内容嘛！深入生活，还不是为了解生活中的人？不过，我这做叔叔的倒是要当面问你一句，你对我们穿蓝警服的，究竟有没有什么偏见？因为天安门事件，你可是被关押了整整一年！这个感情上的弯子，不是那么好转变的！”

“没，没有！叔，我发誓！那笔账应该算在‘四人帮’身上，这点儿觉悟我还是有的！”

“嗯！那就好！”老警察点了点头，“你能说出这话，我这做叔叔的，真心诚意地感谢你！代表我们这条战线上的所有人感谢你……”

第二天上午，裴娜没有去火车站值勤。接近中午时分，她身着便装，在公安分局找到了自己的外勤组长李宝全。

“你为什么没去火车站值勤？”李宝全打量着她那身便装，诧异地问。

她默默地从兜里掏出预先写好的调转报告，郑重其事地双手呈递给李宝全。

李宝全接过去一看，顿时发起火来：“乱弹琴，目无组织纪律！擅离值勤岗位！你太放任自由了！你给我立刻换上警服！立刻到火车站去！”

她却不动声色，竟在椅子上坐下了。心中专执一念——调转！暗想：任你暴跳如雷，也别想改变我的一定之规！你发火，我不火。反正警服我是绝不再往身上穿的！

就在这时，桌子上的电话铃声响了。

外勤组长狠狠地瞪了自己的下属一眼，抓起了电话听筒：“喂，是我……火车站？好，好！我马上赶到！”

裴娜从他突变的脸色和严峻的语气中，猜测到火车站发生了什么事情。

她惴惴不安起来，不禁从椅子上站起。

李宝全啪地挂上电话，匆匆戴上警帽，大步朝门外走去。他已经推开了门，又回过头，对不知所措的裴娜喝道："你！还不快跟我走！"

几个歹徒在光天化日之下，公然身穿警服，冒充值勤警察，以盘查可疑旅客为名，诈骗了好几个旅客的手提包……

当他们赶到火车站时，只见一个老太太坐在地上，双手拍着腿，呼天抢地："这可怎么得了哇！那提包里，有车票，有粮票，有为我老伴住院借的几百元钱呀！"

一个小女孩儿在那老太太身边哇哇大哭。

另外几个受了骗的旅客，立刻将他们围住了。那一张张焦急万分的脸，那一句句恳求的话，说明每个人都把全部希望寄托在他们身上了。

外勤组长愧疚地说："大娘，原谅我们不在现场，没有保护……"

"我不原谅！我不原谅！我看出了那几个家伙不对头，我想喊你们，可你们那时在哪儿？在哪儿呀？"老太太放声大哭。

老太太的哭声和那小女孩儿的哭声，令人心碎。

李宝全，一个几十年忠于职守的老警察，伫立凝听地站在老人太祖孙面前，缓慢地摘下了警帽，双唇哆嗦着吐出了几个字："大娘，您老狠狠地打我吧！"

老太太见老警察满眼含泪，双手捂着脸，痛哭得更加令人同情。

在一旁看到此情此景的裴娜，心灵被震撼了！她几乎想跪在那老太太面前，乞求宽恕。许多目光都在注视她，猜测她这个穿便装的姑娘的身份。在那些目光的注视下，她心中产生了一种对人民对职责的犯罪感。

……

这天晚上，裴娜来到了自己的外勤组长家。

她一进门，恰和坐在沙发上的李梦学打了个照面。两个都迅速避开了目光，彼此连头都没点一下，仿佛根本不认识。

外勤组长见她仍未穿警服，没让座，就开口说："小裴，我可以尊重你个人的愿望，向上级反映你要求调转的情况。不过，你应该有思想准备，要公开作一次深刻的检查，要准备接受处分！”

“组长，我是来撤回我的调转申请的。”她打断了他的话，从兜里掏出一个信封恭恭敬敬地交给他，“这里面是我的检查。我准备接受最严厉的处分。”

老外勤组长出乎意料地怔了一下，注视她许久，才接过信封，从里面抽出她的检查，当场看起来。看过之后，他的脸色渐渐和缓了。

“小裴，”他在她肩上轻轻拍了一下，“坐下，坐下。你应该明白，警察，不单纯是一种社会职业而已。警帽上为什么要饰有国徽？就是要时时刻刻提醒我们，我们是国家这个词的具体的、人格化的体现！我们既是人民的公仆，又是人民的卫士啊！我们的职责是神圣的啊！”

她，深深地垂下了头。

两个月之后，那几个冒充值勤民警在火车站作案的歹徒，被全部捉拿归案了。

第二天，裴娜接受了老外勤组长交给她的一项特殊任务，要她将捉拿歹徒的经过，详详细细地讲给李梦学听。

她按照他的提议来到了公园里。两个人一边漫步，一边交谈。不少游人都把好奇的目光投注到他们身上。一个年轻的女警和一个体面的小伙子，并肩而行，居然在公园里“谈情说爱”，在 A 城人们的眼光中，是件新奇事儿。

他们在一张长椅上坐下了。

游人们投注到她身上的目光，使她感到有点儿不自在。她一面心里暗暗埋怨他为什么偏偏选择了这种地方，一面觉得这地方对她有一种莫名其妙的吸引力。

他问：“那一次火车站的案件发生，就成为你思想转变的基础了吗？”

她没有正面回答，反问：“你们作家，为什么总把一个人的转变设想得那么难呢？好像愈难，才愈近情理，才愈可信似的……”

她不以为然地摇摇头。

“哪儿的话，我从来没这样认为过。”他笑了一下说，“让我像故事一样开始听你讲吧。”

于是，她开始娓娓地对他讲起来：她对那几个在火车站作案的歹徒恨彻肌骨，发誓非要亲自抓住他们不可！她对近期发生在全市各个区域的案件都进行了分析，最后判断，那几个在火车站作案的歹徒，肯定就是一伙流氓集团的首犯。他们的犯罪行为之一，是拦路抢劫和强奸妇女。她掌握了他们经常作案的地点。每天深夜，她都穿一件在夜里最显眼的白色便装，独自徘徊在歹徒出没的地方。她明白自己是在孤身诱捕一伙胆大包天的家伙。起初几天，她不免害怕。后来就不怕了，只有一个固执的念头支配着他：捕获他们，绳之以法。第五天的夜里，她和他们遭遇了。他们一个个手里亮出刀子，逼迫她跟他们走。在那一刹那，她想喊，也想跑。如果她逃走，还是来得及的。但她立刻想起了那个被骗去了提包的老太太。她顿时恐惧全消，镇定了下来。她假意畏惧而顺从地跟他们走了一段路，趁他们不备，冷不防抽出手枪，大喊一声：“都给我站住！”她当时的样子，像个电影里的江湖女侠！他们看见她有枪，其中四个拔腿就跑，剩下的一个吓呆了。她双手握枪，直指他的面门，凛然地喝道：“你跑，我就打死你！”她就这样用枪把他押到了公安局。从那个歹徒口中，供出了其他四个家伙的下落……

他问：“如果你没有枪，也许不会那么勇敢吧？”

这回轮到她不无得意地笑了一下：“那枪是假的。我自己用木头刻的，我涂上墨，跟真的一样。还事先安了纸炮，可以打响。”

他冷冷地问：“如果果你碰到的是一伙不怕死的亡命之徒呢？”

她看了他一眼，低下头去，用极轻微的声音回答：“那我就只好跟他们拼了！”

他注视了她一会儿，坦率地说：“对你这次福尔摩斯式的个人英雄主义行为，我一点儿也不赞赏！真的！”

“我料到你会说出这种话来的。我也因此受到了批评。不过，我是怀着一种将功折罪的轻松心情接受批评的。你能理解吗？”

他理解地点了一下头。

他们又站起来，向别处走去。

## 四

6月里的一天，裴娜穿着一件连衣裙，这是件藕荷色的连衣裙，领口、袖口、裙边都有白丝线刺绣的花边。她虽然喜欢，却很犹豫，怕自己穿上太“俏”了。

她算是高个子姑娘，连衣裙衬托出她的曲线美，体态婀娜，亭亭玉立。非但不显得过分“俏”，反而增添了一种典雅的绰绰风韵。自从当上女警后，除了警服，她几乎就没再换穿过别样的什么衣裳。现在穿上这件连衣裙，就像她第一次穿上警服，也自己对自己产生了一种新奇。她比以前略胖了些，肤色也恢复了天生的白嫩。昨晚，她用洗发膏洗了两遍头发，然后认真地在额前卡上了几个卷发器。她站在镜子前，左右扭转身子，照着，照着，居然真有点儿“自我欣赏”起来了。

妈的脸在镜子里出现，诧异地瞪大了眼睛。

裴娜转身冲妈一笑：“妈，你看我……还可以吗？”

当妈的，凭自己在这方面的特殊敏感，从女儿那双异常明亮的炯炯闪光的眸子里似乎得到了什么启示，退后一步，端详着女儿，像端详贴在墙上的一张年画似的，嘴角逐渐浮现一抹喜悦的笑意，连声说：“好看！好看！连衣裙好看，我女儿也好看！娜，你要不是整天穿着那套蓝警服呀，我才不信没有好小伙子追求我女儿呢……”

“妈，你又来了！”女儿沉下了脸。

“好，好，妈不说这个了。”当妈的不愿影响女儿今天难得的好兴致，忙改口说，“瞧你那鞋，和这连衣裙都搭吗？换上妈给你买的那双白色的，半高跟的！”

经妈提醒，裴娜立即翻箱倒柜，找出那双白皮子的半高跟凉鞋穿上。照照镜子，身段又显得苗条了不少。

“娜！客人来了！”

妈忽然在外屋叫她。糟糕！这家伙早也不来，迟也不来，偏偏这当口来了！她最后照了一镜子，稳了稳神，走出内室，对客人文雅地莞尔一笑："你，来了。"

"来了。"他从沙发上站起，点点头。

他分明也修饰了一番仪表，短袖衫雪白，裤线笔直，皮鞋闪亮。她瞅着他心里不免暗暗好笑，意识到此番修饰是为了她，她不禁向他投去感激的一瞥，心中不无一个姑娘的自得。

谁能想到呢，他，和她，经历了那段感伤的初恋，经过了五六年的分离，经过了那场戏剧性的重逢，经过了彼此间的重新了解，他们又在一起了。在她的家里。

她笑着说："你请坐吧。"

他这才又落座了。

妈刚才正在换新床单时他进来的。这时妈匆匆换好了床单，走过来边沏茶边问："今年多大了？"

"三十二。"

"在哪个单位工作呀？"

"作协。"

"皮鞋厂？"

小伙子脸红起来。

妈真是，问的些什么呀！她连忙替他解释道："人家是位作家，写书的。"

"噢！瞧你那双手，不像个做鞋的嘛！"妈笑眯眯地端详着客人，又扭头瞅瞅女儿，"我们娜，反正总有一天要调换到别的单位去的。放心，她当不了几天女警察的。"

"妈！"女儿的脸也红了，生气地跺了下脚。

妈忽然聪明起来，说："你们聊着，我到隔壁去裁个衣样。"说罢，抽身就走。

妈一走，她便也在沙发上坐下了。她看了他一眼，忽然感觉自己的心跳动得快起来。她很希望有个第三者存在，又生怕这会儿闯进来个第三者。她巴不得妈在隔壁邻居家多裁几个衣样才好！他们的目光彼此闪避了好几次，终于都不能自持地碰到一块儿了。

“你喝茶吧。”她把妈沏好的那杯茶朝他跟前推了推。

他呷了口茶，目不转睛地注视起她来，盯得她那颗心跳得更慌了。

“没想到……”

“什么?”

“你穿上连衣裙这么漂亮!”

他对她大加赞美。

她不自然地一笑，脸红得什么似的，向一旁转过去，不知答对什么话好。

他也不再说话，只是目不转睛地瞅着她。这家伙！怎么这会儿变成哑巴了！她身为主人，只好故意寻找话题，打破沉默。

“我想问你……”

“问什么?”

“奥楚蔑洛夫中士，那是个什么人物呀?”

“这……”他显得有点儿狼狈起来。他以为她没读过契诃夫那篇小说，发挥自己的口才，信口胡诌，肆意篡改原作。说那外国中士警官的全称是奥楚蔑洛夫卡雅，是一位机智勇敢，十分了不得，屡建奇功而且美丽动人的女警。

她紧咬下唇，忍俊不禁，扑哧笑了。

他终于开口了：“我今天下午就走了。已经买好了火车票，去高县深入生活。”

“你，就是来跟我告别的吗?”

“是的。不过，我想……我们应在一起好好谈一谈……”

他正视着她，她也大胆地望着他。

过了一会儿，裴娜走进屋里，换了全套警服：蓝裙子、白上衣、白警帽。

“真抱歉得很，老王班长今天生病了，新来一位同志对那里的情况不熟，我想，我应该带带她。我不能不去，现在就得去。”

“唔!”小伙子有点儿发愣。

“请稍等会儿，我去洗把脸，我们一块儿走。”

当他们并肩走到院门口时，裴娜妈恰恰裁完了衣样，一脚从邻居家迈出来，见女儿又换上了全套警服，不解地瞪大了眼睛：“怎么，你们这是……”

“妈，我去值勤。”

“大娘，再见。”

他们走出去了。

裴娜妈长长叹了口气：“唉，准是又吹了……”

两个年轻人走出小巷，走到马路上，一路无言。

该分手了，他们站住，互相欲言又止地望着。

他首先向她伸出手：“再见！”

“再见！”

两只手在一起握了好一会儿。

他抽出手，一转身，头也不回地大步走了。

一张纸条留在她手心里，她打开一看，上写着“你穿着警服同样漂亮”几个清秀的大字，此外还有他的通信地址，是他趁她洗脸时写的。

惊喜的笑容立刻浮现在她的脸上。

她深情地抬头望去，小伙子走远了……

（原载《新疆文学》1982 年第 5 期）

梁晓声，原名梁绍生，1949 年生，山东荣成人。中国作协第五、六、七届全委会委员。著有长篇小说《一个红卫兵的自白》、《雪城》，中篇小说集《人间烟火》，短篇小说集《天若有情》、《白桦树皮灯罩》、《死神》等，并发表大量散文、杂文、随笔及电影、电视剧剧本。短篇小说《这是一片神奇的土地》曾获 1982 年全国优秀短篇小说奖，中篇小说《今夜有暴风雪》、短篇小说《父亲》分获 1984 年全国优秀中篇、短篇小说奖，长篇小说《人世间》获第十届茅盾文学奖。

# 惊　涛

陈世旭

## 一　宿怨

傍晚，七里圩终于决口了。

圩子里是被江水分隔在公社之外的整整一个生产大队。尽管这些日子干部们劝说动员得连喉咙都哑了，还是有许多人不肯离开屋场。他们不相信圩堤会破。以老九元为首的几个老头子凑钱扯了两丈红布，做了一面大大的令旗，挂在圩子中央老九元门口的一棵大树上，一天几次焚香叩头，似乎这就是最可靠的保障。

现在，洪水正用最允分的激情，向他们表示自己的感激。

公社党委书记带着几条大船在决口外的江面上团团打转，眼睁睁地看着从决口涌进圩子的洪水，一筹莫展。大船无法进入圩子，一条从决口上空横过的十一万伏跨江高压线妨碍了他们。而临时向外地求援调集的汽船和小划子又没有赶到。

就在这个时候，春甫的小机船钻出雨幕和浪谷，出现在江面上。

“靠过来！”公社书记大喊。他想要跟这条船进圩子。

小机船插到了几条大船中间。

“靠过来。”公社书记看着这条略略减速的小船，喊声轻了些。

可是他没有想到，驾驶舱里的春甫在着着实实地跟他打了个照面之后，突然喊了一声：“全车！”然后，一弓腰打了个满舵，擦着他的船舷，一下就闪了过去。

“混蛋！”公社书记从腰里拔出手枪，把一长串子弹全都射进铅灰色的云层里。

春甫没有回头。

他叉开腿，把身子挺得更直了些。枪声那么微弱、沉闷，就像一串受了潮的鞭炮。在巨大的轰轰作响的雨声和涛声里，这种警告显得有些可笑。春甫的脸上浮起一种捉弄过别人的满足和轻蔑神情。他可以想象得出公社书记气得扭歪的脸和发抖的手，想象得出那几条大船上的所有的人那种目瞪口呆的样子。这一切，使他感到一种有些恶毒的快意。他是从几百里的外省赶回来的。在北岸他的船曾被扣住。那里的人让他把船上的货卸下来，去给他们装运护江堤的沙石。他成功地逃走了，只是丢了那船货，损失了好几百块。“你以为我白丢了几百块，是为了来听你的支使吗？做梦！”春甫恶狠狠地对窗外啐了一口。

春甫早就希望有个机会，能像现在这样对这些“当官的”公然地表示自己的蔑视。干得漂亮极了：人们需要他的帮助，求他，威胁他，可是他完全出乎意料地拒绝了他们。

事实上，这种情况应该由这些“当官的”自己负责任。你们平时一心为自己牟私利，到了关键时刻，谁愿意为你们卖命？春甫当过三年兵，并不缺乏服从命令的习惯，但是，一个人要是被伤透了心，那就一心希望报复，也就谈不上什么习惯了。

春甫曾经是一个非常快活的人。那次，他复员回来，穿着一身只洗过几水的军服，背着行李卷，站在大堤上，对堤下几个正撅着屁股割油菜的人高喊。

“喂，老乡，”他用的是悉心模仿了好几年的“北方话”——这是他当兵期间最大的收获之一，“你们在割啥玩意儿呀？”

离他最近的一个人从油菜丛里直起腰来，抹了一下汗水淋淋的额头，定睛看了他一眼，忽然吼道：“死崽，老子割你舌头！”

恰好是老九元，他老子。

这一父子对歌，很久以来，一直成为七里圩的绝唱。

春甫当然并不是当了几年兵就连村上的田地都忘记了，更不至于连油菜也认不出来了。他只是要向人们宣告，他整个地换了一个人，不再是当年那个因为想就近弄清火车轮子究竟是铁的还是木头的，被司机突然鸣笛吓得休克的乡巴佬了。他带回了许多神话：试管婴儿、太空人、不用营业员的超级市场……与此同时，他也带回了许多不满。他不再能安于这个同沙地一样贫瘠的七里圩。在复员回来的头一个月里，他几乎每天都去公社请求给他“分配工作”。终于有了一个机会，县里从复员军人中征招公安警察，已经让他填表了，事情突然起了变化：公社书记的儿子也复员回乡了。

春甫永远不会忘记公社党委秘书那张油滑的、皮包骨头的脸：“这是没有法子的事，等下一次吧，啊？”

很难有什么“下一次”了，春甫心里明白。因为谁也不能保证，下一次不会再出现一个书记的或是别的什么主任的儿子。

春甫像石头一样沉默了。

“靠墙墙倒，靠壁壁歪，靠自己吧，自己手上的锄把子最稳当。”父亲回避着儿子的眼睛，悲伤地说。他觉得内疚，似乎儿子没有当成警察，是他的过错，是他没有尽到为父之道。他从来没有为自己的任何事去恳求过谁，同谁说过好话。以前即使去领回供粮，他也总是让老婆和儿子进去，自己则站在粮站外头。春甫回乡以后，只要他肯请大队几位干部吃顿饭，给春甫在大队的小学或是碾房安排一脚差事，不是没有可能的。但是，老九元无论如何不肯这样做，不是舍不得。他宁肯让儿子做田，也不肯低三下四。他不谋求任何不是命定属于自己的东西，不指望任何人的帮助。他好像是一个人在这个世界上孑然生存。他只相信自己，自己的力气和自己的运气。他这种孤立主义在实行了责任制之后，有了赖以生存的土地。

老九元父子像两头无言的牯牛一样，专注有力地拉着他们的犁，一心一意地同诚实的土地打交道。实行责任制的头一年，他们把老屋翻修一新；第二年，他们买了这条载重三吨的机动船。

他们终于有了自己殷实的家业，只要肯下力气，这份家业就必定还会有长足的发展；终于肯定地不需要脸上火烧火辣地拿着借钱的纸条或是领回供粮的空布袋，去看任何人的脸色了。过年的时候，老九元不顾儿子的嘲笑，在新屋子的中堂，供起了“天地君亲师”位，以重礼请人书写了楹联：“奉赵天菩萨命”“执九位尊神旨”“发家致富”。

与父亲不同的是，春甫不认为这一切同“赵天菩萨”或是“九位尊神”有什么关系。也许应该为那些制定政策的人们烧一炷高香，可是他们又不一定对这类顶礼膜拜感兴趣。而那些成天巴望别人给他烧香的人，又不配歆享香火。不，他不欠谁的情，不需要对他看得见的什么人感激涕零。自从那次满脸晦气地走出公社，春甫心里就认定，今后除了自己的利益，他不会作任何牺牲了。公社书记和他的儿子推翻了一切高调。既然一个公社书记都只是像一个自私的农民一样差火，那又凭什么让一个农民高尚得像一个无私的公社书记呢？

春甫让船沿着横贯圩子的大路笔直地驶向自己的屋场。这条路现在已经深深地淹没在洪水底下。圩子里的水在迅速高涨。整个圩子在大水里悲哀地挣扎。远远近近那些被水淹得只露出屋顶的村庄，就像一些互相拉扯着以图免遭沉没之祸的船队。时断时续的呼救声隐隐约约地不断传来。路两边的那些大树的树冠就像水草一样在水面上摇曳。树枝上爬满了蛇、老鼠、鸡、鸭，甚至还有小猪仔。它们在狂暴的风和雨里畏缩着，惊恐地看着那些从它们眼前混浊的水面上不时漂过的牲畜的尸体，折断的树枝和散了架的屋梁、门窗、家什。所有人为的和自然的沟壑都消失了，天地之间只剩下了一个差别：生存和死亡。

在远离了决口的那群人之后，春甫驾驶的这条啪啪作响的小船，在这个充满了死亡气息的圩子里显得又凄凉又孤独。他是头一次见到这样大的水。1954年的那次决堤，他只是听父亲讲过。春甫心里有些发紧。暴雨和不断上涨的洪水以及那些呼救声好像从四面八方挤压他，使他惶悚得透不过气来。也许应该把船交给公社书记，应该首先去援救那些最需要援救的人。在这个时候只顾自己，无论如何是有些可耻的。

两边的像水草一样的树突然中断了，春甫的船头前出现了一片开阔的水面，越过这片水面，在越来越重的暮色中显得黑糊糊的那一片就是他的屋场。春甫记起来，这片开阔的水面以下，就是他父亲承包的鱼塘。这个发现，一下熄灭了春甫心里刚刚冒出来的一点儿温情。

不，他没有理由一定要做一个大慈大悲的菩萨。难道有什么人关心过他们的命运吗？相反，一连几年，人们都在寻他们承包的这口鱼塘的落壳：偷捕，挖口子，丢炸药。老九元万般无奈，听任儿子把官司打到大队。大队的干部笑着对春甫说："这怎么可能呢，先前大队经营的时候，从来没有发生过这种事呀！"

"老子——"春甫把已经出了口的粗话强吞回去，也换成了冷冷的一笑，"要是鱼塘到现在还归你们经营，那他们还糟蹋个鸟啊！"

他老子曾经是这口大队鱼塘的看守人。

老九元开头怎么也想不通，干部们怎么会有那么多会议非要到这个大队鱼塘边上的土坯屋子里来开。他默默地下网、剖鱼、烧火，跑几里路外打酒，进进出出地上菜，然后洗锅刷碗，抹桌子，扫鱼骨头。那些人吃完了，红光满面，饱嗝儿连天，有的人还跟他握个手，搭讪几句，有的人干脆一心剔着牙缝，连头也不点一下就从他面前走开了。

那年春节分鱼，鱼塘的水还没有抽干，就从公社到县，开来了各种各样的大船小船。清塘以后，两斤以上的花色鱼被这些船搜罗一空，守了几年鱼塘的老九元，最后只分了三条不到一尺长的清一色的鲢蓬头。老九元什么也没有说，不声不响地卷起铺盖回到了生产队。

等到几年之后，老九元承包这口鱼塘，重新回到这里来的时候，塘里头想要抓一条泥鳅都很不容易了。老九元在两年里头，就让这口几乎枯竭的鱼塘恢复了生气。但是这里的好处却只有他们一家独享了。大队和公社曾经打算在这里开一次专业户致富现场会，动员了几次，都被老九元一口拒绝了。他不需要什么现场会，他不想摆阔露脸，他不求别人，也不愿意别人打扰他。

那就对不起了，你好自为之吧。

官司继续打到公社。公社干部摊开手："如今这样的事，就是天王老子也管不了。法不责众啊。群众对你们承包鱼塘是有意见的。"

这并不是托词。有些人对老九元一家的发迹，忽然生出了一种莫名其妙的敌意，他们要求重新订承包合同。

"好吧，那就让天王老子来管。"春甫咬咬牙巴骨走出公社大院。等到有一天夜里又有几个人来鱼塘撒网到时候，跟父亲一起睡在鱼塘边的土坯屋子里的春甫，像一头发情的公牛一样向那几个人猛扑过去，用鱼叉柄当场把其中没有来得及避开的两个扫倒在鱼塘边上。

法律被惊动了。县里派了人来，却正好是那个抢了春甫饭碗的人，公社书记的儿子。他有一张让春甫觉得厌恶的像女人一样清秀的脸。

公社书记的儿子煞有介事，一本正经地听着被害者的哭诉。他们不承认在老九元承包的鱼塘里撒过网，春甫完全是恃强行凶。

"请你谈谈事情的经过。"公社书记的儿子对春甫说。

春甫不屑地把脸偏到一边。

"你应该协助我们把事情搞清楚。这对你是有好处的。"公社书记的儿子努力装出一副老练的样子，好像他在一百年前就担任这个职责了。

春甫转过脸，挑战似的眯缝起眼睛，突然吼了一声："你给我死远些！"

公社书记的儿子呆呆地对春甫涨成紫色的脸注视了一阵，缓缓地合上笔记本，站起来。临离开屋子之前，没有忘记抻了抻制服的下摆和正一下帽檐。

最后的处理是：春甫支付了一笔医药费，至于伤者养伤期间的误工则由他们自己负责。另外，明确指出，老九元同大队签订的承包鱼塘的合同，作为社员的正当权益受到法律的保护。

这个结果出乎老九元和春甫的意料。春甫本来是打算拼命的，而老九元也一直在为儿子的鲁莽提心吊胆、懊悔莫及。

“本来就该这样的。”春甫冷冷地说。他不想认公社书记儿子的账。

这件事情之后，老九元父子在自己作的茧里钻得更深了，同周围的世界更加疏远和隔膜了。老九元日日夜夜地厮守着鱼塘，春甫则驾着机动船跑运输，在茫茫的江面上独往独来，同风、浪、陌生的码头和荒凉的水湾做伴。

天完全黑下来了。

“不，不值得。”春甫咬了咬牙巴骨，用力揿开了探照灯。灯光穿过厚厚的雨墙，一直照到他的屋场上。在一片震天动地的轰然雨声中，屋场上除了齐屋檐高的洪水拍打着那些没有倒塌的山墙的声音外，一点儿别的声音也没有。人们显然都在大水到来之前转移了。春甫驾着船默哀似的绕着屋场转了一圈，最后在自己的屋门前让船停了下来。

船没有熄火。春甫走到前甲板，用篙子搭在一棵浸没在水里的树干上，让船稳定下来。他看见在自己屋门前的那棵最高的树上，有一块用竹竿挑起来的长长的被截成三角形的布，沉重地摆动着，被大雨打得笃笃作响。在探照灯的照耀下，三角形中间的那个“令”字显得十分醒目，仿佛是天王老子留下的一个笑柄。不用说，只有自己的老子有这种诚心。好在他还没有迷信到死心塌地的程度。

春甫正要抽回篙子的时候，忽然听见有一个嘶哑的声音在喊他：“春甫。”声音小得像是细弱的呻吟。

“哪个？”春甫心里一惊。

“春甫。”那个细弱的呻吟又响了一声，是从水草一样露在水面上的树枝底下传出来的。

春甫回头把在底舱照应柴油机的水手喊上来，让他把探照灯对准那蓬树枝扫射，终于从发亮的树叶中看到了老九元那张刚刚露出水面的多皱的脸。

“过来。”春甫回头对掌着探照灯的水手喊了一声。等到水手接过了他手里的篙子，他便立刻纵身跳到水里，很快地游到父亲身边。

“来吧。”春甫一只手抓住老九元头边的一根树枝，一只手伸给父亲。

“不行，还有一个人。”

“在哪里？”

“我肩膀上。”

春甫这才发现父亲的肩上扛着一个人，这个人全身都浸在水里，水面上时隐时现地露出他的一点点臀部。

“他死了。”老九元喑哑地说。

“他是谁？”

老九元紧紧闭起眼睛，更加含混地咕哝了一声。

春甫听出来，死者是公社书记的儿子。

“他一直在这里防汛……他让我走，我不肯……后来水来了，他抱我上树，树上挂着蛇，他伸手去抓……”老九元眼泡水肿的眼睛依然紧闭着，像是在祷告。“要不是我，他就不会……让蛇咬到……”

春甫用力咽了一口。喉咙里干巴巴的，什么也没有。

“你带他走。”老九元忽然睁开眼睛。“圩子里要还有一个人没有从水里出去，你就不用来见我。”

“你呢？”

“我没有脸跟他一起走，没有脸！你带他走吧。不要让他淋雨，把那块红布扯下来，包起他……”

老九元最后指的是那面令旗。

春甫又一次面对面地看见了那张清秀的脸。在探照灯底下，这张脸惨白而瘦削，这还几乎是一张没有成年的孩子的脸，并不像春甫以前感觉的那样像女人。

春甫掉转船头。

从后面传来一阵沉闷的格格的响声，然后是砖头和瓦片落进水里的溅落声。他知道，他们盖了没有几年的新屋倒了。

春甫没有回头。

几天以后的一个夜里，春甫翻了船。他和他的船被调去支援杨桥圩抗洪，给他们抢运沙石。他像一个要给自己赎罪的人一样，不顾旁人的劝阻，每一次都强蛮超载，强蛮在大风里开船。那天夜里，雨和风浪都特别大，他的船又装得特别多，结果，没有开出多远，船就被风浪打沉了。船后来在江边的石山脚上撞得稀烂，他也几乎丧命。

## 二　烽火

他们离开堤上的哨棚，向江边走去。

滩上的柳树林已经被江水浸到齐腰高了。遥远的地方，夕阳似乎因为被密密的柳树的枝叶掩映的缘故，又圆又大又红，一点儿也不刺眼。比先前宽阔得多的江面上，流淌着仿佛是夕阳褪下来的胭脂，闪着一缕一缕斑斓的光彩。李欣让秋霞抓住自己的胳膊，一起蹚过柳林，爬上泊在柳林外的大船。这条船是县防汛指挥部调到这里来待命的。

上船以后，秋霞在高高的船头上坐下来，毫无顾忌地看着李欣脱下衣裳，露出一身鼓鼓突突的像铜铸一样的极健美的肌肉。等到李欣长长的强壮的身子从高高的驾驶台顶上跃下，像鱼一样轻巧地钻进江水里，秋霞的心便像一下提到了喉咙眼上，她屏住气息，两手死命地抓住船帮，目不转睛地盯住江面上李欣刚刚消失的地方。每一次，她都像头一次看见李欣跳水时一样紧张，尽管后来她知道，李欣一定会活着在江面上露出来。

她就是那头一次，觉得自己的魂魄一下子让李欣摄去了的。

李欣是县政府办公室最年轻的干事。全县防汛总动员一开始，他就同县直机关的另外几个人一起被派到杨桥圩这个哨棚上来了。

在这伙人里头最快活的是李欣。他走到哪里都是个宠儿。在机关里不用说。他脑子灵，反应快，能言善辩，还常有几首小诗在报刊上发表。领导赏识，同事眼红，进机关才一年多就成了预备党员，不到二十五岁就当上了干事。到了这个全县最边远的公社，他的年轻、聪明、好长相更是一下子就成了注目的中心。哨棚刚搭起来没有几天，那些有事无事从棚边走过的当地姑娘，总是要偷偷地朝里面看一眼。

第一个越过羞涩这道防线，大胆地走进棚子的是秋霞。她十九岁，据说是整个杨桥圩里的一枝花。李欣他们在杨桥圩跑了一圈之后，也确认了这一点。

秋霞走进县防汛工作组的哨棚是在李欣大显身手的第二天早上。

头天傍晚，李欣跟同来的几个县里干部在江边洗澡。李欣涂了满头的肥皂沫子，从船帮子上一头栽进水里。等到他从水面上露出头来的时候，船尾巴上那几个只敢用提桶从江里提水洗澡的干部怂恿说："跳得真不错啊，敢不敢从再高些的地方跳？"

"这里根本就没有高地方。"李欣爬上船，撇了撇嘴说。

"怎么没有，敢上驾驶台顶吗？"

李欣看也没有看他们一眼，就上了货舱篷顶，然后又爬上了驾驶台顶篷。这里离水面顶多不过五米，比起他在游泳池跳过的十米跳台，简直就是一个小台阶。这对李欣根本算不了什么。读中学的时候，体训班的老师就一再鼓动过他——如果不是对从事行政工作更有兴趣，他是完全有希望成为一名相当优秀的跳水运动员的。他一弓腿，往江面上一跃，在半空中两臂紧贴胯骨，转体360°，快要接近水面的时候，才舒展双臂，然后并拢，像一只掠过水面的燕子一样，轻轻地消失在水面以下。

在堤脚边洗衣服的女人都啊地惊叫走来。李欣入水以后，老半天也没有浮起，一时间江边上出现了紧张的气氛。可是，李欣却从大船下游那一边老远的地方爬上了岸。他沉着地沿着江岸走来，半裸着的矫健的身子在温柔的夕阳斜照下闪闪发光。他微笑着，充分意识到自己的表演所发生的影响。岸边所有的人都回转身来看他。他好像在检阅一支由崇拜者组成的仪仗队。

当时，秋霞就在这支崇拜者的队伍里。她痴痴地看着李欣从自己身边走过，然后上船，穿上衣服，然后同那几个干部一起下船，唱着歌穿过柳林，回到堤面上的那个哨棚里。一直到身边有人用芒捶打她的腿肚子，跟她说她洗的衣服就要被江水漂走了，她才突然像是从梦中惊醒过来。

第二天一早，她走进了哨棚："你们有衣服要洗吗？"她面朝着那几个年纪大些的干部，眼睛却不由自主地瞟着李欣。"队长让我来问的。"

队长就是她父亲。

"有啊。"棚子里一片欢呼。这些暂时离开了贤妻良母的人，最头疼的就是洗衣服。

可是，下午，秋霞把叠得整整齐齐的衣服送回来的时候，却引起了一阵不快。

"见鬼，你把我的衣服给染过了吗？"李欣接过自己的白衬衫的时候叫起来，眉毛像牙痛似的皱到了一起。

"怎么？"一直在等着李欣说句好话的秋霞陡然变了脸色。无疑，李欣的这件衬衫她是洗得最精心的。

一件洁白的衬衫洗过之后几乎变成了米黄色。这是混浊的江水犯下的罪行。

"怎么能把它拿到江里去洗呢。"李欣抱怨说。

怎么不能呢？秋霞迷惘地眨着噙满了泪水的眼睛。自她第一次挽着竹篮去洗衣服开始，不都是在江里洗的吗，她的祖宗八代，她周围的所有的人不也都跟她一样吗？

"在你们这个地方，应该用明矾澄清后的水洗白衣服。"李欣感觉到自己有些过火，缓和了一下口气解释说。

秋霞一把夺过李欣手上的衬衫，一扭身跑出了哨棚。

秋霞把李欣心疼不迭的那件衬衫用“明矾澄清后的水”重洗了一遍。她还跑了五六里路去公社供销社买了漂白粉给它漂白了一次。这使得李欣又感动又有些羞愧：“我只不过是说说罢了，你怎么就当真了呢。”

“‘说说罢了’，你那副样子只差没有把个活人吞下去。”

“真是对不起。谢谢你。”

“‘谢谢’，谢谢值多少钱一斤？”

“那，那我就给你唱支歌，要不，给你表演一次跳水？”

秋霞笑了，泪水却在眼眶里打转。

秋霞几乎成了这个哨棚的一个新成员了。一有空儿，她就到这里来。她包洗了干部们的衣服，还不时给他们带来花生米、爆蚕豆、小干鱼和家酿酒。

“这一切，都是托你的福啊。”秋霞不在的时候，另外的几个人一边津津有味地呷着酒，一边不无醋意地恭维李欣，“你是我们的骄傲，我们的幸福。”

李欣笑而不答。富于魅力，难道不值得骄傲吗？

秋霞每天傍晚都来邀李欣到江边去。她一边洗衣服，一边看他跳水、游泳。而今天，她来得比往常早些，并且没有带要洗的衣服。吃晚饭的时候，她听当队长的父亲说，担任全县防汛总指挥的县长从公社来了电话，让李欣明天跟他一起去跑几个汛区公社检查抗洪措施的落实情况。水情正在日益严重起来。根据最近的气象预报，今年长江的水位很可能超过新中国成立以来最高的1954年。秋霞匆匆吃了一碗饭，就马上跑来找李欣了。不知为什么，她突然觉得心里乱极了，好像生活里有什么最重要的东西，将要永远失掉似的。

李欣从水里爬上船之后，秋霞让他坐到自己身边。

“今夜里，你们不开会吗？”

“不开。”李欣说。他知道，即使开，也没有关系。他们对他不会那么认真的。

“哦。”秋霞低下头，把辫梢放到嘴里。

李欣并没有注意秋霞的表情有什么异常。他无忧无虑地唱起歌来。

“我站在高山之巅，望黄河滚滚……”

他不像当代的许多时髦青年那样喜欢唱流行歌曲，他讨厌港台音乐那种靡靡的俗气的调子。他唱的是壮阔豪迈的《黄河颂》，这很符合他此时此刻的心境。

夜来了。江面显得更加宽广而深远。对岸那些淡青色的小山坡，就像浮在水面的雾气里若隐若现的岛屿。山脚下，闪着一明一灭的火光，那是停泊着的渔船上在生火做夜饭。

李欣的歌声在无遮无拦的江面上传得很远。他的声音浑厚、洪亮，情绪也掌握得相当好。江中间一条拖着一长溜木排的拖船上，有一个人发出了一连串“哟——嗬嗬嗬嗬”的吆喝声，显然是对李欣的喝彩。

“……多少英雄的故事，在你的周围扮演……”

李欣更加起劲儿地唱起来。他的自我感觉太好了。的确，无论从哪方面来说，他都是这样完美。

他突然停下来，他听见秋霞的哭泣声。

“你怎么了？”

“不怎么，我很高兴。”秋霞慌张地赶紧咬住辫梢。

“高兴还哭什么呢，真怪。”

“你唱你的嘛，莫管我。”秋霞摆动了一下身子，可是，又忍不住接着说，“不晓得怎么搞的，我忽然想起我那个冤家来了。过端午他来送节，说是今年下半年就要接我过去。”

“他是谁？”

“你去过七里圩吗？”

“过去。”

“听说过一个叫春甫的吗，驾船的。”

“没听说。”

“那老九元你也不知道吗？”

“不知道。”

“出了名的古怪人。爷崽两个一个样，又自私又孤僻。”

“你说得这么绝对，就没有一点儿优点吗？”李欣轻轻地笑起来。

“你还笑，见我命苦你开心啊。”秋霞嗔道，接着叹了口气，“好什么，不就是人实在一点儿吗。”

“实在？实在算什么好处。乡下人有几个不实在的。”李欣同情地说。

“就是嘛。”

“定亲多久了？”

“两年。”

“那总该有点儿感情的吧。”

“感情个鬼。坐半日说不上三句话，像只瘟鸡。”

“那你当初怎么会答应呢？”

“娘老子定了，由得你吗？”

“怎么由不得，包办婚姻是违法的。”

秋霞低下头，又抽起鼻子来。

大暴雨之前的天气闷热得要命，江面上一丝风也没有，稠乎乎的空气好像凝住了。

“烦死了，烦死了，不说这些。”秋霞忽然举起光光的手臂用力擦了一下眼睛，往李欣身边靠了靠：“你明天一早就走吗？”

“是啊，你怎么知道？”

“你莫问。还来吗？”

“怎么不来，顶多两三天。”

“两三天？”秋霞眼睛定定地盯着船头前在朦胧的夜色里涌流的江水，“那么长啊。”

水里呼啦响了一声，一条鱼在跃水。

“我会想你的。”秋霞抬起头，忽然说，“你喜欢我吗？”

李欣怔了怔。“你说呢？”过了一会儿，他问。

“不喜欢。”

“为什么？”

“我连衣服都洗不干净，你喜欢什么？”

“洗衣服？这跟洗衣服有什么关系。”李欣声音含混地说，有些莫名其妙。

一只萤火虫在他们面前飞过。

“听说城里人都用洗衣机？”

“也没有‘都用’。”

“可惜，我不会用。你教我，要得吗？”

“你打算买洗衣机吗？”

“若是进了城，就买。真的，我想到城里去过日子。你愿意帮我吗？”

“要是有办法，一定帮你。”

“怎么没有办法，只要你……”秋霞又低下头，用力咬紧辫梢，她听见自己的心在咚咚地跳。过了好久，她用极低的声音怯怯地问：“你明天真的要走吗？”

“唔。”

“还来吗？”

“你怎么了，不是已经说过了吗？”

“哦，对了。”秋霞吃吃地笑起来，“我真怕你不再来。”

李欣捂着嘴巴，无声地打了个哈欠。

第三天下午，县长的船从杨桥圩前经过。李欣同县长和几个干部坐在前甲板上。他们的神情都极为沉重。就在他们进行全县大检查的这两天里，七里圩破堤了，并且牺牲了一名公安干部。

“哎——哎——哎——”堤上有人在叫唤。

“是喊我的。”李欣说。他看见秋霞站在堤坝上对他们拼命招手，见船没有靠岸的意思，又急得连连跺起脚来。“要是船离得近，她真会跳下水来。”李欣又补充了一句。他希望人们知道，他是一个被人热爱着的人。

“看来，你们在这里的群众关系不错嘛。”县长评价说。

“恐怕不只是什么‘群众关系’吧。看她，简直是块望夫石了嘛。”另一个干部用手指指堤上的秋霞说。他们已经离开她很远了。

她现在正一动不动地站着朝这里遥望。在下了大半天的大暴雨之后，两块乌黑的云中间忽然射出一道强烈的阳光，从她的身后照过来，在她的头顶和肩头勾出一道金色的边。

“那好哇，防汛一结束，我们就有喜酒喝了。”几个干部说。秋霞的出现，仿佛就是那两块乌云中间射出的一道阳光，使船上阴郁的气氛轻松了一些。

“开玩笑。”李欣拖长声音，正色说。似乎大家把他同这么个乡下女子扯到一起，是蓄意贬低他。

大家都不作声了。李欣当然不至于跑到这么边远的地方来找一个乡村姑娘。在县城里，他早已是好几棵白菜中间的一只山羊。他所以没有急于同什么人确定恋爱关系，是因为他肯定自己不会在县里待得太久。他给到县里来检查工作的省里的一些领导干部留下过很深的印象，他们都曾经表示过，希望有机会把他调到身边去工作。他的前途还远远不可限量。

因为赶着帮县长汇总检查的情况，李欣快半夜才沿着大堤从公社回到杨桥圩。

哨棚外的堤坡上有一个坐着的黑影。是秋霞。

“你一直在这里等我吗?”

“鬼等你。刚卸完船，在这里歇脚。”秋霞眼睛看着江水。

她说的并非不是事实。她身边的扁担和簸箕就是证明。

“我以为你死得不来了呢。为什么不在这里下船，嗯?”秋霞的声音有些发颤。

“有事呀。”

“有事？有事就不可以应人家一声吗?”秋霞像是受了天大的委屈。接着，她忽然说，“我看见春甫了，刚才卸的就是他的船。”她一下从堤坡上站起来，挑起簸箕，狠狠地盯了李欣一眼，一扭头，走了。

“想让我妒忌。”李欣觉得有些好笑。

江水已经超过了1954年的水位。杨桥圩正在连日连夜地加紧抢运沙石。春甫的船就是破堤后被集中到这里来的。由于大暴雨和堤身空洞渗水，杨桥圩出现了好几处大面积塌坡。主要劳动力都去抢救塌坡了，一部分老人和妇女则轮流值勤，不分昼夜地巡视其余的堤段，及时发现新的险情。李欣被安排负责巡视任务。

一段时间来，多少会有些间隙的大雨，现在就像不要命似的不停地下着。像泥浆一样浑黄的江水已经漫到离堤面不到一公尺的地方了。大风非常轻易地把江水一层一层地掀到堤面上，直至堤坝里面来。走在堤面上，就像走在一条处于惊涛骇浪中的船的甲板上，情景是非常吓人的。一想到江水像一只从四面收拢的巨掌，随时可能把像破蛋壳一样脆弱的堤坝捏成齑粉，你就会觉得不寒而栗。

“拉着我。”秋霞靠紧李欣的胳膊。她牙齿格格地响着，被雨水和风掀起的江水淋得透湿的身子在簌簌抖动，“吓死人了。”

那天夜里，秋霞一离开李欣，马上就后悔了。她赌气、发火是完全没有道理的。李欣在忙公家的事情，难道他只是为了你秋霞才到杨桥圩来的吗。再说，人家并没有许诺过你什么呀。第二天一早，她就跑去找李欣认错。

“你没有生我的气吗？你不晓得，你走了那几天，我就像落了魂一样。我真巴望我们一天也莫再分开……”她本来想问一句，“你呢？”但是一看李欣板着的脸，又把到了舌头上的话吞回去了。是啊，现在不是时候，水涨得这么厉害，哪个有心思只顾谈情说爱呢。

他们已经不可能再去柳林外嬉水了。柳树林现在几乎被江水淹到了顶。大洪峰到来之前那种暂时平静的有节奏的生活结束了。秋霞常常一整天一整天地看不到李欣，不能像现在这样单独跟他在一起。

秋霞是在值了上半夜的更被人换下来之后，在回家的路上碰到李欣的。李欣正拿着电筒沿着圩堤查哨。“我跟你一起走。”秋霞在大雨里嗒达嗒达地跑到李欣身边。

在电筒光穿不透的无边黑暗里，铺天盖地的大雨哗哗地轰响着，在堤坡上贱得老高的江水不断扑到他们身上。大自然的淫威，在黑夜里似乎加大了好几倍。“我怕得要命。”秋霞更紧地靠着李欣，缩了缩身子。

李欣紧紧地挽住秋霞的胳膊。不知为什么，他现在觉得有些感激秋霞。在这样的雨夜里，要是一个人独自沿着十几公里岌岌可危的大堤踽踽而行，毕竟是有些孤单的。

他们在一个哨棚面前停下来。棚子里一个人也没有，堤面上也没有看到他们的影子。

“该死。”李欣骂了一声。常常有这样的事：下半夜值更的人没有按时来接班，而上半夜的人等不得，跑掉了。

“那是什么！”在李欣用电筒上上下下地照射着大堤的时候，秋霞忽然惊叫起来。她两只手同时抓住李欣握电筒的手，让电筒的光柱又一次落到她刚刚恍惚看到的可疑的地方。

一个直径至少五十公分的水柱，正从圩堤里面离堤脚不到十米远的地面冒起来，紧接着他们发现，在这个水柱周围方圆上十米的范围里，还有无数个泉眼在翻着水泡。

“泡泉群。”

李欣觉得自己的头嗡地一响。

“快发信号！”

可是他们在哨棚里什么也没有发现。报警用的枪和铜锣都被带走了。

就在这个时候，他们听见了土块崩塌的声音，同泡泉群垂直的前面不远的堤段在塌坡，陷落，紧接着，江水从陷落处漫过了圩堤。

“天哪！”秋霞叫了一声，举起两只手蒙住自己的眼睛。

“快！点火！”李欣拉起秋霞就往身后不远的一个柴垛跑去。每一个险段的堤面都堆着这样一个柴垛，是用来点燃烽火的。

火柴一根一根地灭了。有时候，柴垛底层的麦秸点着了一片，眼见得就要烧大了，又被风吹灭了。“该死！”李欣不住地咒骂着，手也越来越厉害地抖起来。

“你等一等。”在一边打着电筒的秋霞忽然记起来，离这里不远的地方有一个抽水机房，那里有柴油。她连滚带爬地向堤脚下跑去。

黑暗中只剩下李欣一个人。不远的地方，传来洪水漫进圩堤的轰然声和决口不断扩大的崩裂声。巨大的声响听起来是这样可怕。李欣忽然想起有经验的人讲起过的那些耸人听闻的故事：在洪水涌进堤内的当口，会冲出十几米深的大坑。如果有谁陷在决口里，那就会被冲得连一根骨头都找不到。李欣忽然觉得全身发软，觉得他脚下的堤坝在松动。

等到秋霞提着一大桶柴油爬上堤面，来到柴垛边的时候，李欣已经不在了。秋霞惊慌地大声叫喊起来。

圩子里，至少在两条田埂以外的地方，传来了李欣的回答："快来吧，秋霞，来不及了，那里太危险，秋霞——"

秋霞忽然觉得自己什么也听不见了，仿佛世界骤然之间安静了下来。

"那你走吧，快快地，远远地走开吧。"她对着黑暗的远处轻轻地说，心里头涌出一种奇怪的从来未曾体验过的柔情——一个母亲祝福自己的儿子时的那种柔情。

然后，她从容地转过身，把柴油倒在柴垛上，走到背风的那一面，一下就划着了火柴。一直到确信它会烧得很远的地方都能看见的时候，才沿着圩堤决口相反的方向飞快地跑起来。

杨桥圩在天亮的时候灌满了水。水面显得非常平静。连续了几天几夜的狂风暴雨也好像接到了一个强有力的号令一样突然停歇了，似乎它们的目的就是要摧毁这个渺小的杨桥圩，而现在它们心满意足了。

李欣受了伤。他在组织群众转移的时候表现得十分英勇。从决口的北堤一直跑回人口集中的南堤之后，他一口气也没有歇，就立刻跟着那些慌慌张张地抢运粮食和财产的人一起忙起来。一直到一块从倒塌的山墙上分离出来的碎砖头砸破了他的头。现在，他正静静地躺在他刚到杨桥圩来搭的那个哨棚里，接受着人们的慰问，等着送往县城医院治疗。

已经搞清楚了，在决口的那个险段负责值更的两个当地人，是在发现泡泉之后离开的。他们从屋场来时忘了带铜锣，而等他们鸣枪的时候，又发现枪里的撞针断了，根本打不响。眼看着一切已经无可挽回，他们居然不顾一切地跑回了屋场去抢救自己的坛坛罐罐。他们将要受到严厉的处分。相形之下，李欣的形象显得格外高大。人们唏嘘感叹着，向这个了不起的青年人表示极大的敬意和感激。

“当然要给你请功的。”跟李欣同来杨桥圩的几个县里的干部疲惫、憔悴地盘腿坐在他身边。“真要得，小伙子，你是我们的骄傲。”几个人咧开因为上火而干得发裂的嘴唇笑了。这一次，他们是真诚的，没有一点儿揶揄的成分。

秋霞突然气急败坏地出现了。她一路喊着，一直扑到李欣的身边跪下来。

“伤到哪里了？要紧吗？”秋霞不顾有旁人在一边，面对李欣裹着绷带的头俯下身子。

“不要紧。”李欣轻轻地说。他把头偏开，难为情地看了看那几个县里的同事。

他们知趣地站起来，钻出了棚子。

“你好吗？”那几个人走出去后，李欣拉过秋霞的手，合在自己掌心里。

“好。”秋霞低下头，哽咽着。

“我一直在想着你，生怕你出事。”李欣伸出手，帮秋霞把垂到眼睛上的几绺头发往后抹了抹。

秋霞的肩膀抖得更厉害了。

“等一下我就要走了。有件事，现在就想跟你说，好吗？”

秋霞拼命点头。

“你不是想要进城吗？我能帮你的忙。”

秋霞觉得自己的脸和耳朵像火一样烧起来。

“现在说这些作什么呢。只要你好，就什么都好了。”她喃喃地说，心里头却巴望他说得多些、更多些。

“不过，你要答应我一件事。”李欣用力搓揉着掌心里的秋霞的手。

“你说吧，我什么都答应你。”

“真的?”

“我何时骗过你?”

“那好吧，事情也很简单。现在，大家都说昨夜是我点火报的警。我希望……你也这样说。你能给我这样证明，是吗?”

“什么?”秋霞睁大眼睛，脸一下变得煞白。她把手从李欣的手掌里抽回来，搁在自己曲着的膝头上，“你说的是这个?”

“你不答应吗? 嗯?”李欣的嘴可怜地翕动起来，抬起身子重新一把抓过秋霞的手，“答应我吧，秋霞……你知道，我入党还在预备期。再说，再说……我喜欢你呀。”

“我答应你。”秋霞低低地、一个字一个字地说，听任李欣把自己的手重新抓过去。

李欣难以觉察地舒了口气，却又隐隐约约地觉得像是失落了什么东西似的有些惆怅、有些懊悔。“她真是迷上我了。这一下，要拒绝她，就真不那么容易了。真是活见鬼，这场该死的洪水，这个倒霉的破圩子。”他忽然在心里诅咒起来。

可是，吃过早饭，上船的时候，送行的人中，李欣却意外地没有看到秋霞。

秋霞在另外一个地方上了另一条船。她是去七里圩看春甫的。

春甫的船就是在昨天夜里翻的。他不知道杨桥圩已经决口，仍然从对岸的石山往这里抢运沙石。翻船后，他被人救起，送回了七里圩。

（原载《人民文学》1984 年第 3 期）

陈世旭，1948 年生，江西南昌人。中国作协第四届理事、第五届全委会委员及第六、第七、第八届主席团委员。20 世纪 80 年代写作至今，著有长篇小说、中短篇小说、散文随笔集多种。小说《小镇上的将军》、《惊涛》、《马车》及《镇长之死》分获全国优秀短篇小说奖及首届鲁迅文学奖。

# 同船过渡

映　泉

无论现代交通已经发展到怎样的程度，但在大山深处，仍存留着一个废弃不掉的古老渡口，码头边停靠着一条高寿的渡船。

不多年以前，这里还是个热闹的地方。山里整整一个公社的人马从这儿出山进山，向摆渡人扔船钱，每日从早到晚行人不断。单看用大青石砌成的讲究的码头，就可看出它昔日的排场。高高的河岸之上，矗立了一排几个人才能合抱的大槐树，告诉人们它具有悠久的历史。无奈时代要进步，交通在发展，一条公路远离它盘绕着进了深山，使它忽然间冷落了下来。但要完全废弃它似乎还舍不得。每天，总有不多的几个人陆续来到码头上，宽慰鳏寡老人似的扯起嗓子喊叫要过河。它就像一个失去了人们信任的孤独者，抱守着与时代不符的老信条，在这里度过它的风烛残年。那只老船一动身就嘎呀作响，像在向乘船的人发牢骚，又像在重复一个老故事，慨叹那一去不复返的昔日风华。

船不但高寿，而且样子奇特。它的身子四尺多宽，一丈多长，除去船头和舵尾，中间有五格。船舷和隔板的横档一脚宽，本来是坐屁股的，却都被脚踩得满是泥巴。船头有个小孔，竹篙从孔中直插进水里，一是固定船，二是向过河的人证明：船上有摆渡人。船后舵上有个木板棚子，可以挤四个人，摆渡人用来躲雨、打瞌睡。它究竟有多大年纪？谁也不晓得，连最老的长者也只有补船的印象。它既无大船的气魄，更无小船的灵巧，颇像一头得了病的老牯牛，愚笨而又迟钝。河不过六七丈宽，风平浪静的时候，它从此岸到彼岸也得爬行十多分钟，边爬边发出令人昏昏欲睡的嘎呀声。

仿佛要与古渡老船般配，撑船的也是一个老头子。不过这老头子一点儿也不迟钝，他的身材瘦小，活像晒去了水分的枯柴棒。他成天不说一句话，脸上也没一点儿热情样儿，总像乘船的人欠他的什么账。不管你有多么要紧的事，来到河边，十有八九见不着人。船停在河中，那根闪亮的竹篙插在船头。无论你是多么严肃多么体面的人物，也必须扯起嗓子喊叫：“过河哟！……老板！……过河哟！……”等你喊得喉咙发痒，才见船后翻起一股波浪，接着从水里爬起一个赤条条的身子，从舵尾巴上钻进了木板棚子，速度快得像一条逃跑的滑鱼。原来他在河里摸鱼。舵上拴了一根绳子，串了一大串鱼。据说他守着这条船，有关单位给工资，大队给补贴，他还嫌不够，摸鱼向过河的人兜售，卖不出去就自己留着下酒。所以你上到船上，总闻见一股酒气，有人说他摸的鱼都是被他身上的酒气熏醉了才抓住的。他爬起来了，也不见他从棚子里出来抽篙，没有三五个人他就不撑。船老人也老，不能见人就撑。过河得给船钱，一人一趟五分。稍涨点儿水，他就伸手要一角。一角！少给他一分他就把篙往船头洞里一插，让船停在河中间，不撑了。所以，还得给。

老人老船老渡口，每天都有戏看。主角无一例外地是这个精瘦古怪的老头子。

初夏天气，古渡口冷热宜人。上游不知什么地方下雨，河水一个劲儿地猛涨，倒使这个荒凉的渡口热闹了些。浑浊的洪水拍击着堤岸，船用铁链拴在槐树根上，像一头发情的牯牛，老想挣断绳索，在波浪中扭动挣扎。老艄公躲在紧靠山根的家里喝茶，发下话来：今天只撑一船。这一船等到 11 点过了还没有开，准备赶街的人回去了，剩下的是今天非走不可的人们。

这些人来自四面八方，各不相识。最惹人注目的，是在一排古槐下散步的一对新婚夫妇，他们是城里人。有人说，那位新郎官的爸爸老家在山里，过去曾在这一带打仗。爸爸如今是个不大不小的干部，老祖父却仍是一名社员，在山上放牛。新婚夫妇是进山给老爷爷请安的。新郎官风度翩翩，长长的头发包着一张白净脸儿，不太显眼的衣裳套着一副令人羡慕的身躯，显得高雅大方；他的肩上挎着一个直筒包，手里拿着一大把兰花草，鼻子老在上面嗅着。相比之下，新娘子的皮肤要黑一些，但长得很美。微风吹拂着她蓬松的短发，圆圆的脸上漾着甜甜的笑意。从短袖衬衫和淡雅的花裙子中露出的胳膊和腿，显现出一种健康的美色。他们远离人群，窃窃私语，对他们身外的一切视而不见、充耳不闻，流露出城里人才有的矜持。

另一对是恋人，刚从山里出来，要到公社去办结婚手续。他们俩站在一个不引人注目的地方。小伙子穿着白衬衣，衬衣内看得见蓝色的背心，下穿的确良裤子，脚蹬一双崭新的白色回力鞋。他有一副粗壮的骨架，脸和手都呈油墨色。可以想象，几百斤重的东西对他来说简直不当一回事。这身衣服着在他的身上，总像限制了他的青春活力，因此他总显得手脚无处放。他的对象扎着两把大辫，打扮得也很伸抖，但她头上插着一朵栀子花，一看就晓得是山里人。她老是羞羞答答，明明没什么人注意她，但她总觉得前后左右都是眼睛。她和他保持着一定的距离，还时不时地瞟一眼那散步的一对，再有意无意地对望一眼，又迅速分开，眼神中清楚地流露出对人家的羡慕。有时候他们说一句悄悄话，却轻得近乎没有，你只能从姑娘突然一红的脸上和惊慌四顾的眼中，才看得出来。

站在码头边上的是一个穿着两个兜军装的兵。他是回家探了亲的，假期满了，要回部队报到。他跟谁都没有说过一句话。也许他站惯了岗，来这儿两个多钟头了，除了看过一次皮钱包外——不是看钱，而是看人，那里面夹着他的妻子和孩子的一张照片——一直笔挺地站着，凝望着那可望而不可即的彼岸。他的风纪扣扣得紧紧的，衬衣领露出一道白圈儿。一个大提包搁在他的脚边，塞得鼓囊囊的。

坐在他旁边石头上的是个穿长布衫的老瞎子。天气这么热，他的腰里还系着一条带子，因为胸前要当口袋用，储藏他的积蓄。他的手里提着一面算命的小铜锣，面前挂着“彩头”盒子，当面画了一幅笨拙的太极图，带子吊在脖子上。一根拐杖靠在他的肩头。这副装扮显然是出门算命的，他脸上的气色很好，下意识地敲着小锣，嘴里哼着谁也听不懂的小调。你说他搞迷信，他说信者有，不信者无，信仰自由。现在不光一些老太太相信命，连许多现代派年轻人也愿意出两角钱听他胡说八道，奈何？他从古渡口来来往往几十年，码头边多少石头，船上多少舱板他都摸得清清楚楚。他既不怕饿，也不怕热，随你这一船等到什么时候。你听他哼的那调调，有腔有板，还颇有感情哩！

船老板总算来了。老艄公在前，他的儿子在后，两个人各扛着一丈多长的粗竹篙。

老头儿穿着没了袖子的对襟褂，贤惠的老伴将这件褂子打了无数补丁，有如和尚的百衲衣。裤子倒没打补丁，却只有半截，齐膝盖上，说是短裤太长，说是长裤又太短，而且是“向右转”式。他那张皱纹交错的脸呈熟褐色，上了釉似的闪着亮光。他还是那么一副冷漠神气，你很难断定他的心是慈祥的还是凶恶的，也很难推测他有什么欢乐和忧伤。他光着脚板，腿脚和手像刮了皮的桑树棒。一只破旧的军用水壶在他腿边晃荡着，那里面装的是酒。

相比之下，儿子就体面得多。他上身穿着红色短袖运动衫，下穿西式短裤，腰里系一根宽皮带，脚下穿着新凉鞋。可惜他并不威武，相反还有些滑稽。他满脸胡子，头顶脱发，看样子四十好几岁，红运动衫着在他身上实在与年龄不符。他不是撑船的，只有在河里涨了水，老头子一个人撑不了时才出动。

人们见他们动了身，都纷纷上到船上，各自找好站的位子。船头船尾两个舱要供撑船人舞篙，不能站，只剩下三个舱。城里来的新婚夫妇一上船就走到靠尾巴的那个舱，两个人还是谁也不望，径自头碰着头地低语。山里出来的一对恋人却站到了靠船头的这个舱。军人一脚踏上船舷，回过身向算命瞎子伸出了手，谁知瞎子并不要人搀扶，十分准确地一步跨进了中间舱里。一舱两个人。

然而船老板却没有开船的意思。老头子钻进了木板棚子，放下酒壶，舒舒服服坐下来，打开一个塑料包，细心地卷开了叶子烟。他的儿子上了船头，将篙往小洞里一插，背靠篙坐下，掏出一支烟叼在嘴上，在几个衣袋里摸火柴。

山里的小伙子满脸失望，咕哝了一句："真急人！"姑娘瞅一眼，脸又红了。因为公社发结婚证的秘书跟他们讲好了叫上午一定去的。这下可好。唉，这个老家伙，好像成心捣蛋！本来喜滋滋的心情，忽然间有点儿发酸了，仿佛预感到有什么力量将要把他们拆散似的。

军人看了一次手表。县城还有四十里，算好了上午到公社，中午搭班车进城，买明天回部队的车票。看来，进城得靠脚了。他没有将忧虑在脸上表现出来，只是微微嘘了一口气。

新郎官跟他的妻子讲着讲着，好半天没见船动，他看看表，发言了："老天，12 点都过了。喂，船还开不开？"他是冲老艄公问的。

老头儿向他翻翻眼皮，又眯起眼，严肃认真地卷他的烟。烟叶有一大把，他拿起一把，掐成一寸多长的一截一截，然后捏在手里哈一哈气，再在腿上搓开……看样子，这一大把不卷完他是不会起来的。

新媳妇从老头儿那一眼中看出了他对爱人的鄙夷，也觉得爱人以“喂”相称不大礼貌。但此时不好埋怨，只好说：“急也没有用，只要今天能过去就行。”

“笑话！”新郎官抬起头，“人家西方现在都乘家用飞机旅行了，我们呢？这儿，还是这种原始的交通工具，原始的操作方法。可悲！”

听了这番宏论，另一个舱里的小恋人对望了一眼，又各自望一下脚踩的破船。的确，太原始了。他们也为家乡有这么个破玩意儿感到不好意思。

军人将头侧了一下，脸朝船头，背向船尾。这种二吊子腔他听得多，如果不是一身军装，他就会开口说话：“那么你能否为我们造一架飞机过河？”可他不想开口，不想理睬那位新郎官。

瞎子坐在影档上，两眼向着天空，听了这番话，他停止了哼小调。既像要为城里人抱不平，又像要向大家显示他与船老板的特殊关系，他也向老艄公发话了：“老大！”他的嗓门颇为洪亮。

“什么事？”回答是瓮声瓮气。

“人都上来哒，你还不撑，是不是要留我们吃午饭？”

“嗯！昨儿杀了一头驴，剩下个家伙没人买，等你吃。”老艄公不管船上有些什么人，脸上铁板一块地跟瞎子开仗。

“那是给你吃的！”瞎子的口才正愁没地方表现，“听你硬邦邦的声音，一定是偷吃了那玩意儿。是不是？咹！”

粗野的话叫新娘子脸一红，她愠怒地说，“这是个公共场所，说话嘴里放干净点儿！”

瞎子大概还想说下去，听见这声音，闭上了嘴巴。那位山里的姑娘见新娘子不但漂亮，而且还有威风，升起一股崇敬之情，眼睛直愣愣地盯了她好久。

老艄公的儿子要助爹一把，想治治瞎子。他提出一个问题：“朱先生，你会算，那么你算算我们的船什么时候开？”

“嘿嘿，”瞎子正尴尬，很高兴有人解围，“同船过渡，五百年前所修，我算到五百年前我们这一船不止这几个，还差人。”

他这一说，倒提醒了大家。船老板上了船还不撑，一定还有什么人没到。

“好，算你算对了一半。那么你再说说，是什么人？几个人？”老艄公的儿子来了精神。

瞎子也来劲儿了，他的脑子飞快地转了几圈，分析他的问话：等的人一定不是船老板的亲戚，谁都不会把亲戚拿来消磨时间，一定是办公事的人！其次，听口气好像有点儿异样，那么将到的人身份有些不一般。再次，一定不止一个人，不然他不会问“几个人”。这么一推想，他得出了结论：“将到者三个以下，一个以上。此人是办要紧的公事，身份有些不寻常。今儿是个黄道吉日，五百年相逢一次，有缘哩！人马上就到齐。伙计，是不是？”

没人回答他的话。因为，“身份有些不寻常”的人已出现在码头上了。

一位穿白衣服的警察，押着一名戴着手铐的犯人，正从高高的河岸上拾级而下。这不同寻常的过河人叫大家暗吃一惊，人们马上肃静下来，注视着他们。瞎子从气氛中感觉到了情况有些不妙，悄悄将他的小铜锣塞进了“彩头”盒子，刚才还很得意的脸上顿时变了一副苦相。犯人被押上了船，警察指一指中间舱里的舱板，他坐了下去，刚好在瞎子的脚边。军人只好退出中舱，和那对小恋人站在一起，把他的位置让给了警察。他们的到来，冲淡了船上刚刚活跃起来的空气。

犯人不过二十岁左右，模样儿并不丑，甚至称得上英俊。装扮也不差，花格衬衣掖在新式样的直筒裤里，看得出是个强健的小伙子。但他左右转动着的小眼珠却暴露出他的无知和愚顽，一看就知道是个喜欢惹是生非不知天高地厚的人。他的嘴巴紧闭着，似乎还不服气，眼睛左顾右盼，打量着一船人。人们从押他只有一个警察这一点来猜测，他的罪行可能还不太严重。

山里的姑娘大概少见逮捕人，心里老是乱蹦乱跳，不自觉地往她对象那边靠拢，她的对象悄悄把她的腰揽了一下，那意思是说：别怕。

警察的年龄比犯人大不了多少，如果脱下警察服装，倒像个读书人。但他显是老成持重，这一点从他那深邃的眼神中看得出来。再看他的体格，略显瘦弱却挺有精神。他叉开腿，挺立在罪犯的背后。

那位新郎见得多，对警察的过分严肃颇不以为然。“瞧他那份神气！”他轻轻对他爱人说。

新娘子瞟一眼神情严肃的警察，不置可否地笑了笑。

老艄公的儿子下船去从槐树根上解开了铁链，船摇晃起来。老头儿将烟袋一磕，别上了裤腰带，站起来，向大家拱拱手：“列位，得罪。今儿水大，过去了我们就不能过来了，送列位过河我们花了两个工，丑话说在前头，一人收五角。”

“五角?!”

异口同声，投向他的是惊愕的目光，只有战士给钱最爽快。他从胸前掏出漂亮的皮夹子，抽出一张五角的钞票。他的眼睛没有望钱，却在照片上停留了一会儿。妻子和孩子在向他微笑，他很高兴有这么一个机会看一看妻儿。老头子接过钱，掀开他的马褂，从裤腰带上取下一个塑料袋。那里面有不少钱，人们都看得见。

“简直是敲诈！”山里的年轻人涨红了脸，嘀咕了一句。两个人得掏一块钱出来，这对山里人来说，实在是个不小数目。但姑娘碰了他一下，含情脉脉地说：“给他。”只要能马上到达彼岸，再添一块她也愿给。

新娘子从她小挎包里掏出钱包，边找钱边笑着说：“你倒挺会做生意！”

她正要抽出钱来，手被她丈夫按住了。新郎官既要出出老头子的洋相，又不能让人看着小气。他从屁股口袋抠出一张十元的钞票，递给老头儿：“找吧。”

老头子黑着脸，又向他翻翻眼皮，然后不慌不忙，用肋下夹着篙，从塑料袋掏出一大把零钱，慢条斯理地清出九块钱来。

“哼！”新郎气恼地说，“五角钱能过十趟长江！”

老头子不理。他只收钱，不想斗嘴。

给船钱从没有爽快过的瞎子，这回一点儿也不打折扣。他怕公安局捉人的发现了他，尽量要缩小目标。他一手捂着“彩头”盒子的太极图，另一只手从怀里摸出个小包包，然后一层层打开，很准确地拿出一张两角的，两张一角的，再加几个零镚子，悄悄捏在手中。等老艄公到了身边，他伸出手张开，脸上苦巴巴的。他的这个动作倒把新婚夫妇逗得“嗤”地一笑。

人们将目光射向警察。警察犹豫了一下，从衣兜掏出一块钱给了老头儿。他的这个举动给大家留下许多疑问：罪犯的钱也该他出？他是办公事，回去怎么报销？

老头子将钱捋顺，扎好塑料包，掖上裤腰带，这才拿起篙，忽然大喝一声：“开船啰！”

前后两根篙同时扎进水里，“咔！”铁尖触着石头，发出了清脆的响声。

哗啦啦一声响，叫老艄公心头一惊。他睁开耷拉着的眼皮往远处一望，只见上游两山间的峡谷缝中，横推出一条白色的线。这是大洪水的前锋。原只预想稍涨点儿水就完了，现在看来，情况将要比估计的严重得多。摆渡的好时机已经错过，他的心头紧缩了一下。

那条白线一出峡谷口就消失了，因此谁都没有注意。只有老艄公感觉到船突然向上垫高了一下。他瞥一眼河中，只见白色的泡沫推拥着一堆堆渣子，驱赶着前面蚂蚁队伍似的杂草和树枝，急匆匆向下游奔涌。老艄公的脸色越来越阴沉。

船贴着岸边，艰难地向上游爬行。要将船送到彼岸，必须这么往上爬，水越大，越要爬得远，然后掉头，飞机俯冲似的冲过河中的激流。

他的儿子在船头每插下一篙，总要用肩顶着篙尾巴，踏着船舷往后走，脚推着船往前行，直走到他爹的那个舱口，再拖着篙走向船头，大家的眼睛也紧张地跟着他走来走去。

到了往日涨水掉头的地方了，他回头问他的爹：“掉头吧？”

老头子脸上铁板一块，没有理他，径自把握着舵把，不让船掉头，船继续慢慢地向上爬行。朝后望，码头已经去了好远，对岸的上岸处只望得见一点点了。人们都狠狠地瞪着老头子，以为他故弄玄虚，捉弄大家。

“掉头吧?”儿子又问。他跟乘船的人一样着急。他要表演那急水中的拼搏。

老头儿照样不理睬，死死盯住前面的山口。峡谷里，又涌出一道白线，松涛似的哗哗作响。

儿子连续两问没有得到回答，自尊心受到了伤害。他以为爹拿不定主张，便将篙横着使劲儿一顶，大叫道：“掉头!”

“不行!”

老艄公赶紧扳舵，但来不及了。儿子的蛮力气加上大水的力量，一下子将船冲得头朝下，尾朝上。他只好跟着奋力一篙，让船向对岸冲。然后用力扳舵，不让船头掉向下游。

“不要丢篙!”

他见儿子的篙已经顺过来，大声提醒他。现在水深流急，一定得越过这一段最深处。

然而晚了。儿子见船飞流而下，奋力将篙扎下去，“呼”的一声，一丈四尺长的篙闪电似的没入水中，他仅抓住了篙尾巴。船很快就压住了篙。此时，任他有拔山的气力，也没有办法拉起来。篙终于被洪水夺去了，他变得两手空空，两眼发直地瞪着篙下去的地方。

人们这才领略到大水的可怕，不约而同地倒抽一口冷气。

“混账!”老艄公一声怒骂。

船横在激流中，左右颠簸着往下游冲去，刚才上船的码头飞一样地闪了过去。下游重叠着的山相互错动，向这边扑来，它们青灰色的庞大身影，好像立刻要扑到船上，把一船人压到身下，掀到旋涡里。

船上人们的表情各不相同：

新郎官猛一把搂住妻子的肩，脸色苍白，怒视着呆立在船头的废物。他的妻了似乎不那么惊慌，将船上所有人扫视了一遍。

山里的一对情人偷偷地紧牵着手，像是宽慰对方，又像在表示生死与共的决心。但他们都因紧张而脸上发白，胸脯剧烈地起伏着。

瞎子溜下去坐在舱板上，跟犯人脚顶着脚。他双臂张开，手紧抓着横档，模样酷肖基督被钉在十字架上，“彩头”盒子上的太极图也顾不得捂了，任凭它在胸前晃荡。

犯人的眼睛有些发直，出气也粗了。望着奔腾的洪水，完全没有了刚上船时的狠巴巴的样子。

警察前后左右望望，又不易觉察地扫视了一下所有人，最后落在犯人身上，仍然那样立着。他的奇特的镇静，使一船的人有些震惊，似乎浪涛的咆哮声也突然低下去了。大家忽然发现了各自一刹那的失态。

战士下意识地摸了摸胸前的衣袋，然后，又望了一下他面前的一对小恋人，依然挺直他的身子，仿佛什么事也没有发生。

一种声音由远到近，由小到大，好像飞机从远处飞来，快到滩头了！

“列位，蹲下来！”

老艄公一声喝令，当机立断地一扳舵，将船头顺向下游。他把没了用处的篙交给儿子，手扶着舵把，紧张地盯着前方。滩下一片白浪，犹如万马奔腾，一船人将要扑向这千军万马的营垒。

河水像一条瞎眼的巨蟒，总是盲目地往前冲撞，遇见山石阻挡，就掉过头来，往另一方奔去；一时贴着这边的山走，打了盹，又冲向对面山，贴着对岸山边前进，将沿路冲出好些个深潭，也滑出好些长滩。滩上不涨水还要腾起三尺浪，现在更不得了，眼前只见到波涛翻滚着，耳朵里一片怒吼声。

笨重的渡船一进滩口，马上像一匹惹怒了的野牛狂蹦乱跳。船头一下子猛栽下去，一下又陡竖起来。一个个浪头打进了船舱，溅湿了人们的衣裳，原来这水冰凉冰凉的。几个提包在舱内翻滚着，人们紧抓住船舷和横档，被颠簸得天旋地转。

老艄公紧把着舵，叉开枯棒似的双腿，任凭船上下蹦跳，他居然铆钉似的不动分毫。一个个浪头飞起来往他身上打去，都被他撞成碎珠飞走，他浑身湿透，不眨眼地注视着前方。满脸的水，也顾不得擦了。

两里多路的长滩顷刻而过，前方陡竖起一座高高的峭壁，船正在往壁上撞过去。好几个人“啊”的一声叫。就在船要触着石壁的一刹那，老艄公一扳舵，船头转个弯，贴着壁画了一个半圆圈儿，船上的人都觉得脑袋一阵晕眩。

水在山怀里打了一个大回旋，又往对面一座山冲过去。忽然，老艄公莫名其妙地叫起一种怪声音：“嗬！嗬！嗬叱！嗬叱……”他的嗓子嘶哑着，叫得脖子上青筋直冒，瞪着眼睛，好像要吓退水中的什么怪物，嗓门要压倒大水的咆哮声。接着，他用脚钩起酒壶，两腿夹着舵把，拧开盖子，咕嘟嘟灌了好些酒。

古怪的叫唤，古怪的举动，让人们紧张的神经松弛了些。

老艄公的儿子却变了脸。瞎子也紧张地腾出手摸了摸“彩头”的盒子。原来这个叫声是驱赶“蛟”的，老头子看见了水下的“蛟”。

这里是个深潭，叫乌龙潭。崖壁下是空的，一年四季发出推磨似的呜咽声，上游涨水，这里首先冒出一股浑浊的水来，云雾似的在清水中翻腾。若是这里涨水，而上游天晴，浑水中也会射出一股清水来。老人们说，这里头蜷缩着一条乌龙，有人看见过，乌龙不舒服就翻身，潭里就出现浑水，过不了一天就要发大水。虽然有搞科学的人来看过以后说得明白：这是地下水，连着上游某个地方，但他们不相信，现在，一股发红的水直往上翻卷着。

渡船有如仙女下凡，顺崖壁轻盈地画了一道弧线，倏地来到了第二个滩头。

乍一望去，这个滩似乎比刚才要平稳得多，看不见飞起的白浪，咆哮声也不那么大。但只要一望老艄公的脸，便知情况更为严重。

贴这边崖壁的上侧有一条小河，现在这条小河的出口已经被大水吞没，除了老艄公，别人都看不见。小河里出来的水浑浊不堪。这么多的水，将要全部灌进狭小的山谷。他盯着前方的眼睛有些发直，把舵的手在微微颤抖。他的耳朵听见了沉闷的隆隆声。哗啦啦的浪涛声并不可怕，那是水面上发出来的，任它多么响，多么大，只不过是水皮上的波浪相互撞击声汇集到了一起。而这低沉的隆隆声一般人是听不见的。它仿佛发自大山底层，像呜咽，又像叹息。这声音认真说来不是听见的，而是感觉到的，是大地的颤动引起的共鸣。

前面全是险峻的大山，浩荡的大水被逼在窄窄的巷道里，船的速度将要更快。一船人，十条性命啊！……

“都别动，听我的！”他的眼睛红了。

这句低喝像爆炸的前奏，大家的心同时一阵紧缩，船平稳地又漂流一个半圆形，冲进了滩。

一进“巷道”口，人们的耳朵忽然感到发胀，脑袋也嗡嗡直响。两岸山脚好像都在向外喷涌着洪水，翻卷着往中间涌来。重叠着的山在飞快地错动，两旁的岩石树木一掠而过，令人头晕目眩。

山里的姑娘突然一声抽泣，她身子一歪，将脸伏在未婚夫肩头。若是在山上碰见一头豹子，她也不会有这么惊慌。如果再也不能上岸了，可怎么好？……她哭，是哭自己的命运不济。

船没办法平安地靠岸了。现在唯一的出路，是找个合适的地方撞过去。老艄公的眼睛在前面搜索着。一个湾，又一个湾，有了！前方转弯是个斜坡，冲过去，船一定会爬上半截。他一扳舵，船忽然猛地跳起来，又一头栽下去。他赶紧放弃这个打算，把舵扳回来，船绕了个“S”形，过了那个斜坡。前方又有个比较理想的地方。他抓紧舵把，却没有扳，犹豫中，船已奔了过去。原来这地方是在码头这边。他的任务是要把人家送到对岸，跑了这么远，还是落在这边，岂不是笑话！不，不光要保住每个人的命，还得送过河！船继续向前冲撞。

“趴下！”他喝叫一声。

刚才只顾想心事，不提防迎面横躺着一棵大松树。大树从一边河岸上倒下来，搁在对岸被水淹着的石头上，树干离水面很近，远望刚刚一条缝。边上船不能去，中间有树枝，他瞄准一个地方，猫着腰，要从那里冲过去。

人们应声将头伏到船舷以下。只有瞎子和犯人没有动。瞎子吓昏了，脑袋浑浑噩噩，没有听见。犯人脸向老艄公，听见叫声，他愣头愣脑地扭过头来望，只见那棵大树像被什么力量支使着向他横扫过来。突然，一道白影在眼角一闪，他被摔滚在舱板上，和瞎子一起被警察压着。

“叭！”船头撞断了一根树枝。

“哗哒”一声巨响，舵后的木板棚子被打成无数碎片，飞起来又纷纷落进了水里。船被突然地一击，船头腾起老高，再落下来。除了老艄公，无一例外地滚倒了。

人们坐起来，发现了一个奇迹：船被固定了！大家这时候才看清水流多么湍急。整个峡谷像一条巨龙在翻滚，那沉闷的声音在山谷中回荡，震得耳膜发疼。

朝后望，只见老艄公紧抓着大树上的一根小木桩！

老头儿在船钻过大树空隙的刹那间趴了下去，几乎就在木板棚子被砸烂的同时，他一跃而起，抓住了被船头撞断了树枝的残留部分。这是一根枯树枝，不然船非但撞不断它，而且还要伤人。他老远就看清了，这根树枝此时具有非常的意义，只要抓住它，或许可以救出几条命。他的计算比得上任何一个数学家。水的流速加船头的坚硬度，是否能撞断胳膊粗的树枝，算起来恐怕得费些时候。他的动作快如闪电，船上没有一个人看见他伏下身子，也没有一个看见他跃起来，而且一把抓得那样准确。

剩下的木桩仅仅一握。老头儿他那皮包骨头的胳膊青筋隆起，像无数条蚯蚓互相扭结着。手中的木桩只有半边，木茬戳进了肉里，一股鲜血顺膀子倒流，从胳膊肘滴在船上。

“快上！”他命令着。

然而人们没有听见。大家被他这不可思议的力量和智慧攫住了。

唯有老头儿的儿了听见了。他提着篙，跌跌撞撞从船头跑到船尾。当来到老爹身边，不提防老爹举起另一只手，对准他的脸狠狠一个耳光。他被打疼了，也被打醒了，明白自己从头到尾表现得不那么光彩。他摸着发疼的半边脸，回头招呼大家，羞愧得眼睛不敢望人："你们……请上！……"

大家如梦方醒，这才意识到，绝望处出现了一丝希望之光。然而，谁也没有上。

靠老头儿最近的新郎官一把抓起了直筒包，站了起来，但还没动脚，提着包的手腕被他妻子抓住了，她的眼神中夹着一丝嗔怒：船上有老者和弱者，你怎么可以先上？新郎马上懂了妻子的意思，赶紧住了步。

时刻注意着他们的那一对恋人，看见了他们这微妙的感情交流。姑娘不哭了。两个人不自觉地把新娘子当成了自己行动的榜样，谁也没有挪动脚步。

军人却在船上搜索，要找一点儿应急的东西。船上若是有一根铁钩，或是一根绳子该多好啊！可惜，没有。

大树在慢慢倾斜，握在老头儿手里的小木桩"叭"的一声，断了。老头儿松开手，手心一把带血的碎木片。船像挣脱了桎梏的野马，又狂奔起来。

山洪的高峰显然已经到达，船头的水比前面高出一大截，呼啦啦朝前方盖过去。岸上有人喊叫，但听不清，就过去了。人们都重新蹲下来望着前方，唯愿不撞上大石头才好。

然而大石头偏偏越来越多，刚躲开了一个，马上又出现一个。常常眼看就完了，胆大的回过头去，胆小的闭上了眼睛。但终究没有挨着船。一次二次，三次四次，大家的胆子渐渐大了起来。这是对老艄公的信任。人们对他的反感早已不复存在，有的只是崇敬和钦佩。新娘子一路都在打量老头儿，他的经验，他的冷静沉着的神态，他的不可思议的力量，还有他的责任心，似乎引起了她对什么重大问题的思索。

这时，岸上有个放牛娃子在喊叫什么。船上人都没有听清，老艄公却暗自打了个哆嗦。原来那个娃子喊的是——"小心大坝！"

拦河大坝在深潭的出口处，坝顶离坝下水面四米多高。这么大的水，显然早已漫过了坝顶，船若是冲过去，将无一个人能够逃生。老艄公一手紧握舵把，另一只手扯开褂子扣子，脱下来扔在船上，裸着望得见肋骨的上身。他的脸阴沉得可怕，眼里像要喷出血来，死盯着前面的转弯处。撞！将船撞过去！借助惯性，抛几个人上岸，然后跳下河拖起落水者。现在只有横下心，走这一着险棋路了。

警察望望前方，又望望老头儿，明白了老头儿的意图。他站起身，一把将犯人拉了起来，掏出来钥匙，给他打开紧扣着的手铐。但刚打开了一边，“轰”的一声，船撞在石头上。犯人本能地张开手，以他年轻人的敏捷迅速抓紧了船舷和横档。警察却一个踉跄，腿在横档上狠碰了一下。与此同时，有个人擦着他的背飞起来“咕咚”掉进了水里。紧跟着“扑通”一声，又一个人落水了……

这里是一条小河的出口，水在这里有个小回旋。然后汇入主河道，流进了陡而长的险滩。滩下就是被拦河大坝拦着的大水潭。主河道的洪水挤压过来，把小河的水堵在这里，形成了一个大旋坑。

……尖石头把船底劈开两半，在中间卡住了。老头儿的手一松，撞在横档上，然后软瘫在船舱里。强大的惯性把算命瞎子抛起来，摔进了回旋着的深坑。

那位去领结婚证的男青年见有人落水，忘记了一切，大叫一声：“救人！”衣扣没解鞋没脱，手撑船舷，跳了下去。没来得及叫第二声，水灌进他的鼻子，漩流将他吞没了。

“小山——”

一直没有吭声的姑娘眨眼不见了她心爱的人，撕心裂肺一声尖叫，便想往下跳。

“别动！”

一只大手紧紧抓住了她的肩。她侧过头，只见那位战士一手按着她，另一只手正在脱鞋袜。他的军装，他的目光，使她马上镇定下来，顿觉有了希望。战士取下帽子，将衣服一扯，军装和衬衣扣子“扑打打”落进了船舱……

就在战士按住姑娘的时候，警察从横档上站起身来，对犯人说："上岸！"犯人乖乖地爬下了船，听得"扑通！扑通！"两声响，他掉过身来，不见了警察，只见白色的衣服和帽子搁在船舱里。另一个舱里，搁着绿色的军装，他暗吃一惊，难得感动的心肠不觉动了一下。他忽然觉得一路上警察是在保护着他。不是吗？过大树的时候，撞船的时候，还有刚才命令他："上岸"……警察那严厉的目光仿佛还瞪着他，那目光是对罪恶的愤怒，也夹杂着期望，期望他能走一条自新之路。他望一眼吊在一只手腕上的手铐，走到河岸边，站在显眼处，让大家都看得见，让警察在水里也看得见。

船上的姑娘哭泣着，抱起了军人的衣服，寻找散落在舱板上的纽扣，一颗，二颗，三颗……水从船底往上冒，后舱中的舱板已被水浮了起来。她的泪珠儿滚滚，揩干了，又淌出来。

"姑娘，快上来吧。"老艄公发急地唤着。他的膝盖碰破了一块皮，儿子把他靠在一块石头边。他像个刚刚脱险的危重病人，实在无力再把声音放大。

但姑娘没有理会，继续寻找着，一只手伸到她的面前，手心里有两颗纽扣。她抬起头，原来是那位新娘子。新娘子抱着警察的衣服，友好地向她微笑了一下，那姿态完全像一位大姐姐。

"走吧！"

船还在下沉。她们看看船上再没有别的东西了，她牵着她，跨上了岸。

新郎官又穿上了衣服。他肩挎着直筒包，等他爱人上来了好赶路。见爱人抱着警察的衣服，他没好气地皱了一下眉头。新娘子没有注意满脸不高兴的爱人，也没有向他靠拢。她径自站在水边，望着水里的四个人。

旋涡坑里的水像一个巨大的磨盘，很快地旋转着，中心处旋起一大团泡沫和渣滓。瞎子和那位年轻人一下去就被卷走，他们时沉时浮，手脚乱舞乱蹬。军人见前面有个东西，抢过去一把抓在手里一看，原来是他的大提包。他放开了手，左右搜寻落水的人。

"那边！"

警察游过来，指了一下侧面。那里一个人冲出水面，张开口想喊叫什么，没喊出声，又沉了下去。军人顺着打旋的激流追了上去。警察却从他身边过去，去追赶瞎子。当过旋涡的时候，好像有股强大的吸引力吸引着他，使他很难前进。他的双脚用力一蹬，一阵钻心的疼痛，他赶紧捂腿，咕噜沉了下去。

“危险！”

新娘子将警察的衣服递给了身边的姑娘，不知不觉中，她已将衬衣从裙子里拉了出来，解开了纽扣。她发现警察的姿势很好，但前进得十分艰难，意识到他出了问题。再看军人，情况更为严重。他的水上功夫不大理想，仅能维持自己不沉下去。

一直注视着妻子的新郎官见她如此这般，凑了过来，含嗔地提醒她：“你看你！”

新娘子没有听清他的话。她的脸变得严峻，眼睛眨也不眨地注视着水里的四个人，鼻子喘着粗气，胸脯在剧烈地蹦跳着。

“你看，那两个人危险！”她指了指军人。

“要你操什么心？”丈夫鄙笑道，“如今当兵不能提干，知道吗？”

“你？……”

新娘子禁不住身上战栗了一下。她不认识似的向他投去了厌恶的一眼，鼻子里“哼”了一声，毅然地脱去了衣服。

“你要干什么？”

“让开！”

她的声音不大，却很严厉，叫他忍不住打了个寒噤。在他发愣的当口，她双臂一伸，轻盈地跳进了水中，不见了。

等她从水里钻出来，已经接近了旋涡中心。她没有了在岸上那种温柔气，变得勇猛异常。旋转着的激流好像对她不起作用，她直冲过去，穿过中心，很快就到了军人和那个年轻人身边。

这时，年轻人已淹得半死，军人眼看气力将尽，新娘子一把抓住那青年的胳膊，对军人说：“我来，你帮忙推！”

好不容易，总算越过了激流。到了浅水处，没有了水的浮力，他们再也抬不动这个小伙子了。军人和新娘子都累得气喘吁吁，张开嘴巴喘息着。

坐在水边的犯人站起来了。他一直提着心注视着水中的搏斗，一船人来自四面八方，各不相识，却能在这关键时刻把自己的安危丢开，去抢救别人，他真的被感动了。在被戴上手铐之前，他成天和他的哥们儿泡在一起，吃、偷、打架，根本不知道他那个圈子以外的人们在怎样生活。他站起身来，跑进了水里，要帮他们一把。然而，背后传来一声低喝："不准动！"

他心头一惊，站住了，掉过头来，只见新郎官，丧着脸，眼里射出愤怒和仇恨的光。他再望水里，明白了，新娘子身上的一点儿遮掩被水打湿了，紧贴在身上，差不多成了光身子。他低垂着头，不敢再前进。一霎时，一阵疼痛袭上了心头：能做人时不好好做人，却要搞歪门邪道，事到如今，连做一件好事的资格都被剥去了……浑浊的水在他胸前撞击着，吊在手腕上的手铐半截没在水中，随着波浪摇晃，摇晃。

这一幕，倚在石头边喘息的老艄公都看在眼里，他扭回头，对他儿子一声低吼："还愣着干什么？混账东西！"

儿子自从挨了老爹一嘴巴，羞愧使他呆头呆脑，老爹一声吼，他才如梦方醒，跳下水去。年轻人被抬上了岸，已经呛了一肚子水，昏迷不醒了。军人赶紧进行抢救。

新娘子踉踉跄跄走到犯人身边，脚下一滑，又摔倒了。犯人忘记了自己的处境，扑上去一把抓住了她，向岸上走去。新郎官这时候也跳下水来，伸手接他爱人的同时，给了那犯人当胸一拳。他踉跄一步，跌进了水里。这一拳谁也没有看到，只有新娘子觉得蹊跷，她推开爱人，将他拉起来，问："你怎么了？"

犯人捂着胸，勉强一笑，忽然鼻子一酸，两行泪涌出了眼眶。这一拳对他强健的身体没半点儿损伤，但他的心却疼痛得厉害。这一拳将他堵塞着的一个心眼推开了。也只有在这时候，他才觉得给他打开手铐的警察多么可敬可亲。他瞟一眼河下游，揩一把涌出的泪，向新郎官意味深长地笑笑："谢谢你。"说罢，他爬上岸，向小河那边飞奔。

小河里，老艄公跌倒了，他的儿子和山里的姑娘顾不得扶他，从他身边跑过去，也向下游飞奔。那里，警察将瞎子推到了岸边。

新郎官爬上岸来，妻子已经下了小河。他浑身湿漉漉地立在岸边，忽然间感到莫名的孤独，冷清清像失去了什么。救人，自己不是也可以游泳吗，为什么没有下水？望着小河那边忙乱着的一群人和河这边的年轻人与战士，他觉得这些本不相识的人越发陌生，连自己的妻子也变得不认识似的。他的心头发虚，身上一阵燥热。他忽然感到，要是再不赶到下游，再不参加到救人的行列，他可能会被永远抛到岸上，无人理睬。他慢慢向下游踱过去。

小河那边原是一块沙地，洪水冲过来，把沙地冲出一个陡坡，坎上与水面相距两米多。警察将瞎子推到了岸边，却没法让瞎子上岸。瞎子吓昏了头，双手在沙坡上乱抓，抓得陡坡壁上的沙一块块往下直掉。警察脚下是深坑，手没处攀，脚下的沙直往旋涡坑里溜，他还得顶住水的冲击。

警察和瞎子还距两步之遥。警察又累又冷，一场搏斗将他的气力耗尽。他挣扎着走近瞎子，手托着瞎子，另一只手使出最后一点儿气力往沙坡上攀，希冀抓住一个实在的东西，可是不幸，什么也抓不住，除了沙，还是沙……

犯人用百米冲刺的速度冲过来，跳下坎一把拎住了瞎子的长布衫。他不能动，只能等候来人，不然也会溜下去。等，等，一秒钟就像一天似的长。老艄公一跛一跛地跑来了，抓住了犯人的手。新娘子跑来了，老艄公的儿子也跑来了。然而，警察终于被一个浪头吞没了。等几个人拉着手上了岸，只见浩荡的大水卷着渣滓在眼前飞转。刚才手抓脚蹬出来的印迹，早已被大水荡平了。

太阳已经偏西，大山的阴影压过来，将旋涡坑遮挡了一半。水成了令人恐怖的红黄色。小河的清水混进浑水中，只见水下的泥沙像暴雨前的恶风卷着乌云在飞快地翻滚。大家站在沙坡上，失神地瞪着旋涡坑，希冀看见警察浮上来。一分钟，两分钟……不知过去了多少分钟，警察终究没有浮上来。

起风了，但谁也没感觉到冷。只听见涛声越来越大，这是松涛和波涛交织在一起的声音。脚下在颤动着，这是波涛撞击山崖而产生的。

此时，大家一齐低垂着头。

“同志，您是救命恩人哪！……”瞎子苏醒了，那苍老沙哑的嗓音哆嗦着，听起来叫人揪心。“同志，恩人，您在哪儿？……恩人，您叫什么？恩人，我的救命菩萨，您怎么不作声？……”

山里的姑娘踱到他面前，扶住了他：“老爷爷，他，他没有起，起来……”她一捂脸，忍不住哭了。

瞎子摇晃几下，歪坐下去。两行泪从他无神的眼里淌出来，唰唰流到了衣襟上。

老艄公溜下了陡坡，解开了裤腰带。他的儿子赶紧溜下去，拉住了他：“爹，我下吧。”老艄公摇了摇头：“谁也别下，在岸上望着。”他脱了衣服，一丝不挂。然而谁也不觉得有什么难堪，有的只是难过。他走进了水里，又回头叮嘱一句，“儿们的，听话，谁也别下。咹?”他觉得，水里的是他的孩子，岸上站的也都是他的孩子，不能再让其中任何一个冒险了。

大家都不自觉地点了点头。刹那间，大家都感到这位老人一点儿也不古怪，相反却是这么亲切，真的把他当成了慈祥的父亲。

旋涡之下神秘莫测，除了他，谁都没本事潜入水底。老艄公不会什么自由式、蛙式，却有极好的潜水功夫。他可以一口气憋十几分钟，蹲在激流中稳如磐石；旋转着的激流卷不走他，他一口气潜到了水底。一分钟……又一分钟，老艄公浮起来了，换了口气，又沉下去……

岸上的人都眼巴巴地望着水里，新郎官也来了。此时，每一分钟都那么漫长，人们的心都提到了喉头。

不知过了多久，水面腾起一阵波浪，老艄公冲出了水面，他铁青的脸，手里显然拉着什么。不用等谁的命令，几乎同时下去五个人，最先跳下去的是新郎和犯人。警察被抬上来了，但他却早已停止了呼吸。他的嘴唇紧闭着，眼睛半睁，依然是那么严肃，那么沉静。人们还看到了他那僵直的伤腿，不然，他是不会去的啊！

这时，犯人突然跪倒下来，“哇”地伏在警察身上痛哭起来。这是因为他才使警察受伤的啊！他悔恨，他痛苦，今天的一幕幕就像一束束聚光弹，轰开了他那紧闭的心灵，他看出了自己灵魂的卑污，领悟出了一点点做人的道理，他第一次哭得那么伤心。

天黑了。在寂静的山湾，燃起了一堆大火。

人们默默地忙碌着。艄公的儿子起下船上一块宽大的舱板，置在火堆旁边，和军人将警察抬上去。山里的姑娘向来胆小，怕见死人，但今天她一点儿也不怕，她掏出了小伙子送给她的花手绢，细心地擦着警察的身子，不让一粒沙子在他身上存留。他的膝盖伤口上，还渗着血。“扑”的一声，新娘子撕去了她的一件内衣，为他包扎。那位苏醒不久的年轻人找出他的衣裳，一件一件地为他穿好。新娘子拿出了她的梳子，为他把长长的头发梳整齐。要戴上帽子的时候，她发现大盖帽不好戴。她的面前伸过来一大把山花。扭头一望，只见新郎官满面羞愧，站在她的面前。她抬起警察的头，将山花垫在下面，帽子戴上去了。衣服上掉下的两颗纽扣，在新娘子衣袋里，她拿出来。

“我有针线，让我来。”军人随身带着针线包。

“让我钉吧。”山里的姑娘夺过了针线包。她觉得这么多人，只有自己最无用，没有使上一点儿力，反而拖累了大家。她希望一切事情都让她一个人来做。缝着，缝着，一串泪珠忽然滴在白衣服上。她忽然想到，这位和自己未婚夫年龄相近的警察，他的爱人也许正在什么地方等待着他的归来。

警察穿戴整齐了，静静地躺在舱板上。火光映红了他的脸，只见他神态安详、平静；英俊的脸上似乎还漾着一丝笑意。大家都不知道他的名字。火光映着他头上的国徽，庄严醒目。

大家守护着他，围着火堆团团而坐。谁也不说话，悲痛紧压在每个人的心头。新郎像要赎回自己的罪过，从直筒包里倒出了在爷爷家带的东西，请人家吃。但，谁吃得下？沉默了好久，老艄公颤巍巍站起身，手里提着酒壶。“同志，我老头子没什么送您，这酒，您喝……喝一口吧！”……他向警察举一举酒壶，然后倒过来，把酒洒进了火堆。“嗤！嗤！”几声响，火堆里腾起几道蓝色的光芒。

“同志啊！”瞎子向军人摸过去，手里拿着一个小包包，“这位公安局的同志是为我死的，为我死的呀！……这点儿钱，给他买把纸、纸钱……”

军人的眼睛也湿润了。他扶起瞎子，对他说：“老人家，您别伤心，无论是您，还是别人，只要他看见在危难之中，他都会救的。在他心里，没有个人恩怨，保护人民是他的职责，他在履行自己的职责啊！……”军人说的是警察，也是自我剖白。

瞎子不知听懂没听懂，却不住地点头，挂在他脖子上的“彩头”盒子也随着不停地晃动。命都差点儿送了，这盒子居然没有丢。老艄公走过来，没好气地说：“你呀，把你面前骗人混饭吃的玩意儿丢了就够了！”

“你说的是。”瞎子应了一声，“我颈项都挂疼了。唉！我这就……丢！”他取下“彩头”盒子，扔进了火堆里，那个小铜锣滚出来，叮叮当当，一路幽光滚进了旋流中。

军人看看手表，对老艄公说：“老大爷，谢谢您把我们送过了河。时间也不早了，我想进城赶明早的班车。”

“噢！”老艄公喉咙哽了一下，“你的东西没有了，不能过一天再走吗？”

“不行啊，不能迟到的。”

老艄公点点头，在腰里掏出个装钱的塑料包：“这里有十五块钱，做路费吧。”

人们被提醒了，都拿出了钱，瞎子也拿出了他那小包包递到军人面前。

军人感激地笑了笑，拦住了他们：“谢谢大家！提包里装的是衣服，路费在我身上。”

他摸出皮夹子打开，扬了扬。不知里面是否真的有钱，但大家都看见了一张照片，一位年轻的母亲抱着一个胖孩子。

“翻过这座山就有公路了。我想，谁能跟我一起，把警察同志抬进城去。”军人把皮夹子放进了军装里面的衬衫口袋里，问大家。

人家全都站起来了。犯人头一个站到军人面前，央求道：“我跟您一起走吧。”

军人点了点头。

这时，几个人上来了，做好了抬的准备。犯人突然感到自惭形秽，他那犯了罪的手甚至不敢去触摸那洁白的衣服。在他心中，警察并没有死，还在押着他继续上路。他抬起另一只手，伸进张开的手铐，下巴用力一磕，“咔”的一响，手铐扣住了，扣得那样紧，跟在警察的旁边，上路了。

燃烧着的松油火把四面喷射，像一簇簇炸开的礼花。老艄公和瞎子木然呆立着，目送他们直走到山垭。

远处，一队火把朝这边走来了。

（原载《青年文学》1984 年第 3 期）

映泉（1945—2018），原名张映泉，湖北远安人。曾任湖北省作协副主席、省文学院院长。中国作协会员。作品《同船过渡》获 1984 年全国优秀短篇小说奖，《桃花湾的娘儿们》获《中篇小说选刊》1985 年度优秀中篇小说奖，长篇小说《百年风流》获湖北省首届屈原文学奖。

# 火焰的旋律

郑彦英

淡黄色夹杂着灰黑色的烟团，像龙卷风一样，在师范学院上空翻腾着。

还没有造成爆炸性燃烧。我们的消防车向着烈焰飞腾的大楼急驰，发动机发出战马嘶鸣般的响声。速度表，指针在一百二十迈上嗦嗦抖动。好！最高速度！现在要的就是最高速度！我伸出食指，猛地按住红色的按钮，警报器立即以它那让人怵然的嗓门大叫起来。路上的车辆刷刷地朝两边让去，一双双眼睛从不同角度看着向大火奔去的我们。在无情的大火面前，人的本能是后退，而我们是向前冲，我们是消防队员！

“咚——”一声巨响，震动了我的耳膜。

不好！这是液化石油气罐爆炸时那特有的

声音。

火海！真正的火海！液化石油气缩短了未燃物体与燃烧物体的距离，燃烧的气体发出白炽的光亮，弥漫了空间，整个图书馆大楼完全被火焰包围，几十米外，人们的面皮就被那热的辐射灼痛了。到处是奔跑的吼叫的人，挤挤碰碰，提桶端盆，往火里泼水，不但未能使大火减小半点儿，火焰反而越着越旺，火舌越吐越长。大楼里不断地传来“砰砰”的崩裂声。

消防车一刹住，战士们立即像子弹射出枪膛，眨眼工夫，十几支水龙就朝着大火喷去。

我朝中队长那里跑去，只见中队长伸出双手正摇着一个人的双肩。这人大概是一个领导干部，他完全被吓呆了，浑身嗦嗦抖动，两片嘴唇颤动着，怎么也合不到一起。中队长几乎是吼一样地问：“说，里头到底还有人没有？”

然而，那人的下巴仍在抖动，还是一个字也吐不出来。我真想上去给他一巴掌，让他清醒清醒，让他知道自己是个男子汉，是个有领导职务的男子汉。但就在这时，跑来两个姑娘，一看就知道是从火里逃出来的。

“有人……”她们语无伦次，“黄燕儿还……还在里头……她要抢救……一本书……”

我的头发立时竖了起来：“几楼？”

“……一楼。”

“开花水枪！”中队长大叫一声。这是我每次冲入火海之前中队长的第一声呼唤，随即，他从战士手里接过水枪，双手握住，郑重地交给我，有时叮嘱一声：“小心！”有时一句话也不说，只是用那满含信赖的目光看我一眼。可今天，持开花水枪的战士小冉就在中队长身旁，中队长话音一落，他响响地应了一声：“在这儿！”却没有递过水枪，只是一个立正，“中队长，我去！”

“你……”我一惊。新兵豆子，口出狂言！这可不是你卖弄艺术才能的时候，这可不是在漂亮姑娘面前，这是人火！

中队长毕竟是中队长，一声：“听命令！”就从他手里接过开花水枪交给我，“快！”

“放心！”我接过水枪，瞄了小冉一眼，一拧开花阀，“唰——”一片水雾在我面前展开。我跃进了火海。

刚一踏进楼门口，一股火卷着一股热的气浪猛地朝我扑来。我一转身，开花水枪对着气浪扫去。可那气浪像不可阻挡的潮水一样，猛地将我仰面掀倒了。我下意识地抓紧了开花水枪，就觉得那无情的火舌舔上了我的脸。我刚要挣扎着起来，一只手抓住了我的肩，我一惊：“谁？”

“我！”

小冉！我浑身不由自主地一个哆嗦，冲他大吼一声：“这不是去听音乐、跳芭蕾！”

又一团火卷着气浪冲了过来，我想喊他快趴下，但我张不开口；我想看看他，但我睁不开眼。我猛地一按他的肩，两人立即像蛇一样伏在滚烫的地面……

星期天到了，多么讨人爱的星期天哟！

从那时开始，像多少个星期天一样，我就注意消防队大门口了。虽然我很乐意去救火，可这一天，我希望城里千万不要发生火灾，否则我就见不到她了。

她，是市歌舞团的舞蹈演员。那天早晨，她正在宿舍练身段，大楼失火了。他们那座三十年代建造的大楼，一着火就烧得非常迅速。当浓烟从走廊里扑进她的小小的宿舍时，她一下子呛迷了，胡乱地窜了几下，就晕倒在床前，我是从窗口跳进去的，发现她蜷缩在床前一动不动，我抓住她的胳膊，一提一甩，她就到了我的背上。随即，我听见“啊呀”一声惨叫，但我顾不得管。我跳上窗口，攀住我绑好的石棉绳，“嗞——”溜到了地面，这才把她从背上放了下来。

哦！我不禁张开了嘴：她穿着裸露出胳膊腿的练功服，那好看的身段，那白皙的皮肤，那动人的脸蛋……啊！我敢说，她是世界上最漂亮的姑娘！

她还迷瞪着呢，坐在地上，痛苦地呻吟着，一条胳膊颤动着，一条胳膊棍子一样垂了下来。

我猛吸一口气，想起我在浓烟中抓住她的胳膊猛地抡到我的背上的情景，想起她那一声惨叫。哦！是我将她的胳膊甩脱臼了，我该死，让那么漂亮的姑娘受罪！

我犹豫了片刻，蹲到她面前，一只手小心地抓住她的大臂，一只手稳住她的肩头，猛一使劲儿，在她又一声惨叫声中，她的胳膊复原了，会动了，人也清醒了，睁开她那好看的大眼看着我。那会说话的眼睛一下子搅得我心里乱动，我连忙躲开她的目光，跑到消防车跟前，拿来一身消防服，递给她："快穿上！"

她穿上了，还是用那好看的眼睛看着我，润润的红嘴唇忽悠悠动了，吐出几个花絮一般柔软的字："你，真勇敢！"

勇敢，这是不含糊的！消防大队里，谁不知道我大个子？不管论力气还是论消防技术，在整个大队我都是数一数二的。单是徒手抓墙上高楼和火里救人这两项过硬本领，就使每一个消防队员佩服。凡是遇到险情，谁上？没说的，我！我去就能解决！我从火里救出来的人，少说也能编一个排了。到处都能听到说我勇敢、说我能干的赞扬声，我不在乎这些。可这时，从她嘴里吐出来的"勇敢"二字却使我激动得不行，我觉得脸上像有火在烧，我连说了几个"不"字。不什么呢？我也不知道，我确实有点儿慌。在大火面前，我都没慌过，可在她面前，我慌了手脚。

从此，每个星期天上午她都来看我，对我说，对我笑，常常使我的心跳个不住。

有一天下午，我救火回来，满脸满身都是煤、灰、水。跳下消防车，我正要去拿衣服洗澡，她从楼上下来了，显然已经等我好大一会儿了。一看见我，眉梢儿一挑，嘴角儿一翘："回来了？"接着"腾腾腾"跑下楼梯，在战士们惊奇的目光中，她伸手递过一张票："给，晚上我们团演《天鹅湖》，去看吗？"

"这个……"我接过了票，心又慌得不行。

“怎么啦？”她一歪头，“我早就算好了，你今晚该轮休了。”

啊，一切底细她都了解了，好个她！

蓝色的湖水被东风吹皱了，绿色的草地被音乐铺展了，一群天鹅在这迷人的春色里翩翩起舞。哦，那不是她吗？那修长的身材，那闪亮的大眼！哦，不不，那分明是一只天鹅，一只天真的善良的美丽多姿的白天鹅！

坦率地讲，我不喜欢歌舞，尤其是芭蕾，看不懂，也品不出滋味。倒是那表现战争的电影片子，炮火的燃烧，钢铁的轰鸣，同自己的职业、同自己的心更接近些。但我愿意坐在这里，因为舞台上有她！

散场了，前面就是剧场出口了，出去就走吗？不，不能走。应该再见见她，哪怕就是一句话不说，也要再见见她。可是，她只是给了我票，我进剧场时她也没见到我，谁叫我等了吗？人家只是出于感激才让我看舞蹈，并没有其他意思，何必自作多情呢？不，我走！

然而，当我刚刚迈出剧场门口，脆生生一声“大个子”使我浑身一个激灵。是她？是她！我不由停住步，张开口，想象她叫我那样叫她一声，可终于没有喊出来。

她还没有卸妆，在乳白色的水银灯下，微微地对我一笑，伸手抓下了小白帽，那一头黑发立即像瀑布一样泻了下来，泻在雪白的肩上，多么动人。啊，天鹅，可爱的动人的白天鹅！

我浑身的血液急速地往胸口涌，心口立即像敲鼓一样“咚咚”响。我只好把眼光从她身上移开，看着别处。

她轻轻地叫了我一声：“过来。”伸过一只手，拉住了我的左胳膊，左臂立即像通了电一样，麻麻的，麻到了肩头，麻到了全身。我醉了，像一只乖乖的羊一样顺着她的牵动走到了剧场外，只听她说：“你能不能……等我一等？”

哦，让我等她！这突如其来的喜悦冲懵了我的头脑，我不知怎么回答才好，只是痴痴地“嗯啊”几声，不知是点头了还是摇头了。

大概是点头了吧，她一眨大眼，抿嘴一笑，一转身，飘走了，像天鹅那样飘然去了。

我真不敢相信，这样的幸福会降临在我这个山沟里出来的青年身上，降临在我这个时刻都准备和火神、死神搏斗的人身上。

火！死！和我们消防兵关系最密切的两个字。火在向我们龇牙咧嘴，死在向我们微笑。

一想到这儿，我立即冷静下来。我想起了一个曾经爱过我的姑娘。我们感情很深，别人也认为是天生的一对。但当我一提及婚事的时候，怎么也没想到，她一听，笑了，看着我："你得答应我一条。"

"什么？"

"转业。"

"为什么？"

"我不愿半途丧偶。"

还说什么呢？我看了看这个非常熟悉又非常陌生的人，走了。以后，再也没见过她。

想到这些，我不由深深地吸了一口气，压了压激动的心潮，平静地朝剧场后台望去。

她来了。她换好了衣服，小跑着来了，还没到我跟前，就笑着问："等急了吧？"

我淡淡一笑："没什么。"

"走吧，你送我回团。"

"你们团不是有汽车接送吗？"我故意说。

"我想走走嘛。"她一偏脑袋，"你就不愿意送送我吗？"

"噢噢，"我还能说什么呢，"走吧。"

天上是一弯细细的月亮，周围是朦朦胧胧的光。她离我很近，向我不停地说着他们团里有趣的人有趣的事，时不时从嗓子眼儿流出一串笑声，笑得我心儿直跳。然而，我很快又冷静下来，我时刻记着自己的身份：消防兵，一个粗人。我的心和她能相通吗？

走了一程又一程，一直都是她在说，我在听。我至多"嗯啊"

应对几声。

也许，她发觉了我的神情，突然不说不笑了，停住脚步，看着我："怎么啦，你不高兴？"

"哦，不不。"我连连摇头，心里忽然一动，"你知道我们消防兵吗？我们不像和平年代的战士，当了几年兵还遇不到实战，我们随时都可能投入战斗，随时都可能被火烧成灰的。"说完，我就等待着她的反应。

她说："是的，这些我都知道，正因为这样，你们这些人才是最可爱的人。"

最可爱的……啊！我的心又火烧火燎了，但我硬是控制住自己的感情，心想，搞艺术的，热情来时什么都不顾，啥好听的都能说，天长日久了，谁知道会咋想呢？时间，往往是检验人心的最好试金石。

她又有说有笑了。这个单纯的姑娘！

到了歌舞团门口，她还说着笑着，往前走。

"到了。"我不得不提醒她。

"到了？"她似乎一惊，"这么快！"稍停了一会儿，她伸出一只手，"那么，"她咬咬嘴唇，下了很大决心，"再见！"

我知道，我爱上了她，但这是一种苦味的不能对她讲的爱。她是以艺术家的热情在爱着我，但愿她长久。

哦，8点，多么准时，她来了。

她穿着白色的短袖衫和浅蓝色的百褶裙，衣着是那么普普通通，却显得既朴素又生动。她还是提着那小巧的古铜色的小皮包，有节奏地走来了，上楼来了。

我没有迎过去，每次我都装作不知道她来，我怕她察觉出我的心思。然而，我的耳朵却被她那高跟鞋的"笃笃"声吸引着。啊！她到二楼了。啊！她到门口了。"噗——"她推门进来了。"你们好！"她脆脆地问候了一声。

"你好！"同屋的两个战士立即出去了。每次她来，他俩就走，我真感激他们。

我站起身，微笑着让她坐。

她没坐，只是往我面前跨了一步，笑眯眯地看着我，竖起右手食指放在鼻尖前："你猜，我给你带来什么好东西？"

"嗯……"我摸起了脖子。

"别费脑子了，你猜不着。"她嫣然一笑，"啪"地打开那小巧的皮包，拿出了一个巴掌大的录音机，往桌上一放，伸出根细细的指头一按键，录音机里立即飞出一阵乐声。

她站在桌前，听着，看着我，一只脚"啪啪"地在地上打着拍子，忽然问我："好听吗？"

"嗯，好听。"我说，但我其实并没去听音乐。

"就是嘛！"她高兴了，眼睛好亮好亮，"因为这乐曲能引起你的共鸣呢！你肯定知道这是什么曲子。"

惭愧，我不知道。我只知道爬墙、上房、灭火、救人，从没想到去研究什么音乐。我不由得躲开她的目光，我的脸肯定红了。

就在这时，门被推开了，人没进来声先进来了："真好听！《英雄进行曲》！"闯进来的人竟替我回答了，这就更使我难堪，更何况这人是今年才入伍的新兵小冉。

这个小冉，竟连门也不敲，就这么嬉皮笑脸地进来了。她让他坐，他就毫不客气地坐下了，两眼看着录音机，竟也抬起一只脚，"啪啪"地打起拍子。一曲终了，他猛地站起了身，大声说："好！确实好，激动人心的音乐形象，使人想起摧枯拉朽的飓风，想起势不可当的洪流，这才是英雄听的曲子！听着这曲子，使人感到唱是不够劲儿了，只有跳，才能表达出自己的感情。"

"对！太对了！"她被他的情绪感染了，两眼直发光，"我正想创作一个……舞蹈，你能帮我吗？"

"尽力而为嘛。"他说，"为崇高的舞蹈事业出点儿力，是很荣幸的。"

她和他谈起来了，谈音乐，谈舞蹈，还谈绘画，谈得眉飞色舞。

我成了局外人！我这个大个子，在消防队处处受到尊敬，她也把我当成英雄和恩人，是那么热烈地爱着我，可这会儿，她被他迷住了！这个小冉，这个小知识分子，你不应该闯进我的生活禁区，你不该来到消防队，你能够与火焰和死神打交道吗？

不！不能这么想！自己是消防兵，是富于牺牲精神的消防兵，心胸应该开阔。可也怪，这想法就是统治不了我的头脑，也许人人都很难在爱情上做出牺牲？我不由站起身说："咱们到公园去走走吧？"公园就在消防队隔壁。

"好的。"她忙应道。她把录音机装进小皮包的同时，又对小冉说，"咱们一块儿去吧？"

"这个……"小冉看了看我，我本想蹙蹙眉让他察觉出我的心，可她偏偏也看着我，央求似的对我说："让这个小同志也去吧，他的话对我的创作启发很大。"

我还能说什么呢？我点了点头。

小冉！这个小冉！

我们俩几乎同时从滚烫的地上跳了起来，开花水枪依然忠实地朝前喷着水雾，面前是一排排着了火的书架。必须赶快找人！可这个新兵小冉，我是保护他呢，还是找人呢？我不由朝他吼道："出去！"

"兵分两路！"我听得出他声音有些发抖，但他说完就掂着开花水枪，猫着腰，钻进两排书架中间的过道里了。

一股火涌上我的心头，在消防队，哪个战士不佩服我、不听我的话呢？唯有这个小冉！但平心而论，这个小冉有点儿出乎我的意料，我知道他在刚才的一刹那间有点儿害怕，但那么一个小知识分子，在这吞噬一切的大火之中，竟能挺得住，没有人命令他进去，而他却去了，尽管他心里害怕。不知道我是该讨厌他，还是该喜欢他。

没办法，不是生气的时候，必须赶快找人！我立即掂起开花水枪向东头跑去。一般情况下，火里的人都倒在通向门或窗的通道上。可我跑了一圈，没找见。这时，只听“啪啦”一声巨响，一大团火带着二楼的一大块地板掉在了一排书架上。书架倒了，连着的四五排书架都倒了，火势也更大了，火舌“呼呼”地喷吐着。我要救的人呢？可别压在下边呀！

我立即跑了过去，可是一团团的浓烟呛得我喘不过气、睁不开眼，我挥起水枪朝面前一扫，然后趴在地上，脸蛋贴着发烫的地面朝里看。

啊，那姑娘在那里，在两排正冒着火的书架中间！她趴在地上，一只手朝前伸着，背上的衣服已经开始着火了。

肯定是晕倒了！我赶快跑了过去，将开花水枪的水雾朝姑娘身上扫去。火灭了，一片片衣服贴在她烧烂了的背上。我连忙伏下身，小心地抱起她。

“别急！”一个声音响在我的背后。

“小冉！”我叫了一声，心里的石头才落了地。“快，你打水枪，我背她出去。”

“不，你先出去，我要找那一册书……”说着就弯下腰，将嘴巴贴在黄燕儿的耳朵上叫道，“黄燕儿，你醒醒！”

见鬼！这是啥时候，还顾得上什么书！

“咚”，又一声巨响，又是一块楼板崩塌下来，一股烈焰蹿了很高，死亡，时刻可能向我们伸出它的魔掌。我一把扯起小冉，冲他大吼一声：“滚出去，新兵豆子！”

但他两眼闪着泪光，喷着怒火，直射到我的脸上。他恶狠狠地说：“你没听见刚才跑出去的那两个姑娘说，黄燕儿就是为了抢救一册书，才……书，一定不是平常的书。你听懂了吗？”

“是书重要，还是人重要？”我喊道。

“你去问她，去问这个黄燕儿，你看她倒下的姿势，手还朝书架伸着……”小冉几乎是泣不成声地说着。

然而，就在这个时候，姑娘真的醒了，只听她用极微弱的声音说：“手稿……黄纸手稿……”

“一定是古籍珍本！”小冉两眼直直地盯着姑娘。

“谁的?”

“苏……东……”姑娘没说完，头一歪，又晕了过去。

“苏东坡的!”小冉猛吸一口气，又将嘴巴对准姑娘的耳朵，“哪个书架?”

可姑娘再也叫不醒了。

苏东坡是干啥的，我不知道，可他的黄纸手稿一定是很珍贵的了。我下了决心，对小冉说：“快，你走，我来找。”

“你找?”小冉看着我，话语里带着不信任。

“我找!”能用这样的眼光看我？能用这样的话说吗？我有点儿忿忿然，“不就是黄纸书吗?”

“黄纸书多着呢，你能找见吗?”

不知道！我不知道！我直直地看着他，浑身颤抖着，拿着开花水枪的左手也不知何时下垂了，一股火焰窜入，“呼”地卷上我的背……

又是一个星期天，又是8点，她来了。又是那身漂亮合体的衣着，又是那“笃笃”的脚步声。我怕小冉看见了，就迎到楼下去，笑着对她说：“走吧，到公园里去。”

“好的!”她微微一歪头，嘴片子一动，特别动人。

“小冉呢?”

我的心一沉，但随即应道：“没看见他。”

“很遗憾!”她微微一耸肩，那样子也很生动。

我很不得劲儿。她没看见小冉就遗憾，若见到小冉而没有见到我时会不会遗憾呢?

我和她一起朝公园走去。以往，她的话没个完，这次却一声不吭了。啊，她一定在想着小冉呢！她走得很轻盈，我闻见了她身上淡淡的香味，但我的步子却迈不开。

从消防队到公园有一个小门儿，那边是密密的相思树和弯弯的碎石路。我们走了过去。

“腾！腾！腾!”我听见了拔杆声，一定是哪个人在加班练拔杆。透过密密的相思树叶，循声望去，见一个穿着背心短裤的战士朝一根挂在树杈上的杆上头拔去。哦，是他！

“小冉！”她也发现了，惊喜地叫了一声，随即拉着我的手，“去找他！”

我只好随她去。

正在半空中的小冉听见呼唤，两腿一夹杆，停在杆子上，回身一看是我们，连连笑着点了点头，“哧”地溜到地上，“噌噌”蹬上长裤，抹了两把汗，转过身对她一笑：“嘿嘿。”

她立即咧开嘴笑了，接着打开小皮包，拿出那个精美的录音机，在草地上一放：“搞出来了。”

“出来了？”小冉猛地睁大眼，“这么快？”

“还不是在你的启发下。”她乜了他一眼。

“快放放。”他凑到她身边，伸手按下了录音机键。

音乐往我耳朵里灌，我默默地坐在一边。我不愿意朝他们两个那边看，我看着我两只脚中间的地面，心里泛起了一阵隐隐的疼痛。

曲子完了，她的声音又响了：“这是曲子。舞蹈设计是这样的：两排不断变换着队形的红衣少女，一个穿黄色紧身服的男演员就在这两排红衣少女中穿行舞蹈。好啦，我先把那男演员的舞蹈设计跳给你们看看。”说着提高了声音，“看我这儿呀，大个儿！”

“嗯嗯。”我机械地应了一声，抬起头。

她从小皮包里拿出一双舞鞋穿上了，在我们面前的草地上一站，亭亭玉立。她朝小冉点了点头，小冉立即一按录音机键，随着那高亢的乐曲，她跳了起来。

“我与他们不同。”这个念头又一次尖利地刺在我的心上。我的生活中只能有火焰、爆炸和死神，他们的生活才是音乐和芭蕾，这是无法协调的，永远无法协调的。

随着乐曲的终了，她收住了舞步，那红红的双唇微微张着，丰满的胸脯起伏着，喘喘地看着我俩：“怎么样？”

“嗯，”小冉勾起右手食指敲敲额头，“这么说吧，从乐曲到舞蹈，都给人从前到后的紧张感。”

她又转过脸对着我：“你说呢?”

“这个……”

“能不能这样?”小冉说，“在那一串大跳和旋子后，安排一段柔和抒情的乐曲，同时，让红衣少女劈叉伏地，男演员来一段浪漫柔缓的舞蹈，然后再进入高潮，不是更好一些吗?”

“哦，对对!”她那两个眸子亮闪闪的，高兴地看着小冉，“这样，给人感受更强烈，艺术效果也更好一些。”她点点头，“曲子嘛，”她一只手打起拍子，“多—那、那—米—发、发—”边思索边哼起来。一遍，又一遍，最后，哼了一段使人一听就想起飘着的薄雾的曲子。刚哼完，小冉叫道：“好！就这吧!”

“行行!”她点点头，“记下来。”

“记在这儿了。”小冉指指脑壳。

“整个曲子连起来，你能哼下来吗?”她问小冉。

“能!”小冉点点头。

于是，小冉哼着曲子，她跳了起来，整个舞蹈连在一起了。

走吧，走吧，何必在这里充当多余的第三者呢?消防兵，时刻准备着牺牲自己的生命，在火场中，生死摆在面前，我会毫不犹豫地选择死亡，把生留给别人。那么，为什么不可以牺牲爱情?人啊，就这么不同，无法互相理解，不能互相沟通。

我站起来，悄悄地走了：听见她那惊慌的喊声，但我没有回头……

我猛一咬牙，止住了浑身的颤抖。不知道就是不知道，不懂就是不懂。只好让他留下了，我留下了两个重重的字：“小心!”就没有再看小冉，回过身，一只手打着水枪，一只胳膊抱着黄燕儿出了烟和火笼罩着的图书馆。

救护车立即开过来了，黄燕儿被拉走了。但愿她快点儿痊愈，这个责任心强的好姑娘!

“咔—咚!”楼内又是一声巨响，肯定是又一块楼板塌了，窗口门口往外猛地蹿出一股火焰。啊！我浑身一抖，头发一根根竖了起来。小冉，这个曾经伤害过我的感情的小冉，这个与我不属同一类型的小冉，此刻却如此连着我的心。消防兵的职业良心使我又像一匹战马听到枪声一样冲动起来。我抓起开花水枪，又朝火里奔去。

烟雾弥漫，烈火熊熊。开花水枪打开一片水雾，我不顾命地冲进去，在横七竖八歪倒在地上的书架间搜寻着，呼喊着："小冉——小冉"

"我在这儿!"

他倒在地上，两个倒下来的书架压在他身上。我不顾一切地拼命掀开了书架，把他拉起来，背在背上，从火海中冲了出来。我听见小冉在我背上"呜呜"地哭。哭吧，小冉，现在我看出来了，你会成为一个好消防兵的。

我们从火里冲出之后，小冉双手还按着鼓囊囊的消防衣衣襟。我问："找见没有?"

"找见了。"他从怀里取出一本已烧着了边儿的纸线装黄纸书。"是不是她说的那本?"

"你看，"他翻了几页，指着两个笔画很有劲儿的大字：苏轼。

我一看，急了："你弄错了，是苏东坡，不是苏轼。"

"是一个人，"他忍不住笑了，"一个是名，一个是号。"

这时，很多人围过来了。那个曾经在中队长面前颤抖不止的领导模样的人一看见黄纸手稿，眼睛立即瞪得溜圆，猛地举起双手，呼口号一般地喊起来："出来了，出来了，出……"喉咙一噎，眼睛一翻，"扑腾"倒下了。

"老黄—"人们喊道。

我没有理他们，转身看着小冉。我想说："你小子，中!"但我说不出。我挥起拳头，在他的肩上砸了一拳。

这一拳很重，一般人承受不了，可他一动不动。他定定地看着我，忽然迸出一句："你，能教我吗?"

"教你?"

"你的绝招，徒手爬墙，火里救人。"

“算了吧，我这么个粗人，有什么值得你学?”

小冉的眼中突然闪出泪花：“刚才，一开始，我心里是有点儿害怕的，但当我看见你那么坚定，我就冲了进去。我佩服你，我们这一段搞的音乐和舞蹈，表现的就是你。红衣女郎是火焰，黄衣勇士就是你啊！我们把你当成英雄一样崇拜。你是一种美，一种英雄主义的美……”

我呆住了，并且真正地在这个新兵豆子面前惶愧了。

这时，一位姑娘挤过乱纷纷的人群，踩着大火之后的满地泥水急匆匆地奔来了，眼中闪着焦虑的光。那是她，那只可爱的小天鹅。当她看见我时，如释重负地笑了。什么也不用解释了，那双如澈如水的眼睛告诉了我一切。

“我本想等那个舞蹈演出时再告诉你……”她喃喃地说。

“什么?”

“一个秘密……”一朵红霞飞上了她的脸颊，“关于你……和我。”

我更加局促不安，在她和小冉面前，我有什么值得人去爱呢?为我不懂音乐和芭蕾吗？为我不知道苏东坡就是苏轼吗?

“不，”我终于说，“应该是我向你们学，缺乏知识文化并不是一种美。”我说得很真诚。经过这场大火，我感到我和她，我和小冉，并不是那么遥远了，我们是可以互相理解互相接近的。

（原载《奔流》1984 年第 5 期）

郑彦英，1953 年生，陕西礼泉人。中国作协会员，河南省作家协会副主席。著有长篇小说《从呼吸到呻吟》等十部，电视剧《石瀑布》《彭雪枫将军》等五部，电影《秦川情》等三部。散文集《风行水上》获第五届鲁迅文学奖。作品曾获全国“五个一工程”奖。《火焰的旋律》获首届金盾文学奖。

# 十字口来了个交通警

范晋川

中山路南段有个不大不小的十字口，十字口南角有个朝花百货商店，商店里有七个营业员。为了推销积压滞销货物，商店主任决定在人行道上设一个售货摊，安排三个营业员卖货。至于这个小售货摊的负责人嘛，他几乎毫不犹豫地选中了丽丽。因为丽丽聪明，能言善辩，还有一点，就是因为她……长得漂亮。漂亮姑娘总是能吸引住一些想入非非的小伙子，将大大提高货物的销售量。当然了，关于漂亮姑娘是否有助于推销工作的问题有待于心理学家进一步探讨，可不管怎么说，丽丽是个漂亮姑娘这一点，可是千真万确。据说有个小伙子为了表示对她的忠心耿耿，曾冒着零下五度的严寒在她家的窗子外面站了整整一个通宵。这件事是真是假没人考证，不过丽丽曾发表过宣言，至今为止，还没有遇见一个吸引住她的男性公民。

这天，一辆大卡车开到十字口停住，跳下几个穿蓝制服的小伙子，卸下一个淡黄色的岗台，摆到十字路口中心。然后，提着油漆桶，在四个路口涂上白线。

朝花商店售货摊后面的姑娘瞪大了眼睛。小胖把手里的衬衣装进塑料袋后，递给对面的顾客，然后伸长脖子看了看，说："瞧他们瞎忙什么。"丽丽拖长了声音："整顿交通秩序呗。"随后姑娘们就对这几个人失去了兴趣。

一个星期过去了，岗台摆在十字路口中间无人理睬，偶尔有几个孩子爬上去，端着喷火冲锋枪，向来往的车辆扫射。

第八天，朝花商店的姑娘刚打开店门，就看见十字口岗台上站了个穿白制服、戴大檐帽的警察。高高的个子，白净脸盘，风纪扣紧紧包住脖子，腰间扎着个油光发亮的皮带。小胖叫了起来："瞧，这家伙。"梳马尾辫的姑娘砸巴了一下嘴唇，说："标准的仪仗队员。"

丽丽朝门外瞥了一眼："小白脸。"她又补充了一句，"木偶。"她把胳膊伸平，做了个夸张的指挥动作。

几个姑娘嘻嘻哈哈地笑成一团。从此，"小白脸"就成了这个年轻警察的绰号。

半个小时后，遮阳篷帐支起来了。折叠床上放着五颜六色的衣服、各种尺码的皮鞋、钢精锅、玩具。丽丽打开了收录机，《军队进行曲》在空气中震荡。

小白脸警察迈着步子走了过来，皮鞋发出了咔噔咔噔的响声。

"你们怎么把摊子摆到外面来了？"

丽丽抬起头，迎着他的目光，挑战地问："为什么不可以摆在外面？"

"规定。"

"什么规定，我们怎么不知道。"

他脸红了，先是面孔，后是耳朵、脖子。"交通规则你们懂不懂?”他说。

简直是含羞草，丽丽想。在她的印象中，警察都是些黑脸大汉。他刚刚相反，没一点点男子汉的气魄。丽丽最瞧不起带女人气的男人了。她嘲笑道：“没学过。”

晚上，开始结账，有人敲门。

“下班了。”丽丽嚷道。

门外的人没有离开。停了几分钟，又响起小心翼翼的敲门声。

“讨厌!”她拉开门，愣住了。

小白脸警察站在门口。

“是你呀!”丽丽拖长了声音，“请吧。”

商店内的姑娘都停止工作，注视着他。

他脸上泛起红晕，有些狼狈。

丽丽说：“你想来点儿什么?”

哄堂大笑。

他脸红得像熟透了的西红柿。他从口袋里掏出个小红本子，说：“拿去吧。”

“什么?”

“交通规则。”他说，然后翻开，“你看，第二十条规定，有证商贩必须按指定地点摆设。流动售货车、废品收购车，不准在繁华街道和交叉路口收售……”

“老天爷，”丽丽叹了一口气，“你来就是为这个?算白来了。要找，得找主任。”

他记下了主任的地址，走了。

没一点儿魄力。这是丽丽给这个小白脸警察做的结论。

第二天，朝花商店主任下命令放弃了人行道上的阵地。

这天丽丽站在柜台后面，听见隔壁传来一阵喧嚷和桌椅板凳的撞击声。她跑出商店，看见人行道上聚集了一大堆行人，立刻什么都明白了。

在她们商店左侧住了一户人家，男的姓王，是火车司炉。女的姓李，在食堂当服务员。他们结婚还不到一年，但几乎每个星期都要大打一场。为买菜多花了钱，为地没扫干净，等等。对此，丽丽她们已经习以为常了。

王司炉大吼一声，从台阶上跳下来，挥舞着擀面棍向女的扑去。

人群中一阵骚动。小白脸警察突然从人群中挤了出来，伸手挡住了王司炉："放下！"他说。声音不高，但很严厉。

王司炉急了，骂道："你他妈的少管闲事。"

妻子一头扎到他怀里："我不活了。我跟你拼了。"

王司炉牙齿咬得嘣嘣直响，不顾一切地举起了擀面棍就打。

小白脸警察把女的猛向旁边一推，擀面棍落下来打到他额头上，血刷地一下流了出来。人群中响起了惊叫……

第二天小白脸警察出现在十字口的时候，左眼眉上方贴了块纱布。

丽丽伏在人行道的栏杆上："喂，你真蠢，白挨了一下。"

"为什么？"他莫名其妙。

丽丽努努嘴："你瞧。"

街道对面，王司炉左手提着菜篮，右手挽着他妻子，边说边笑地向前走去。

小白脸乐了，露出白白的牙齿："这不很好嘛。"

"应该给他点儿厉害瞧瞧，把他抓走。"

他摇摇头："没有必要。"

丽丽撇了撇嘴："过两天，他们又打架，你再去劝？"

"当然。"他毫不犹豫。

丽丽叹了口气："根本没人承你情。"

"干吗要承我情?!"

"你天真得可以，不适合当警察。"

他想了想，说："就是，中队长也说了，我不适合当警察。"

丽丽哭笑不得。真窝囊。然而，就是这个窝囊警察，有一天却整得她下不了台。

那天商店盘点。停止营业。

大平来了，骑了辆日本“铃木”轻便摩托。他是丽丽最热烈的追求者，据说站在窗子外面整整一夜的小伙子就指的是他。不过，丽丽对他实在不感兴趣。

他推开商店门，走近柜台。

“你来干什么？”丽丽瞪了他一眼。

他赔着笑脸：“我把照相机带来了。”说着从提包里取出来。

丽丽乐了，扭头冲着姑娘们喊着：“喂，来了个摄影师。免费，一人一张，不照白不照。”

姑娘们一窝蜂拥到门外。集体合影之后，她们又决定，每人骑在“铃木”上照一张。

轮到丽丽了。她用手拍了拍摩托坐垫说：“喂，来张带速度的，怎么样？”

“你会开？”大平问她。

丽丽恼了，抿住嘴唇跨了上去。劈劈啪啪一阵响声，摩托发动了。

大平脸色有些苍白：“这个……”

“什么这个那个的，”丽丽把头发向后一甩，“让开！”摩托“呼”地蹿了出去，下了人行道。丽丽有个同学在体工队打篮球，也有一辆“铃木”，她一年前就学会了，就是没有执照。

风从耳边呼呼吹过，她准备绕个圈，驰上环城路。

“加油！”姑娘们在人行道上向她欢呼。岗台上，小白脸警察向她打了个手势，命令她停住。

她减速，刹车，用脚支地，握住车头，得意地笑了笑：“干什么？”

他板着面孔，伸出手：“执照。”

“没有。”她把头发向后撩了撩。

“那你怎么能骑？”

“放心吧。”丽丽说，“我能从这里骑到巴黎。”

他摇摇头：“这不行。违反交通规则。”

丽丽脸上的笑容凝结住了：“你说怎么办吧？”

“按规定。”他说，“扣车。到中队处理。”

丽丽差点儿跳起来：“我是在照相。”

“那更不应该。”他说。

“要是我不高兴到中队去呢?”丽丽抬起头，傲然地问道。

“你必须去。”他严厉地说。丽丽吓了一跳，她还没见他这么严厉过。

一场欢欢乐乐的照相活动就这样被他冲散了，回到家里，丽丽气得大哭了一场。还从来没有人这么粗暴地对待过她。什么东西，她想，就会在姑娘跟前耍威风。她发誓，再也不跟这个小白脸警察说话了。

几天以后，透过窗子玻璃，丽丽看见小白脸警察朝商店走来。

“都别理他。”广小胖朝丽丽挤了挤眼，“治治他。”

他推开门，走到柜台跟前。

丽丽扭头瞧着墙上的宣传画。小胖伏在柜台上，专心致志地读着电影画报。

“取个信封。”他说。

没人理睬。

“请取个信封。”他提高了声音。

还是没人理睬。

他惊讶地朝四周看了看，脸涨得通红。“聋子。”他小声嘟囔了一句。

仍然没人理睬。

他皱了皱眉头，犹豫了一下，转过身。

“唉，”小胖冲着他背影大声叹了口气，“本来我还想找个警察当丈夫。现在，我可改变主意了。”

姑娘们乐得眼泪都流了出来。

丽丽没笑，她笑不出来，连自己都说不清是为什么。她闷闷不乐。所以，姑妈打电话让她去家里过星期天，她答应了。

那天吃饭的时候，姑妈一个劲儿地往她碗里夹菜，可她只吃了几口，就推开碗，搁下筷子。她走到阳台上。大块大块的乌云从西涌过来，尘土被卷到空中，天空变成黄褐色。姑妈惊叫起来：“丽丽，快进来。”

丽丽退进厨房，关住通向阳台的门。

倾盆大雨从天而落。人行道的房檐下躲满了避雨的行人。丽丽突然想起了小白脸警察。他站在岗台上，像挺立在孤岛中的雕像，风裹着雨拼命想把他掀下去……

“你怎么了?”姑妈把手放到她额头上。

她把姑妈的手推开：“我挺好的。”

她烦得要命，自己也不知道为什么烦。

黄昏时候，雨停了。丽丽离开了姑妈家，顺着街道往回走。天慢慢黑了下来。走进一条小巷，她突然看见前面有个黑影。丽丽吓了一跳：“谁?”她喊了一声，用手紧捏住提包。

黑影走到路灯底下，丽丽愣住了。她面前站的是那个小白脸警察。别理他。可她又忍不住。“你在这里干什么?”她把发的誓忘得干干净净。

“电线断了。”他说。

丽丽扬起头，借着路灯，勉强可以看见有一根电线软塌塌地从空中垂到地上，像一条黑蛇。

“给供电局打电话。”丽丽说。

“打了。”他说。

“那你在这里干什么?”丽丽莫名其妙。

“干什么?”他反问道，“要是有人碰到电线上怎么办。”

“能这么巧?”他真傻，丽丽想。

“万一在……”

“你准备守到什么时候?”

“电线修好。”他就像在执行警卫任务。

丽丽凝视着他，看得他不好意思地把头低下去。“你怎么了?”他说。

“没什么。”丽丽摇摇头，小声说，然后慢慢向前走去。

回到家里躺到床上，丽丽怎么也睡不着。小白脸警察老是在她眼前晃来晃去。她用被子蒙住头，用枕头压住眼睛，但这个影子老是赶不走。

第二天上班丽丽失魂落魄，以致连续几次给顾客拿错了东西。她不断地往十字口岗台上瞧着，小白脸警察一直没出现。

第三天、第四天、第五天都过去了，小白脸警察始终没有露面。接替他的是个三十五六岁的胖胖的警察。

终于，丽丽忍不住了，跑到岗台跟前。

丽丽离开岗台的时候，垂头丧气。回到商店里，变得沉默寡言。

后来大家才知道，小白脸警察调到郊区新成立的中队了，是他自己要求去的。

他真傻，丽丽想，只有傻瓜才从城里往城外调。丽丽最恼火的是，最后一次见面他竟然丝毫也没透露要调走的消息。她越想越气，气得要命……

半年以后，有人看见丽丽在郊区一个副食店里上班。大家都说，丽丽是追那个小白脸警察去了。

（原载《延河》1984 年第 6 期）

范晋川，笔名晋川，1953 年生，山西忻县人。曾任职于西安市公安局，三级警督。上海市作协会员。出版有小说集《处理原子弹》。作品曾获西安文学奖、《羊城晚报》“花地”文学奖等。《十字口来了个交通警》获首届金盾文学奖。

# 越　狱

桂雨清

“走，逃走！”302号囚徒余尤海绷紧的神经像根粗琴弦，连珠似的弹出这个震撼心脏的强音。越狱——似声波一样折磨着他。

大墙内外是两个世界。高墙上那铁蒺藜织成的电网，像专写哀歌的五线谱，月牙和星星不敢闯进来，都颤抖地挂在上面。监狱里没有碧潭青流和萋萋芳草。地球在外面公转。

“只需看她一眼，看她一眼！还要告诉她那盆仙人掌的秘密。”他眯眼佯寐。昏黄的狱灯下像站着个朦胧的身影：妻子翠萍，大肚蝈蝈似的黄瘦、下肢水肿的孕妇。

“她早进入预产期了。”他弯起被子下的手指，一遍又一遍地盘算着。

他不想睁开眼，记忆的挂图“拉洋片”似的替换。当他因贪污罪而被逮捕时，并未被那两名孟加拉虎一样矫健、强悍的刑警，一副冰冷、镀镍的狼牙铐震慑住，却在翠萍那双眼睛下战栗了。以往如同两泓清泉的皓眸，现在简直变成了冒烟的火山口。

“我真没想到，不要脸！”两片红唇像沾血的利刃。“啪！”纤细的手重重地打在他冷汗涔涔的脸上，把他的心打碎了。他凝视着妻，她正用手掩面嘤嘤哭泣，泪水流出指缝。无名指上的那枚金戒指闪着黄灿灿的光，那是他用四百元为翠萍买的。

“翠萍，结婚没有钱。我是为了你才……”他感到面部三角肌在微微抽搐，嘴唇像两扇沉重、生锈的铁门。

“你拿去吧！”她退下沾泪的金戒指掷在地上，那金戒指像个醒目的“0”号滚到他的脚边。尽管妻子喜爱它，他也不知在那上面印了多少吻，但这一切都结束了。他像被抽去颈筋一样地垂下头。

预审室里，他像个皈依佛门的凶徒，老实地交代了预审员所提出的问题。但当那无人知晓的“仙人掌”秘密即将脱口而出时，他想起妻那平素妩媚、含情的双目；夫妻相悦的欢愉；夏夜里共同编织的梦幻……他迟疑了，话又被舌尖卷了回去。尽管他怨妻无情，将责任全部推到他身上，但他还是怕从此失掉她。他还有一线出狱后重整家庭的希望。退赔赃款，屋里所有的东西都要被拉走，不会留下针鼻线脑，而她还要生活，还有那一天比一天隆起的肚子，为这些，“仙人掌”是绝对不能说出来的。

“仙人掌啊！”他轻叹了口气，转动着身体，压在身下的木板吱吱作响。他在像冥火一样的狱灯下，似乎又看到了那盆放在阳台脚下，并无多大价值的多年生肉质植物。自入狱后，它一直根植在他心头，深褐色的刺时常扎得他隐隐作痛。

他被开除公职，翠萍也理所当然地被取消家属工转正的资格，并准备起诉离婚。他曾想自杀，但缺乏条件和勇气。当那个像棕熊一样健壮、彪悍的曹铁刚队长，将一封剪口的信交给他时，他像捏着一块烧红的铁片，浑身瑟瑟抖动。“家书抵万金”，他一气读了三遍，号啕痛哭，像溺水者在绝望中抓到了一片木板。

……政府给我做了大量的思想工作，我是有责任的。妻贤夫祸少……只要你认罪服法，重新做人，我是等着你的。孩子即将降生……

信虽简短，却像一股清泉流进因绝望、痛苦而龟裂的心田。他狂喜的波澜才平息，心潭又皱起痛苦的涟漪。开始哀怜妻子孑然一身，无亲寡友……他简直听到了妻的泪落声和钻出窗缝的叹息。

今夜，云翳满天，柔风斜吹，夹着几粒雨星。数日思想激烈的肉搏，他的理智终被击溃，统治他的是即将临盆的妻和那株仙人掌。

他决定越狱。他偷偷溜出坐在地上、黑压压一片的劳改人员队列，那正是露天电影演到最精彩的时候。他缩头，佝偻着身子，像只刺猬在黑暗中蠕动。转过墙角后，又变成注射了兴奋剂的兔子一样狂蹿起来。他潜入白天的施工工地，知道在那幢小楼的门洞里，有一块抹灰用的交手板倚在墙角。沉重的柳木板在他腋下轻得像根竹片。他将木板倾斜为四十五度竖在大墙下，但还与墙沿相去一尺。他又毫不迟疑地抱过一只空油桶，垫在木板下。他的心脏几乎停止了搏动，两手紧攥着发黏的冷汗，知道在这里多停留一分钟，失败甚至死亡就会随踪而来。等探照灯雪白的光柱像神钵一样罩住他时，也许就会有一颗铅弹穿过胸膛或打碎颅骨。没有人能体验到越狱者的心理，这比一个撬保险箱的窃贼更恐惧十分。头上一声鸟啼，不亚于一声霹雳，足使肝胆俱裂。

他把心咬在牙缝，否则会蹦出来。他把脱下的胶鞋扔过墙，赤脚攀上刮出许多毛刺的木板。铁丝网的电流声震动着耳膜，无论身体的哪个部位触到它，都会被弹下高墙。墙外听不到车喧人声，只有疏星般的灯火。下面是什么？鹿岩、壕沟、棱石堆、铁蒺藜，他不知道，反正不是海绵垫和沙滩，只知道自己站在了生与死的分界线上。他运气闭目，双手抱头跳下墙去。

地很松软，他像落到一片湿土上，嗅到微微苦涩的青草气息。

当他感到臀部和胫骨隐隐作痛时，心中蓦然惊骇起来，知道十几分钟后，就会响起警铃；然后，监狱的铁门轰然大开，驶出一辆辆风驰电掣的摩托；全市不知有多少台电话为他忙碌。他爬起身，来不及去找鞋子，脱掉囚服翻过来又穿在身上，让“302”号贴着肉。

他想起上次被抓回的那个越狱犯，当众砸上镣铐，宣布加刑期，像只无骨黄鼬似的被狱警提走的情景，不由地打个寒战。

“越狱吗？好啊，你们都不妨一试。但我发愁，哪里是你们的归宿呢？只能藏在水底或土中！”

曹铁刚半截铁塔似的耸在那里，眸子里射出的两道激光，扫描着垂手低额的一百多名劳改犯，直透过他们的心脏。他从来不笑，好像狱卒的笑神经都已经萎缩了。

余尤海一想起那张坚冰雕成的冷飕飕的脸和那因目光过分犀利才半眯起的眼，心便发悸。劳改犯暗中都叫他“蚂蚁”队长，这不仅因他有个胡茬儿浓密、像爬满蚂蚁的下巴，主要是他像蚂蚁一样无隙不入。潜进每一个劳改犯的心里，附在他们的心包和脑细胞上，听心脏是否在正常搏动，大脑究竟想些什么。余尤海就是利用曹铁刚数日不在的良机，断然越狱的。

他不想跑到天涯海角，更不想隐匿在地窖里长一身发霉的白毛；他只想看妻一眼，摸摸孩子，拿回一块尿布；还要告诉那株仙人掌对她有多么大的用途。不这样做，“仙人掌”又怎能写在明信上呢？他衣袋毫无分文，不能搭乘公共汽车，只有凭两条腿跑回家里。他不敢走高压钠路灯照着的柏油大路，选择一条入夜便少人行的小土道，赤着脚飞快地跑着，双腿一颠一颠的，像只落荒而逃的狼。

模模糊糊的楼群终于跳进视野。他想，绕过前面那块绿地，就能看到家的窗口了，还挂着那翠色的窗纱吗？无数的窗口远望去像蜂房，几乎都闪着淡青的光，人们不知是被什么精彩的电视连续剧吸引住了，竟使楼群间的甬道上觅不见人影，这使他暗自庆幸。自己家的那台飞利浦彩电呢？早就作赃物充公了。翠萍该多么寂寞，她最爱彩电荧光屏上的绿色。她生产了吗？如果没有，现在恐怕连地上的小铁壶都很难拎起……唉，他想着，双脚加快了频率。一阵风吹开云层，透出月光，路边响起一片洋槐树叶的哗哗声。

余尤海看到了他的家：三楼的窗口亮着灯，光线浸过窗纱显得微弱。他的心一阵狂跳，不敢贸然跑上三楼去叩门，怕惊动邻人，独身女人在夜晚是不轻易开门的。再者，万一房间易主了呢？他决定从排水管道爬上去，然后跳到阳台，听听里面的动静。他曾是由一个架子工被提升为出纳员的，攀墙爬脊，有足够的把握。

他动作敏捷地攀上三楼，正当跳到阳台时，窗纱上出现一个男人魁梧的身影。他的身体陡然一颤，险些栽下来。那是谁！翠萍和他在本市绝无亲眷，虽然她有个在乡下的舅舅，但室中人绝不是那麻秆儿似的老头子。屋内杳无人声。他仔细地看着堆在阳台上的东西，那些家什他是熟悉的，这证明房间的主人仍是翠萍。他终于看到了置放在煤球筐下的那株仙人掌，在朦胧月光下，像一只举起的丑陋、枯萎了的魔掌，显出阴森森的狰狞。他毛发微奓，心中掠上不祥的疑云，额侧静脉突突作跳。

“别怕，快点儿。”男人声音低沉。他觉得这声音挺熟悉，但一时又想不起来。他怒火中烧，想蹿到阳台上，飞脚踢开门。如果真是那样，自己还有什么资格犯怒？转念一想，心中又很悲切。

室内传出翠萍一阵轻吟。

“不要紧张，我背你下楼。小温，请你留下。”浑厚的嗓音略微提高了些。

余尤海全明白了，室中人是曹铁刚。翠萍要临盆了！全身热血蓦地扑上心头，他险些喊出声来。他几次想闯进屋去，尽点儿丈夫的职责，但没有勇气，唯恐那乌黑的枪口，闪着寒光的手铐和杀气腾腾的狱警给妻带来刺激。如果妻突然看到自己，尖叫一声惊厥在地，那将是一个谁也难以应付的局面。

他像壁虎一样紧贴住墙，侧过头来。见到身材高大的曹铁刚背着翠萍跑出楼洞。他脚步虽疾但很轻，不知被什么绊了下，一只腿突然跪倒在地上。

“放下我吧。”翠萍伏在他宽厚的背上，声音有些哽咽。

余尤海觉得这一切像是发生在梦境中，不相信自己的眼睛，血液好像又凝固了。

“队长，到建国产院吗?”一名狱警问。

“嗯。”

“我把摩托车开过来。”

“犯傻!”

余尤海知道那辆摩托一定隐藏在一个角落，怕引擎声惊动了自己。他看着他们消失在夜幕中，曹铁刚像个高大的驼背人。

他不敢进屋，小温是派出所的户籍民警，留下他显然是在“蹲堵”，等候可能归来的越狱犯。

“混蛋，我还在这里做什么?”他手一松，滑落到地面上，飞快地向产院方向跑去。

余尤海跑到建国产院时，已是大汗淋漓，气喘吁吁。他不敢堂而皇之地走进去，在两扇镂花铁门旁放着一辆使他心惊肉跳的摩托。半年前他曾带翠萍来院检查，知道传达室有个忠于职守的老看门人；他那浑浊的眼球总凝视着每一个进进出出的男人；目光含着挑剔、怀疑和忧心忡忡，生怕把什么邪恶带进这座“诞生新世界”的神圣的殿堂。如果留着囚头、赤脚、满身泥汗的余尤海走进去，那老看门人必然会像是在静潭上突然发现一只独角凶兽那样惊恐万状，甚至去拨“匪警”电话。他在围墙下的暗影里徘徊，决定做一个逾墙而入的“贼”。他爬上了墙。

他跳落在一个花圃里，脑袋碰上了毛茸茸的鸡冠花；踩扁了一株月季，扎破了脚。产院中的二十四小时，永远像个温馨、安宁的春夜。两个脚步轻盈、白衣天使似的小护士走出来，一转眼，窈窕身影便消失在葵灯下的橘色光环后面。他像夜行猫一样跳过去，蹲在急诊室的墙下。这里是一排葱郁的冬青，灯光照不到的死角。他像狼狗一样耸起耳朵，却无论如何也听不到室内的声息。

一缕烟草气味掠过他的鼻端，在离他不远的地方，不知什么时候出现了一个半扇门似的身影，是曹铁刚。余尤海的心噗噗直跳，真想扑上去跪在他脚下，乞求给自己两个小时的假，然后押回监狱，甘愿加刑期。

“半扇门”伫立很久，开始移动。他显然也很焦灼不安，把香烟举到嘴边，烟头亮了好一会儿，才恢复原状。

“队长，我们不能老待在这里。”年轻的狱警走过来。

“小贾，你去把栓栓的妈接来。”

“这……已经11点了，要不我留下。”

“犯傻，这是女人的活儿。”

“哎。”狱警转身就走。

“让她把东西捎全。”

“什么东西？”

“啰唆个屁，她知道。”他的口吻显得不耐烦。

狱警嘟囔着走了。门外传来摩托的引擎声。余尤海的眼眶发酸，轻轻站起身，想走过去。

“娘的，余尤海，老子弄回你，先扇俩耳光！”

曹铁刚狠狠地自语，把烟蒂用力地摔在地。余尤海心一颤，蹲麻的双腿一弯，又坐在地上。

“徐翠萍。”传来低促、清晰的女声。

“在。怎么啦！”曹铁刚蓦地一个急转身，跑上前去。

“别那么紧张。没什么，你可别走。”女护士们轻轻地笑着说。

曹铁刚“嗯”了声，像牛一样喘吐着口粗气，气恼地坐在梧桐树下的石凳上，右掌用力地拍在腿上，发出沉闷的“嘭”音。

夜很静谧，似能听到云的流动和风的脚步。急诊室的门每开一次，曹铁刚低垂的头都猛然抬起。余尤海不敢动弹，头脑里像塞上一团乱麻，额前沁出层层细汗。

翠萍终于被推到产房去了。曹铁刚紧跟了几步。余尤海不禁站起身，伸长脖颈，只看到了两个白色的背影和推车上白色的小“山丘”，没有妻的脸。

曹铁刚的爱人淑华，是个相貌平庸的中年妇女。看她矮胖的身材，听那“噗、噗”的脚步声，就知道不是个多愁善感、温柔细腻的女人。她右臂挽个白包裹，兴冲冲地迈着八字大步，活像个走娘家的农妇。她闯到曹铁刚面前，尽量压低嗓音：

“好呀，三更半夜把我叫来，是伺候一个劳改犯的娘儿们，还是越狱犯！”

“病人在市内没亲属，没法，谁碰上也得管。”

“我不管！”她怒气咻咻地转过身去。

“那你包裹里装的是什么？”

“你管得着吗？我是老妈子？哼，犯人能下出好崽子！”

“你敢胡说！”曹铁刚向前跨了一步。

“你别动不动就嗔脸子，我可不是犯人。”

“你这话让他们听到该多伤心。”他口气软下来。

余尤海的心像插上利刃，一阵剧痛。他痛苦地闭上眼睛，使劲儿地咽口唾沫，不愿再听下去。难道罪犯也能世袭？他四肢发冷，心里十分悲哀、凄楚。

“队长，栓栓在发烧……”狱警小贾轻声说。

“别多嘴！”淑华狠狠地瞪了他一眼。

“栓栓病了？你……哭了？”曹铁刚瞪大眼睛，有些慌乱失措。

好半天，淑华才轻声说：“你一走好几天，孩子……”声粗气壮的女人，这会儿竟然有些呜咽，变得温顺和懦弱。

“回家吧，这里有我……唉！”

“你瞎了吗？”她凑上一步，口气又硬起来。

“队长，嫂子把什么东西都带齐了。”

“再多嘴，看我不割你的舌头。”她冲小贾轻顿着脚。

“淑华，真难为你了。”曹铁刚动情地说。

“哼，我不稀罕。三花脸！”她赌气地背过身去，像使小性儿的姑娘。

小贾走了，去和派出所联系。夫妻静静地伫立着。花木间传出秋虫的低鸣。

“栓栓病重吗？犯人还没抓到，我回不去。”他语音深沉，带着微微的歉疚。

“你放心，我把栓栓托付给齐奶奶了。”淑华音调变得温和、动听起来，“唉，这回你准得挨批……你瘦了，眼眶都陷进去。该死的越狱犯。”

“是我的过失。其实，我是想安排这个犯人回家探视一次的。看来，一个罪犯虽然坐牢入狱，但七情六欲是不会断的；有时从表面上看什么都不想，但内心的思想斗争却十分激烈，思维也比常人活跃；一个人是不可能全面、彻底地掌握另一个人的全部思想活动的。正因为是犯人，思想活动才隐藏得更深。唉！”他狠狠捶着自己的脑袋。

“一个女人嫁了罪犯，也真是命苦。”她轻轻叹息，“她住哪个病房?”

“四号病室，叫徐翠萍。”他又点燃了一支烟。

“我去归置一下。”她走上台阶，又转过身，手伸到包裹里，“少抽点儿烟吧。这是四个月饼，你和小贾吃。快到中秋节了。”

曹铁刚慢慢接过来，他深情地凝望着妻子，好像心情很沉重。

余尤海胸腔里滚动着甜、酸、苦、辣。悔恨、自卑、悲伤、感激交织成一张紧密的网，牢牢地络住他的心。他想哭，但无泪；手指深深地抓进泥土中，身体像片瑟动的叶。他想一步走出来，这样，起码能解除曹铁刚的忧虑，不再折磨这个失职并对自己施恩的队长，不再折磨为丈夫焦虑不安、有副菩萨心肠的大嫂。他慢慢站起身，但两眼一阵发黑，饥饿和疲惫使他心悸气短。他努力抬起麻木、酸痛的左腿，无奈身子一斜又坐在地上。

“谁是徐翠萍的家属?”随着清脆的喊声，几个白色的身影闪进葵灯椭圆形的光环里。“唰”，曹铁刚和余尤海同时站起身来，精神紧张的曹铁刚没有发觉冬青后面的响动。

“产妇难产，血压偏高，羊水呈暗绿色，胎心音很弱，需要做剖腹手术。你要同意就请马上签字。”一个助产士急速地诉说着。

“他妈的……这个……”小贾急得直搓手。

“这位民警同志怎么张口骂人。”一名护士不满地睥睨着他。

“别误会，产妇的丈夫是个犯人，是个越狱犯。”

“噢，明白了。”助产士和两名护士仰头看了曹铁刚一眼，带着敬佩的神情。

“那，谁签字，情况不允许做长时间的考虑。”护士轻声说，似乎很为难。

“我签！”曹铁刚抹了把额头，掏出衣兜的笔。在这一分钟内，他好像忘掉了自己是担承着抓捕逃犯、千万火急的特殊使命的；忘掉了躺在产床上的是犯人的家属；他把与自己毫不相干的翠萍当成了淑华，觉得困在母体内的是栓栓，产妇声声轻吟像鼓声一样震动他的心房。

“队长，不能签！”小贾抓住曹铁刚的手。

“我，我签！”倏地，余尤海像醉汉一样，跌跌撞撞地扑出冬青，刚跨出两步，便猝然跌倒。小贾和年轻的女医护们都惊呆了。一名姑娘尖叫半声，便掩口后退了几步。小贾下意识地去摸腰间的手枪，一个虎步蹿上，揪住他的衣领。

“让我先签字。”余尤海伏地恳求。

“小贾，扶他起来，让他签字！”冷静、镇定自若的曹铁刚始终站在那里，好像越狱犯的突然现身，他并不感到惊愕。

余尤海接过笔，半跪在地上，把纸铺在膝头，像画押一样，握笔的手像通上电流。他只觉得头晕目眩，喉咙像要吐出什么来。他看到几双穿着白色护士鞋的脚匆忙离去。眼前一片灰蒙蒙。他喘着粗气想站起来，但身躯像被雷电击中，骨架全散了。

小贾揪起他的后衣领，气愤地说：“混蛋，我先管教你！”

曹铁刚用手掌捏住他的手腕，严肃地说：“不准打人。”

“队长，他始终是躲在这里的，太坑人了！”小贾用脚尖轻踢了余尤海一下。

“余尤海，站起来！”曹铁刚虽是轻声，但声色俱厉，“坐到石凳上去。”

“小贾，”他看了看腕上的表，“立即通知监狱办公室，302 号囚犯余尤海在 2 点 20 分被抓获，不，是主动回归。”

“主动回归。”余尤海胆怯地偷看厂曹铁刚一眼，胸臆翻过一层热浪。

一个男婴在晨曦里降生了，像只破晓高啼的小雄鸡。一个婴儿的降临，就是一次壮丽的日出。

护士破例地把婴儿抱出来，余尤海接过襁褓，喃喃地叨念着："罪孽，罪孽……"他双腿一曲，跪在曹铁刚面前，无声地流着泪。

"余尤海，你有种吗？有种就站起来！低头改造，挺胸做人！"曹铁刚弓下身拽起余尤海，接过孩子，眯起眼端详着，脸上竟漾出笑波，"小家伙，谁敢说你将来不是个有出息的。"他目光又转向余尤海，冰冷地说，"去见见你爱人，要控制感情。"

余尤海低头慢慢走进病室。翠萍睡着了，苍白、削瘦的面容轻蒙着一层薄薄的笑纱。眼窝有两条闪亮的泪痕，那是一个女人并驾齐驱的痛苦和幸福所留下的轨迹。她似乎在做着一个遥远的梦，梦见她的儿子长大了，和他的父亲不一样，是个对社会有用的人。

他静静地立在床前，默默地看着桌上的麦乳精、红糖、鸡蛋……还有巧克力（那一定是栓栓的）。余尤海的头脑忽而一片浑浊，忽而空明；思想成了断片，像被风扯散的柳絮。此时，他才真正地感到了自由的可贵。他多想和妻儿躺在一张床上，嗅着孩子的臊味儿，三位一体、不可分割的家啊！

坐在木凳上的淑华睨斜着他，轻蔑地哼了一声，用手轻抿着翠萍的滑落到唇角的散发。

"谢谢您，我一定要报恩的！"他抽泣着说，对淑华深深地鞠了一躬。

"男子汉流泪有多大出息！越狱犯，我告诉你，我这样做是冲着这娘儿俩。以后再别胡思乱想，我会经常……"她突然转过脸去，眼角微微发红。

余尤海被曹铁刚、小贾押解着，悄悄地离开了产院。他微佝着身子，腹中一阵空鸣，双腿发软。

"你饿？""蚂蚁"队长掠了他一眼。

"啊，不。"他微显出惊惶。

"吃了！"曹铁刚从衣兜里掏出两块月饼，塞进他手里，又递给小贾一块。

余尤海把带着体温的月饼颤抖地举到唇前，夹着芳草香气的浆粉和咸涩的泪珠凝聚在舌尖上。

路，在余尤海的眼前变宽了，坦荡荡的一直自天边通向心间。夜色褪尽，从斑斓云海里跳出一颗银光熠熠的启明星，那是他的希望之星。

“越狱，越狱，我还要越狱！要把丑恶的灵魂永留在狱中，越出狱墙的将是个新我！”

当疾驰的摩托掠过一个路口时，他突然举起铐住的双手，大声喊：“队长，请您把车开到我家！”

余尤海只有一个念头：打碎花钵，踏烂那只魔爪似的仙人掌，取出泥土下面的那个油纸包，那里面是一叠十元面额的赃款。

（原载《隐蔽战线》1985 年第 1 期）

桂雨清（1953—2004），天津人。天津市作协签约作家，天津电影制片厂著名编剧。影视剧代表作有《马本斋》、《苍茫》、《补天》、《假大侠》、《大明宫词》、《燕子李三》、《蛐蛐四爷》、《红旗谱》等。小说作品有《佛殇》、《走向天堂》、《醉女人》等。

# 逃　犯

晓　剑

他逃走了，作为一个犯人逃走了！

他是从一个根本不可能逃走的地方逃走的。没有人追捕他，因为所有的人都断言：他绝不会有生路。这不是危言耸听，以前从这里逃跑的人没有一个再出现在人群中，大沙漠冷酷地吞噬了他们！

是的，那里是一片蔓延几千里的沙漠。他被押去时，先从故乡坐上火车摇晃了三天三夜，然后坐汽车在尘土飞扬的道路上颠簸了五天，最后又在履带式拖拉机拖着的木爬犁上趴了三天。进入沙漠的那些天中，他没有看见一点儿绿色，也没有看见一块水洼，只有汽车和拖拉机在发烫的沙子上留下一条条印迹。他将在这块沙漠的中心地带劳动改造十五年，因为他犯了杀人罪。虽然那个人没有死，但已成了终身残废。

他没有等到十五年，甚至连十五个月都没有熬到，就离开了劳改农场。不是减刑，也不是特赦，而是逃跑。

他无疑是踏上了一条死亡的道路！

我听到他逃跑的消息时，正躺在距那片大沙漠几千公里的一个单身宿舍的硬木板床上发呆。这间宿舍在他的故乡城市的公安局大楼内。

清晨时那并不强烈的阳光透过没有窗帘的窗子，洒在我的枕头上。枕边的阴影中，有一张被我撕成两半的六寸大相片，相片上是一张秀美的姑娘的脸，但现在已经残缺不全了。相片上的她昨天晚上同我正式告吹，没有讲明任何理由，只是转身默默地伴着一片片黄叶走向夕阳闪烁的林荫道那边。

我没有追她，也不愿刨根问底。在我所从事的职业中，要刨根问底的事太多了。因此，我希望这纯属我个人的生活中多一些朦胧的色彩和含蓄的内容。

当然，和所有失恋者一样，我是痛苦的，心在疼。但是我的神情却仍如同平时那样冷漠，似乎对一切都无动于衷。我讨厌自己这种故作深沉状的神情，却又无可奈何。因为我从小就认为干我这种职业的人一定是永远冷峻，永远阴沉、永远审视着一切人。于是也就从小培养自己的脸上闪烁着这种神情。由于岁月的流逝，这种神情早已经深深地刻在我瘦削的脸庞上，以至于这张脸如同雕像一样缺少变化。

在一种近乎凝滞的情绪和瑟瑟发抖的空气中，我几乎一夜没睡，虽然始终闭着眼睛，却清醒得如同在分析案情，我想着我和那个姑娘一同度过的欢快日子，想着她对于一个年轻的刑警队队长近乎崇拜的感情。可是，为什么会有这样的结局呢？她说过，她越来越不喜欢我的阴冷和沉默寡言，难道这就是悲剧的所在吗？哦，现在的姑娘太肤浅，只能看到一个人外在的东西。可以前的姑娘呢？别提了，那逝去的岁月，那逝去的情感……

小张没敲门就闯了进来，带进了一阵晨风和走廊里浓重的霉味。她永远学不会尊重别人的生活。我告诉她有一百次了，当她穿上那套有着无数象征的警服时，她更应该使一切人都领悟到，她是为保障每个人生活的自由而存在的。

然而，她记不住，她说她永远把我当成榜样，难道我是在时时破坏别人生活的宁静吗？倘若是这样，我又是跟谁学的呢？真荒唐透了。好几次，我想狠狠剋这个留着短发、刚从公安学校毕业没几天的臭丫头。可是，我还是克制了自己。我觉得，作为一个人，我身上最大的优点就是宽容。三十二年来，我已经原谅了多少人啊。当然，没有人会记住我的原谅，这一切都被我那张雕刻一样阴冷的脸所淹没了。

有时，我真想得到某种解脱，去找个守大门或者管资料的差事，安然、轻松地度过年华。但是，不可能了，由于职业本能的深深浸入灵魂，使我每当看到一个破坏我们生活的人或事出现时，都会发出像猛虎一样低沉的声音。我这一生注定要和手枪、镣铐、警车、犯人打交道了。

我缓缓地从床上抬起身，看着进门后就站定了身子的小张。我早已经不会对姑娘们献殷勤了，此时送上去的只是淡漠和询问的目光。

在我的视野中，她没有表现出一般她这个年龄的少女的羞涩和矜持，不过，我也不愿把她说成是母夜叉。实事求是地讲，她很漂亮，虽然漂亮得毫无个性。真奇怪，像她这样的姑娘本该是挤进电影学院的大门的，可她却跑到了一个和她的漂亮毫不相干的地方来，而且，和她那些小伙子同事相比，她干的还算蛮不错。

小张一定看见了那张被撕成两半的相片，阳光正慢慢从肮脏的枕巾流向那里。她顿时涌出一股忧虑的神情，嘴动了几下，却没有说出什么来。

我轻轻冷笑了一声，用目光形成一种推拒她的力，那意思是明显的："没事请出去。"不过，我知道，没事她是绝不会在大早晨闯进一个单身男子的宿舍的。

“你送走的那批犯人中，又有一个逃走了，这是第十二个，整整一个班。”小张的脸上没有了任何表情，像一台录音机一样转达着刚刚得到的消息。

我叹了一口气，下了床，转身走到窗前，望着满院子枯黄的颜色。我承认，我在替这第十二个逃犯悲伤，虽然他们只占我押解到几千里外大沙漠中的那群犯人的百分之一。本来，这些人好好服刑，认真改造，十几年，最多二十年后还是有机会重新享受生活的芬芳的。可是，他们却要逃跑，殊不知，在大沙漠中，没有路，没有水，没有人烟，是绝不会有生路的，他们在自己给自己处以极刑！

“这个人是谁？”

“方晓方。”

从无数张无知、幼稚、荒唐、堕落的脸中，我看到了方晓方的脸，他才只有十八岁，青春刚刚轻拂着他的身躯，他就……

我也是青春刚刚来到身边就遭受灾难。当然，我和他的经历截然不同，可是，那被损害青春的结局不是一样吗？我理所应当替他惋惜，而且，我每替一个人惋惜，同时也就是在为自己那还没有闪光就熄灭了的青春的祭奠。这就是在我那张僵硬的脸后的灵魂，只不过，世俗的人们永远不会看到我这凝聚得像石头一样坚实的灵魂。

我向小张点点头，表示知道了她传达的消息。若是从其他地方有犯人逃跑，我将马上组织相应的追捕。但是从大沙漠的中心有人出走，却不用费心，甚至连劳改农场的管理人员都不会出动，更何况我这犯人家乡所在地的刑警人员了。到一定时候，向其家属发一个死亡通知就可以了。像这样的死亡通知我们已经发出去若干份。

我依然站在窗前，昨夜的悲伤还萦绕在心头。我近乎忌恨那个叫方晓方的人逃跑，也忌恨小张突如其来地传达消息，这使我本来就不愉快的心情更加烦乱。我只想一个人待着，只想一个人在痛苦中呻吟。刑警也自有刑警的心灵。把一切都掩饰起来，这就是我对这个世界的自白。

小张还没有走，她在默默地干着什么。我猛地回过头去，看见她正精心地把那张被我撕成两半的相片粘起来。

破碎的人生和断裂的爱情也能粘起来吗？我一点儿不领情地走出门去，把小张一个人甩在屋里。她总是那么毫无顾忌地进入别人的生活中，好像法律赋予了她这个权力。而我，却愿意回避很多事情，愿意躲开每个人的私生活。也许，这就是更年轻一代刑侦人员和我三十多岁人的差别！他们不许别人在这个社会上有自己的秘密。

我又想起了方晓方，像这样的孩子，还会有什么秘密吗？他们的一切欲望都表现得那样强烈，那样赤裸裸，以至于不需要别人去探索他们的心灵。

他最后一次欲望将在走向死亡中破灭，没有人能够拯救他了。

我非常想在这深秋中感叹些什么，然后忘掉些什么。

他竟然走出了大沙漠！

这一切听起来如同天方夜谭。但是，他确实走了出来。有人在大沙漠的边缘看到了他，他身上背着一个南瓜，满头刺猬一样的硬发，浑身发黑，衣衫破烂，只有眼睛亮得吓人，似乎是一个小鬼在昼间行走。

整整一个月，他用了三十个日日夜夜从大沙漠的中心步行到出现人烟的地方。在即将为他发放死亡通知书的时候，他活着出现在人群中。一千多公里的漫长距离，他平均每天跋涉将近九十里地，比红军长征时平均每天行走的距离还长。虽然一路上没有枪林弹雨的威胁，但那五十多度的高热，沙漠里突如其来的风暴，无时不在的孤独和恐惧，对于一个十八岁的男孩子来讲，都是难以容忍的炼狱。他居然令人难以置信地熬了过来。

当然，他是有准备的。刚刚被送进那个劳改基地，他就开始默默地等待着逃走的一天。他观察着周围的一切，考虑着如何才能穿越一千多公里毫无人烟的大沙漠。

有人逃走了，又有人逃走了。管理干部根本不必去追踪。很多天以后，消息传来，说逃犯死了，被晒死了、渴死了。于是，管理干部更加严肃地劝诫犯人：逃跑没有任何意义，只有好好改造才有出路一条。

他相信这个道理，但他还是要逃，因为他带着心灵的重负是无法在改造中重新使自己完善起来的。他感到有一种无法遏制的力量使他必须逃走，即便是死！当然，他觉得自己根本不会死。每一个逃走的人都不会把自己的前景和死神联系起来。

他认识到逃离这块大沙漠的最关键问题在于水。而劳改场里对水的看守比对犯人的看守还严格十倍。想存一些水是不可能的，因为这无疑告诉一切人自己想逃走。

劳动使他增长了知识，他认识到一种叫做南瓜的东西既含有很高的水分，又可以充饥，还易于长期保存。于是，他悄悄地把一个又一个南瓜埋到树荫下的沙堆中，当他认为积累到可以供他走出大沙漠的数量时，在一个清爽的月夜中，他拖着一块木板，上面装着三十个大南瓜，向他故乡城市的方向进发了。那里有一股巨大的引力在吸着他。

途中，他看见了比他早些逃走的犯人的尸体，由于被沙子掩埋，又被风暴掀出，身上留下了无数条划痕。这些划痕在烈日的暴晒下，渐渐裂开了。尸体由于大沙漠的干燥，并没有腐烂，甚至还保持着倒下去的姿势。那姿势会使人想起枯干的河里的虾。但是，这些死人那张大了的嘴和没有闭上的眼睛却表明着他们临死前的绝望、忏悔、渴求、自恨。也许，他们中有人是在踏上死亡之路时就准备好了用死来惩罚自己的罪过？当然，这一切，生者们都只能揣摸了。

他没有在死尸边停留，他坚信自己能够走出大沙漠。

木板上的南瓜一天比一天少了，他那被剃光了的头上长出了黑黑的、密密的、粗硬的头发。浑身被晒得脱了三次皮，然后变成了铁一样的颜色。他在夜里被一些莫名其妙的怪声吓醒过，白天被神奇的海市蜃楼捉弄过，但无论什么都不能把他留在这沙漠中。他以一个十八岁男子汉全部的力量和青春证明：一个人想要达到某种目的是完全可能的！

当他真实地看到一缕青色的炊烟和太阳一同升起时，他跪在开始出现稀稀拉拉枯草的沙地上，捂着脸哭了起来，哭得那样伤心，又哭得那样痛快。他完全忘记了他是一个杀人犯，现在又是一个逃犯。

而后，他用劳改场发的零用钱买了一套处理军服，清洗了一个月的尘埃污垢，扒上了一辆汽车。最后，又乘上了北上的列车，毫不犹豫，也不躲躲闪闪地奔向他的故乡。

他终于要回到养育过他的城市了！

我知道他逃跑的详细经过是以后的事了，当时，我只是听到他已经乘上火车的消息。我马上被震动了！是什么信念支撑着他的身躯，使他从根本不可能活着走出的大沙漠中走出来呢？

他是一个坏人，一个罪犯，在我小时候的概念中，这一类的人都是贪生怕死、软弱无能、只会享受而根本受不了一点儿苦的笨蛋。当然，我现在绝不会这样考虑了，在我抓捕和接触过的犯人中，有无数种类型，其中不乏在被枪毙时仍坦然自若的，也有对劳动改造不屑一顾的。各种各样混乱、污浊的东西都可以使人得到符合自己身份和经历的信仰，这些信仰将使这些人变得不像我们所想的那样不堪一击。否则，整天和屎蛋打交道，刑警这种职业也就对我不会有任何吸引力了。我喜欢在和强者的搏斗中，显示自己的力量！

而他，在灵魂中翻腾着什么样的滔天巨浪呢？他刚刚十八岁，他对这个世界知道的还很少很少，一种并不成熟的冲动使他不能控制自己，杀人犯了罪，但他还没有形成什么固定的对人和生活的认识，究竟又是什么心理促使他不顾一切后果地逃走，而且还令人难以置信地活着离开了大沙漠呢？我常常想研究研究犯罪心理学。这个学科是存在的，然而，在对待每一个具体犯人时，又没有人承认这是科学。我的那个女朋友之所以冷漠地和我分手，就是由于我和她父亲在这个问题上的严重分歧，伤了她的自尊心。可她不明白吗？我也是有自尊心的！她父亲仗着自己的经历、辈分，动不动就像训孙子一样告诉我：“犯罪的人都只是因为他们想犯罪，想干坏事！”这个世界要是真这么简单该多好啊！

对罪犯我从没有心慈手软过，尤其在抓捕他们时，我的形象一定如同一只凶猛的鹰或者一条恶狠狠的狗。我只是在想：我们能不能在一些人作案之前就发现他们的心理异常，从而使他们早期中止犯罪呢？这样会使我们的生活多一些安宁而少一些悲剧。

我很清楚，我的思想并不是像鹰和狗那样简单，可以说，我灵魂中的色彩比同代人要更混杂、浓烈。我生活得很累很累，因为对许许多多事情，我都要反复思索、考虑，只不过有时思绪和情感的流露像小溪潺潺，有时如山洪倾泻。每次在出发执行任务之前，我都要静静地坐下凝想几分钟，这已经成为习惯。我绝不会因此而拖延出发时间，因为我随时都可以在一秒钟之间跳出门去。

在准备去车站“蹲坑”抓捕逃犯时，我同样有几分钟的时间进行思虑。而我的助手小张要换衣服、扎皮带、拿手枪、把汽车从车库里开出来。

上级对我的命令很简单：绝不允许逃犯进入人烟稠密的大都市。抓获后，立即将他押至另一个劳改农场，审讯及加刑将在那里执行。

我明白，一个罪犯潜入大都市将会带来什么样的隐患。我只是不明白，他为什么要直接逃回他的故乡？这和一般逃犯的逃向不同。一般的逃犯将到别的城市过流浪生活，而他……莫非因为他幼稚？也许他有什么令人惊愕的目的？小张分析过他急匆匆赶回故乡的想法，说他可能想和他的恋人相会，或者是有一笔不义之财埋在某个地方，再或者是要对告发了他的人进行报复。

对于她的分析，我只能冷笑，而不想辩驳。她是有大专文凭的公安战士，而我还要参加初中毕业考试才能被正式转干。但每一个罪犯都是一本不薄的书，都够大学生们研究半个学期，而我已经和上百个罪犯打过交道，这些罪犯的思想和行为加在一起，一个大作家一辈子都会写不完。可是我们的大作家只愿意写工厂改革、农村变富，对于罪犯往往是不屑一顾的，怕自己的作品从阳春白雪的地位上跌到下里巴人的行列中。其实，任何题材不是都可以深深地反映人和这个世界吗？更何况政策小说并非阳春白雪，无非得奖容易罢了。

小张在外面鸣笛了，笛声未落，我已经仰坐在北京吉普的后座上，使劲儿关上了车门。小张甩甩头发，像一个赛车运动员一样，熟练地驾车冲出大门，风驰电掣般驶向火车站，把一团团大都市特有的尘埃掀向天际。

街上的人们对于吉普车顶上转动的红灯和怪声怪气的警笛已经习以为常了，没有什么人张望，更没有什么惊愕和紧张。倒是我每次伴随着这声响和闪光，会产生出一种不太愉快的感觉，因为这表明又有人在犯罪了。虽然在我同龄的同事中，我是捉拿罪犯最多的一个，但我恰恰和一些同事想法不一样，我希望警车出动的次数越少越好，因为这会证实人们正在适应我们的新生活，并且维护这世界的宁静。我常常在想：我所从事的事业应该具有浓烈的悲剧色彩，它将伴随我们老一辈人信仰的完成而消失。其他的职业，即使是最平庸的一些工作，都会随历史的发展而兴旺起来。我怎么会干从宏观角度看最没有前途的一种事业呢？大概这是所有认识我的人都难以解释的一个问题，因为我心底的秘密太多了。

“你在想什么？”小张正从挡风玻璃上的一面小镜子里扫视我，那目光从镜子上强烈地反射到我眼中。

我能察觉到，她对我十分好奇，总想进入到我的生活中来。二十岁的人对三十多岁人的敬佩和尊重在她心中会掀起感情的波澜。可是，她根本不会理解我，因为她脑中的一切基本没有自我的色彩，而全是从书本中得来的。她对这个世界还缺少最起码的同情，也缺少准确些的憎恨。更简单地说，她只会追随，却不会创造。

“你应该去当电影演员。”我冷不丁冒出这么一句。

她不说话，也不再看镜子，只是盯着前方撞来的楼房、人群和车辆。她大概在伤心，也可能在骄傲，但绝不会有更多的想法，绝不会因这句话而联想起以往和今后，联想起人类和世界。这就是我和她的差别。不过，说完话，我倒多多少少羡慕她，因为她好像很忙碌，其实过得非常轻松。她没有负担。

汽车一下子刹住了，我和她几乎一同跳出车门，拉了拉绿色警服的衣襟，整了整戴着很不舒服的大檐帽。此时，火车站顶楼的大钟沉重地敲响了，我们踩着钟声，穿过几排汽车，挤入人流中。

逃犯乘坐的那列客车应该在二十分钟后到达。出站口的电子显示牌上显示出这次客车正点到达。那就是说，他也将正点到达。若在以往，我会考虑罪犯是否老老实实地到终点站下车，可对这个以惊人毅力走出大沙漠的逃犯，我却轻易地相信，他一定会出现在这列客车的某个窗口。因为，他一定是被某种强烈的能震撼他灵魂、左右他肉体的东西驱使着走向他的故乡的。没有达到这个目的，他绝不会悄然离去。而当一个人的目的性太强时，方法也就简单了，何况他只有十八岁，还不懂得什么叫老谋深算。

我升腾起一个强烈的欲望：一定要知道他这个目的！

小张迅速地买了两张站台票，和我一同走进接站口，她没有去和车站派出所联系，以求得车站公安人员的协助。她那年轻人的好胜心使她永远充满着自信。令人惊奇的是，她确实也从没有失误过。从这点讲，我不由得不相信命运对人是有亲疏的。

列车徐徐地开进车站，迎接亲友的人们涌向每一个车门和窗口。虚伪的寒暄、真挚的握手、客套的微笑、激动的热泪和这个世界上的一切一样，和谐地混杂在一起。一个母亲在拥抱儿子，一个妻子有些胆怯地看着丈夫。

猛然间，我看见了他，或者说，从几百张不同的脸中间，搜寻出了他那张已经失去少年的天真和细嫩的面孔。他也几乎在同时，感到了我这双冰冷的、像利刃一样的目光。他竟然没有惊慌，也许浑身颤抖了一下，但我没看清。他不想逃走，也知道不可能逃走，于是反倒一步又一步向我走来。小张已经摆好姿势跟在他的后面。

在我前边一米的地方，他站住了。我一直在凝视着他，他在这公安人员的目光中，没有像一个罪犯一样低下头，而是也同样用一种男人特有的神情凝视着我。我们似乎都想重新认识对方。

小张依然在他的后面，默默地等待我下达命令，手铐已经在她的衣襟下闪光。

旅客们在不大明亮的光线下从我们身边流过，浸入地下通道的大口。任何一个人都不会认为我们这是刑警在抓逃犯，他们从电影中看到的概念化情节和胡编乱造的细节太多了。于是，没有一双好奇的眼睛停在方柱边三个穿绿衣服的人身上。

他成熟了，突然间成熟了。我第一次看见他时，他眼中闪动的是茫然的光，似乎生活中的一切对于他都是迷雾和梦。而现在，他神情竟然那样复杂，以至于像我这样缺少文学色彩的人一时难以想出一些合适的词汇来形容。我知道，每一个人都可能会产生这样的突变，只要命运给他安排了灾难和搏斗。

对于我所从事的职业，他目前是一个地地道道的逃犯，是我猎取的对象，是一个坏人，一个混蛋！但是，对于我个人来讲，他还具有另外一种面貌，他战胜了许多人不可能战胜的困难，他是一个强悍的年轻人。我真想疾呼：把我们用来抓捕罪犯的力量挪一些用到教育我们孩子身上！

小张轻轻咳了一声，她没有一般女孩子的忍耐力。她那美貌的面容和并不太丰满的身躯使人不大会想到她有急躁的性格，但是，她却从不知什么叫稳重和从容不迫。她在催促我下逮捕他的命令了。

我没有理睬小张，而是依然注视着他。我那永远僵滞的神情一定使他认为我和许多自己的同事一样，在使用眼睛的威慑力镇服他。他并没有现出恐惧，显然他早已经考虑到了后果，并准备为这个后果承担一切责任。然而，我此时考虑的却并非和我许多同事考虑的一样，起码和小张那急于把他押到什么地方的心情大不相同。

“你为什么要一直逃向自己的故乡？难道你不知道这里等待你的是什么吗？”我问话的声音和我的脸一样阴冷。我已经不太会用别的声调讲话了。我心中的爱、期待、热烈、忧伤、哀愁、痛苦等情绪都只能从讲话的词汇中表达出来，而不是用神情流露。此时，我显出的是审讯的姿态，其实，我心中更多的是关切。

他大概早已经在心中一百遍、一千遍地回答这个问题了，虽然他用语言表达时很慢、很低沉，但可以看出他没有犹豫，没有恐慌，没有进一步的思虑。他说得很坦然，我一眼就可以明白这是他的真话，甚至可以说他是在捧出此时此刻的心。

“我只想让我的母亲看我一眼，我只想看着她的眼睛告诉她一句话：我错了！”

当他被押离开这个大都市时，没能见到他的母亲。在这块故乡的土地上，他只有母亲一个亲人。这个亲人把几乎所有的爱都给了他，在这个世界上，他只有母亲一个人可以思念，于是，他理所当然地把一切寄托放在她的身上。

在他很小的时候，他父亲就离开了他的母亲，他一直不知道是什么原因使这个家庭破裂，母亲从来没讲过。他只知道，家里面没有一点儿父亲所留下的气息和痕迹，连一张照片也没有。看来，母亲恨他的父亲，不愿意让他的生活中有一点儿那个男人的影子。母亲收到了效果，他早已经不记得父亲是个什么样子的人了。

在没有父亲的家庭里，他慢慢成长着。母亲把所有的感情都倾注到了他身上，让他感觉到比其他任何一个孩子都温暖。然而，没有父亲那严厉的管教，在他的心灵中，不可避免地滋生着一种不太正常的东西。

他长得高大、漂亮，常常引起女孩子们的兴趣和好感。他也喜欢同她们一起玩。母亲劝诫过他，让他在青少年时期多学习些知识，他对于母亲的回答就是拿出记分册，上面所有的数字都在九十以上。一个中年女知识分子面对这本记分册还能说些什么呢？但她长长地叹息了一下，似乎从心灵深处冒出一种不可言状的痛苦。

在他十七岁的时候，一个电视剧女演员使他品尝到了男女间那种本能的冲动和毫无意义的欢快，他一下子陷在女演员的温柔乡中，难以自拔了。他几乎每天都要来到那个女演员的身边。那个女演员把高大、英俊的他带在身边，向一切人炫耀，如同炫耀她脖子上那十八K金的项链。母亲想认真地和他谈谈，可他打断母亲的话，说这个女演员演了十几部电视剧，全是演的大学生、飞行员、护士，总之，从不演坏人，还得过什么奖呢。不演坏人的姑娘不会坏，不知他从哪里得出这样的结论。母亲又一次叹息了，这次流露的是忧伤。

一年以后，母亲得到了一个出国进修的机会，导师是她年轻时就崇仰的美籍华人学者，她几乎等了二十年，才等来了能亲自聆听那个学者教诲的这一天。她决定离开儿子一年。她之所以能够下这个决心，也是因为他收到了本市一个名牌大学的录取通知书。她大概认为，在大学那充满知识和文明的校园里，是不会出什么灾难和结什么恶果的。

临行的前几天，母亲终于再一次劝诫他，让他和那个女演员断绝关系。不是说所有的演员都坏，但作为她的儿子，绝对不要去找演员当爱人。

他不明白母亲为什么对演员会有如此的偏见，反正他觉得自己这个女演员很好，她虽然知识略少了些，但风度和气质不是那些没见过世面的女子所能相比的。

母亲流泪了，抽噎着告诉他，他的父亲就是一个演员，在和她结婚之后，很快又和别的女人鬼混，甚至还把那女人带到家里来。她不能容忍，和他离了婚。这种感情上被欺骗所带来的灾难，这一生她只能承受一次。

他同情母亲，怜悯母亲，但对这十几年前，他婴儿时期发生的事又不以为然，只是追问母亲，父亲现在在什么地方，他可以去找那个男人，为母亲出口气。母亲惊慌地不再说什么了。

他没有听母亲的话，母亲上飞机时，他甚至带着那个女演员去送行。在最后的一瞬间，他再一次看见了母亲眼中的泪，看见了她那忧伤、痛苦的神情。他的心紧缩了一下，产生了和这个女演员分手的想法，但飞机起飞后，又经不住几句温情的话，把她带回到了还留有母亲气息的家中。

当他把姥姥留给母亲的金戒指、宝石胸针、珍珠项链都送给了女演员以后，他才发现这个得过奖、只演好人的女演员背着他还和一个电影导演保持着和他同样的关系。他震怒了，而且，他还凭着一种对相貌的直觉和女演员对那导演身世的介绍，隐约明白了这个从演员当上导演的人就是他的生父。

这个抛弃了妻子，又玩弄起自己儿子的情人的艺术家使他忍无可忍了。从小就缺乏严厉训导而产生的做事不顾及后果的毛病爆发到了顶点，他冲到父亲那充满各种女人香水味的家，问这个衣冠楚楚，和他一样高大英俊的人认识不认识自己的儿子。那个人矢口否认自己有儿子，他用一种自己也从没听过的恐怖声调吼着："对，你这样的混蛋不配有儿子！也不配活着！"

话音未落，他抽出带在身上的菜刀，把自己的父亲砍成重伤，把女演员身上所有首饰全部抢了回来。当他知道父亲没被砍死时，悔恨得直捶自己的头。

他理所应当地被抓获，被判刑。在整个被审判过程中，他张皇失措，像一个小孩子一样眼泪汪汪，又可怜巴巴。他总在往审判庭那空荡荡的门口张望，渴望着他的母亲能够神奇地出现在那里。

可是，他的母亲一直到他被押走服刑去时也没有归来。因为她的单位的领导为了让那个中年女知识分子安心学习，没有通知她家里发生的一切。

没有一个人会注意到，在火车车厢的大铁门被关上的那一瞬间，他大声喊了一句："妈妈，你再看我一眼，我要告诉你，我错了！"

我绝不想替一个罪犯辩护。我从来没有接受过这样的教育。一个维护正义的人怎么会替一个破坏我们正常生活的蠢货辩解呢？就是到现在，我们这些专管抓捕犯人的刑警们还对律师有怀恨和不解的情绪。有时我们费了九牛二虎之力才抓来的犯人，竟被律师们费一顿唾液之后，从轻处理，甚至无罪释放了。

要知道，我们每抓到一个坏人都希望重重地惩治。

但是，我无法使我的同情心和怜悯心泯灭。更重要的是，我无法接受这样的概念：罪犯不是人！不，他们也是人，也有七情六欲，也有父母妻小，他们有犯罪时恶爆发的一面，他们也会有善被扭曲的一面。我每天都在思虑的问题是：如何使这些人的恶被抑制，善被发扬，"同情"是不是能做到这点呢？

小张终于按捺不住，容忍不了我的缄默，亮出了手铐。可是我望着正在渐渐安静下来的站台一端对她严峻地命令道："去把火车票退掉，改签明天的。"

她是一个聪明的姑娘，马上感觉到我要做什么。她的面孔泛起红色，但这不是羞涩，而是气愤和焦躁。她一步跨到我身边，在我耳旁低声但不客气地问："队长，你想干什么?"

"你已经知道我想干什么了。"我用同逃犯说话时同样阴冷的声音回答小张。大概我在同我那个已经抛弃了我的女朋友谈恋爱时，也是用的这种声调。

"你想让他回家，让一个逃犯达到自己想要达到的目的!"小张几乎喊起来，眼睛瞪得大大的。

她就是真的大声央叫起来，我也不会觉得对我有什么束缚。我倒是觉得在这种时候，她那少女的本色才表现得格外突出。我微微点了点头，表示她的断定是正确的。

小张一下子抓住了他的腕子。她那经过特殊训练的手稍一用力，就使他疼得皱起了眉。我看得出，她并不是怕他逃跑，而是一种无法抑制的愤怒的流露。我没有制止她，因为我不愿意在一个逃犯面前使我的一个同事的尊严受到损害，尤其是一个年轻漂亮的女同事。

果然，她马上就松开了他，更加靠近我。用一种小女孩儿般委屈的声音说："这不行。我，我是来跟你抓逃犯的。"

"别说了，执行我的命令。"我此时平静极了。

她愣了一下，继而疑惑地望着我，最后露出了忧虑。但是，她不再说什么，轻轻推了他一下。我们三个人作为最后的旅客走向出站的地道。

在灯光昏暗，冷冷清清的地道里，我们三个人都走得很慢，很沉重。于是，地道显得很漫长，脚步的回声很响。

当我们终于走出检票口时，小张再一次神情复杂地看了我一眼，转身向退票的窗口走去。我低垂着眼皮告诉她："假如你愿意给局里打电话汇报一下，也请便。"

她停住脚，像挨了一棍子似的露出惊愕的目光。她那神情像是受了莫大耻辱，眼中甚至闪动着泪花。

我明白，这句话真正地伤了她的心。她那泪水后面的眼睛告诉我：她不会，也不可能去做这样的事情，因为她属于更年轻的一代。我必须承认，我还不理解这些更年轻的人，就如同老一辈很难理解我们一样。

我想向她道歉，可是我已经不会向任何人承认错误了。只好默默地转过身子，把那个逃犯推进吉普车，然后静静地等待她退票回来。

她小跑着向退票处而去，黑黑的短发像一面旗帜在飘扬，随着被风掀起的衣襟，露出一只小巧的枪套和闪闪发光的手铐。我再一次觉得，她很美，应该去当演员。假如她演一个女公安战士，大概会很受人们欢迎……

他，逃犯在我身边突然打断我的遐思，恳求地说："队长，让我回一趟家吧，我知道……你……"

"别废话！"我近乎恶狠狠地训斥着他。小张已经跑回来。

吉普车一下子弹了出去。从她打开车门到汽车飞驰，一共不出五秒钟。

他的家离火车站不太远，我一根烟没抽完，吉普车就停下了。这是一条很宁静的小胡同，小胡同的尽头有一座很宁静的小院，他和他的妈妈就在这里生活了许多个年头儿。

"进去吧。"我告诉他。

他在这一瞬间闪现出梦幻般的神情，在这梦幻般的神情中，他的天真和男孩子气重新流露出来。他处在疑惑、紧张、激动和感慨相混杂的情绪中。

"进去吧，这是你的家。你妈妈已经从国外回来了。"我再一次告诉他，口气依然冷漠，好像我并不情愿违反纪律。

他慢慢倒退着向门口走去，眼睛却始终看着我。似乎怕我一把再将他抓回去，冷酷地要弄了他，使他的心灵遭受到比在车站被抓住时还大的打击和伤害。

我确实将他抓住了，他没有冲着院里狂呼，只是悲叹一声，几乎瘫软在我怀中。就是在审判席上，法官宣布他将服十五年徒刑的时候，他也没有这样软弱过。看来，他今后的一切支柱都将寄托在母亲是否原谅他上了。我扶起他，给他捋齐了头发，然后把他推进门去。

小张紧跟着就要跟进去监视他，我一把将她拉住。

“队长，他若逃跑了，你要负责任的！”她那神情确实表现出了她是在为我担忧。

我默默无言地站到门前，阻挡住了小张的去路。我根本不相信他会从我手下跑掉。

当他走进熟悉的院门时，才发现不知什么时候下起了淅淅沥沥的小雨，秋天的寒意伴随着这细细的、密密的水珠飘满了整个院落。

多么熟悉的小院啊！那棵老枣树今年一定又结了许许多多大红枣，外院的孩子们会爬上屋顶来偷吃。他凝神望望，东屋的夫妇大概还没有下班。西屋的老奶奶呢？回老家体会丰收的喜悦去了吧？北边的三间小屋就是他的家，那块打碎的玻璃还没有换上，窗下的十几盆花草已经枯萎了。妈妈呢？她本来最喜欢花啊！

那条砖石铺成的小路铺上了一层水膜，可马上又被落下的雨点打落。他突然感到：生活有时就像这水膜和雨点，宁静是极其短暂的，因此人们才会渴望宁静。此时，小院里多么宁静啊，可他知道，一场巨大的心灵搏斗即将开始——他看见了自己家的门内有一个人影在晃动。

门，开了，发出一声极其难听的吱扭声。一个女人，很难说出年龄的女人出现在门框之间，似乎是被镶嵌在一副阴暗画框中的模特儿，她显得很老很老了，头发是白的，腰有些驼了，脸上布满皱纹，眼中闪动着不可磨灭的哀伤。可是从她的还没有发胖的身材和短袖衫露出的结实皮肤看，她也只还在中年。可以想象得出，她曾经在多么痛苦的精神状态中煎熬。

她显然一开始并没有看出他来，也可以说是想不到他会出现在自己面前。她关上门，打开伞，大概要去干什么。

“妈……”他沙哑的嗓音发出了不敢放开的呼唤，她浑身颤抖了一下。

“妈……”他走近了一步，又发出更为悲切的叫声。她手中的雨伞掉在了台阶下面的积水中。

“妈妈！”他伸出双臂，想像孩儿提时犯了错误一样，撒着娇，吊在母亲脖子上，于是便会得到母亲的原谅。

然而，他的母亲猛然转过身去，把一个没有力量了的腰肢和窄窄的、承受不住什么压力的后背给了他。

他愣住了，双手停在半空中，无数雨点打在他被大沙漠灼热的太阳晒得发黑的手臂上。几秒钟过后，他双膝一软，跪倒在母亲身后，他除了和那个女演员打情骂俏时跪下过，还从没有给任何其他人下过跪。

“妈妈，请您看我一眼，请您看您的儿子一眼，我要当面告诉您，我错了……”他带着哭腔、带着忏悔、带着甘愿遭受最严厉惩罚的心情，乞求着，哀号着。

他的母亲像没有听到这一切似的，一动不动。不，在动，微微地动，那种动会使人想起一个垂死的人的挣扎。她在哆嗦，从心灵到每一个细胞都在颤抖。她可能很难接受这样的事实：这个世界上再没有她一个亲人。可她确实又这样对这个世界宣布过：他不再是她的儿子了，她不接受他的任何忏悔和乞求！

他停住口，昂着头，承受着雨水的冲刷。他准备就这样跪下去，一直到母亲的心被儿子的泪水泡软为止。可是，不到一分钟的时间，他又突然站了起来，脸上呈现出心满意足的神情，坦然地转身向外走去。

他得到母亲的原谅了，他看见了母亲的泪，那是从小门的玻璃中，映照出了母亲悲伤的脸。他看见这张苍老的脸上淌下了一串又一串像雨水一样的泪，这泪说明了母亲那颗对儿子的心。

他得到了想要得到的东西。他冒着死的威胁，加刑的惩处，和大自然搏斗，也和灵魂搏斗，他开始懂得了人生。

我在以后的一个下雨天又到了他的家。我站在那小门前，看着玻璃上映出了自己的影子。我的不算宽阔的脸上同样淌下了一串又一串泪水。我并没有哭，那只不过是溅到玻璃上的雨花！

我的心被强烈地震撼了：一个虚假的现象竟可以拯救一个人的灵魂！他在欺骗自己，他绝不可能看不出那流淌的不是泪水。他还不到十九岁，他承受不了那严酷的事实：母亲不认他为子，世界上唯一最亲近的人拒绝了他的忏悔！于是，他就把那假象当成真实的一幕，这可以使他还有勇气走出小院。每一个人都需要生活中的海市蜃楼啊，即使是一个罪犯！我不得不得出这样的结论：他还在渴望生活，向往未来，因此不愿意在一场搏斗之后，得到的是绝望。

这一切，说明一个什么实质性的东西呢？我没有从书本中见到过答案。那么多学者，那么多教授，那么多人类灵魂的工程师，没有一个人能对这简单的事实进行解释。他们又何以埋怨年轻人进行新的探索呢？

当时，我并不知道他是在用一个不真实的景象来欺骗自己。在他出门之前，小张正叨唠着："我们就在雨中为他站一夜岗吗？"

我把上衣脱下来，轻轻披在了她身上。我这不是骑士风度，而是为了让她少啰唆几句。

正在她拒绝我让她到汽车里休息的命令时，他出来了，站在我们面前，腰挺得很直，头发又散乱了。他向小张伸出了双手，示意可以给他戴上手铐了。

小张一动没动，而是紧紧地用我那件上衣裹住她线条优美的身躯。

我从他的眼睛中看出他得到了他想要得到的东西，便熟练地从小张衣襟下摘下手铐，像对待所有犯人一样，紧紧地铐住了他的双手。然后命令小张："去车站买票，今天押送逃犯出发！"

小张从莫名其妙的沉浸中猛醒过来，一把将上衣甩给我，跑了几步，跳上停在胡同口的吉普车……

……

我圆满完成了任务。这是我抓获的第四十一个逃犯。"第四十一个。"似乎苏联有这么一篇小说，或者是电影。

他被送到了另一个劳改农场，这个劳改农场在西南的一个深山峡谷中。由于逃跑，他被加刑两年，一共将服刑十七年。十七年的劳动改造将把他变成什么样子呢？

我希望十七年后见到他……

（原载《啄木鸟》1985 年第 1 期）

晓剑，原名王建，1952 年生，河北南宫人。中国作协会员，曾任海南省作家协会副主席。著有长篇小说《青春梦幻曲》、《一代人的情歌》、《淡淡的秋恋》、《天妒》、《土命》等，中短篇小说集《啊，姑娘们》、《山色》、《野寨》等，另创作了大量影视剧本。曾获《当代》文学奖、云南省首届中篇小说奖、《小说月报》百花奖、庄重文文学奖。

# 秃鹰的最后三小时

郭富文

## 一

一轮残白的落日缓缓坠入大漠，天空迅疾变得灰蒙蒙的。

这天下午，护林员游亚平像往常一样，策马在林间巡逻。她干护林工作已经五年了，管理着二十四团场的七公里白杨林带和五亩幼林。当小黄马穿过公路缓弯处的沙枣林时，猛然从树丛中蹿出一只乌黑闪亮的波斯羊羔。小黄马一个急转向，游亚平双脚滑出马镫，被掀翻在地。好在有低矮的沙枣丛托了一下，她没有伤着身体。她喘着粗气站起身来，发现那只小学羔躲在丛林后面，正惊恐地注视着她。

她把马拴在一棵粗大的白杨树干上，然后从马鞍上取下一条长绳，挽成一个套马索，逮住那只波斯羊羔。她看了羊羔尾部的印记，认定是蒙古族牧民乌托曼丢失的。她要等着那位牧民归来，把羊羔交还给他。

寒风牵动着夜的帷幕从四面八方合围而来，一群麻雀哀鸣着朝炊烟的方向飞去。游亚平抬起手腕，朦胧地看出“东方牌”女表显示的时间是7点30分。

牧民没有归来，要不要再等下去？游亚平犹豫不决。这时，那匹小黄马却焦躁地踏动着蹄子，在地上刨起一堆堆残雪，催促着主人快快归去。

游亚平理了理被寒风吹乱的头发，“该回去了。”她自言自语地说着，伏身把小羊抱在胸前，然后去解马缰绳。就在她准备上马的那一瞬间，她回头眺望了一眼林带和公路，隐约看到一百五十米外的公路上，有两个人正在马背上搏斗，她一下子惊呆了。

1796年4月，拿破仑在蒙多维打败皮埃蒙特的军队，当时一位著名诗人在描写押解战俘的场面中写道：胜利者与失败者在行进的位置上是不同的，前者在后，后者在前。武警战士夏春平一生中所犯的最大错误，就是他在押解逃犯宋庆华时，把两者的位置颠倒了。

昨天夜里的一场风雪几乎填平了沟壑，沙石路面上留有四轮拖拉机的印辙。二十岁的夏春平骑在一匹枣红马上，崭新的武警服使他显得威严而漂亮。他戴大檐帽喜欢朝右边歪斜一点儿，这样他觉得更加潇洒。当然，他最喜欢的，还是那支挂在胸前的“五六式”冲锋枪了，虽然这支从边防前线退役下来的“老枪”油漆已经脱落，但对于一个追捕和押解逃犯的战士来说，仍然是最好的伙伴。

夏春平右手握着枪托，左手牵着一根拇指粗的尼龙绳，绳子的一端系在马鞍上，另一端拴在逃犯宋庆华的两只手腕上。宋庆华的手背上方，刺着蓝色的秃鹰图案，绳子在秃鹰的位置上打了一个死结。

“夏班长，最好让你的马走慢点儿，我实在跟不上了。”宋庆华一边说着，一边扭动着手腕，在解脱尼龙绳的结扣。

夏春平头也没回。“你小子少给我耍花招儿。”他两腿朝马肚子一夹，乘骑由“小碎步”改走“流星锤”。

宋庆华被马拖得气喘吁吁，两条腿机械地摆动着。夜色降临后，枣红马放慢了步子。宋庆华乘机解开了绳索，握在手里。

这里是公路的一个缓弯处，右边是一座沙丘，左边是一片苗圃，路两边的白杨林和沙枣丛格外稠密。

“夏班长，听说年终总结你立了三等功，是吗？”

夏春平猛拉了一下尼龙绳，厉声说道：“闭上你的臭嘴巴，离农场还有三公里，免得回去皮肉吃苦。”

这时，只见宋庆华一个箭步上前，伸手抓住了马鞍，飞身一跃，跨上了马背，整套动作只用了三秒钟，夏春平还没有反应过来，一双黑手已经卡住了他的咽喉。

“啊——”夏春平从胸腔里挤出一声沙哑的喊叫。他扳动着枪管，用枪托猛击宋庆华的肋骨，枪托发出“咚咚”的声响。宋庆华急忙朝左边闪身，光溜溜的马背使他失去了平衡，但他的两手并没有松开，仍死死地卡住对方的咽喉。这时，那匹枣红马对于突如其来的搏斗难以忍受了，它扬起前蹄，一个直立，把两人重重地抛在地上。宋庆华乘着下跌之势，用右膝猛顶对方的小腹，夏春平疼得缩成一团。

两人在地上翻滚搏斗，宋庆华占了上风，他左脚踏在夏春平的胸部，抽出右手一拳砸在夏春平的头盖骨上，又从夏春平身上取下冲锋枪，用枪托猛烈地朝下砸。

游亚平目睹了她平生所看到的最凶残的场面，禁不住惊叫起来，那只波斯羊羔也摔在了地上。她拉紧马缰绳，想上马去农场报告，但是已经迟了。

宋庆华听到姑娘的惊叫，发现已被人窥视，并看到了前面树丛边的那匹小黄马和它的女主人。他不容分说，抓住枣红马的缰绳，一个翻身便爬上马背，提着那支冲锋枪，直取目标。

游亚平左脚刚跨入马镫，就被飞驰而来的枣红马撞翻在地。小黄马受惊后只身钻入丛林。游亚平刚爬起身子，只见凶犯又策马冲了过来，马蹄踏中她的胸部。她一个翻滚，滑进路边的树沟里，积雪覆盖了她半个身子。不一会儿，浑身失去了知觉。

## 二

1月13日晚上9点，维吾尔族驾驶员依明江驾驶客车去乌鲁木齐，驶过和硕县清水河车站一公里处，突然一条黑影从路旁的林带中闪出，立在公路当中。“找死呀！”依明江狠狠地骂了一句，同时松开油门，猛地一踩刹车，客车在那人前面停了下来。

借助车灯，依明江看清楚挡车人是一个胸前挎着冲锋枪的武警战士。他缓和了口气，从驾驶室探出头来问：“你要干什么？”

活犹未了，“武警战士”已飞身上了踏脚板，右手握着枪托，食指紧扣扳机，乌黑的枪口顶在依明江的胸脯上。“快把车门打开，我要到前面执行任务，追捕逃犯。”搭车人用南方口音说。

依明江厌恶地盯了搭车人一眼。那人嘴角旁有一道约三公分长的紫疤，额头上有一块新伤，像是被石头擦破的，污血仍在朝外渗，武警服的前襟上，留有斑斑点点的血迹。依明江同那人对峙了片刻。搭车人面部肌肉抽搐不止，眼睛里露出几分杀气，威胁性地把冒着寒光的枪管在依明江胸前抖动了一下。

“驾驶室没法坐人，到车厢去吧。”依明江说着，顺手拉开气动门，搭车人在昏暗的灯光下钻入车厢。

车内的二十六名乘客，来自六个兄弟民族，妇女、儿童就有十九名。发车前，依明江不放心地回头看了看车内情景。乘客们有的昏昏欲睡，有的相互之间在悄悄地耳语，有几名妇女吃惊地抱抚着孩子。很显然，他们已感到情况不妙。那位“武警战士”则坐在最后一排，右手紧握着扳机，枪口对着全部旅客，大有一触即发之势。

依明江在心里打了一个问号，随即灭掉车内的照明灯，发动了引擎，客车立刻消失在黑夜之中。

乌托曼和家人去塔里木河流域放牧，在放牧回来的半路上丢失了那只珍贵的波斯羊羔。乌托曼把羊群交给家人照看，自己骑着一匹老掉牙的杂色马朝回走。

大漠上的人孤独惯了。一路上，他把两牛皮袋子马奶酒，几乎喝得精光，直到喝得酩酊大醉。他心爱的护羊犬巴卡一瘸一拐地跑在前面，给老马引着路。

路过公路的缓弯处，护羊犬狂叫不止，老马也停步不前。乌托曼睁开惺忪的醉眼，从马褡子里摸出手电筒，在地上照了一遍，立刻出了一身冷汗。他看到一具男尸，身边凌乱地扔着劳改服。乌托曼跟着巴卡朝前走，不远处，有一个姑娘倒在血泊里，他认出那是农场的护林员，她的鼻尖上已经凝结了一层霜花。那只纯黑的波斯羊羔，就躺在姑娘身边，皮毛上沾满了血迹，身上已经冰凉。

“这可不是闹着玩的。”乌托曼一下子清醒了。他骑上马，朝马屁股上猛抽一鞭，“赶快报告给农场。”

护羊犬巴卡在劳改服上嗅来嗅去，它嗅到一种特殊的狐臭味，立刻跟踪着特殊的气味，朝相反的方向跑去。

二十四团场露天电影院人山人海，这里正放映惊险故事片《深谷尸变》。9点多钟，银幕上的画面突然消失，随后，高音喇叭里传出值班员急促的喊叫声：“紧急通知，本团发生重大凶杀案……各连立即组织追捕。”

大约过了一支烟工夫，六个追捕队分头出发了。

此时，依明江驾驶的客车已接近乌什塔拉，前面的灯光隐约可见。依明江明白，乌什塔拉是乌喀公路上扼天山南北的咽喉，如果在这里不能把可疑人弄清楚，进了天山事情就会更糟。他谨慎地驶着车辆，心里不停地琢磨着：“这奇怪的武警究竟是什么人呢?”

车厢内一片昏暗，坐在最后一排的“武警战士”抬头看了一下车外，宁静的小镇上灯火闪烁，夜雾和炊烟交织在一起，在大街小巷里飘荡。此时，他无心欣赏小镇的夜景，脑海里只闪现着个念头，“过了这个小镇，一切就好办了。”

客车缓缓停在小镇的丁字路口东侧。依明江“啪”的一下打开了车门，回过身来对着旅客说道：“下车吃饭，不要超过三十分钟，还要继续赶路呢。”

听到司机的话语，“武警战士”触电般地站了起来，三步并作两步走到车厢前部，旅客们尚未直起身来，“武警战士”已堵住了车门，枪口对准依明江，恶狠狠地问：“天亮之前能赶到乌鲁木齐吗？”

“没问题。”依明江抬手碰了一下枪管，平缓地说。“如果路上顺利的话，4 点 30 分就能到，不会影响各位旅客换乘火车。”

“武警战士”移动了一下脚步，给车门留出一条缝。他把枪口又指向乘客，并大声说：“全部下车吃饭，超过时间不等。”

“武警战士”让开车门，旅客们迈着忐忑的步子，一个接一个地上了出去。

八十六岁的库尔班·江在丁字路口一侧开了一个清真饭馆，几年来生意兴隆，财源不断。他六十四岁那年同阿瓦罕结婚，生有三个女儿，二十二岁的巴茜尔罕碧眼金发，婀娜多姿；二十岁的阿斯古丽面庞清秀，文雅端庄；十八岁的哈拉丹体态丰满，泼辣大方。三个姑娘都在饭馆里给阿爸当帮手。

这天晚上近 10 点，小饭馆正打点关门，阿斯古丽看到门前停了一辆客车，急忙出门招呼旅客进屋，巴茜尔罕一边擦着桌子，一边给旅客倒茶，哈拉丹则给旅客登记着饭菜。小饭馆顿时热闹起来了。

依明江是最后一个下车的。他关上车门，“武警战士”持枪在身后跟着他，二人一前一后走进饭馆。旅客们正交头接耳，做着各种糟糕的猜测，他们看到这番情景，又引起了一阵骚动。

巴茜尔罕擦完最后一张桌子，抬头看看刚到的客人，她对这一切尚未察觉，“请你们里面坐下。”她用不太流利的汉语说，脸上挂着迷人的微笑。

依明江在靠窗子的一边坐下。“武警战士”紧挨着他，枪口指着众多的旅客。

小饭馆陷入一片沉寂，明亮的灯光照着旅客们疲惫而紧张的面庞。机灵的哈拉丹感觉出气氛有些不对，但对这一切仍然迷惑不解。为了缓和一下气氛，她打开窗台边的四喇叭录音机，播放出一段维吾尔民歌。伴随着欢快的节拍，哈拉丹走到“武警战士”跟前，“您吃点儿什么?”她把菜单放在“武警战士”面前，注视着那人的反应。

“武警战士”摇摇头，同时伸出舌头舔了一下干裂的嘴唇，很吃力地咽了一口唾液。

“您呢?”哈拉丹转身对依明江说。

依明江接过菜单，用铅笔写了“我希望用维吾尔语跟您交谈”这样一行维文。

哈拉丹用流利的维吾尔语说：“索斯里希曼。”（请讲吧。）

两人用维吾尔语交谈了片刻，“武警战士”如鸭听雷，不知所云。最后，哈拉丹改用汉语说：“四两抓饭，两盘烧菜，一会儿就好。”她又朝“武警战士”嫣然一笑，一转眼就消失在厨房里了。

小镇上的治安民警王旭林，刚回到自己的家，传来一阵急促的敲门声。

“王所长，不得了啦。”哈拉丹一进门就说，“饭馆里有一个奇怪的武警，枪不离手，吓得客人们都不敢动。”她一边说一边用手比画着。

王旭林随手披上一件羊皮旧大衣：“冷静点儿，慢慢说。”

“司机让我找警察，我是从厨房的后门跑出来的。他说那个武警是在路上搭的车，看上去是个假的。”

“你先回去，不要惊动他。”王旭林拉着哈拉丹就走出了木栅小院。

## 三

10 点零 5 分，和硕县公安局的值班电话发出“嘟嘟”的信号，民警司马依伸手扳动对讲机的开关，绿灯亮时，扬声器里传出一个急促的声音：“公安局吗?”

“讲。”

“我是二十四团，有紧急情况报告。”

司马依按了一下电话录音键钮，磁盘“吱吱”地转了起来。

“昨天上午，劳改犯宋庆华乘到团部医院治病之机潜逃，今天上午12点被我武警三中队战士夏春平抓获。在押解途中，逃犯将夏春平掐死，又让马踩死护林员游亚平，后改装易服，骑马而逃，带有冲锋枪一支，子弹……”

这时，那部红色的直通电话也发出“嗡嗡”的蜂鸣，乌什塔拉派出所所长王旭林报告说：“……在库尔班·江的饭馆里，有一可疑的武警，持枪威胁着群众生命。”

真是太巧了，司马依从来没有这样兴奋过，他把两个电话并在起，对着麦克风说：“现在就开紧急会议。二十四团讲一下宋庆华的情况，简短一点儿。”

“宋庆华1958年出生于福建中部的山城三明市，是当地数一数二的恶棍。此人有文身的嗜好，前胸后背和手腕上刺有秃鹰的图案，被人们称作‘秃鹰’。1983年因流氓罪被判处无期徒刑，押送我团劳改大队服刑，曾多次逃跑……”扩音器里传出的声音有些变调，但司马依能听得清楚。

随即，三方商定了“必须智斗，做到无一伤亡”的原则，能否实现，还要看王旭林的了。所以，最后司马依代表县局指示他说：“稳住罪犯，见机行事，我们随即就到。”

哈拉丹从厨房的后门回到饭馆，墙壁上挂着的那台石英电子钟正指着10点1刻。她深深地吸了口气，掩饰住内心的激动，“愿胡大保佑一切顺利。”

巴茜尔罕正在给客人们端饭，她穿着一套藕荷色西装，腰间系着一条葱绿色筒裙，配上银质发簪和晶莹的耳环，显得分外妖娆。这时，她看到姐姐端饭回来，便迎上去说：“你不是要买一件天蓝色的滑雪衫吗，巴茜尔罕。”

“你知道小镇上没有，还要取笑我。”巴茜尔罕握着小拳头在妹妹面前晃了晃。

哈拉丹笑着朝姐姐使了个眼色，“听说乌鲁木齐有，让那位武警同志捎一件。”她故意大声说，同时望着那位“武警”。

“武警战士”挪动了一下身子，思索了片刻，突然变得热心起来，“我过两天就会再路过这里，这点儿小事不成问题。”

哈拉丹回到厨房向正在收款的阿斯古丽要了二十元钱，交给“武警战士”，还详细地同那人讲了衣服的尺寸、颜色，最后哈拉丹说：“你还没吃饭呢！那就吃碗拉条子，可以不收现款。”哈拉丹狡黠地一笑，“等回来一起算账。你先等着。”

这时，门帘开了。一个看上去有四十多岁的男子走进饭馆，他衣衫褴褛，破旧的栽绒帽，羊皮旧大衣外面用绳子束着腰，裤腿和鞋上沾满了泥土，络腮胡子几乎掩住了真实面目。他的到来，并没有引起人们的注意，这种打扮的人在新疆各地多的是，被人们称为“盲流”，四处打短工的。

哈拉丹正从“武警”身边转过来，正好撞上那人。她一眼认出，“盲流”就是王旭林。“老王……”她叫了一声，感到失口，就随机应变说：“好久没见了。”

“附近有个包工队，我去干了两个月。”王旭林说，“口里有趟买卖，催我去办，看能不能搭上车。”他说着便在“武警”对面的空位子上坐了下来。

哈拉丹从火炉上取来茶壶，边倒边说：“这位武警同志最乐意帮助人了。”她又给“武警”添上茶。“你托他给司机讲讲情，也许今晚就能走。”

王旭林即刻掏出一把莫合烟，随手卷了一支，递给“武警”：“你也抽这个？”

“武警”毫不客气地接过去，连声谢谢也没顾上说，便大口大地抽起来。

“你说你去做买卖？”“武警”吐出一口烟雾，带着探询的口气问，眼皮向上翻了翻。

“一批大买卖。”王旭林肯定地说。

“你有多少钱？”

王旭林伸出两个指头，“这个数。”

“二百?”

“不，多。”

“二千?”

王旭林点点头，不放心地看了看周围的人。

哈拉丹看到王旭林和那位“武警”谈得火热，像是久别重逢的老友，便乘机叫司机吃饭，使依明江脱了身。

鱼儿已经上钩。王旭林便海阔天空地同“武警”聊起来。聊到兴头上，便高声喊道：“招待员，拿一瓶葡萄酒来，外加一盘羊肠。”

王旭林打开葡萄酒瓶，恭恭敬敬地给“武警”倒了半碗。两人碰碗，一饮而尽。

“好，够哥们儿。”王旭林站起来，伸手拍了拍“武警”的肩膀，“搭车的事就拜托你了，我到朋友家取钱去。”他扬扬手，表示要暂时出去一下。

“武警战士”从桌子一侧的临窗处挤过来，他要跟出去送一送，表示信任，同时也想知道“盲流”的去向。

他刚掀开门帘，跟踪而来的那条牧羊犬巴卡突然朝着凶犯猛扑过去，这时，只听见“砰”的一声枪响，巴卡跃起的身子重重地摔在地上。

“好枪法，好枪法。”一阵惊慌之后，王旭林连连称赞那位“武警”，“三九天正是吃狗肉的好时候，一会儿咱哥俩喝杯烧酒。”

“武警战士”看着王旭林拖着狗腿，朝另一家餐馆走去，这才放心地回到原来的位置上。

克孜勒苏自治州公安局刑事警察李景仁，受国际刑警组织之命，正在侦破一起走私贩毒案件，1月13日，他同乌鲁木齐边防检查站的赵卫平一起，乘坐一辆蓝色警车，前去边防线上执行逮捕任务。晚上10点21分，他们途经乌什塔拉，计划在这里买几个烤馕带上，警车在丁字路口处尚未停稳，一个黑影急步向警车奔来。

“警察同志，我是客车司机，叫依明江，这是驾驶执照，你们看。”依明江打开一个红塑料皮小本本，在照明灯下晃了晃，神情紧张地说，“前面的饭馆里有一持枪逃犯，你们不要去惊动他，不然他会朝旅客开枪的。”

“里面有多少旅客？”李景仁问。

“二十六人。”依明江简单地叙述了事件经过，“派出所已经有人在拖住罪犯，等县公安局来人。”

“什么时候能到？”

“说不准。”

“那怎么行！我们不能看着罪犯无法无天。”李景仁愤怒地拔小腰间的五九式近射手枪。

赵卫平按住李景仁的手：“咱们先去派出所，看他们怎么行动，协助他们。”

“派出所在什么地方？”

“我也没去过。”依明江说，“我到饭馆给你们找一个带路的。”

派出所在丁字路口西侧一百五十米处。刺眼的灯光下，王旭林正在谈一个大胆的方案。副指导员马振平和民警艾力沙吾提站在办公桌前。

“在车文德的饭馆里设下陷阱，引狼出洞，突然袭击。”王旭林有力的拳头朝桌子上砸了下去。

“罪犯真的没有起任何疑心？”马振平不放心地问。

“没有。”王旭林果断地说，“情况紧急，事不宜迟，只有迅速行动，才能保证乘客们的安全。”

“明白了。”马振平说，“我去设陷阱，艾力沙吾提担任警戒，以防罪犯逃遁。马上行动。”

王旭林拉开门，三个人急匆匆地朝外走，刚出门口，迎头碰上了阿斯古丽和带来的两个警察。

“这是派出所的王所长。”阿斯古丽指着“盲流”打扮的人介绍说，她转身介绍陌生人时，却卡了壳，“他们嘛……”

“乌鲁木齐边防检查站的赵卫平同志。”李景仁指着他的同伴，“我是克孜勒苏自治州公安局的，出差路过这里，如果能对你们有所帮助，我们将很高兴。”

王旭林握着两位来者的手：“欢迎你们。会擒拿格斗吗？”

“训练过一年零四个月。”

“好。你们跟着老马同志走，守在门口两侧，到时候可不要手软啊。”

“放心吧。”

“祝大家成功。”

几个人分头走开了。阿斯古丽跟在王旭林身后，“我呢，我干什么？”她嘟囔着说。

“对了。”王旭林又想起了什么，突然问道：“你带钱了吗？”

“多少？”

“越多越好。”

“今天的营业额是二百四十块，我给你拿去。”阿斯古丽说着跑了起来，路灯映照着她纤秀的身影。

“不要忘了从后门走。”王旭林的声音有些颤抖。此刻，大概是乌什塔拉有史以来最紧张的时刻。

## 四

“武警战士”把扳机扣到第二道，帽檐低低地压在那双发狂的眼睛上面，直逼着依明江说：“我有个朋友要搭车。”

依明江刚刚用维吾尔语告诉阿斯古丽，让她去给路旁的两个警察带路，他担心被“武警”发现，就走到靠窗的地方，用身体堵住那条狭窄的过道。没等他坐下，“武警”已经站起来用枪管顶住了他。

“搭车可以，但是……”依明江故意跟他兜圈子。

“什么但是但是的，你放聪明点儿，车是搭定了。”“武警”的口气很粗，满脸杀气。

“我没说不行，不过搭车也要买票。”

“我朋友是跑买卖的，有的是钱。”“武警”眼里的凶光并没有减弱下来，“从现在起，这辆汽车要听我的调遣。”

“你只不过是个搭车的。”

“我有这种特权。”

“劫持汽车吗?”依明江冷酷地说。

“你应该学得听话点儿,”“武警”用枪口捅着依明江的下巴,“用不着我来教你吧。”

饭馆里的人目睹了这一幕,个个都惊呆了,妇女们发出尖声的喊叫,有几个人小心翼翼地朝门口退去,试图逃出去。“武警”调转枪口,斜指着门帘的方向,“都给我乖乖地待着,有谁想招惹麻烦,他会像门外的那条狗一样死去。”

厨房里的哈拉丹,已经看清楚了问题的严重性,她端着一盘炒面,走到“武警”跟前,和颜悦色地说:“武警同志,你既然来到饭馆,总不能空着肚子出去吧。”

“你少管闲事,小妞儿。”“武警”一扬手,把盘子打翻在地。与此同时,一颗子弹从哈拉丹耳旁擦过去,“嗖”的一声射进墙壁里。

哈拉丹后退了两步,愣住了。巴茜尔罕闻声从厨房里奔出来,抱着妹妹的肩膀。“没伤着?”哈拉丹摇摇头。

“真主保佑。”巴茜尔罕小声说,憎恨的目光盯着“武警”。

这时,门帘又掀开了。王旭林急匆匆地奔了进来,“出了什么事?”

“没什么事。”“武警”说,“枪走火了。”

“那就好。”王旭林看看摔在地上的炒面,故意用脚踢了一下,“这饭怎么能吃呢?”他拍拍鼓囊囊的口袋,顺手抽出一沓钞票,“前面有个僻静的饭馆,我请客。”

饥肠辘辘的“武警”很想吃一顿饱饭,他又担心司机把他抛下,于是,犹豫不决。

王旭林一眼看出了“武警”的心思,便嘻嘻哈哈地说:“既然请客,就少不了司机兄弟,咱们都是自己人,不喝酒去吃狗肉也行。”

小镇的夜晚冷气逼人,临街两侧的售货亭都关闭了门窗。走在前面的王旭林用拳头砸了砸一个售货亭的窗子,“一瓶酒,两盒烟,要最好的。”

窗子开了一条缝,一个维吾尔族老汉睡意未醒地说:“深更半夜的，买什么货。”

“老家伙你不想发财呀。”“武警”说，“送上门来你还不要，真是活到头了。”

从窗子缝里递出来一瓶伊犁特曲，两盒凤凰烟，王旭林抽出一张“大团结”塞给老汉，转身就走。路上，他递给“武警”一盒烟，把剩余的塞进怀里，嘴里还哼着一个小调。

“找钱！”老汉从窗缝里探出头来，人已经走到三十米外的一家回族餐馆门前。“这帮人准是喝醉了，瞧那样子。”

“狗肉做好没有？”

“好了。”

王旭林领着“武警”来到预定的饭馆门前，随即接上了暗号。饭馆主人叫车文德，早年当过兵。

王旭林回头看了一眼“武警”，便撩开门帘，走了进去。“武警战士”松开了三个小时紧握扳机的右手，推开门帘，跨进门槛。王旭林猛一转身，双手握住罪犯胸前的枪管，朝上一举，右膝狠狠地朝“武警”的脚间顶去。

“秃鹰，你的末日到了。”

在这令人发呆的一瞬间，凶犯宋庆华准确无误地察觉出自己已落入了圈套，急忙伸手去抓枪托，用左手扣响了扳机，一串子弹穿透房顶，射进了铅灰色的天空中。

守在门边的李景仁、赵卫平几乎同时上去，卡住了罪犯的左右膊，并把门堵得死死的。手疾眼快的车文德一个箭步上去，卸掉了冲锋枪的弹匣。

此时，宋庆华并没有放弃反抗，他被扭得弯下腰时，顺势朝王旭林的手指上咬了一口，王旭林疼得叫了一声，随即抽出手来，一掌将宋庆华打翻在地，嘴里骂道：“你他妈的真不够朋友，我请你喝酒，你却像恶狼一样咬人。”

马振平拿出手铐，走上前去，“来，戴上这个你会舒服些。”不料宋庆华一跃身，取下冲锋枪抡了起来，马振平用手一挡，枪体从饭馆的窗户里飞到公路上。宋庆华半蹲着身子，企图踢开门旁的李景仁夺路而逃，他飞起一脚，李景仁没有退路，伸手抓住了凶犯的裤腿，一个钩拉，宋庆华仰面朝天摔在地上。他哼哼了几声，又向桌子边的王旭林扑去。王旭林一个躲闪，宋庆华一头撞在了桌子上，餐具稀里哗啦摔了一地。他又爬起身来，站在屋子中央，血流满面，像一头茫然若失的公牛。最后，他无力地瘫倒在—张椅子上。

“咱们到此为止。”王旭林微笑着说，“酒还是让你喝个够的。”

宋庆华睁开眼睛，“你是……”

“公安派出所的王旭林。”

“我不能不佩服你扮演的绝技。”话是从牙缝里挤出来的。

“你过奖了，我只不过是个配角。”

“我恨透了你们这个小镇。”宋庆华无可奈何地闭上了眼睛。

“如果果你来生转世成为一个守法的公民，这个小镇还是欢迎你的。”王旭林说。

（原载《剑与盾》1986 年第 7 期）

郭富文，1955 年生，河南唐河人。曾任海军南海舰队政治部创作室主任。广东省作协理事，中国作家协会会员。短篇小说《秃鹰的最后三小时》获首届全国公安文学大奖赛二等奖，《天净沙》获全军新作品二等奖，《战争目光》获第十二届中国人民解放军文艺奖、第八届全国优秀青年读物二等奖。

# 雪山和人

萧　潇

落日像醉汉瞪着的一只晕晕乎乎的眼睛，疲惫无力地斜视着这座突兀于群山之上的达依克玛雪峰。刚才，就在这座雪峰下的山口上，还展开过一场你死我活的枪战，而此刻，似乎什么事情也不曾发生，世界又回到死一般的沉寂中去了。山口上，仅剩下他和一具罪犯的死尸。

本来，他还有一个伙伴，可伙伴在昨天晚上便负伤留在半路上了。出来整整三天，没有吃一口东西。尽管刚才在这里挨了罪犯一枪，可在他倒下去以后，罪犯马上要越过山口时，他的冲锋枪响了，一串子弹呼啸着点在罪犯的后背上，他看着那家伙一骨碌从半坡上滚下来，僵挺在自己面前时，他瘫软了。

达依克玛雪峰山口那边是另一个世界。没有使这个欠着几条人命的家伙从枪口下逃脱，他已经满足了。他尽到了一个武警战士的职责。三天前，他曾经向那个发了疯一般组织多路人马追捕罪犯的中队长表示过，不捉住或者消灭罪犯，他就不回来见他！现在好了，扭曲在他面前的僵尸不是稻草人，不是沙袋，用自己换取一个危及社会的疯狂生命，这不算不值得。

他为自己这种纯真而高尚的自我牺牲的想法感到自豪，觉得自己是一个英雄。他乐意这样去死。再说，他已经三天没吃任何东西了，要想在这个远离中队数百里高寒缺氧的荒原活下去是没有希望的。他的左腿负了伤，兴许是断了，流了许多血，死神向他一—步步逼近。

落日已经跌落到黑云的嘴边。黑云像乌龙，张开血盆大口，贪婪地吞噬着太阳，津津有味地咀嚼着。太阳流血了，把自己的身子全部染成红色。多么悲壮，他想，太阳肯定会疼的，但它绝不会呻吟，因为他是宇宙中无私、顽强而又有感情的物质。

他以为自己随着太阳消失也会死去，可是没有。山口黑洞洞的，凄厉的寒风在高原上恣意发泄淫威，喘出的粗气把雪尘卷得乱飞。不远处，传来几声雪豹的低吼和野狼的号叫。他猛地打了个寒噤，下意识地抓起丢在一边的冲锋枪，倾听着那一声更比一声尖利的号叫，觉得自己还是不能白白喂雪豹和狼。他感到身体多少能应付一阵子，不像刚才想象的那么严重。妈的，他想，人真是个说不清的玩意儿，刚才还想着死，这会儿又不情愿了。难道是害怕了吗？不，这是说不清的心理。看来，求生是人的本能，正如婴儿呱呱坠地就知道吃奶，到了年轻时就要向往异性一样。他换上了一个弹匣，钢扣啪地响了一声，听起来非常响亮，他觉得自己还行。他曾经是中队最矫勇的篮球健将，经常组织大伙儿和劳改队的人较量，每次都把他们打得落花流水。大冬天，他还敢砸开附近的淖卡冰湖，在刺骨的冰水里面游泳。他游泳的动作漂亮极了，大家都叫他迈克·哈里斯。他生在渭水河边，自小就偷着去游泳，母亲发现他，狠狠打他的光屁股，就是当兵好几年以后回去探家，母亲仍然不让他随便去河里游泳。他的那位莲子，也施展着姑娘家最大的职能劝他别再游泳，他当然不屑一顾。记得小时候，他趁着母亲不在又跑到河里去，莲子在岸上喊他，他故意在水里一蹦一跳的，嘴里喊着："羞不羞，女娃娃看人家游泳！"莲子红着脸，转身就跑了，一连几天都不理他。长大后，他常常觉得这事多么可笑。去年探亲，当她再劝他时，他一瞪眼："咋？害怕了是不？当兵的就得随时都准备着死！"她当时是怎样恐怖地睁大眼，怎样惊骇地看着他啊！随之，她伏在他肩上哭了，哀求他不要说那话，泪水流得满面都是。他觉得当时心里真高兴，女人在我身边哭，显得我多英雄！莲子长得很中看，自从他入伍后，一直替他照顾着孤老病弱的母亲，尽一个儿媳妇的全部责任。他常想，就冲这份感情，他也要永远活着才是。可是，一回到中队，他就全忘了。照样到冰湖里游泳，照样咋咋呼呼地打球、练拳、翻单杠、拔腰、摔跤，照样干他喜欢干的一切。闲下来他还爱和大伙儿开玩笑，大家都觉得开心，乐意和他一起玩。三天不见面，就想得发慌。现在想起这些，他觉得过去的生活多么令人留恋。不管是母亲、莲子，还是战士们，他们谁都不会希望这么一个讨人爱的家伙死掉。

想到这里，他不由得咒骂了自己一句，觉得太阳落山时自己那种等着去死的想法是多么荒唐可笑。往回爬！就是死在路上我也照样是个英雄！

他活动了两下筋骨，准备向回爬。他回头看了一眼那个扭曲的死尸，欣赏着自己的杰作。他忽然想，为什么不去搜一下他的身呢？说不定这家伙身上还有什么吃的东西。但是，他马上又皱了一下眉头，不，宁可饿死也不能吃罪犯的东西，况且，如果没有吃的东西不是白费劲儿吗？我现在的劲儿是有限的。可是，胃部的蠕动和一种想吃东西的强烈欲望使他马上否决了自己开始的想法：管他是什么人的东西，我吃掉是为了回部队，这有什么不好！他爬向尸体，那家伙鼓囊囊的滑雪衫背上，还汩汩地冒着血。他把尸体翻过来，看见一个马桶包，包里有子弹、现金，还有食品包装纸，就是没有吃的东西。他把手伸进左衣袋，空空如也！右衣袋，仍然没有。他失望了，不，他的手明显地触到了右衣袋里一个油纸袋，拿出来，呵，里面竟有两块蛋糕！两块，这是多么大的收获。他小心翼翼地用由于过于激动而引起颤抖的手拿出一个蛋糕。三天没吃任何东西了！然而，他迟疑了，他突然想起另外一个人——憨憨。

憨憨是他这次追捕逃犯的伙伴，三天前一起出来，昨晚当他们在一块避风的岩石后面发现了罪犯以后，憨憨挨了罪犯一枪，抱着胯骨跌倒在那里了。他为了追赶逃犯，竟没顾上安顿他一下，他当时仅仅听到身后凄风送来的憨憨的一句哭喊："班长，等着我呀……"

他当时为什么就不等一下呢？为什么不为他包扎一下伤口、安慰他两句再去追赶逃犯呢！哪怕把他背在一个避免兽害和遮挡风寒的山旮旯也好哇！此刻想起，万分愧疚。他迅速把两块蛋糕塞进衣兜，开始朝前爬。两手紧抠着积雪，肘部支撑着向前一点儿一点儿移动。爬了一会儿，觉得浑身像生了许多芒刺，顶得皮肤发痛。他焦躁起来，大口大口地喘气，把脸埋进雪里，吞着积雪，来不及细嚼，就猛咽下去。他不停地吞着，最后终于抬起头来，感觉到雪在肚子里慢慢消融了，顷刻间化为乌有，接着而来的又是一阵难熬的饥饿。饥饿使他想起了蛋糕，但他要等见到憨憨后同他一起吃。不，我不能吃，见了憨憨，我就说我已经吃过了。这两块蛋糕是留给你的。我要看着憨憨把两块蛋糕吃掉，因为我欠他的太多了。一个班长无情地抛弃一个受伤的战士，不管死活……他曾因憨憨训练跟不上去，骂他是"草包""笨蛋"，甚至用脚踢着纠正他的痼癖。那天，中队进行越野赛，他们班由于憨憨一个人掉队而没有拿上第一名。当他看到"长腿蚂蚱"三班长举着锦旗走过他面前，并向他露出一种令人不能容忍的笑容时，他的自尊心受到了伤害，男子汉的要强与好胜使他残酷地惩罚了这个既可恨又可怜的新兵憨憨。他命令憨憨在操场上跑五十圈，憨憨就那样一个人冒着刀子一样扎脸的冷风，流着泪在操场里跑圈子。"尼尔斯"趁他不注意想递给憨憨两个馒头，他夺过馒头，看着上气不接下气的憨憨，脸上还挂着一丝冷酷的笑。

我太残忍了，他想，我欠着他一笔无法还清的感情债。我要偿还。他带着这种忏悔和负罪的心理，继续向前爬。伤口痛得钻心，折磨得他几乎寸步难行。但是，这个憨憨的影子更加折磨他，他耳边似乎回响着含泪的哭喊声："班长，等着我呀……"他近乎疯狂地爬，泪在流，心在颤。狂风更加猛烈，似乎要把这个蠕动在雪地上的黑点抹掉，可是黑点照直向前蠕动。在黑点的后面，一条雪沟在延伸……

天快亮的时候，他爬到了一座小山包前。身体已经麻木，一下也爬不动了。他看着东方露出一层鱼肚白，心里说：我已经爬了一整夜，还不到扔下憨憨那地方的一半路，我再也爬不动了，这地方就是我生命的终结点了。可是憨憨怎么样了？他负了伤，又过了这么长时间，他活着吗？不，不管他是死是活，我得看个明白呀！这是我瞑目前唯一要干的事情。即使我爬不到憨憨身边，也要爬上这座小山包，向留下憨憨的那个方向看上最后一眼。

他用头、脸、下巴、肩膀向前拱，拖着多余的腿，真可怜。

几分钟后，终于爬到山包顶上，他勉强抬起头，想朝前方看一眼，可是，在几米远的前面忽然抬起了一个圆圆的脑袋，他怀疑自己是不是精神错乱了，把自己抬起的脑袋当成另外一个人的脑袋。但这怎么可能呢？那刚刚升出的朝阳的紫红色光线，正好照在对方的小圆脸上，那分明是……憨憨！

（原载《人民公安报》1986 年 7 月 29 日）

萧潇，原名肖俊，1960 年生，甘肃镇原人。曾任武警甘肃总队副政委。青海省作协会员。著有长篇小说《血猎》、中短篇小说集《冰与火的缠绵》等。《雪山和人》获首届金盾文学奖，《一切都是瞬息》、《血猎》获武警文艺奖。

# 枯　荣

林　斌

他是暖水乡的公安特派员。姓牛。大家人都叫他“牛特派”。

掐去个“员”字，只叫他“牛特派”，这里头有讲究。

暖水乡人所以这样叫，是因为他职务头衔的全称很拗口。但这不是主要原因。缘由主要是他在乡里的地位很特殊，作用很重要。一个乡，有一个书记，一个乡长。公安特派员也只有一个。人也以稀为贵，大家人眼里，就有了将他看成与书记、乡长“一条板凳齐齐坐”的盲目。“乡长”、“书记”的，叫起来很响亮。“特派”呢也一样，音韵铿锵，好听，威风凛凛。倘若加上个“员”字，拖泥带水且不说，不免还容易产生误会，含了把他与乡里交通员等同起来的意味。乡政府（有好长一段时光叫公社）几十年来照例有个交通员，照例是青皮后生，十七八至二十郎当岁不等。平素只干些打开水、扫地板、分报纸之类的鸡毛小事。最重要的活计，也不过是把书记、乡长的指示传达给村干部，送送口信而已。公家人中，暖水乡人对这角色最不看重。

牛特派刚来暖水地方时，也是二十郎当岁。开初是一身粗布解放装，后来改了“的确良”，还是解放装。只是胸前添了个“公安”的塑料牌。再后来又变成上白下蓝或上下全蓝（这要看季节）。现今是一身绿，牛特派向大家人解释：这叫橄榄色。还有黄边肩章；还有硕硕的“大头帽”。制服衫子一色一色变，他脸子上皱纹也一道一道增。纵纵横横的很深，里边藏着他几十年的辛劳与光荣。牛特派抓过暖水地方的很多歹仔坏人，对安定乡里和平，维持地方教化，有很大功绩。不过，他精神依然好。头发还很黑。

暖水乡的老幼妇孺，随便拉扯一个出来，绝没有谁不认得他，哪个伢崽哭闹，做母亲的就吓一声：“再啼，牛特派就来了！”哭声立刻便止，怯怯地瞪一双泪眼四处觑望。比“老鼠来了”、“猫狸来了”有效十分。

其实牛特派并不凶神恶煞。有时也笑，把老纹舒展开来，绽一朵金丝菊于脸庞上。当然，这是在吃茶讲闲扯的时候。工作时他绝不笑，厚厚的唇严肃得乌紫。他在工作的事情上，无论巨细，皆很认真。

认真有铁证——

譬如牛特派下乡去某个村子公干，必自备饭食。用个蒲草编的饭兜盛着，里边是前一夜在乡政府食堂买的米饭，外加一撮婆娘从家乡捎来的腌酸菜。腌酸菜很香，牛特派吃得很有味。常年如此有味下来，附带就给了牛特派胃病。这是题外话。现今牛特派是不用蒲草饭兜了，便吃派饭。派着的乡亲家里吃什么，就吃什么。牛特派不准为他添加菜，贫户富户都一律。这一点，暖水乡人很感动，说牛特派是“苏区干部好作风……”而“苏区干部”现今是不多见的。

有一回，几百里外的婆娘从家里来探视他。牛特派的婆娘是个农村妇女，很瘦，也很贤惠。虽然两者并无直接联系。但确实很瘦，确实也很贤惠。嫁给牛特派后，看顾公婆、养育伢崽，饲喂猪婆鸡鸭……瘦瘦单单身板支撑着全家重负，几十年如一日。每年还要来暖水乡给牛特派拆洗被褥，拾整一回房间。这回，却不赶巧。那天，有一山坑垅的村子失了一头牛牯，牛特派要赶着去破案。便拿四元三角钱给下午刚到的婆娘买了张回程车票，嘱她第二日晨搭班车回去。第三日傍晚，牛特派疲惫得歪歪倒倒，吃醉酒似的回到乡政府。一看，婆娘竟还坐在床边缝他的衫褂子。牛特派大惑，遂问："哪样还有①回去？"婆娘可怜兮兮讲：那日早晨误了钟点，车开跑了，没赶上。牛特派一听，便骂婆娘"蠢"，又骂她冤枉了四块三毛钱。末了，竟叫婆娘走路回家去。

有人知晓这事后，讲：这又不是工作上的事，你牛特派也太认真了！牛特派不以为然，说："我们干部出差，公家也只报一张车票的销。婆娘车费钱要我报销，当然也该一样。"其理由似乎无懈可击。

牛特派有一辆公家发的"凤凰牌"单车。年代久远了，除了铃子不响，其余部分都响。骑起来，便"咣啷咣啷"撒一路热闹。那些年，他就骑着这车四处抓"动向"。暖水乡盛产茶子油，粮食却紧得慌。用茶子油与外乡米贩子做黑市交易的事，于是常有发生。牛特派便认真抓。果然就抓着好几十回。外乡米贩子恭恭敬敬请牛特派吸烟，是银箔纸包的"大前门"。牛特派抵住诱惑坚持不吸，他只吸自家的毛丝烟。吸一口，喷一口，焦焦臭臭得很。焦焦臭臭也不吸"大前门"，卷一根"喇叭筒"是凛凛正气。牛特派对这样的小事也是认真得不得了。

于是，牛特派的认真传出了暖水地方，直至名扬全县。也于是，他屋间的壁上就糊了好多花花绿绿的奖状。

---

① 有，闽西方言中没有的意思。

认真是好事。牛特派讲：世界上怕就怕“认真”二字，共产党就最讲认真。这话来自书本，牛特派将其奉为座右铭，认真践之。如他的婆娘操持家务一样，也是几十年如一日。

世间事，许多是始料未及的。但冥冥中似乎又有定规，必然寓于偶然。譬如那暖水山上的芦箕草，眼见着还是一山一山的绿森森。过秋，入了冬，就成片成片地黄，枯败萎靡。山山岭岭都像患了瘌瘌疤疤的脑壳。仿佛走向穷尽，走向灭绝。可春风一吹，又抖抖擞擞地一山一山冒出新绿来。盎盎然然。又譬如那下塘村的阿曲，当年就是牛特派抓他去坐的牢，罪名是“投机倒把”。后来呢，牛特派又得给他搞平反。阿曲回来后，办了个养鱼场，三年就发了大财。他头发梳得溜光乌亮，据讲是抹了油，抹好多。两个纽子的西装也穿上了，颈子根还缚了条“猪胰子”，吊在胸前晃荡晃荡。比牛特派还神气。

牛特派的认真，给他带来了很多光荣。可这回，牛特派偏偏就是栽在“认真”二字上。任你精怪肠肚，也无法预料。

其实也只是一件鸡毛小事。

那日昼时，日头很好，暖烘烘地把光芒泻下来。大家都觉得这日的日头实在好，驱散了阴湿的寒潮气。牛特派也觉得。

不期就出了这件事——

一辆长途班车途经暖水乡。刚到站，一旅客忽惊呼失了钱包，讲里头有多少钱多少粮票。驾驶员不敢怠慢，忙关紧车门，独自个去报告。牛特派闻讯赶来，问明缘由后，立刻采取果断措施，要将车上人挨个搜身查行李。

你查行李也就查吧，翻翻就是了。偏又要搜身，又认真得不得了。一件一件脱衫子，看看有无将钱包贴身贴肉藏起来。这时已是腊月份，车厢里又照不进日头光，有人便抖索不停，哈欠连连。

当下，也就有人抗议。

抗议者乃一戴眼镜的后生哥。他把一本红证子甩出来，讲：“我抗议！我是记者！这样做是违法的！”眼镜片后边的目光直刺牛特派。

牛特派不理睬这些，想：我做公安做了几十年，哪样是违法我还不知晓?！偷人钱包才违法！嘴上却说：“后生哥，莫拿红证子吓人。要红证子我还有好多个。”这话是真的。牛特派确凿有好几本红证子。一本是工作证，一本是党费证，还有一本是公费医疗证。

搜完男的，接着搜女的。牛特派犯了难，忙派人去喊乡里的妇联主任。

妇联主任是个年轻女子，见这情景，说：“老牛，这样做怕不太好吧?”

牛特派就答：“有哪样不好，出了问题我负责。”

搜查毕，钱包仍未发现，问那失主，失主脸子上青色白色变幻不断，嗫嚅着说：“不知……不知……是不……是上车时被贼人扒了……”

这话叫牛特派好丧气，又认认真真把那失主训斥了一顿。

车子开走了。牛特派的背时倒运却来了。

没多久，车上那戴眼镜的后生哥真的就在什么“内参”上“参”了牛特派一本。这下不得了，县里、区里都派人下来调查，也是很认真的。

公安局局长也来了。他说：“老牛啊，这回你可是做下糊涂事了……侵犯人身权利，你晓得啵?”

牛特派不服，说：“哪样是侵犯人身权利呢？又有打，又有骂……莫不是要我放过贼人才有‘侵犯’。”

局长连连叹：“唉唉，你这脑壳哟，还是不开窍！”

牛特派见局长脸色阴阴的，也有点儿难过，口气遂软了下来：“又不是哪样了不起的大事，就算我作下错，最多写一回检查吧，只是，只是怕写不好……”牛特派识字不是很多，写篇检查之艰巨不下于让他去追捕一回持枪逃犯。

局长很惋惜，说：“检查？但愿如此吧，现在抓警风、抓违纪，正在风头上呢。”

果然在风头上。牛特派承认“有这事”。

果然要牛特派负责。

牛特派不能再当“特派”了，要回到几百里外的家乡去。

牛特派瘦了，老了。脸子上蒙着一层晦暗颜色。头发也白了若干根。这是大家人后来发现的。

牛特派不想跟人道别。他卷起铺盖，向屋间壁上花花绿绿的奖状投去了最后的一眼，目光在每张奖状上都抚摸了一下，然后毅然走向车站。

怪！车站上候着好多人。

牛特派心中一颤。

这一瞬，牛特派想起了好多事。想起了当年抓“动向”，想起了抓错过好多人，想起了……牛特派走一步，想一节。短短几步路，长长几十年……

“牛特派！牛特派！”大家看见了他。

呼啦啦围上来。领头的是阿曲。

行李铺盖立刻被抢下。阿曲说：“牛特派，你不要走！人呗，哪个敢保没有闪失？你不要走，暖水乡人养着你！”

一位老爹走过来，扶着牛特派的肩，说：“过去你不吃我们的酒，不吃我们的菜，现今起，温水鲤鱼由你吃，鸡卵鸭卵随你拣。吃得精精壮壮，以后我们还举你当特派……”

牛特派默默无言。泪水从有些浑浊的老眼里溢出，蓄满了脸子上的皱纹沟，又簌簌而下……

这是暖水乡人第一次觑见他落泪。

（原载《啄木鸟》1987 年第 6 期）

林斌，1959 年生，福建福州人。《警坛风云》杂志社原副总编辑。中国作协会员。著有小说集《山雉声声》、《死亡日历》、《激情追踪》，长篇小说《朱门风景》，散文集《寻找骑士》。中篇小说《名门后裔》获 1994 年福建省文学奖二等奖，散文集《寻找骑士》获 2003 年福建省文学奖佳作奖。

# 假如是你作案

马秀华

## 一

何子文向县公安局请了三天假，急急忙忙赶到市里去走老同学秦大年的门子，让他帮助解决两地分居、照顾年迈父母的问题。要求不高，自己是县公安局副局长，调到市里安排个派出所所长就行，哪怕什么都不安排只当一般民警也认了。

秦大年是市政府办公室没任命的主任。老主任已经离休了。副主任年过五十没学历，办公室实际上是秦大年说了算。无冕之王，各区、局长都敬他三分，他一句话，顶何子文跑三年。

秦大年在桃花江饭店接待外宾，何子文在秦大年晚宴之后才得以相见。

见面礼是精心选择过的。秦大年“出将入相”迎来送往，山珍海味、珍奇物品见得多了，你就是送他八瓶茅台、五盒鹿茸他也不稀罕，况且他也不是吃请受贿的主儿。何子文送来的是两盘录像带，录的反间谍片《旷野》，描写英国苏格兰场破获克格勃色情间谍的故事。这片子在南方已经公映，本省却连片名也未曾听说。

在秦大年租用的高级间里，洗过澡，穿着拖鞋，喝过招待外宾用的咖啡，吃过招待外宾用的果脯，两位老同学仰在沙发里看录像，边看边交谈。对于何子文的请求，秦大年自然是满口答应：“两地分居，照顾父母，完全符合政策，就是你不找我，这问题也理所当然给予解决，你等信儿吧，过不了两月让你报到。”

拖了十来年的“老大难”，想不到三言两语就解决了，把何子文感激得笑模样都发酸了。秦大年蛮有把握地补充道：“不到四十岁，又有学历，又有能力，哪儿能让你屈就一个派出所所长？做好思想准备，等着给你压担子吧！”

录像放完，已是10点20分。秦大年对影片总结道：“真中有假，假中有真，真真假假，以假乱真。”说罢仰脸哈哈一笑，为这个精辟的见解自鸣得意。

## 二

正当何子文打算告辞时，匆匆忙忙闯进一人来，自报家门说，是秦大年家乡虹桥县公安局刑警队队长，也姓秦。秦队长说：“秦同志，你家出事了。”

“啊！”秦大年手中的杯子失落到地毯上，滚得到处都是咖啡。

据何子文所知，秦大年是“文化大革命”时由城里下乡到虹桥县官屯乡苹果峪插队的知识青年，同当地姑娘蕊姑结的婚。后来，恢复大学考试招生，秦大年考上大学留了城，膝下没有儿女，苹果峪只剩蕊姑一人侍弄着十来亩庄稼地。秦大年也张罗过把妻子弄到城里来，至今没弄来，原因是他不好去同别人争那每年千分之一点五的“农转非”指标，领导表扬过他这高风格。他也向何子文解释说：“来日方长，左不过是早晚的事。”

刑警队秦队长说，昨晚夜间，蕊姑院里火光冲天，整个苹果峪上空跟天安门放礼花似的。当村民们发现时，蕊姑院里的五间大瓦房已被大火吞没。

“蕊姑怎么样？”秦大年站起来抓住秦队长的胳膊不住声地催问，“快说，快说，你快说呀！”

秦队长看看何子文。何子文连忙自我介绍：“我也是干这行的。”并出示了公安局的工作证。秦队长这才说：“蕊姑她死了。”

“啊——”秦大年悲怆的一声喊，犹如撕心裂肺。眼泪刷刷地滚落下来，两腿一软，跌坐在沙发上，双拳嗵嗵地捶打着自己的胸口，抽泣着责骂自己：“都怪我呀！早一天把蕊姑弄进城，何至于此呢！呜……”

何子文受了感染，两眼也泪汪汪的。

秦队长说，昨天夜里蕊姑院里着了一场大火，说着掏出法医验尸的鉴定书。秦大年已悲怆得不能自持。何子文接过鉴定书，上面写着，蕊姑的喉、气管、支气管内未见烟屑炭末，颈部有勒沟，因此是先死后烧。言外之意是他杀。秦大年腾地站起身，抄起桌上的西餐刀就往外冲。何子文抢上一步拉住他：“你干什么去?!”

秦大年两眼瞪得血红，只见张嘴不见出声：“我、我、我宰了他!!”

“你宰谁呀？”何子文对秦大年的失态很觉意外，语调中带着埋怨的意味，一个受过高等教育的市政府干部怎么能这样感情用事？他双手死死地攥着秦大年持刀的手腕，很策略地反问：“你宰了他，他是谁呀？”

是呀，凶手是谁呀？秦大年的刀子噗地落到地毯上。何子文拾起刀子，转脸问秦队长：“有嫌疑人了吗？”

秦队长看看秦大年，用目光询问可否回答。秦大年一摆手：“尽管说吧，何子文是我的老同学，不久就要调到市公安局。”

秦队长翻开公文夹，简单扼要地叙述了破案经过。

嫌疑人是石文海。他和蕊姑是初中时的同学，耳鬓厮磨，二人曾私订终身。但后来蕊姑她娘嫌石文海家穷，这二人的私情就没了下文。这些年生活富裕了，可他依然打着光棍。有人几次上门提亲，他都看不上。昨天出事时他一人在家，有作案时间。晚饭后有人看见他一人在蕊姑家门前转悠。村长胡七爷提供，昨夜他打牌时出来解手，看见石文海朝蕊姑家走去。秦队长和刑侦队的同志三次询问石文海，石文海三次供述基本一致：因为蕊姑背弃了他，害得他一生得不到幸福，从而报复杀人。院墙外留有石文海塑料底鞋的鞋印，左脚轻，右脚重。综上所述，石文海报复杀人基本可以认定。

“采取措施了吗？”何子文问。

“已经把石文海刑事拘留。”秦队长拧开钢笔，“来这里一是给秦同志送个信儿，二是请秦同志提供一些有关情况，比如，过去是否觉察到过蕊姑与石文海的来往什么的。”

“哦，”秦大年啪地点燃一支“三五”香烟，狠吸了两口，沉吟片刻，“没有，我对蕊姑的人品一直深信不疑。最近因为工作忙，我已经有三个月没回家了，有情况也不会察觉。”说这句话的时候，不知为什么秦大年的目光正好与何子文的目光相遇，一瞬间，双方都迅速回避了对方。

冷场了。各人抽各人的烟。

秦大年突然笑了一声，问道：“你们没审查审查我吗？要是我作的案呢？”

“这个。”秦队长重新打开文件夹。“实话跟您说，我们已经对您调查过了。您最后一次回家是三个月前。昨天发案时，您正在这个房间里同外宾谈话。11 点半的时候饭店服务员看到这个房间里还亮着灯，走到门前时，听到屋里您同外宾谈话的声音。如果是您作案，您是什么时间飞到苹果峪的呢？”

秦大年用手指指秦队长，对何子文说：“你们这行人，真叫精细，神不知鬼不觉地就把我审查了。”他立起身，“明早8点我送外宾上火车，他转乘飞机回国。10点钟我回苹果峪，秦队长坐我的车一块儿去吧。”他帮秦队长收拾起文件夹，随口又问，“石文海什么时候逮捕？”

“还得等等，我临来时他又翻了供，许是醒过腔来，怕认了罪落个死刑。”

秦大年一愣神：“他怎么翻供？”

“这……”秦队长又觉得不便说，从文件夹中抽出一张记录纸，“您自己看吧，简直是聊斋。”

纸上记录着石文海反悔的口供：“……蕊姑这么一死，我也不想活了，我寻思兴许是我把她逼死的，我干脆就承认下是我杀的她。可是过后一想，我要是让政府崩了，谁来给蕊姑上坟呢，谁来照顾蕊姑那作下孽的老娘呢？谁来照顾我两眼失明的老爹呢？我还是向政府说了实话吧。昨儿晚饭后，我去找蕊姑。我说，你以为你男人还惦着你？人家是大学生，是大干部，你又没给他生个一男二女的，城里花姑娘有的是，人家凭什么跟你一辈子？你就跟他离了吧。分了地，活儿那么多，没个男人不是活受罪？往后我保准对你好。蕊姑听了我的话光是哭，一句话也不说。这时候大喇叭叫我上村里，说明天出河工。我寻思明天一去就是几个月，就说：待会儿我还来，你给我留着门，要不我饶不了你。从村上回来我又去找她，已是前半夜了。她没给我留门。我一气跳墙进去。可是屋门也插着，我到窗根喊她，她死不吭声。没辙，我又原路回了家。躺下睡不着，过了没多会儿，就见东边一片火光。谁知她寻了短。要说她的死，是我逼的，可不是我害的。”

何子文在一旁也看得真切，用一双眼睛狠狠地盯了一下秦队长，秦队长感到这目光中充满了责备，脸上微微发红，嗫嚅着把记录纸收回去。这个初出茅庐的年轻人意识到，今天在这里把案情说得太多太详细了，尽管秦大年是市政府的领导干部，是党员，可毕竟他还是被害者家属呀，况且曾一度是涉嫌人。出门时，秦队长特意叮嘱：“秦同志、何同志，咱们都是国家干部，都是党员，刚才说的这些可不能向别人泄露哇！”

## 三

秦大年送秦队长出门，前后有五六分钟。

何子文没有跟着去送人，他考虑人家不定还有什么话不便当着自己的面说。原本秦大年留他在这里住下，说好免费住一宿三四人的大房间，于是他便在秦大年的房间里等候。刑侦工作干长了，似乎练出了一种“第六感觉”，有些案子，没有明显的证据，没有详细的案情，只是凭“第六感觉”这种特异功能，就能预感到案情隐秘之处，就能猜到“谜底”。每当这个时候，他就觉得自己身躯内有一种力量在涌动，像气功家的“发功”。今天这种感觉又出现了。他伸手拉开床头柜的抽屉，很快地翻看着挤在书后面的五六盒录音带。真凑巧，这时电话铃响了。何子文接过听筒，没听到“谁呀、哪里”之类的问话，却听到一个毫不客气的女性的嗔怪：“昨天这个时候你到哪儿去了？我打了两次电话都没人接！你是不是想逼我去跳河……”对方一连串的责怪，弄得何子文摸不着头脑。他正犹豫有没有必要说明自己不是对方要找的那个人，对方突然把电话挂断了。

真蹊跷，也不问清对方是谁就毫不客气地一通嗔怪。何子文脑子嗡的一下子！知道秦大年单独房间的电话，具有直接责怪秦大年的这种特殊身份……这都意味着一个可怕的信息。他急忙瞥了一眼手表：11 点 30 分。

秦大年脚步轻松地走进房时，诧异地问何子文：“你怎么了？怎么脸色这样难看？不舒服？累的，让我这事伤了脑筋了。”

“大年。”何子文艰难地抬起眼睛，语调十分沉重，“你这事干坏了。”

“什么事？蕊姑的死我是有责任的，不过我能挺住。至于你的调动，料理完蕊姑的后事我就给你办。”

“我说的不是这些，是你自己。我想，假如是你作案……”

“什么！”秦大年五官都挪了位置，“你猜疑是我杀的蕊姑?!”

“假如是你作案，”何子文的语调越发沉重，简直像是在念悼词。“假如是你作案，最好的办法是早点儿坦白自首，这样或许还能，争取到宽大处理得到一条活命，否则……”

秦大年紧紧抓住何子文的衣领，压低声音吼道：“你这是怎么了？简直是精神病！你想诈我吗?”

何子文毫无表情自管说下去：“昨晚，你乘 11 点的火车，11 点 15 分到达苹果峪，作案后，乘 11 点 45 分的火车返回这里。”

“这是你毫无根据的臆想！”

“昨天晚上我下车时，在车站碰见了一个熟人，他说他看见你上了去苹果峪的火车。”

“可是服务员却在这个时候看见我在这里同外宾谈话呀。”

“服务员不是看见，是听见，他在门前听到的是你事先安排好由录音机播放的你同外宾谈话的录音。录音磁带就在你床头柜的抽屉里。”

“荒唐！我为什么要杀我的爱妻呀?”

“这只有你和第三者知道。第三者刚才来过电话。她昨天这个叫候找过你。”

秦大年颓唐地跌坐在沙发里，须臾，脸上又露出一丝冷笑。“你不诬陷我，不给我找麻烦，你的调动照旧办，而日给你一个很高的职务。”

“办不到，这全办不到啦。我替你瞒，别人不会替你瞒。纸里包不住火，法律无情啊！”何子文艰难地立起身，“录音带，我拿去了一盒。哦，但愿不是你作案，那样，你好，我也沾光。但是，假如是你作案，你快去自首，这方面我比你懂。”

“你去哪儿?”

秦大年声音都变了，却没在何子文身上产生丝毫反应。何子文拖着两腿向楼道尽头缓缓走着，从后面看去，像个老态龙钟的农夫。

（原载中国人民公安大学出版社1988年版《人鬼神》）

马秀华，1949年生，天津人。花山文艺出版社编辑，副编审。天津市作协会员。1973年开始发表作品，曾发表中短篇小说、散文、报告文学等。《假如是你作案》曾获全国公安文学大奖赛二等奖和首届金盾文学奖。